杨争光 文集

杨争光文集 卷·贰

越活越明白

深圳出版发行集团
海天出版社

图书在版编目（CIP）数据

杨争光文集. 越活越明白 / 杨争光著. — 深圳：
海天出版社，2013.1
　　ISBN 978-7-5507-0561-6

　Ⅰ.①杨… Ⅱ.①杨… Ⅲ.①杨争光－文集②长篇小
说－中国－当代 Ⅳ.①I217.2

中国版本图书馆CIP数据核字(2012)第238414号

杨争光文集. 越活越明白
Yangzhengguang Wenji. Yuehuo Yuemingbai

出 品 人：尹昌龙
责任编辑：涂　俏
统　　筹：蒋鸿雁　谢　芳
责任校对：林凌珠
责任技编：蔡梅琴　梁立新
排版制作：花季雨季
封面篆刻：李松璋
装帧设计：李松璋书籍设计工作室

出版发行：海天出版社
地　　址：深圳市彩田南路海天综合大厦(518033)
网　　址：www.htph.com.cn
订购电话：0755-83460137(批发)　83460397(邮购)
排版制作：深圳市花季雨季杂志社有限公司　Tel：0755-83526403
印　　刷：深圳市新联美术印刷有限公司
开　　本：787mm×1092mm　1/16
印　　张：32.5
字　　数：420千
版　　次：2013年1月第1版
印　　次：2013年1月第1次
定　　价：98.00元

目·录

第三章

第四章

第五章

第十六章

第十七章

第十八章

第十九章

第二十章

第二十四章

第一章

他们闻到了泥土的气味

他们背着铺盖卷，揣着红宝书，在卡车上摇了一天一夜，又走了大半天土路，就走到了牛尻子。

牛尻子是村庄的名字。

一条沟从土塬上切下去，土塬就鼓了起来，远看像牛撅起的屁股。村庄在土塬跟前，所以叫牛尻子。

闹红海洋的时候，村庄改了名，叫红旗生产队。有人提过反对意见，说，叫红旗不好，过去是牛尻子，现在叫红旗，难道让红旗往牛尻子里插？有人附和说对对对，红旗再没地方插也不能插在牛尻子上。这话听起来有道理，却不知为什么没被采纳，还是叫了红旗。

他们是从省城来的。他们从学校的教室里冲上街道，呼口号散发传单，给老师戴纸糊的帽子游行，然后，他们被装上了卡车，上山下乡了。他们是第一批。他们都很自愿。

他们一路上唱着歌。唱"我们走在大路上高举红旗向太阳"。唱"什么人站在革命人民方面他们就是革命派，什么人站在帝国主义封建主义官僚资本主义方面他就是反革命派"。他们唱渴了就喝水壶里的水。他们都挎着一个军用水壶。还有人戴着那种黄色的军帽。还有毛主席像章。有人把像章别在胸膛那里，有人别在军帽上。

安达的毛主席像章是别在胸膛那里的。

他们闻到了一股泥土的气味。他们不唱歌了，都抽着鼻子。他们说好闻死了好闻死了。

安达也闻到了，也抽着鼻子。他没说好闻死了好闻死了，只是抽着鼻子。他想把心掏出来，放在那种满是泥土味道的空气里。他知道心是掏不出来的，心不是那种想掏就能掏出来的东西。但他还是想掏。那时候，所有的人都有掏心捧心的冲动，也经常说掏心捧心这样的话，说得很容易。他们动不动就要把他们的心掏出来捧出去献给红太阳毛主席，好像毛主席很喜欢看他们那一团肉乎乎的东西一样。

到村口了。他们没有看见欢迎的锣鼓队。他们以为走错了地方。他们都看着安达。

没错，是牛尻子，红旗生产队。生产队长郭茂林蹲在村口的塄坎上等候他们多时了。

郭茂林说："你们在找欢迎的锣鼓队是不是？没有。我没弄。"

郭茂林扔掉手指头上的烟卷屁股，从塄坎上走下来，伸出一只粗大的手。

他说："谁是你们的头儿，先握个手。"

安达把手递过去，说："我叫安达。"

郭茂林说："噢噢。"他握住安达的手摇了几下。

"多大了？"

"二十。"

"噢噢，还有谁？"

"还有大水。"

"噢噢，那就和你也握一下。"

郭茂林握住大水的手也摇了几下，然后看着他们中间的几个女知青。

"几个女娃娃小吧？"

"林英和路远，十五岁。"

"噢噢。女娃娃的手就不握了。"

郭茂林把手背了起来，拉平了脸。他咳了一声，把一口痰吐了出去，"啪"一声，砸在了楞坎上，结实有力，使人感到他不仅有权有威，底气也很足。

知青们立刻肃然起敬了。他们站直身子，一动不动地看着他们面前的这位中年农民。他们感到他有重要的话要给他们说。

"本来要组织个锣鼓队的，想了想又算尿了。先给你们上一堂课，行不行？要是行，咱就去你们的院子。"

郭茂林口齿清晰，说得一板一眼。

他们不知道该怎么回答他。他们想象过很多种进村时的情景，热烈的，温暖的，亲切的，甚至流泪的情景也想到了，唯独没想到眼前的这种情景。

郭茂林又问了一句："嗯？"

安达说："我们就是接受贫下中农再教育来的。我们听贫下中农的。"

郭茂林说："这话我爱听。"

然后，他们跟着郭茂林，去了给他们准备好的院子。

郭茂林的阶级斗争

院子在一道土崖底下。土崖上凿进去两孔窑洞，一大一小，是原来就有的。旁边新搭了一间小屋，要做厨房用。没有围墙，往前就是沟。再往前就是那些山梁和山峁。有几道云横在天上，像扫帚扫出的几道印痕。

他们排成两行坐在背包上。他们把红宝书拿在了手里。他们看见民兵队长大个李押来了队上的四类分子，站在他们跟前了。

站好站好，站好！大个李踢着四类分子们的脚脖子。四类分子们低着头，站得更卑下一些了。

"背毛主席语录！"

四类分子就齐声背诵："毛主席教导我们说，捣乱，失败，再捣乱，再失败，直至灭亡，这就是帝国主义和世界上一切反动派对待人民事业的逻辑。"

"还捣乱不？"

"不了。"

"不了？"

"不了。"

大个李把四类分子们瞄了一遍，说："毛主席说捣乱失败再捣乱再失败直至灭亡是你们反动派的逻辑，难道毛主席说错了？再说！"

"那就还捣乱吧。"

大个李的眼睛立刻瞪大了："还捣乱啊你们？胆子不小啊你们！"

"那你说我们是该捣乱还是不该捣乱？"

大个李的眼睛瞪直了。他被问住了。他的喉结上下滑动着，鬓角上的几条筋脉也蹦跳起来。

他说："滚！"

四类分子们迈着碎步走了。

生产队长郭茂林说这就是阶级斗争，毛主席让咱抓咱就抓。郭茂林说这也就是我给你们说的上课，叫划线课，和阶级敌人划清界限。

他说："刚才的那几位都是咱们村上的四类分子，你们要认清。"

他说："你们还要认门，认清咱贫下中农的门户，不能见门就进。乱进门说不定就会进到阶级敌人的门里边去了。"

他一边说一边用手摸着他脸上的短茬胡子。他戴着一顶塌了檐的呢料帽子。他穿的是那种大裆裤，裤裆里能装进去一堆红薯。

他们本来要在结束的时候喊一声毛主席万岁的，郭茂林没给他们这个机会。

郭茂林说："好了结束了你们把铺盖卷搬到你们的窑里去。"

他说："男的进大窑女的进小窑。"

他说："你们动作麻利些赶紧安顿安顿好了还有课要给你们上。这和学生娃上课一样上了第一堂还有第二堂。"

女知青们一进窑洞就惊叫着跑了出来。她们说吓死了吓死了里边有老鼠。

窑里边铺着草铺。几只老鼠在草铺上咬着耳朵。郭茂林说墙角有几个老鼠洞你们一进去它们就钻洞了不信你们试试。

他说："再胆大的老鼠也会怕人的。"

胖嫂胸脯上的毛主席像章

第二课是吃油饼。

油饼是胖嫂炸的。

她是个年轻漂亮的媳妇，二十岁多一点，像一根鲜嫩的辣椒。

每个人长得都像一样东西，有人像柿子，有人像苹果，有人像芝麻秆。胖嫂不像这些，她像一根鲜嫩的辣椒。整整一个上午，她都在炸油饼。她炸过很多次油饼。县上的公社的干部来村上检查工作催交公粮，郭茂林就让她炸油饼招待。有人眼馋提意见，让每家每户轮着炸。郭茂林说不轮，我就让胖嫂炸。郭茂林说看看你们家的院子再看看你们家的锅台和炕，我不能让县上的公社的干部说咱红旗生产队像个猪窝。有人说你怕是想偷着咬人家胖嫂一口。郭茂林说放屁。他们说想咬一口就咬一口我们不给胖嫂的男人告状。胖嫂的男人是民办教师，在外村的学校教书，一星期回来一次，胖嫂的炕另一半经常空着，所以他们这么说。郭茂林说再放屁晚上去你们家炕上咬你家女人。胖嫂好像没听到这些闲话一样，依旧是一根鲜嫩的辣椒，去保管室灌油领面粉，给碰见的村人笑，露着她脸蛋上的两个浅酒窝儿。

"炸油饼啊！"村人说。

"哎。"胖嫂说。

给省城里来的学生娃炸油饼是头一次。学生娃们吃完油饼不会拍屁股走人，要在村上扎根落户。她感到很新鲜，甚至，还有一种说不出的兴奋。她在心里产生出许多想象。她在她的那些想象里炸着油饼，看着锅里烧煎的油在放进去的生面团周围冒着泡儿。

快快快来了人来了。郭茂林一步从门外跨进来，在面盆里抓起一个油饼，边嚼边给胖嫂做手势，让胖嫂出去招呼。他使劲咽着那只油饼。

胖嫂把盛油饼的面盆放在院子里的小方桌上。知青们围着小方桌坐好了。

"队长，快。"胖嫂叫郭茂林出来。她不知道该怎么招呼这些城里的学生娃。

郭茂林终于咽下了那口油饼，挑开门帘，出来了。"让他们吃嘛，动手动手。"他说。他蹲在旁边的一把高脚木凳上，掏出衣兜里的旱烟，卷起了烟卷。

"这是生产队专门给你们弄的，你们吃，边吃我边说。"

安达让郭茂林和他们一块吃。郭茂林把脖子拧了一下，说："我不能吃，这是公家的。"可短茬胡子上分明沾着油渍，闪着光亮。他出门时忘了抹嘴。

胖嫂想笑，没敢笑，进屋端茶水去了。

"放开胃口吃。这也是上课。旧社会地主考长工，第一样事就是看他能不能吃。"郭茂林说。

他感到他说走嘴了。

"我这是比例子。咱生产队不是地主，你们当然也不是长工，你们是咱毛主席派来的知识青年嘛。"他说。

"可咱生产队要干活是不是？能吃才能干是不是？咱不干活就没饭吃，没公粮交，也就没法支援亚非拉了是不是？"他说。

他还说："今天这饭不是每天都能吃到的。"

他还"哎"了一声，把那一声拉得很长。

安达和他的知青们现在还品咂不出郭茂林这番话的滋味。对吃油饼，他们想得就更简单了。他们以为这是生产队对他们来村上的热情招待。

他们会知道这顿油饼和郭茂林那番话的另一道滋味的。

但现在没有。他们大口吃着。他们饿了。

一群小孩从门外挤进来，看着知青们。他们没看知青们的模样。他们在看知青们手里的油饼。郭茂林感到很丢人。脱下一只鞋朝小孩们扔过去。

"狗日的这不是发救济粮都给我出去。"

小孩们跑散了。郭茂林拾起鞋，穿在脚上，他给知青们笑了一下，一脸的不好意思。他说农村的娃就是这样，丧眼得很。正好胖嫂端着茶水出来了，他就不说那些丧眼的小孩了，就给知青们介绍胖嫂。他说胖嫂是妇女队长，也是有文化的人，初中毕业。他说其实胖嫂比你们大不了几岁。他说其实胖嫂并不胖也有名字可村上人都叫她胖嫂你们就跟着一块儿叫吧。他让知青们看胖嫂戴的毛主席像章。他说胖嫂戴的毛主席像章是村上最大的。

知青都看胖嫂了。

确实，胖嫂的碎花布衫上别着一枚毛主席像，很大，是那种细瓷做的。鼓鼓的胸脯使那枚像章显得更招人眼目。

其实，那枚像章的背后还有更好的东西，几年以后安达就会知道。

洗脸水

安达一直记着他们第一次洗手洗脸的情景。就在那个院子。土崖底下凿进去的两孔窑洞的院子。有一间新搭的厨房。还没来得及砌厕所。

水是郭茂林拉来的，在一个装过油的大铁桶里盛着，用架子车拉来的。油铁桶的屁股上焊出来一截铁管子，铁管子上缠绑着一截架子车内胎。他们就从那儿接水。

跟郭茂林一起来的还有胖嫂。她是给知青们做饭来的。郭茂林说让胖嫂先给你们做几天，以后你们就自个儿做。

胖嫂进了那间新搭的厨房。郭茂林蹲在了石碾盘上。那儿有一个废弃的石碾盘。他要看知青们洗漱。他说我不看你们洗手洗脸，洗手洗脸没啥看的，我看你们刷牙。

他看见他们每人都有一把刷子。他们把刷子塞进嘴里拉锯一样拉着，一会儿就给嘴边拉出来一圈白沫。女知青们也一样地塞一样地拉，比男知青们拉得快，拉出来的也是白沫。

他到底看出些门道来了。

"和牛嚼倒草一样嘛。"他说。

牛白天把草吃进肚子，到晚上又从胃里倒回嘴里细嚼，嚼着嚼着，就会嚼出一圈白沫来。

"一个是嚼出来的，一个是用刷子拉锯一样拉出来的，就这一点点不同嘛。"他说。

他圪蹴在石碾盘上，抽着旱烟卷。他的嘴上总叼着一根旱烟卷。烟雾从鼻子下边扑上去，扑着他的眼。他挥一下手，把烟雾扑打开，继续看着。

一伙小孩也在看知青们洗漱。就是那伙看过知青们吃油饼被郭茂林用鞋打走的丧眼小孩。他们这里看看那里瞅瞅。他们不关心知青们嘴上的白沫。他们的兴趣在知青们的牙膏上。他们以为牙膏是什么好吃的东西，又拿不准。胆大一些的就偷着往手指头上挤，然后用舌头舔，舔一下，把舌头收回嘴里，品咂着。

哗。是泼水的声音。

哗。哗。

郭茂林不再看知青们嘴上的白沫了。他把注意力从他们的嘴上转到了他们的脸盆上。

他看清了，他们不是几个人合用一个脸盆，而是一人一个。

他还看清了，他们不是接半盆水，而是多半盆。

他们泼出去的不是洗漱完以后的脏水，而是没洗几下还不太脏的水。

"洗萝卜洗葱也不这么洗啊。"他说。

"尽管你们的手指头和胳膊像葱像萝卜可萝卜和葱也不这么洗啊。"他说。

哗。哗。

又有人泼水了。

郭茂林梗着脖子。夹在手指头上的旱烟卷自个儿燃烧着，冒着青烟。

一个叫周志丽的女知青接了一盆清水，刚转身，碰到了一个胡乱跑的小孩身上。周志丽惊叫了一声，脸盆掉到了地上，一盆清水全洒了。

郭茂林没放过这个机会。他想他不能放过这个机会。他两步就跨到了那个小孩跟前，伸手一拉，一个结实有力的巴掌就落在了小孩的脸上。

啪。很响。

他们都听到了，都扭过头看着郭茂林和那个孩子。郭茂林一脸愤怒。小孩打了个激灵，捂着脸，惊恐地看着郭茂林的脸。

"狗日的长眼没有？"郭茂林吼叫着。

"狗日的水是从四十丈深的井里吊上来的。"又吼了一声。

"走！"又一声。

孩子又打了一个激灵，以为郭茂林还要扇他。没扇。郭茂林抓着孩子的一只胳膊，把孩子提走了。

谁都明白了，郭茂林的吼叫是给他们听的。

他们都没了洗漱的心情。他们你看看我，我看看你，各自端着各自的脸盆进窑去了。

满院是水。

安达没有进去。他在院子里站着。他很难堪，也很难受。他看着院子里的水。他也泼过两盆。

胖嫂也听见了郭茂林的吼叫。她把院子里的安达拉进了厨房。

"别理他，你帮我烧火。"她说。

"队长就是这么个人，一会儿肚量大得能盛下五湖四海，一会儿又小得放不下个针尖儿。"她宽解着安达。

她很会宽解人。她说话的时候不看安达，好像在和他拉闲话。

后来，她给安达说，井确实有四十丈深。她说村里就一口井，沟底下虽然有水却吃不得，吃了肚子胀。

看天和看天的对话

安然和苟良没洗手洗脸。他们在山头上。他们抱着一台自己安装的收音机，是苟良的。他们想试试，看能收到几个台。他们爬了好几个山头，想找一个最高的。山头太多了，一个挨着一个，不知挨到了什么地方。他们绝望了，就停下来。只有两个台有声音，还吱吱啦啦的，听不太清楚。苟良说怪地方不好，太背。安然说怪收音机，是苟良的手艺不好。苟良说你不懂。安然不服气。安然说咱们都快跑到天上了你能怪地方？苟良还是说安然不懂。苟良说真要跑到天上就更收不到了。跑到月亮上连吱吱啦啦的声音也听不到。安然说我不信。安然说如果能跑到月亮上我就真和你试试。苟良说跑不到嘛。苟良摩挲着他的那台收音机，很不甘心的样子。安然说别难过，听毛主席的。毛主席说我们的同志在困难的时候要看到成绩要看到光明要提高我们的勇气，你就提高勇气再改装吧。苟良受不了安然的话。他说安然在讽刺他。他不理安然了。安然说我没讽刺你我很真诚。苟良还是不理安然。他躺下了，看着天上。安然也有些索然无味，挨着苟良躺下来，往天上看着。

"狗日的这天，像个包袱。"安然说。

苟良不说话。

"天就是啥都没有吧？"安然说。

苟良还是不说话。安然说苟良你和我说句话吧我现在正式告诉你不怪你的收音机，怪这些狗日的山头。安然说听不清咱就不听了咱想听收音机了咱就来这儿看天。

"你不是说天就是啥都没有吗？啥都没有看啥？"

"也许能看出一片草来。也许能看出一个油饼来。咱把嘴一张，啪哒，啪哒，就到咱嘴里了。"

"那不是油饼。"

"是啥？"

"是鸟屎。"

"没意思，你这人真没意思。"安然说。"咱不看天也行，咱听你吹口琴。"

苟良有一把口琴，安然知道。他们是好朋友。他们在山头上躺着。

诗稿和没有厕所咋办

葛治文写了一首诗。他把它誊在一页稿纸上，要给路远看。

在学校的时候他就经常给路远看他写的诗。他比路远高三个年级，可他们都是《红卫兵战报》的编辑。每写出一首新诗，他就会找路远。路远我写了一首新诗你看看吧，他会这么说。路远快看完了，他就会说：你留着吧有空了给我改改。好像路远比他还懂诗。

其实路远从不写诗。但路远也从来没有拒绝过葛治文。葛治文因此就产生了无边的想象，便隔三差五地给路远写起了那些语意和情感都不太清晰的信。他说是散文。他让路远把它们当散文读。"哪儿不好你改改。"他给路远这么说。路远也没有拒绝，不改，却保存着。她把它们连同那些诗稿都压在一个纸盒子里，下乡的时候一并带来了。葛治文是知道的。

路远和女知青们在收拾她们的窑。她们往窑壁上贴了几张样板戏宣传画。还有一张毛主席像。一收拾，窑里就有了人气，像住人的地方了。她们很有些得意。男知青的窑洞绝不像她们的这么富有人气的。

很快她们又犯愁了。不是因为她们的窑洞，是因为厕所。她们想起来了，院子里没有厕所。没法上厕所，咋办？

葛治文进来的时候，她们正坐在草铺上想厕所的问题，一脸无助神情。

"怎么啦？"葛治文问她们。

"没法上厕所。"她们说。

"想上了？"葛治文问。

"现在不想可想上了咋办？"她们说。

"噢。"葛治文噢了一声，便忘了他的诗稿。他把她们挨个儿看了一遍，一脸神秘。

"知道农民在哪儿上厕所吗？野地里。"他说。

"知道他们用什么擦屁股吗？土坷垃。"他说。

女知青们尖声喊叫着，从草铺上跳起来，要揪葛治文。葛治文从窑里跳了出去。

一出去，他才想起了他的诗稿。他是给路远看诗稿来的，没给成。他想另找个时间再给。他没想到再给的时候，路远却不要了。

不准谈恋爱

安达给大水说开个会吧？大水说行。他们就开了个会。他们围坐在那孔大窑里，齐声背诵了一段毛主席语录，然后，听安达给他们说话。

安达说我们是一个集体了我们要像爱护自己的眼睛一样爱护这个集体。我们要互相关心互相爱护互相帮助。安达总能合适地运用毛主席的教导。他说我们离开了学校远离了父母远离了朋友，还有我们生活过的城市，这儿就是我们的家了。他说我们虽然不是一个年级年龄有差别有男也有女但我们的心都是热的，都是年轻的血青春的血，我们的心会在一起跳动。他用手里的红宝书捂着胸口，显得很诚恳，也很动情。他总能这么诚恳地动情地说出他想要说的话。他们都受到了感染，都感到他们身体里的血正在每一根血管里流动着，热乎乎的。他们甚至能听见他们的心跳声。他们确实是一个家。他们都有了一种家的感觉。那时候，村庄已经睡了。村上的人都在他们的家里，在他们的炕上他们的被窝里做着各种各样的梦。他们都有自己的家。队长郭茂林有，胖嫂有，大个李也有。知青们也有自己的家了。虽然是草铺可草铺也是家里的草铺。他们听着安达的话，为他们的家感动着。他们爱听安达说的这些话。他们看着他。眼睛里的目光单纯明净。他们希望安达继续往下说。那时候他们就这么容易激动。他们的眼睛因为激动有些发潮，发酸了。安达再这么说下去，他们也许会流泪的。

安达没有像他们希望的那样说下去。他开始说具体的事情了。他说我们现在居住的窑洞是临时的。我们要用我们的安家费盖房，盖我们的知青院。

安达说这些话的时候，他们也很激动。他们立刻想象出一所院落，盖着崭新的瓦房。他们的心像蝴蝶一样扑扇着翅膀，要从胸腔里往外飞了。

安达还说了，从明天开始我们自己吊水。

他们都低下了头。他们想起了郭茂林扇那个小孩耳光时的情景。

安达还说了，在我们的理想没有实现以前不能谈恋爱。那时候他们都感到有一团灿烂的金黄色的东西在遥远的地方等待着他们。

路远说我同意，只有解放全人类无产阶级才能最后解放自己。她说理想没有实现就不能儿女情长。

所以，路远不再要葛治文的诗稿了。她把葛治文从窑里叫了出去。他们上了土崖，走了一截，又走了一截，然后站住了。

葛治文很高兴。他不知道路远为什么叫他出来。他以为路远叫他出来看天上的星星。天上的星星很多。他往天上看着。路远不说话。他感到不说话这么看着天上的星星也很好，甚至比说话还好。

"星星真多。"他说。

"我真想写一首关于星星的长诗。"他说。

"会写出来的。"他说。

路远还是不说话，他这才感到有点不对。

"咋不说话？"他看着路远。他不看星星了。他想看见路远脸上的表情，但看不清。

"我看，以后我们少接触一点。"路远终于说出了她要说的话。

"为什么？"

"不好。"

"有什么不好？我们互相帮助，共同提高，有什么不好？安达开会时还说要互相关心互相爱护互相帮助。"

"你声小一点。"

"我没觉得有什么不好。"

"影响不好。"

"没人知道的。"

"回吧,他们都睡了。"

"我不想睡,睡不着。"

"那我回了。"

"我写了一首诗还没给你看。"

路远已经走了。

"我愿意接受你和革命的考验。"

他说。

从父辈们到拴过牲口的窑洞

安达和大水的铺在一起挨着。他们把玻璃罩灯里的火苗捻到了最小。他们靠着窑壁坐着,腿伸在被窝里。他们睡不着,想说点什么,又找不到说话的头绪,就不时地眨一下眼睛。

在安达的印象里,大水总是很朴素的,朴素得像他身上那件洗得褪了颜色的学生服,也像他的家庭。大水的父亲是工人,哥嫂也是。母亲是农村妇女,后来到了城里,没工作,就在家里洗衣服做饭,又生了大水。大水和哥嫂的年龄相差很多。父亲死了以后,母亲和哥嫂住在一起。嫂子不喜欢大水。这也是大水很乐意下乡的一个原因。

他们原不在一个学校,安达转学插在了大水的班上。大水是班长,安达是学习委员。后来,安达当了班长,大水是副班长。大水并不介意,好像本来就该这样。他们是好朋友。大水总感到安达身上有一种什么东西吸引着他。到底是什么东西又说不清楚。安达学习好，爱看书，爱思考问题，有主意，说话能感染人。就是这些东西吗？是，又好像不是；说不清。说不清不说了，不想了。人不是把什么东西都能说得清楚想清楚的。何况，这不影响他们是好朋友。再后来，安达的父亲吃了一把大头针死了。安达给老师说他不想当班长了，让大水当。你别啊安达。大水跺着脚，急得要哭了一样。大水就是这么个人，亲近，可靠。安达有话愿意给大水说，说过许多，还有许多话想说又没说。他不知道他说了以后大水会怎么想。要下乡了，他终于鼓着勇气，把大水约到了城墙根下。他要好好和大水说一次。本该早说的。说了心里就干净了。他们要去一个叫牛尻子的地方插队落户，要在一起呆一辈子呢。

城墙很古老，一千多年了。他们背靠着城墙上厚重潮湿的砖头。能闻见砖缝里透出来的那种发霉的气味。

他说他父亲和二叔三叔都是革命者。他们砸烂了他们父亲装银元的老瓮，把银元分给了长工和佃户。他们给长工和佃户说革命了这些银元都是你们的你们拿去。他们说想革命的跟我们走不想革命的就回你们的家去等着分田分地。他们的父亲浑身打颤，让长工和佃户们揍他的儿子们。长工和佃户们没人敢动他们的少爷，都拿着银元跑了。他们的父亲诅咒他们说你们不得好死，然后，就把自己挂在了屋梁上。他的儿子们成了彻底的革命者，再没回过他们的村庄。村庄在白洋淀，是华北平原的组成部分。

他说他父亲本来要去苏联，到了大连，联络站被破坏了，就去了日本。日本没有革命可学，就学了数学，成了数学博士，回国后就脱党了。有人说他父亲脱党是因为三叔。三叔在肃反的时候被枪毙了。

他说三叔是从敌人的监狱里被营救出来以后被枪毙的，因为没人能证明三叔是叛徒，也没人能证明他不是叛徒。枪毙他的人说革命队伍必须是纯洁的万一你叛变过革命怎么办？他们就枪毙了他。

他说父亲先在南方的一所联合大学教书，然后又到了这座城市，和一伙人创办一所大学。他就是在他父亲创办的大学里上的小学和附中。他说他父亲脱党的问题被查出来以后他才转的学。

再后来，他父亲就吃了一大把大头针。

他说他父亲吃大头针的时候正在研究一个深奥的数学公式。

"是大头针吗？"大水说。

"是大头针。"他说。

他说他不想给父亲戴黑纱，他姐硬给他和安然戴上了。他妈死了以后，他姐管家里的事。她是数学系的讲师，比他大九岁。办完父亲的丧事，她就到一家街道食品厂上班去了。他说他姐为了照顾他和安然，一直没有结婚。

安达说得有些伤感了。

"别和别的人说这些话。"大水说。

"我就给你说。"安达说。

"我也不会和别人说的。"大水说。

"不管怎样，我还是要革命的。"安达说。

这就是他们在城墙根底下说的话。

现在，他们在牛尻子村，在一孔土窑里靠着窑壁坐着，坐了很长时间。

"睡吧。"大水说。他从黄挎包里取出一个小闹钟，放在了枕头跟前。

"得砌个厕所。"安达说。

他们捻灭了灯，钻进了被窝。

他们闻到了一种牲口粪和干草的气味。后来他们才知道，窑里原来是拴高脚牲口的地方。他们要来扎根，没地方住，队长郭茂林让饲养员把那几头牲口拉到饲养室去了。牲口拉走了，但气味还在。

第二章

他们抓住了一个偷棉花的贼

他们是唱着革命歌曲走到棉花地的。"我们年轻人有颗火热的心，革命时代当尖兵。"他们唱着，步子跨得很大，踩着节拍。他们感到全世界的人都排成了队伍，他们走在队伍的最前头。那时候他们就是这种感觉。他们经常就会产生这种感觉。他们手里提着一把拔棉花秆的抬钩。苟良戴着一双白线手套，吹着口琴给他们伴奏着。

安达说我们要下地干活。郭茂林说你们不是参观团你们要在这儿扎根下地的事先不急，你们到村里村外转转看看和贫下中农聊聊过几天再说。安达说就因为我们是来扎根的不能像参观团那样转转看看聊聊，我们要下地。"噢噢，"郭茂林说，"那就下地。"

他给他们每人发了一把抬钩。

"拔棉花秆。"他给他们说。

他们站在棉花地头惊叹了很长时间。这么大一片啊。有多少根棉花秆啊。要一根一根拔啊。他们就这么惊叹着。那时候社员们还没来。他们看着手里的那种叫做抬钩的东西，不知道该怎么下手。夹吗？拧吗？钩吗？他们夹了一阵拧了一阵钩了一阵，没拔下一根棉花秆。

然后，他们就发现了二狗媳妇。

二狗媳妇在棉花地里蜷缩着。她想在社员上工之前偷摘几把残花然后溜走。棉花秆上有没摘干净的残花。她没想到这么早会有人来棉花地。她蜷缩起来了。她想找机会往出溜。

他们发现了她。他们叫喊着围上去。他们看见她在地上蹲着，怀里鼓鼓囊囊的。她没拿抬钩。他们很快就判定她是个偷棉花的贼。

"贼。"他们说。

二狗媳妇白了他们一眼，没动。

"起来起来让大家看看你这个偷棉花的贼。"他们说。

二狗媳妇站起来了。"摘了几把残花，给你们拿去。"她从衣襟里袜子里掏出来几把棉花，甩在地上，要走。安达说不能走。二狗媳妇说棉花给你们了还要咋？

队长和社员们来了。咋啦咋啦？队长说着就到了跟前。

大水说："抓住个偷棉花的贼。"

队长看清了："噢噢，是你啊。"

苟良喊着让社员们都过来："快来看抓住个贼。"

社员们过来了。二狗也在里边。二狗媳妇一看见二狗，要哭了一样。

安达问二狗媳妇：你是啥成分？

二狗抢过去，挡住他媳妇：贫农，咋？

安达说贫农也不能偷集体财产。

大水说要批判。

二狗说批判谁？

安达指着二狗媳妇说："她。让她吸取教训。"

二狗说我先教训教训你。

二狗一头朝安达的肚子撞过去，撞倒了安达。他们在地上厮扭着，翻滚着。知青和社员们围上去拉架。二狗媳妇害怕了，流着眼泪直叫队长。

队长郭茂林没动，他从耳朵背后取下一根半截烟卷，蹲在一边吸哑着。他不看他们。他在用耳朵听。他听见厮扭着的两个人被拉开了，才站起来。

"不打了？不打了就干活。"他说。

知青们拍打着安达身上的土。大水把掉在一边的军帽捡回来，塞给安达。安达把军帽戴好，喘着气给队长说："这事要处理。"

队长说回去再处理。他看社员们没动，脸一拉，朝他们吼了一声："都长耳朵没有？"

社员们不敢怠慢，进棉花地了。

二狗媳妇在旁边抹着眼泪。郭茂林说你咋还站在这儿？走！轰走了二狗媳妇。

然后，他提着抬钩也要进棉花地了。

苟良哎了一声，说："那不行。"

郭茂林站住了："谁说不行？"

苟良说偷棉花还打人，为什么不处理？

郭茂林的眉毛竖起来了："我问你，这事情是听我的还是听你的？你看你，拔棉花秆来还戴个白手套，这能干活？能把抬钩攥紧？"

他的目光停在了苟良的上衣口袋上。那里有个明光闪亮的东西。他伸手把它抽了出来。

"这是啥？"他问苟良。

安然说是口琴，吹歌的。

"噢，"他说，"你把拔棉花秆当成演节目了是不是？"

他把口琴塞进了苟良的口袋，斜了苟良一眼，扭身进了棉花地。

知青们都愣住了。他们看着安达。他们在不知道该怎么办的时候就看安达。

"先干活吧。"安达说。

他们也进了棉花地。

他们很快就知道了拔棉花秆的滋味。

拔棉花秆：一种需要技巧的体力劳动

葛治文没拔棉花秆。他在办黑板报。他把各种颜色的粉笔都使用上了。他把他写的那首新诗也抄了上去，并加了花边。他退后几步，把整个版面端详了一阵，很满意。他想这种水准的黑板报至少应该保留一个月，要不太可惜。他没花多长时间就给牛尻子村创造了一件作品，所以他心情很好。他就是怀着这种很好的心情端着粉笔盒，夹着三角尺走下那道土崖的。他想他们不会很快收工。如果他们没收工，他就让胖嫂给他找一把抬钩，他要去棉花地和他们拔一阵棉花秆。

他险些被横七竖八胡乱扔在院子里的抬钩绊了一跤。

胖嫂在厨房门口坐着，好像在和谁生气。

"收工了？"

"噢嘛。"

收工了也不能把劳动工具满院子乱扔啊。

"人呢？"

"窑里呢。"

他进了那间大窑。他说我正想找一把抬钩去棉花地里没想到你们收工了。

没人理他。

这时候，他才看清了，他们和院子里的抬钩一样，把自己胡乱扔在地铺上，像挨了一顿打。苟良的白线手套变成了布条，在手上缠着。苟良往手上吹着气。

有这么严重吗？又不是开水烫了你吹什么气。

他想看看苟良的手。苟良说去去去，把他拨到了一边。

"别这么对待我啊，"他说，"办黑板报是安达安排的这也是劳动啊。"

安然从草铺上坐了起来。安然说葛治文你再说一句我就踢你裤裆。

葛治文害怕了。安然说要踢就会真的踢的。

"我没想到拔棉花秆就会把你们弄成这种样子，这不是我的问题我不说了你也别踢。"

他从窑里退了出来。

他进了另一孔窑。他想看看路远。

他很快又退了出来。没人理他。路远也不理。路远的手上缠着手绢，他想拉过来看看，路远又抽了回来。没人和他说话。她们没有说话的心情。他显得很多余，不能不退出去。

他又看见院子里的那些抬钩了。他把它们拿在手里端详了一阵。很简单的一种劳动工具，一根短棍上钉着一个铁钩。他怎么也想不通它们会把他们弄成那种样子。尤其是安然，多说一句话就要踢裤裆，有那么严重吗？

胖嫂让他叫他们出来吃饭。胖嫂说他们不吃不喝连手脸也不洗。他说我不能叫。他没说万一安然火气上来会踢他裤裆。

"让安达叫去。"他说。

胖嫂说安达和大水没回来。

"那就等他们回来再叫。"他说。

他还在看那些抬钩。

几天后，葛治文在他的日记本上写下了这么一段文字：

拔棉花秆，一种需要技巧的体力劳动，其感受如下：胳膊、腿和腰不是你自己的，还有脖子和手指头。你很难协调它们之间的关系。但它们分明又是你自己的，因为它们每时每刻都让你有一种说不清是痛是痒是酸的感觉。你很想把它们从你身上卸下来扔到窑背上去。你可以把这种复杂的感觉笼统地称之为难受。

那时候，他已经拔过棉花秆了。

郭茂林提出了谁教育谁的问题

安达和大水坐在地头边的塄坎上，看着他们拔过的棉花秆。棉花秆大多被拔断了，直挺挺在地里戳着。他们很沮丧。他们没想到他们会把棉花秆拔成这个样子。他们没心思回去吃饭。

队长郭茂林也没有回去。他在知青们拔过的棉花地里转悠了好大一阵，然后，朝坐在塄坎上的安达和大水走来。

"我数过了，你们连根拔上来的棉花秆一共是二百零四根，一个人平均不到二十根。我虽然不识几个字，可数数一般错不了，二百零四，拔断的我没数，数不过来。"

他给他们这么说。

他的话比拔断的棉花秆还戳人。

"别难受。饭要一口一口吃。弹棉花娶媳妇，不是一号号挣来的。日子长着哩，慢慢来。毛主席说，只要有恒心，铁棒磨成针。回吧，我肚子饿了。"

他说。他看安达和大水没有走的意思。他说那我先走了，就真的走了。走了没多远，又站住了。他听见安达在叫他。

"饿了吧？你和谁都能抵抗，就是不能和肚子抵抗。你抵抗不过它。"他说。

安达叫他不是因为肚子。安达问他准备把偷棉花的人怎么办？

"好办。"他说，"吃过饭我就去二狗家骂他们狗日的一顿。"

"批判会不开了？"

"批判会？我没说要开批判会啊。我说要开批判会了？"

"那不行。"

"开不成，没法开。"

"为啥？"

"一句两句说不清，回去吃饭。"

他又要走了。

安达拦住了他："你别走。"

郭茂林躁气了，脖子一歪："我说你这娃，咋是个犟屎不进尿壶？我说不开就不开，你没听见？我问你，你们是接受贫下中农再教育来了，还是教育贫下中农来了？"

"我们是维护公共财产。"

"我就不维护了？她没偷走，又放下了嘛。"

"那也不行。"

"不行？你们说不行就不行了？这个队还没人敢在我跟前说个不字。走开走开，我要吃饭，要开你们自个儿开去。"

郭茂林甩下安达和大水，走了。

大水问安达咋办？安达想了想，说："我们开就我们开。"

吃完饭，安达让大水去敲土槐树上的铁铧，他去找郭茂林。他想来想去应该把郭茂林叫来，开会没有队长参加不合适。

郭茂林正在喝玉米粥糊糊。他端着一只粗瓷老碗，圪蹴着，喝得很香。喝两口就用筷子夹几根咸萝卜菜，嚼得咯噜咯噜响。他好像知道安达要来找他一样。安达没说话，他先开口了。

"我听见你们敲钟了，敲了三遍是不是？那是白敲。"他说。

"你以为你们一敲钟社员就会去开你们那个会是不是？你以为你们在街上喊几声就会有人去你们那儿是不是？你错了我说。上工铃要看谁敲哩我说，开会喽要看谁喊哩。"他说。

"我让副队长挨家挨户打招呼了，开会可以，但不记工分。不记工分的会谁愿意开？"他说。

"开会还记工分？"

"给你说嘛。农村的事你们不清楚。你听没听过天开仓地放粮家家有个贼婆娘这话？没听过是吧？谁家的媳妇没偷过队上的东西？多少都偷过，没办法，日子难过嘛。这就是农村。再说，二狗媳妇偷的是残花，够可怜的了，你咋批判？要我说，你们先做几样事，硬邦一点的，让贫下中农看看咱毛主席派来的知识青年是好样的，比你开那个烂会好得多。"

"你咋能说是烂会？"

"我就说是烂会，你告我去。"

靠战无不胜的毛泽东思想

安达给坐在院子里等着开会的知青们说："把马灯取下来把桌子往窑里搬还有标语，会不开了。"

"为什么？"

"没社员，队长也不来。等到天明也不会来的。"

知青们不动。他们不服气也不甘心。

大水说："咱挨门挨户叫人去。"

安达说："算了。"

安达把马灯从墙上摘了下来。知青们知道会真的开不成了，很不情愿地把挂起来的标语和搬出来的桌子往窑里收拾着。

一躺到草铺上，那种说不清是痛是酸是痒的感觉又回到他们的身体里了，小虫子一样在他们的肉里骨头里钻着，扭着，爬着。如果能把它们取出来就好了。取出来就把它们一个一个捻死。

他们不知道该把胳膊和腿放在什么地方合适。他们不时地摆弄着自己的身子，在草铺上。

苟良拿着他的那只口琴，吹出了一支歌。

安然说苟良你能不能不吹？

苟良说我手上的泡全烂了又疼又烧我想吹。

安然说我能不能把腿放你身上？

苟良说不能我还想把我的腿放你身上呢你想得太美了。

安然说咱互相帮助我听你吹歌你让我放腿。

苟良说你把腿放过来我就砸你放。

安然不敢放。安然说我不放了你吹吧吹一段好听的。

苟良说不吹了。他收起口琴，缩进被窝，往他的那双烂手上吹着气。

最不甘心的是葛治文。他把发言稿都准备好了，没用上，所以他不甘心。他说安达我把发言稿都准备好了咋办？安达说我也不知道该咋办。他说要不你看看。安达说我不看我没心思，他让大水看，大水也不看。

苟良说诗人什么时候都要出风头。

葛治文不以为然。他说这怎么能叫出风头我写发言稿也是为了我们这个集体。

安然说你真要为咱这个集体你就让我们把腿放在你身上舒服一

会儿。

葛治文说你们要放我就出去蹲在院子里。

安达说别闹了我知道你们都很难受其实最难受的是我。

他们就不闹了。他们缩在被窝里，希望能早点睡着。

几天后，郭茂林来找安达，说有事情要和他商量。他端着茶水缸子，边走边喝着。

安达和大水正在砌厕所。他们看见郭茂林从土崖上走下来了，装作没看见。他们不想和他说话。那几天他们一直不想和他说话。

郭茂林蹲在石碾盘上了。

"我知道你们对我有意见。我知道你们不想和我照鼻子。"他说。

"可我得给你们说清楚，我不是有意和你们为难。和你们为难对我有啥好处？没好处嘛。你们想想，今天把这个批一下，明天把那个判一下，你们在村上咋呆？我是为你们好哩。毛主席说，要搞好群众关系。"他说。

安达想争辩。郭茂林拦住了他。郭茂林从石碾盘上走下来，到安达和大水跟前了。

"你别跟我辩。我肯定辩不过你。但我是好心。毛主席说，日久见人心。"他说。

安达说毛主席没这样说过。

郭茂林把脸歪向天空，眨了几下眼："没说过？毛主席没说就算我说的。日久见人心。日子长了，你们就知道我是个啥人了。"

他喝了一口茶。

"你们喝不？熬的。"

安达和大水没反应。

郭茂林不再让了。他说："跟你们商量个事。咱队上的社员都有自留地，我和队干部研究过了，给你们也划。"

安达说："这是私有制的产物，我们不要。"

郭茂林说："噢噢，还有个事。队上想给社员分点棉花，你们和社员一样，一人一份。"

安达说："我们用不着。"

郭茂林说："那也得分。咱想每人多分一点，这得瞒着公社。你们不分，有人想不开去公社告状咋办？"

安达说："那我们就更不能分了。"

郭茂林说："你咋这么难说话？本来想瞒着你们。"

安达说："你瞒不住。"

郭茂林说："所以才给你们说嘛。我也不想这么做，可咱队上有的人家连一条厚被子也没有。咱得让人把冬天熬过去吧？"

大水说："你把社会主义新农村说得跟旧社会一样。"

郭茂林急眼了："看你这娃，咱现在当家做主人，咋能和旧社会一样？旧社会有知识青年吗？可咱也不能瞎说，咱眼下的日子还有些小困难。"

安达说："我们反对私分棉花。你要分，我们就向公社反映。"

郭茂林说："社员咋过冬？"

大水说："靠战无不胜的毛泽东思想。"

郭茂林的眼珠子直了，一动也不动地看着安达和大水，嘴唇一下一下抽着。

"你说的那是个屎。"他真想这么说一句。他没说。他抽了好大一会儿嘴唇，再抽就成歪嘴了。

"好，说得好。"他说。

"棉花不分了。算我放了个屁。"他说。

他把茶缸里的茶水全泼在了地上。

"我放了个屁。"他说。

他走了。

安达和大水一直看着郭茂林上了土崖。

安达说："我喉咙里不堵了。我一直很堵。现在不堵了。"

大水说："我也是。"

工分标准和吃油饼的数量

几天后，郭茂林又找安达说了一次话。收工的时候，他叫住了安达，在路上。他以为郭茂林还要说那天说过的事。不是。

郭茂林说："你回去把你们的人问问，那天在胖嫂家谁吃了几个油饼，给我写个单单。"

安达听不懂郭茂林的意思。

郭茂林说："你别怕，不给你们要饭钱，要给你们定工分。"

安达更不明白了。他不明白吃油饼和定工分有什么关系。

郭茂林说："定工分得有个标准是不是？你们拔了几天棉花秆都拔断了是不是？谁拔得好拔得不好看不出来是不是？标准咋定？所以要统计吃油饼的数量。能吃才能干。谁吃得多，工分就定高些，谁吃得少，就定低些。先定个标准，以后再调整。"

郭茂林还说："你们不能记全劳力工分。男的最高九分。女的最高七分。工分记不好，社员会有意见，都指工分吃饭哩。"

他不知道郭茂林是怎么从他的跟前走开的。他像在做梦一样。他本来是站着的，现在坐下了。他感到他的腿有些发软。他往周围看了一会儿。已是傍晚的时候了，晚归的人也开始从山梁山峁上往村里走，有的赶着羊，背着柴火，远看去不像在走，像在移动。

大水朝他走过来。大水一直在一边等着。他也听见了郭茂林的话。

"他走了。"大水说。

安达没吭声，看着远处。

"我听见他说的话了。"大水说。

"他不会是报复吧？"大水又说了一句。

他挨着安达坐下来。

"我们是农民了，大水。"安达说。

大水有些诧异。他没想到安达会说这么一句话。他看了安达一眼。安达好像痴了一样。

"我一直是这么想的。进村的时候也这么想了。现在才真的感觉到了。"安达说。

"你怎么了？"

"我也不知道。"

"是难受吗？"

"说不清。"

大水不再问了。

他们坐的地方离村子不很远。周围的那些山梁和山峁围拥着他们。他们感到那些山梁和山峁有些变了，和几天前看见的好像不一样了。

"你说从山峁上往下跳，会不会摔死？"

"我不想听你说这些话。"大水说。

安达不说了。他们又坐了一会儿，天就黑了下来。他们看见黑夜的影子是从低处往高处漫上来的。水一样，不知不觉就漫上来，最后，连那些山梁和山峁也淹没了。

"回吧。"安达说。

他们站起来，往回走。

"给他们说不说定工分的事？"安达说。

"迟早要说的。"大水说。

"那就说吧。"

他们往回走着。

胖嫂给他们留着饭，等着他们。他们吃饭的时候胖嫂没走。她倚着厨房门，看着他们吃。他们说胖嫂你回吧。胖嫂说不急，我等你们吃完收拾好了再走。

"这是我给你们做的最后一顿饭，明天你们就自个儿做饭了。"胖嫂说。

他们啊了一声，看着胖嫂。

胖嫂笑眯眯的，操着手，脸蛋上像抹了粉。

"我站好最后一班岗。"胖嫂说。

他们这才看见，厨房已收拾过了，比平时更有条理。

"他们知道吗？"

"我给他们说了。"胖嫂说。

"噢噢。"

"定工分的事我也说了。"胖嫂说。

"嗯？噢噢。"

胖嫂说平时要把抹布洗干净，做完饭要压灭炉膛里的火，马勺挂在水缸沿上，用起来顺手。

"这些话我给他们也说过了。"胖嫂说。

"噢噢。"

胖嫂坚持要洗他们吃过的饭碗。胖嫂走的时候有些恋恋不舍。她把围裙解下来放在了案板上。她说留着你们做饭的时候用。

他们把胖嫂送到了土崖上边。

那天晚上，苟良一直吹着他的那只口琴。

苟良说我手不疼了不烧了但我想吹口琴。他说不让吹我就去窑背上吹，再不让我就去找个山峁坐在山峁上吹去。

他们说你吹吧反正我们也睡不着你的口琴正好伴心慌。

如果不是瞌睡，苟良会一直吹到天亮。

隔壁窑里的女知青们也睡不着。她们躺在被窝里，睁着眼，听着苟良的口琴声。有人听着听着还流出了眼泪。是林英。这是安达后来听说的。

安达也在听苟良的口琴。他给他们什么也没说。他觉得说什么都不合适。

第三章

他们要淘井淘出了一堆淤泥

安达正在井台上吊水。

村庄很安静。黎明正给东边的天上放白。

轳辘又粗又笨，绕几十圈才吊上来一桶。他一圈一圈地扳着，不紧不慢，已很老练了。

"老远就听见有人吊水，知道是你。"

胖嫂挑着水担来了。她把水桶放在井台跟前，看着安达，一脸笑。

安达也看了一眼胖嫂："为啥知道是我？"

胖嫂说："不为啥。"

安达把吊上来的水倒进了胖嫂的水桶里。胖嫂没有推辞。

胖嫂说："好多天没去你们那儿了，自个儿做饭行不？"

安达说："凑合。"

胖嫂说："有没有我做得香？"

安达说："没有。"

胖嫂说："想也是。"

又一桶吊上来了，倒进了胖嫂的另一桶。胖嫂要走了，又扭过身来，说："你多吊几桶，把水缸存满，要淘井了。"她说她起这么早就是要给请来的淘井匠做饭。

"咋个淘法？"

"把井底的淤泥挖上来，水就深了，清了。"

"那还要请淘井匠？"

"队上没人淘嘛，太受罪。"

胖嫂说淘井匠比下乡干部还难伺候，要吃鸡蛋要喝酒，茶水里还要放白糖，工钱是另外的。

就这么，他知道了淘井的事。

他趴在井口往下看了一阵。他吊过很多次水，却从没往井底下看过。井确实很深。他找了块瓦片扔下去，很长时间才听见响声。

他和大水去郭茂林家的时候，郭茂林正在和两个淘井匠讨价还价。

郭茂林说："你看，烟、酒、糖都给你们买下了。我让胖嫂给你们做荷包蛋。可有一条，得给咱淘好。上次你们在井底下胡乱鼓捣了几下就交差了，没几天水又浑了，社员们都骂我哩。"

郭茂林说："工钱和上次一样，我一分也不加。"

安达问郭茂林："淘井有啥技术没有？"

郭茂林说："有个屎技术，把井底下的淤泥往深处挖就行。"

安达说："那你把他们退了，这井我们淘。"

大水说："我们不要队上的工钱，只要白糖和酒。"

郭茂林笑了。他知道他们想在社员面前表现一下，可表现也不能拿淘井表现。

郭茂林说："不行不行，出了事谁负责？"

安达说："不要你负责。"

郭茂林来精神了："不要我负责？我不负责谁负责？给你们父母咋交代？给公社咋交代？给咱毛主席咋交代？"

他把他们轰走了。他让他们该干啥干啥去。他让两个淘井的喝茶。

"喝。喝完茶再抽根纸烟，等太阳旺了我领你们去井台。"他说。

太阳旺了些，又旺了些。他咬着烟卷，背着手，领着两个淘井匠出门了。

井台上围着许多人。

再走近点看就更清楚了，是知识青年。

"坏了。"郭茂林给自己说。

他扔下两个淘井匠，很快就到了井台跟前。确实是队上的知青。女知青们抱着军大衣和棉被，像几只兴奋的麻雀。男知青们抱着粗笨的轳辘。安达已被他们捆扎好了，脚塞在木桶里，手抓着井绳，让他们把他往井里溜。

郭茂林的脸立刻变得蜡黄。他跳上了井台，紧紧揪住了井绳。

"不能。"他使劲摇着头。他说安达我叫你声爷你给我上来。他说我把你们都叫声爷你们不用表现我给你们都记全劳力工分你们别让他下去。

安达说别听他的往下溜。

大水说他抓着井绳溜不成。

他们把郭茂林抱到了一边，让女知青拦着。

郭茂林眼睁睁看着他们把安达溜下了井。

他说你们把轳辘扳紧一点一点往下溜。

他说你们给他说不行了就让他摇绳。

他说出了事你们要给我作证不是我让他下去的。

他说咋这么长时间还没到井底下？

"到了。"大水说。

他说到了就盯着井绳，井绳一动你们就赶紧扳轳辘别看我都往井绳上看。

"动了动了。"大水说。

他说喊尿哩他憋不住了快扳轳辘。

扳上来的不是安达，是一桶淤泥。知青们"嗷"一声叫了起来。他们说队长他憋住了吊上来的是淤泥。

"噢噢。"郭茂林说。

他坐了下去。他颤着手在衣服口袋里摸着旱烟和纸条。他想卷一根烟抽。

他们淘了两天，淘出来一大堆淤泥。

郭茂林要求社员们去看望知青。

"井里的水清了是不是？你们要有人心，就去看看人家娃们。不要你们拿东西。给娃们说几句好听的就行。"

那天晚上，他们在院子里点了一堆火，给看望他们的社员跳了一场《洗衣舞》。

过年的礼物

然后是冬天和雪。

他们在窑背上看过。他们看见那些山梁和山峁在飘飘扬扬的雪花里一点一点隐没不见了。消雪的时候，它们又一点一点显露出来，变成它们原来的那种瘦骨嶙峋的样子。

整个冬天，他们都在那些瘦骨嶙峋的山梁和山峁上修梯田，唱那首"层层梯田平展展"的歌。

然后是过年。

他们都记得那天的情景。他们收工回来，看见院子的石碾盘上放着许多东西，有白面粉，有白糖，还有红枣，分成了十几份。

安达说："先别急着吃饭。"

他们就围到了碾盘跟前。

安达说了一长串话。

安达说我和大水忙活了几天，给大家弄了这点东西，算我们这个共产主义集体给大家回城过春节的礼物。

安达说面粉是口粮。白糖凭票供应，掏钱买的。红枣是我和大水商量后，从安家费里拿出点钱买的，没敢多买，钱要留着盖房用。拿点礼物回去，让家里人高兴高兴，对我们也就放心了。

安达说明年秋季我们就以我们的劳动日正式参加生产队的分配了，就真的成为自食其力的社会主义劳动者了，会有更多更好的礼物送给大家回城过节。

安达又一次感染了他们。他们喊了一声毛主席万岁，各自抱走了各自的那一份东西。

第二天放假，他们互相搭伴去县城逛街了。

葛治文不想和他们一起去县城。他想和路远单独走。两个人结伴走三十多里路，然后在县街上逛街景，进食堂吃饭，回来再走三十多里，该能说多少话啊。不说话一起走着也好。街道上人多，但互相不认识。不认识的人看不认识的人，彼此都是移动的风景。

那天晚上，葛治文就是这么想的。

他没想到他会醒来晚。等他爬起来，院子里只剩下安达和大水了。一问，他们早在路上了。他白想了一夜。

他没赶上他们。

他是在县城的集市上找见他们的。

他给他们说："你们走也不叫我一声。"

他说这话的时候看了路远一眼。

安然说："我们是一块说好的，你没说，谁知道你来不来。"

他脱下一只鞋，让他们看他脚上磨出的泡。

他说："为了赶上你们我一路小跑，肠子都绞在一起了。"

他又看了一眼路远。

安然说："我们挡了一辆拖拉机，你把肠子跑断了也赶不上的。"

他们看着他笑了。他们觉得他的样子有些傻，傻得可怜又可爱。

后来，他们走散了。

林英紧走了几步，走到安然跟前了。

"哎，问你个话。"

安然瞄着集市上的东西，有些心不在焉。

林英："你哥回不回？"

安然："不回。"

林英："为啥？"

安然："不为啥！"

林英抓住安然的胳膊，把安然揪过来："问你话呢！"

安然："他给咱看家。"

林英："他一个人？"

安然："看家还要几个人？要不你留下陪他？"

林英："去你的。"

安然给林英笑了一下，很得意。他在人丛中寻找周志丽。他说周志丽你过来领你去个地方。周志丽知道安然在逗她。安然老爱逗她。她问啥地方？安然说去了就知道了。她说不去。她陪林英买小米去了。

苟良说："看你有意思没？还想不想修理收音机？"

安然说："咋不想？"

他和苟良说好了，苟良回城不带收音机，要借给安达听。

"我哥一个人过春节，让他听听样板戏。"他说。

葛治文给路远说："我跑了三十多里路肚子饿了，你陪我去饭馆吃碗红肉煮馍。"

他没敢说他请路远吃。他怕她拒绝。

他们进了一家挂着"工农食堂"招牌的饭馆。葛治文买了两个红肉煮馍的牌子，然后，和路远坐在了一张靠窗的饭桌跟前。

葛治文说："你们真挡了一辆拖拉机？"

路远说："快到县城了，安然挡的。"

葛治文说："我本来想和你一起的。"

路远顺着眼，不吭声了。

葛治文说："春节咋过？"

路远说："过一天再过一天，咋过？"

葛治文说："我到你家看你去。"

路远说："我哥我姐都回来，家里太乱。"

葛治文说："我知道你不愿让我去。"

路远说："我没那个意思。"

葛治文说："那我去。"

路远说："我不一定在家。"

葛治文说："我天天去，总能碰上吧？"

路远说："那成啥了？"

葛治文说："我说你不愿让我去，你不承认。我不去你别怕。"

葛治文从衣服口袋里往外掏什么东西。

路远说："你别掏。"

葛治文说："为什么？"

路远说："又写了一首诗。"

葛治文脸红了，不掏了。

葛治文说："你不该戏谑我……"

路远说："对不起，我不是故意的。"

葛治文说："诗人的心都很脆弱。"

路远叹了一口气。她有些同情葛治文了。

路远说："你啥时候不脆弱了也许就成了。"

葛治文抬起头看着路远，好像没听懂路远的话。

路远笑了一下，说："没什么，吃饭吧。"

红肉煮馍来了。

路远坚持要付饭钱。她说她家的情况比葛治文家好。

回去的时候，他们碰上了林英和周志丽。葛治文的想法全落空了。晚上，他挑破了脚上的水泡，抹了点紫药水，一个人钻进被窝早早睡了。

安达和大水没去县城。他们和了一堆泥，挨个儿堵着窑里的老鼠洞。老鼠们太猖狂，已经咬烂了几个人的被子，还拉走了苟良的一只袜子。

安达问大水咋不去县城？大水说他不想买啥东西，也不想逛街。他说："我让胖嫂做了两双袜垫子，算是给我哥我嫂的礼物。我不爱回家，我哥我嫂不喜欢我，你知道的。"

安达说："有你妈啊。"

大水说："你有你姐啊。我妈还有我哥嫂陪着。你姐一个人，你该回去看看你姐。"

安达说："安然回去一样。"

大水说："本该你回去的你偏要留下。"

安达说："一样，一样的。"

大水说："你一个咋吃饭？"

安达说："队上要杀猪分肉，你们等不上了，都是我一个人的。我煮肉，吃肉。"

大水说："要不你去胖嫂家搭灶。"

安达说："不去。人家过年团圆哩，我是个多余的，搅得人家过不好年。我一个人想吃啥做啥，没事干就看书。"

堵完老鼠洞，他们坐在窑里的草铺上，好长时间没有说话。后来，大水吭哧了一阵，叫了一声安达，说："以后，我说以后，你也给我一点机会。为集体的事，别摊在你一个人身上。"

安达看着大水。大水的脸有些红了。

安达说："噢，噢，我知道了。"

大水说："你别误会。"

安达说："我不会的。"

他看大水的脸涨红了，又说了一句："放心，我不会的。"

他们都笑了一下。

又一次看天和想当英雄人物的对话

夕阳越来越大了。它正在往下跌落。这时候去看那些山峁，它们像一个一个小馒头，紧挨着，浸在夕阳的余晖里，一直铺排到很远的地方，画出来的一样。

安然和苟良在其中的一个山峁上坐着。

修理收音机的给苟良说，你交十块钱我让你的收音机立马能收到七八个台。苟良说你把我的收音机给我。修理收音机的说，咋啦？苟良把收音机装回挎包，说，我有十块钱就不找你了，我有十块钱我买个新的，你听你还"咋啦"，你说咋啦？

收音机没修成，他们也没了逛街的心情。他们一人喝了一碗胡辣汤，然后就往回赶了。

他们不想早早回村，就坐在了山峁上。

苟良用他的口琴一连吹了几支歌。

安然说："吹嘛，再吹。"

苟良说："嘴吹干了。"

安然说："再吹一会儿又会湿的。"

苟良说："别讽刺啊。"

安然说："真的，不信你试试。"

苟良又吹了，吹的是那首《听妈妈讲那过去的事情》。他把每一句拖音都吹成了颤音。

安然说："挺凄凉的。是不是想你妈了？"

苟良脸上的神情真的有些凄凉。

安然说："别想了马上就回了。"

苟良说："你不想？"

安然说："我爸我妈都死了，没法想。"

苟良说："你姐呢？你不想你姐？"

安然说："想。我姐一个人，挺可怜的。"

苟良说："你哥想不想你姐？"

安然说："不知道。也想吧。"

苟良说："他咋不回去？"

安然说："他要给咱看家，还要去县上给咱联系盖房的木料。"

苟良说："噢。"

然后又说："咱真要在这儿扎根了。"

他把口琴放在嘴上拉了一下，拉出一声尖锐的怪音。

那声怪音在空气里隐没了。

苟良叫了一声安然。

"你想不想当英雄人物？"

苟良突然说了这么一句话。安然不知道苟良为什么会说出这么一句话。他歪过头，使劲看着苟良的脸。

苟良知道安然在看他。他不看安然。他看着远处。

苟良说："我想当。我父亲是工程师，被打倒了。我下乡是想避开家庭。我感到很羞耻。其实我父亲是个好人。我要是个英雄人物，我父亲的处境也许会好一点。还有我弟我妹，他们也会好的。"

安然说："我看你是神经了。当英雄人物？像蔡永祥，门合，刘英俊？当英雄也得有当英雄的运气。门合恰巧碰到一个笨蛋，把手榴弹扔在脚跟前了。刘英俊恰巧碰上了火车，马惊了。蔡永祥也是，阶级敌人给铁路桥上放木头，恰巧他值班。你有这运气吗？别发神经了你。你说你是不是发神经了？"

苟良想了想，也是，便不再说了。他给安然笑了一下，又吹口琴了。

套一挂马车送他们回家

郭茂林套了一挂马车。

他说："把你们往家带的东西往车上放，人也上。"

他要送送他们。

他说："我只能把你们送到大路上我不敢往柏油路上送，送到柏油路上我赶天黑就回不来了。"

他说："回到家向你们爸你们妈问个好，就说我们队的郭队长问你们好哩向你们拜个革命的早年。"

他们说郭队长你干脆把马车赶到城里去跟我们在城里过年，过完年我们再坐你的马车回来。

郭茂林说日弄我哩日弄我哩，到城里我把牲口往哪儿拴？你们和你们爸你们妈说亲热话哩我和谁说去？别日弄我了上车吧你们。

他们嘻嘻哈哈跳进了车厢。郭茂林早坐在车辕上了。郭茂林甩了一个响鞭。他们给站在土崖上送他们的安达摇着手。他们说安达你一定要把咱分的肉吃完啊。他们说你心慌了就在草铺上翻跟头翻几个跟头年就过去了。

安达没翻跟头。安达在扫院。安达每天都要扫几遍院子。那天送走他们，他感到空落落的。他看见了扫帚，就把院子扫了一遍。还是空落落的。他在窑里转了几个来回，扭了一阵苟良的那台收音机。收音机吱吱啦啦的。听着很费劲。他很快就没了耐心，就又扫了一遍院子。他感到扫院子是排遣那种空落落的感觉的最好办法。有时候他扫得很仔细，有时候就大刀阔斧，抡开胳膊扫，把他扫在一团飞扬的尘土里，累了，就在尘土里一口一口吐唾沫。

胖嫂来找他的时候，他就在尘土里吐着唾沫。胖嫂看不清他，也没法到他跟前去。

胖嫂说："安达你是咋啦？"

他从飞扬的尘土里走出来，揉着眼。

他说："我扫院哩。"

胖嫂笑了，笑得格儿格儿的。

胖嫂说："有你这么扫院的没？"

他说："我就这么扫。"

胖嫂说："你把土扫到天上，又落下来，跟没扫一样。"

他说："那我就再扫。"

胖嫂又格儿格儿笑了。

胖嫂说："你别扫了你给我写副对联。"

这时候，他才看见胖嫂提着两条红纸。

他说："你家有教书先生还让我写啊？"

胖嫂说："我家教书先生写的字像猫爪子爬的，我看不上眼。"

他就给胖嫂写对联。胖嫂看着他写。

胖嫂说："你看你几天的工夫就瘦成猴了，你咋吃饭的？"

他说："我熬了一锅南瓜汤，想吃的时候就往里边煮几个饼，就这么吃。"

胖嫂说："去我家吃吧。"

他抬起头看了胖嫂一眼。胖嫂也看着他。胖嫂的眼眸子清亮清亮的。

胖嫂说："你看啥？我是真心请你哩。"

他说："算了。"

他又写对联。胖嫂拦住他不让写。胖嫂扬了一下眉毛。

胖嫂说："啥叫算了？我给我家教书先生说过了，多添一瓢水的事。去不去？"

他说："不去。"

胖嫂的脸突然红了。

胖嫂说："不去就不去受着去。"

胖嫂扯过对联夹在胳肢窝里走了。

他说："胖嫂，还没写完哩。"

胖嫂说："没写完就没写完我让我家教书先生写去。"

胖嫂连头也没回。走了。

他说："这才奇怪呢。"

给自个儿说的。

街上有人放爆竹，他才想起是大年三十了。

"狗日的等不及了，这时候就放炮。"

有人在街上骂着，他能听见。

那时候天还没黑。他不想扫院子。他要煮肉。队上分猪肉了。按理不该给知青分，他们还没正式参加分配。郭茂林说："要分，你们吃肉过年让人家娃熬白菜是不是？分。"他就分到了一份。他想他把肉煮熟就美美吃一顿，然后就把窑门堵严实，不让风进来。然后就看一会儿书。然后想一会儿他姐。然后就睡。睡一觉起来，除夕夜就过去了。他想一个人的除夕夜就该这么过。他再想不出另外的过法了。

除夕夜

独自一个人在牛尻子村的窑洞里过除夕夜是不是革命，安达突然这么想了一下。

他吃过煮肉走进窑洞躺在草铺上的时候突然这么想了一下。

人有时候就会突然想起什么的。

他想起了他写大字报揪斗老师的情景，想起了大串联和办《红卫兵战报》的情景，然后是背着铺盖卷坐卡车上走土路来到牛尻子村的情景，像过电影一样。

吃煮肉呢?

扫院子呢?

如果你是一个革命者,你做的一切都应和革命有关,他给自己这么说。毛主席办《湘江评论》的时候,组织新民学会的时候,在农民运动讲习所的时候,说不定就扫过院子,他想。毛主席住的地方总该有院子吧?总擦过黑板?你不能说毛主席在农民运动讲习所讲课是革命而擦农民运动讲习所的黑板就不是革命吧?你不能说背着铺盖卷来牛尻子插队落户当知青是革命而扫知青点的院子就不是革命吧?

所以,你就吃你的煮肉扫你的院子一个人过你的除夕吧,他坐在窑洞里的草铺上给自己这么说。

当然,你还要做比扫院子吃煮肉更重要的事情。当然你首先得领导好爱护好牛尻子的这个知青小集体。当时的共产主义小组们都是一个一个的小集体啊。

你不可能像毛主席那么伟大,但你有可能比较伟大。最伟大的只有一个,比较伟大的可以很多。所以,你就好好扫你的院子吧。你也许会扫出一个美好的将来的。

安达终于体验到一个人在牛尻子村的窑洞里过除夕夜的好处了。一个人是可以安心地想一些问题的,可以把心灵深处的灯拨亮,不受一点干扰地想任何问题。

想吧,接着再往下想。

出去尿尿的时候,他哼了一段毛主席语录歌:世界是你们的,也是我们的,但归根结底是你们的……他打了一个尿颤。太冷了,风透过衣服直往肉里钻。他提着裤子跑回窑里。他往回跑的时候没再唱语录歌。他闭上了窑门。

想吧,接着再往下想。

他把铺头上的油灯捻子挑长了一些,窑里立刻亮了许多。他把他缩进被窝里，想让他的身子快一点暖和起来。他把手压在屁股底下，往腿上使着劲，让腿和腿挨得紧一些再紧一些。

一股风把窑门推开了。

不是风。有人从门外走了进来。

是林英。

"冷死了冷死了。"

林英跺着脚，解开捂在嘴上的口罩，把一网兜东西扔在安达的草铺上，往手上呵着气。她穿着一件军大衣。

安达张着嘴，半晌没说出话来。他想不到会是林英。林英怎么会在这个时候回来呢？

"你，你怎么回来了？"

"我怎——么就不能回来？"

林英学着安达的语调，把"怎么"拖得很长。她脱掉鞋，坐在草铺上，把网兜里的东西全倒了出来。

林英说："都是军区发给我爸的。"

她爸在军区工作，是个首长。

安达不看那些东西。他皱着眉头。

安达说："你，你回来做啥？"

林英说："啥也不啥。城里过年没意思。吃嘛，都是给你带的。"

安达说："不吃。"

林英说："咋啦？"

安达说："送你回去。"

林英说："你放心，我不是偷着来的，我爸我妈都知道。我说城里没意思我要回农村过一个革命化的春节。我爸就叫了一辆吉普车，和我妈把我送到了汽车站。这些东西都是他们让我带来的。"

她使劲拧着罐头盖儿，拧不开，要急出眼泪了。

又一股风。郭茂林叫着安达从门外踏了进来。他提着一瓶酒。

郭茂林说："我想你一个人肯定恓惶，我来和你喝两盅。这不是林英吗你咋回来了？"

他看见了林英。

林英说："城里过年没意思我就回来了。"

"噢噢。"郭茂林说。他看见了安达草铺上的那一堆吃物。

"这么多好吃的，是林英从城里拿的吧？"

他盘腿坐过去，拿起一块糕点塞进嘴里。

安达不再皱眉头了。他让林英去厨房端搪瓷盆。他说搪瓷盆里有肉。

林英端来了搪瓷盆。

郭茂林说："我知道你这儿有肉，我就是蹭你的肉来了，没想到还有糕点，还有罐头。"

他从衣服口袋里掏出两个酒盅，倒上酒，递给安达一盅。

安达说："你自个儿喝，我不能喝。"

郭茂林说："不能喝也得喝，过除夕哩。林英也喝。"

林英说："不喝不喝我看你们喝。"

林英把她裹在军大衣里，靠着窑壁，看着郭茂林和安达喝酒。她不时眨一下眼睛，像一只乖巧的猫。

几盅酒下去，郭茂林的脸就变颜色了。

他说："安达，你听我说，自留地你们得要，光指工分不行。咱队上今年一个工才一毛二分钱。光指工分你们连嘴都糊不住。"

"是不是？"

"可不是。我哄你干啥。"

郭茂林又倒酒了。

安达不知道一个工一毛二分钱是什么意思。为什么一个工一毛二分钱就糊不住嘴？

郭茂林说："你出一天工，挣一毛二分钱，全年一天不歇，挣三百六十五个一毛二。就这意思，明白了吧？"

安达似乎明白了，说："噢噢。"

郭茂林咽下一盅酒，呵了一口气，转话题了。他好像突然间变老了。

他说："我也不怕你笑话，我找你还有个事要说。想让你帮个忙。"

安达说："说吧，你说。"

郭茂林说："我想借你们一点白面。你可别误会，以为是专门为这事来的。我也是来跟你喝酒的。"

安达说："我没误会。"

郭茂林说："我三个娃，拖累重。今年没私分棉花，不能织布换粮了。走亲戚的馍太黑，拿不出手，我媳妇死要面子，说她不走亲戚，把我给整住了。粮不够吃嘛。"

安达说："现在粮就不够吃，到春天咋办？"

郭茂林说："再想办法嘛。说实话，别人当队长一年半载就下台，我当五年了，为啥？别人明里暗里给自己弄哩，我不，所以我当的时间长。我下不了那手。"

"队上有多少户粮不够吃？"

"一半。"

"这么多。"

"你以为呢。"

安达想起郭茂林要私分棉花的事了。

安达说："我不该拦你分棉花。"

郭茂林说："过去的事不说了。你拦得也对，省得查出来犯错误。"

安达说："还有棉花没有？"

郭茂林说："有个屎，都交了。不想了不想了。我说娃啊，你们在农村扎根，可是个脱皮掉肉的事哎。"

他们不再说话了。

安达想起了林英，扭头一看，军大衣里的林英早睡着了。

很甜的一张睡脸。

第四章

贼腥味

"炖鸡炖鸡。"

安然走进厨房，把抱在怀里的外衣一抖，两只死鸡掉了下来，鸡头被扭断了。

正在做饭的周志丽吓了一跳，"呀"一声叫了起来。不管大惊小惊，她总爱这么"呀"一声叫起来。

周志丽说："拿走拿走吓死我了。"

她用胳膊挡着眼睛，不敢往死鸡上看。

安然说："别喊叫，炖鸡。"

周志丽说："哪儿来的？"

安然说："买的，还能是偷的？"

安然边说边拔着鸡毛。周志丽不再害怕了。

周志丽说："多钱？"

安然说："又不问你要钱，你问那么清干啥？拉木料的人今天该回来了，他们辛苦，我买两只鸡犒劳犒劳他们。"

周志丽还要问："多钱？"

"两块。"

周志丽又"呀"了一声。

安然说："呀，呀，你就知道个呀。"

周志丽说："咋这么便宜，不是病鸡吧？"

安然说："我怎么会买病鸡？我和老乡磨了半天牙，我说我们有个女同志病了，要补补身子。老乡动了同情心。老乡说你们是毛主席派来的知识青年你们不容易，就把鸡给我了，说不要钱。我不好意思，硬塞给他两块钱。这下清楚了吧？快舀盆开水来，鸡不烫毛拔不净。"

周志丽舀了一盆滚开的水。水太烫。安然的手像鸡啄米一样，口吹着气。

安然说："狗日的手进不去。噗噗。"

他吹着盆里冒上来的热气。

周志丽说："你不是和苟良磨面去了吗？"

安然说："是啊是啊，我是和苟良磨面去了。我让他看磨子，我去买鸡了。"

毛拔完了。安然提了一把铁锨，在土崖根底下挖了个坑，把鸡毛埋了进去。周志丽跟了出来。她看安然有些鬼鬼祟祟的。

周志丽说："你咋鬼鬼祟祟的？"

安然说："没有啊。鸡毛不埋风一吹满院飞，你不嫌脏啊？你快去烧你的火，我到胖嫂家要些佐料。咱既然炖鸡就得把它炖好。"

周志丽似乎相信了。安然正上土崖的坡。她看见安然边走边在裤子上抹着脏手。

周志丽说："脏死了，别往裤子上抹啊。"

拉木料的知青们回来的时候，已是傍晚了。他们闻到了一股香味。他们一边洗手洗脸一边吸抽着鼻子。

他们说："周志丽你做啥好吃的了，这么香。"

周志丽说："安然买了两只鸡要犒劳大家。"

他们说："呜哇。"

安然说："你们进山辛苦，算我们留在家里的一点心意。两只鸡少了点，但鸡汤管饱喝。"

他们又"呜哇"了一声。

郭茂林听说拉木料的回来了，跟来了。安然给了他一只鸡腿。他把一只脚蹬在架子车上，撕咬着鸡腿上的肉。

他说："椽有了，檩有了，再买几个门窗，这房也就起来了。"

安达让郭茂林吃馍。郭茂林不好意思了。

郭茂林说："鸡腿吃得我老大不好意思了，还吃馍？"

安达说："吃吧吃吧。"

安达一走一跛，脚上绑着布条。

郭茂林说："你的脚咋啦？"

安达说："翻沟的时候没踩牢实，扭了。"

安然看见了，想过去问问他哥。没等问，邻村的王三从土崖上走了下来。

王三领着一个小孩。

王三说："这儿是知青住的地方吧？"

郭茂林说："王三你咋跑到这儿来了？来来，往下走。你看，都是知青，正吃饭哩。我混了个鸡腿，快吃完了，没法让你了。"

王三看看郭茂林手里的鸡腿，又挨个儿看了几个知青碗里的菜。

郭茂林说："王三你还真想吃啊？"

王三说："吃个屁。"

郭茂林和知青们都愣住了，看着王三。

王三说："你们的鸡是从哪儿来的？"

知青们不明白是怎么回事，扭着头看周志丽。

周志丽眨了几下眼："买的呀。"

王三说："哪儿买的？谁买的？"

周志丽转着脖子想找安然。

院子里没有安然。安然回窑里去了。

周志丽叫起来了："安然，你快出来。"

安然不出来。

王三对郭茂林说："他们偷了我家的鸡。"

周志丽又叫了："安然你快出来，给人家说清楚。"

安然从窑门里跳了出来，冲着王三："你别瞎说你有啥凭证？"

王三从他身边的小孩头上摘下一顶军帽，给安然晃着。

王三说："这是你的吧？"

他们都看清了，确实是安然的。

王三说："偷了我家的鸡还哄我娃，不让我娃给人说。你看他傻不傻，我娃不给别人说，还能不给我说？"

安然低下头，不吭声了。

饭没法吃了。他们碗里的鸡肉是偷来的。

路远第一个放下饭碗，进窑去了。

葛治文说："我说怎么有一股贼腥味。"

也放下饭碗走了。

他们都放下饭碗走了。周志丽想阻拦，但没人理她。她走到安达跟前，一脸无辜的神情。

周志丽说："我也不知道……"

大水从衣服口袋里摸出几块钱，递给王三。王三不要。

王三说："我不是来要钱的。想吃鸡说一声，别偷偷摸摸的丢人现眼。"

郭茂林拿过大水手里的钱，塞给王三："行了行了，拿着钱走人。"

王三把钱放在军帽里，一并塞给郭茂林，说："这钱我不要，我怕害了他们。还知识青年呢，你好好教育吧。"

王三拉着孩子走了。

郭茂林和大水都变成了木头。

"啪"一声。安达摔了手里的碗。碗的碎片和饭菜飞溅开来，溅在了郭茂林和大水的裤子上、鞋上。

他把偷鸡讲成了经验介绍

窑里点了两盏罩子灯。

男女知青们都在窑里坐着，姿势虽然随便，气氛却很严肃。他们在开生活会。

没人说话。

安达说："安然，还要请你啊？"

安然站了起来。他把手里的《毛主席语录》翻了一阵，又合上了。

安然说："毛主席教导我们：要斗私批修。我偷了鸡，一口鸡肉也没吃，我错了。我明天就去赔钱。"

安然又坐下了。

他们都有些诧异。安然的检讨太简短了。而且，他好像还很委屈。

安达说："完了？"

安然说："完了。"

安达说："不行。"

安然说："我赔钱还不行？"

安达说："赔钱也不行。"

大水打断了他们的争执："安然同学还不能……"

安然顶了一句："是同志。"

大水没在意。他说："安然同志还不能深刻认识偷鸡事件的危害性，大家帮助他认识。谁先说？"

周志丽说："怪我当时没问清楚。我也有责任。"

安然说："与你有屁关系。"

大水说："请说话文明一点。让人把话说完。志丽，你继续说。"

周志丽说："我说完了。"

林英说："安然是好心，是为了大家，又要赔钱……"

路远打断了林英的话："那也不能原谅。这已经严重损害了我们知青在老乡心目中的形象，也损害了安然自己的形象了。"

葛治文说："路远说得对。安然同志应该从思想深处找根源。"

安然说："你不会说我是反革命吧？"

葛治文瞪圆了眼："这简直是不让人说话嘛，这会还怎么开？"

有人更关心安然是怎么偷鸡的。

安然从衣服口袋里拿出一样东西给他们晃了晃。是很长的一截细铜线，线头上穿着一颗玉米粒。

苟良叫了起来，说："这是我收音机线圈上的线，安然你太恶劣了你怎么随便损坏我的东西！"

他取来收音机一看，线圈确实被损坏了。

苟良说："你们看你们看，他把我的收音机弄坏了。"

苟良心疼得要哭。

安然说："别小气，以后我赔你，本来就收不到台。"

苟良说："你们听，他弄坏我的东西还说我小气。"

他们还是不知道安然是怎么偷鸡的。他们说收音机的事回头再说，先说偷鸡。

安然用铜线和那颗玉米粒给他们演示着，边演示边说："你把玉米粒扔给鸡，鸡吃了玉米粒，你就拽铜线，鸡一声不吭就过来了。我拽了两只，还想拽，让那个小孩看见了。我怕他给人说，我把我的军帽给他戴在头上，又摸了摸他的小牛牛，说了几句亲热话。我没想到鸡是他家的。"

葛治文说："你把偷鸡讲成经验介绍了。"

安然说："是你们让我讲的。"

葛治文："这完全是有预谋的嘛。"

安然跳了起来。他想扇葛治文一个嘴巴。他说："葛治文你还有完没完？"

安达抓起铺头上的挎包朝安然砸过去。安然躲开了。安然涨红着脸。

安然说："你打人！"

安达说："就要打你。"

他想站起来，扭伤的脚一疼，又坐下了。

安然说："你打人。你凭什么打人？毛主席说要文斗不要武斗你凭什么打人？"

苟良把安然从窑里推出去。苟良说："别喊叫，你哥是为你好，大家都是为你好。"

安然拨开苟良，说："少给我来这套，别跟我说话。"

苟良说："偏要跟你说。"

苟良说："我损失了线圈，连一口鸡汤也没喝上。我刚要喝，那个讨厌的王三就来了。"

苟良说："线圈坏了就坏了，我不记恨你。"

知青的成分问题

安然还是做了检讨。他写了一张检讨书，贴在厨房门外的墙壁上。

那些天，安达一直不理安然，和安然一句话也不说，看见安然要过来，他就走开了，一跛一跛的。安然很难过。看见他哥跛来跛去的样子，也有些可怜他哥。他想找机会和他哥说几句什么。歇工的时候，他在沟岸上砍上了一棵小树，给他哥做了一根简易的拐杖。

他哥往锅里添上水，要烧火了。由于脚疼，他没有出工，在家里做饭。他哥看见他进来了没理他，跛着脚坐进灶窝里，生着了火。

他把简易拐杖递给他哥，说："给你。"

他哥拉着风箱，不看他。

他说："我错了。"

他看见他哥脸上的表情松缓一些了，就把拐杖靠在锅台跟前，蹲在他哥旁边，往炉膛里添了几根硬柴火。

他说："这拐杖不是偷的，是他们歇工的时候我做的。"

他说："你和我说句话吧，我求你了。你几天理都不理我。"

安达终于开口了。

安达说："咱家的情况你是知道的。咱父母虽然死了，可改变不了咱的阶级成分。咱得好好改造自己，也只有在这儿才能找到出路。我就是因为这才把你领到这儿来的。"

安然从他哥诚恳的语气里，听出了一种深藏的伤感。

安达说："我就担心你。"

安然想给他哥说句好听一些的话，却想不出来。

他说："咱在农村算啥成分？"

他哥说："知青在农村当贫下中农对待。"

他点了点头，又给炉膛里添了点柴火。

火光在他们兄弟俩的脸上一闪一闪的。

后来，他们就打地基打土坯准备盖房了。那时候刚开春。郭茂林说春天雨水少，正是打墙盖房的好时候。

"我没钱嘛。我有钱也选这个时候盖房。"

他说。

苟良死得像英雄人物一样

苟良就是在郭茂林说的那个"盖房的好时候"死的。

他碰上了一个"恰巧"。

那天早晨，苟良和安然早早来到土壕，看见他们的土坯倒了一摞。再一看，是葛治文他们的土坯先倒，压倒了他们的。那些天他们一直在土壕里打土坯。苟良和安然一组，葛治文在另一组。

他们愤怒了。一摞土坯得花他们整整两天的功夫。每打一个土坯，都要支模子，撒灰，上土，用石锤子碰十几下，然后再取开模子，扳起来，端着放上土坯摞。土坯倒了，他们要这么一次一次再打踏整整两天。而且，是因为葛治文。所以他们愤怒了。

葛治文扛着铁锨来了。他看他们没动弹。

葛治文说："早来了咋不动弹？怕多打了吃亏是不是？"

葛治文放下铁锨，还想说一句什么，苟良就扑了下去，扑倒了葛治文，用拳头在葛治文的腰里掏了几下。葛治文哎哟哎哟叫着，抱着肚子，半晌爬不起来。苟良的拳头太狠了。

但葛治文还是爬了起来。

葛治文说："凭什么打我？安然，他打我你为什么不管，想让他打死我是不是？为什么？"

安然说："你睁开狗眼往那儿看。"

葛治文看见了倒塌的土坯。

葛治文说："土坯倒了为什么打我？我的也倒了，难道我愿意让它们倒？"

苟良说："你再睁开狗眼看看，是你的压倒了我们的。当初就让你摞远点，你不听，所以该打。"

葛治文说："你再打一下试试。"

刚才葛治文没防备，吃了亏，现在他做好了准备。

葛治文说："你再动我一下。"

苟良不想动他了。他看着被压倒的土坯，看得心疼。

安然说："算了别看了，再看也没用，再多打两天吧。"

葛治文说："就是嘛，这回我摞远点。"

苟良实在心疼，又没处发泄。他把衣服往肩膀上一搭，说："我不打了，谁爱打谁打去。"

苟良走了。安然没拦住他。

苟良就看见了饲养室的浓烟。他扑了进去。

他们很快都看见了饲养室的浓烟。他们提着水桶脸盆扛着铁锨，从四面八方跑到饲养室去救火。他们看见苟良已经把十几头牲口从烟火里拉了出来。苟良的身上也冒着烟火。饲养室在浓烈的烟火中吱吱嘎嘎响着。他们也想像苟良那样扑进去。火焰和浓烟的气浪把他们逼了回来。他们说苟良不能进去了。他们朝苟良叫喊着。

苟良回头看了他们一眼。苟良说还有一头牛。苟良做得和英雄人物一样，又一次扑进了烟火里。

安然要喊破头一样，朝正在倒下去的饲养室叫了一声："苟良！"

然后，他们看见饲养室巨大的屋顶叫喊着塌了下去，变成了一堆冒烟的废墟。

冒烟的废墟长久地呻吟着，发出"哗儿啪儿"的响声，像疲累了一样。

他们知道，苟良就在废墟里的某个地方。还有一头牛。他们长久地看着，希望苟良从废墟里走出来，拉着那头牛。

没有。

再看见苟良的时候，苟良已经躺在了一张木板床上。院子里搭了一个席棚，是专门给苟良搭的。木板床在席棚里。他们把苟良从冒烟的废墟里刨了出来，给他的身上和脸上裹了纱布。他们不忍心看苟良被烧坏的脸和身体。

安然在苟良身边坐着。他一直守着苟良。他仰着头，一声不吭。他的眼睛里有两颗泪珠，随时要滚出来，但一直没有。再不滚出来，就会被风吹干了。也许他不让它们滚出来，就是想让风把它们吹干。

知青们都在院里，站着，坐着。盛不住眼泪的，就让眼泪水啪哒啪哒往下掉着。

郭茂林蹲在席棚口，抽着旱烟卷。他的眼睛里没有眼泪。

不时有人来看苟良。他们唏嘘着，叹几口气，然后离去。

二狗也来了。他也唏嘘了一阵。他没走开。他想说句什么话。他说了。

他说："人在事中就糊涂了。当时要把缰绳砍断，让牲口自个儿往外跑，就不会出这么大的事了。"

郭茂林斜眼看着二狗，他想踢二狗一脚。

郭茂林说："就你妈生你聪明是不是？走你的，回去蹲你家炕上说去。"

二狗没走，给郭茂林眨着眼，不知道他说错了什么。他想他没说错。

郭茂林说："走不走？不走我踢你。"

二狗怕踢，红着脸走了。

胖嫂在厨房里。郭茂林让她留下给知青做饭。他们没心思做饭，也没心情吃饭。郭茂林说："不行。喂也要喂他们几口。"

胖嫂做着做着就会捂着脸哭一阵。她不让她哭出声。她怕惹得院子里的人都哭。

大水不在。他回城接苟良的父母去了。

安达在窑里，正赶写一份苟良的材料。苟良是为抢救集体财产死的，应该追认为革命烈士。

不能追认烈士但可以开追悼会

安达在县城的一家旅馆里等了两天。县知青办的老张把苟良的事迹材料退给了他。老张很客气。

老张说："知青办开会研究过了，苟良不能追认革命烈士。"

安达的脸突然涨得通红。

老张说："别激动。有话慢慢说。"

安达说："为什么？"

老张说："苟良同志的家庭有问题。"

安达说："家庭是家庭，苟良是苟良啊。"

老张说："是啊是啊。家庭是一个原因。还有另一原因。有人想当英雄人物，自己放火然后救火，这种事情已发生过多起了，我们不能不慎重。"

安达的脸又突然涨得通红。

老张依然很客气："别激动，慢慢说。"

安达说："你们，你们怎么能随便怀疑人？苟良不是那种人。"

老张说："我们没说苟良同志就一定是那种人。但我们得慎重。没有人能证明饲养室的火不是他自己放的。"

安达说："难道有人证明是苟良放的火？"

老张说："所以我们要慎重。"

安达无话可说了。他突然想起了三叔。苟良和三叔一样，掉在一个幽深的井里了。

老张说："你说呢？安达同志？"

安达感到他浑身发虚。老张的声音离他很远，好像在月亮上一样。

"那，追悼会……"

老张说："追悼会是可以开的。村上的人死了，开个追悼会，寄托我们的哀思，这是毛主席说的。"

老张的声音又在月亮上了。

棺材里的苟良拿着一本红宝书

苟良入殓了，躺在了一口棺材里。

苟良的父母和知青们一起扎着花圈。松柏树枝是林英、路远她们几个女知青从山上折来的。苟良的父亲不像个工程师，穿着一件工作服，倒像个工人。苟良的母亲眼里噙着泪水，往松柏树枝上绑着纸花。

他们做了很多纸花，白颜色的，每人的胸脯上别了一朵。

郭茂林说："安达到县上去了，想给娃争个烈士的名誉。娃是为生产队死的，也该有个名誉。"

苟良母亲眼里的泪水流了出来。

苟良父亲点着头，说："谢谢。谢谢。"

安达就是这时候回来的。

郭茂林说："正说你呢。这是苟良的两个老人，你们握个手。"

安达握着苟良父母的手，鼻子直发酸。

苟良父亲说："苟良的事让你费心了。"

安达低着头，想哭。

郭茂林说："争取上了？"

安达依然低着头。他们都看着安达，看安达的样子，就明白了大半。

郭茂林说："没争取上？为啥？"

苟良父亲一脸苦笑，说："不说了，我知道为啥。"

苟良母亲哭出声了，硬压抑着。

安达说："伯父伯母，我们没尽到责任。"

郭茂林说："算屌了，没争取上就没争取上，人都死了，要那个虚名做啥？别难过了，都别难过了，把苟良的后事安顿好，比争那个虚名强一百倍。"

安达问苟良父母有啥要求。苟良父亲说："苟良是响应毛主席的号召来农村扎根的，就把他埋在农村。没啥要求。"

郭茂林说："那当然。苟良当然要埋在咱农村，墓都打好了。

你看队上给娃弄的棺材。这些年没人用过这么厚的棺板。不给娃表点心意，我心里下不去。"

苟良的父亲说："苟良的后事就交给你们了。我只请了两天假，路上一耽误，超了。我得赶回去。"

苟良母亲说："我真想哭，放大声哭。"

她在胸口那里抓着。

郭茂林说："把棺材打开，让他爸他妈再看娃一眼，跟娃道个别。"

大个李和大水打开了棺盖。

躺在棺材里的苟良戴着一顶黄军帽，衣着整洁，手里拿着一本红宝书。

苟良父母看着苟良，声音打着颤，叫着苟良的名字："苟良，苟良。"

郭茂林说："想哭就哭几声。"

苟良母亲突然放声哭了："苟良啊……"

她伸手抓着，要摸苟良的脸。苟良的父亲抱住了她。她挣扎着，砸着苟良的父亲。

"苟良啊，啊啊……"

院子里的人都泪流满面了。

郭茂林也流了泪。他挥挥手，让大个李盖棺。大个李盖好棺盖，跳上去，使劲踩了几下，盖结实了，然后，用斧头往棺盖上砸着钉子。

"咣，咣咣。咣，咣咣。"

八个年轻小伙抬着那口棺材，把苟良送到了一座山峁上。墓坑在那儿。

安然没去墓地。他在窑里坐着，一个人。他的眼睛和窑洞一样，空空荡荡的。他好像在想着什么，其实什么也没想。他有些失神了。他脑子里也和窑洞一样，空空荡荡的。

抬棺送葬的人一走，院子就安静下来了。

一股风吹起一张纸片，打了几个旋，又落了下来。是从白纸花上跌落下来的。有人从窑门外轻轻走进来，站住了。

是个小男孩，村上的。他看着安然。

他把手从背后伸出来，手里拿着一把口琴。

是苟良的。

小男孩说："我在土壕里捡的。"

安然从小男孩手里拿过口琴，看着。口琴很旧了，许多地方已失去了光泽。小男孩的鼻涕流下来了，"吱"一声，又吸了回去。

安然撒腿从窑里跑了出去，很突然，小男孩被吓了一跳。

安然跑到山峁上的时候，他们正要往墓坑里填土。他喊住了他们。他跳下墓坑，把口琴放在了墓堂里的棺材盖上。

安达和大水把安然刚拉上墓坑，无数把铁锹就挥舞着，碰撞着，往墓坑里填土。

填平了。很快就填平了。

又堆起了一个坟堆。

知青们没和送葬的社员一起回去。他们在苟良的坟堆跟前坐着，一动不动。

郭茂林说："回吧。"

没人动。

郭茂林说："天要黑了。"

还是没人动。

郭茂林摇摇头，给坟堆上压了一张白纸，扛着铁锹走了。

他们还在那儿坐着，不知要坐到什么时候。

林英把苟良的事写在了她的日记本上：

苟良死了。他没当上烈士……

她还想写，却不知道该写什么，就用了一个省略号，不写了。

安然不知从哪儿背回来半袋水泥。他在院子里挖了个坑做模子，给苟良做了一个墓碑，在墓碑上刻出来一行字："烈士苟良之墓"。安达要过泥抹子，抹去"烈士"两个字。换成了"知青"。

安然说："为啥？"

他瞪着安达，要吵架的样子。

安达说："不为啥。"

放下泥抹子走了。

和苟良一起塌死的那头牛被杀了，煮成了熟肉。分肉的时候，郭茂林专门打招呼，给知青也要分一份。他去看他们，专门到厨房转了一圈。他看见那几块牛肉在案板上放着，没人动。

他问安达和大水："咋没吃？分的肉咋不吃？忌口了？"

安达和大水在院子里修架子车，没吭声。

郭茂林说："你们咋是个这！死了死了，一死就了。人咱埋了，追悼会，咱开了，咱还老这么苦个脸？连牛肉都不吃了？活着的还活着嘛，还要往下活嘛。咱不能跟自己过不去，还要往好处活哎。"

他觉得他们是一帮怪人。

两个月后，他们搬进了新盖的院子，叫知青院。搬家的那天，他们烧了几锅开水，把拆了的被子和衬衣一起烫了一次。他们不想把虱子带到新屋里去。女知青们还洗了一次头，互相在头发里寻找了一遍，不让一个虱子漏网。她们已经不为身上发现虱子害臊了。

他们住过的窑洞没再拴牲口，成了队上的政治夜校。

第五章

安然买了一只狗

女知青和女社员在前边掰玉米棒，一人两行。男知青和男社员在后边挖玉米秆，也是一人两行。他们像狗撵兔一样。

满地里是玉米棒和玉米秆断裂的声响。

林英和胖嫂紧挨着。她们手里都拿着一截玉米秆，边掰玉米棒，边嚼着，吸咂着玉米秆里已很有限的甜汁。她们知道该怎么把这种又脏又劳人的活儿干得悠然一些，轻松一些。久积在玉米秆上的尘灰一经碰撞，就飞跳着，往她们的鼻子里、耳朵里钻着。玉米叶不停地刷割着她们的脸，不小心就会划出一道印痕。

林英说："胖嫂你尝尝我这一根，肯定比你的甜。"

胖嫂在林英递过来的玉米秆上咬了一口，咂着。胖嫂说嗯嗯就是比我的甜多了。

笼子里的玉米棒满了，快提不动了。她们就把它提到地头的路上去。

胶轮车在路边等着。赶车的是大水。他不知什么时候学会了赶车。她们把玉米棒倒在车厢里，大水再拉到大场去。大水坐在车辕上，一副悠然自得的样子。

胖嫂说："看把你自在的，美死你了。"

林英把正吃的玉米秆递给大水，说："你尝尝，跟甘蔗一样。"

大水嚼着，吸咂着。大水说："就是就是，真跟甘蔗一样。"

没人注意安然。他挖得很快，又到地头了。他看看头顶的太阳，把小镢头别在腰上，溜走了。他能听见他们在地的那一头说笑的声音。

正在厨房做饭的周志丽听见了几声狗叫，刚想探头往外看，那只狗就扑了上来，周志丽叫了一声，扔了手里的马勺，险些坐在了地上。

"别怕别怕，铁绳在我手里呢。"

安然一脸得意的笑。他拉着狗的铁绳。

周志丽不太怕了。她捡起马勺，冲安然叫着："呀呀呀呀！"

安然说："别呀呀，看看这狗，不错吧？"

周志丽说："拉走拉走，我不要看。"

安然没有拉走的意思。他给周志丽笑着。他喜欢周志丽受惊吓时的那种样子。

安然说："看看吧，看看。"

周志丽说："谁家的？"

安然说："咱家的。"

周志丽说："去你的谁和你一家？"

安然说："咱知青不是一家？你看你，我没别的意思。"

周志丽说："哪儿来的？"

安然说："买的。"

"又骗我。"

周志丽不理安然了。

安然说："这回没骗你，确实是我掏钱买的。我早就看上这只狗了。你说这狗怪不怪，见生人就咬，可就是不咬我。这就叫缘分。所以我买了它。"

他让周志丽给他两个馒头。

周志丽说："不给。"

安然说："不给我自个儿取。"

安然要揭笼盖取馒头。周志丽压住了他的手，不让取。

周志丽说："不给。"

安然说："我少吃两个行吧？"

"赖皮。"

周志丽松手了。

安然抓过馒头，拉着狗出了厨房。他要找一个拴狗的地方。他在院子里转了一圈，把拴狗的地方选在了厕所旁边。他取下别在腰里的小镢头，在那里砸着铁橛。

周志丽说："不行不行，你让人咋上厕所？"

安然说："有铁绳子拴着你怕啥？你看，我连铁绳铁橛一块买的。"

狗拴好了。他给狗晃晃手里的馒头，说："别急啊，待会儿咱一块儿吃。"他把馒头装进衣服口袋，端着脸盆要打水洗脸。

脸没洗完，他们就回来了。

"累死了累死了。"林英和路远边说边进了大门。她们扔掉竹笼，朝厕所走过去。

安然的狗一声扑叫，吓得她们朝后退了儿步，抱在一起了。

安然说："别怕，拴着哩。"

安然一脸肥皂沫，给她们笑着。

林英松开了路远："呀呀吓死我了。"

路远说："谁家的狗咋拴这儿了？"

安然说："我的。"

路远和林英都有些不相信。

路远说："你要养狗？"

安然说："是啊，早就想了，今天才下决心把它买回来了。"

安达和大水他们都回来了。

路远说："安达你快管管，安然拉回来一只狗，他要养。"

狗朝安达他们吠叫着。

安然洗完脸，泼掉脸盆里的水，说："那不是咬，是表示友好。"

葛治文说："这狗挺威风啊。"

安然说："你是真觉得它威风还是说风凉话？可别阴阳怪气。"

葛治文说："真的威风，你看嘛。"

路远瞥了葛治文一眼，说："你还说呢，我们连厕所也不敢进。"

葛治文说："那就另砌个厕所嘛。"

安然好像没听见，要走。

安达说："你干啥去？"

安然说："放脸盆。"

安达说："谁让你养狗的？"

安然说："咋？狗不是人养的？"

安达说："拉出去？"

安然说："为啥？"

安达说："知青院不准养狗。"

安然说："谁规定的？"

大水说："那也没规定养狗啊？"

安然说："那就规定一下。"

安达说："规定也不准养。"

安然说："狗可以看门，可以处理剩饭，还可以……"

安达说："少啰嗦，拉出去。"

安然说："不拉。"

安达说："给他拉出去。"

安然说："谁敢拉我就敢让它咬谁。"

没人敢拉。他们都怕咬。安达也怕。

安达说："要养狗就从知青院搬出去。"

安然说："搬出去就搬出去，稀罕。"

安然扔下脸盆，拔下铁橛，拉着狗出去了。

安达说："别理他，吃饭。"

他们开始洗脸吃饭了。周志丽说安然没吃饭给他留点。安达说不留。大水说不能硬碰硬，找他好好说说。安达刨着碗里的饭，不说话了。

关于养狗的会议和少数服从多数

安然在村外的土壕岸上。他用绳子拴了个什么东西，给狗晃着，让狗一跳一跳地扑咬。他听见他哥来了，是他哥的脚步声。到跟前了，站住了。他哥一定在看他。他不看他哥，继续玩着他的狗。他想他哥还会和他说话的。

安达确实在看着安然，他要和他说话。他想等安然不玩狗的时候再和他说。他等了很长时间，安然没有停止玩狗的意思。他等不住了。

安达说："你就不为我想想，你这个样子，让我咋管理这个集体？"

安然说："你也不想想，你当官，为啥要我做出牺牲？你是不是自私了一点？"

安达说："反正这狗不能进知青院。"

安然说："不进就不进。"

安达说："你把它拉进来，我用药毒死它。"

安然说："谁毒死它我和谁玩命。"

安达说："你等着看。"

安然说："就等着看。"

安达还要说，大水叫他来了，说郭茂林让去他家，有事说。安达斜了安然一眼，和大水去了郭茂林家。

郭茂林给安达和大水让座。他们一坐下，郭茂林便觉得他媳妇有些多余。

郭茂林说："哎哎，你咋不去夜校学歌？"

他媳妇说她让娃们去了，她学不会。

郭茂林说："学不会也要学，抓革命促生产，双管齐下，学歌就是抓革命。你以为学歌是让你当演员是不是？去去去。"

郭茂林媳妇给安达和大水笑了一下，走了。

郭茂林抠了一会儿脚指头，说："找你们来，是说秋粮分配的事。上边有规定，知青每人按一点二个人分。有些社员有意见，想不通。想不通就想不通，人自私了想啥都会歪的，你们说是不是？要不毛主席让斗私批修呢。斗私批修，斗私在前边呢。"

郭茂林又抠脚指头了。他们以为郭茂林还会说的。他不说了。

安达说："就这事？"

郭茂林说："就这事。再没了。"

郭茂林总这样，为一两句话的事把安达和大水叫到他家来。他说这样显得正式。他说正经事就得正经说。

安达说："大水一个劲催我，说郭队长专门等着哩。我以为你有多要紧的事。"

郭茂林说："还有多要紧的事？分粮的事就是天大的事你们可不敢小看了。"

那时候，安达没觉得分粮的事能比安然养狗的事大多少。回知青院的路上，他一直想着安然和他的那只狗。也许他会把狗给老乡退回去的。他这么想着。他真希望安然能这么做。

"大水你说，安然会不会把狗给老乡退回去？"

大水说："不知道。"

安达说："他不回知青院了？"

大水说："也许真不回了。"

要熄灯睡觉了，安然还没有回来。安达有些坐不住了，不停地看着安然的那间屋。

大水说："我没说错吧？"

安达说："你说咋办？"

大水想了一会儿，说："郭队长常说，牛不喝水，强扳犄角不成。他实在要养就让他养去。苟良死了以后，他心情一直不好，你知道的。养养狗也许会让他好一些。说不定哪天他就觉得没意思了，就不想养了，他自己会把狗处理掉的。"

大水没说错，苟良死后，安然说话明显少了。他经常一个人出去到山峁上坐，一坐就是很长时间。他很担心安然，怕他出什么事。他到山峁上找过安然一次。他们说过几句话，说得也不好。

他说："你坐这儿干啥？"

安然说："不干啥？"

他说："这儿有啥好坐的？"

安然说："没啥好坐的。"

他说："那你老来这儿坐。"

安然说："我想。"

他说："你别神经啊。"

安然说："你才神经呢。"

他想安然真要神经了可就麻烦了。他想知青院里养一只狗总比有一个发神经的好。

大水要去找安然，他没阻拦。他说要尽量动员他不养狗。大水说我会处理好的。他说知青院养一只狗总是不好，知青玩狗怎么想也让人觉得别扭。大水说你要不相信我那你去。他说还是你去。

大水在村外的一个草垛跟前找到了安然。他刚走到草垛跟前，那只狗就朝他扑咬过来。安然被扑咬的狗拽了起来，狗铁绳在他的胳膊上缠着。

大水说："喊了你多少声，咋不应？"

安然揉了眼，说："我睡着了。"

大水说："回吧。"

安然说："不回。你们不同意我养狗，我就天天睡在这儿。"

大水说："永远不进知青院了？"

安然说："吃饭的时候进，吃完饭再出来。"

大水说："说得怪可怜的。"

安然说："是你们逼的。"

大水说："咱开个会，让大家表决，一半以上的人同意，你就养，知青院是大家的，得征求一下大家的意见。"

安然说："你同意不？"

大水说："到时候你就知道了。"

睡觉的知青都被叫了起来，坐在了那间大屋里。那是他们开会的地方，里边有一张大木桌，上边放着几本实用书籍，还有报纸，也当图书室用。

安然没进屋，在门口站着，拉着狗，随时要走的架势。他刚进院时又后悔了。他感到他上了大水的当。所以他在门口站着。他铁了心要养狗，他们要不同意他就再走。

安达首先举手，说："我反对。"

路远说："我也反对。"

葛治文说："我无所谓，算弃权。"

周志丽要举手，看见安然正用眼睛盯她，又把手放下了。

安达说："周志丽你咋回事？"

安然说："别逼着让人举手嘛。"

没人举手了。大水问安达咋办？

安然说："少数服从多数，这是组织原则，我哥知道的。"

安达说："别叫我哥。"

安然找地方拴狗去了。

大水跟出来，说："另拴个地方，免得再惹事。"

没再惹事。没过几天，知青们就喜欢上了那只狗。安达也是，他觉得院子里有只狗也没什么不好，而且，安然好像不再去山峁上独坐了。

分粮引起了纠纷

大场上的玉米棒堆成了小山。

社员们拉着架子车，提着线口袋和麻袋，往大场上聚集着。要分粮了。

分粮的事就是天大的事。这是郭茂林的话。

知青们也拉着架子车来了，八辆车，是全队最大的分粮户。

大场上的社员们一下子瞪大了眼睛。他们本来是说着笑着的。现在他们瞪大了眼睛，看着知青们的车队，像看着一群怪物。

"狗日的，这么大阵势。"

"八辆车，吃大户来了。"

"往车厢里瞧，还有麻袋哩。"

"光他们怕能拉走一半，咱还分个屁。"

他们的目光变得冷漠起来。他们不愿看知青们了。他们坐在各自的架子车上，有的看天，有的看地，连那堆玉米棒也没心情看了。他们不像来分粮的，倒像领一样极不情愿做的工来了。

郭茂林在胶轮车旁边的木桌跟前坐着，还有会计。胶轮车辕成了过秤的支架，中间吊着一杆大秤。郭茂林的脸色似乎有些暧昧。他一直低着头，咂着旱烟卷。烟油透过烟纸渗出来了。没人知道他听没听见社员们的议论。

人来得差不多了。郭茂林站起来，咳嗽了一声，喉咙好像有些生涩，没咳出痰来。

郭茂林说："今年有个新情况，队上的学生娃和咱们一起参加分配。按上边的规定，学生娃按一点二个人分，我在这里给大家说一下。"

没人有反应。

郭茂林说："我看人来齐了，人齐了咱开始分。过来几个人给咱捉秤。"

没人过来。郭茂林的权威失灵了。

郭茂林说："哎哎咋回事？咋没人动弹？"

郭茂林用目光扫着大场上的人。还是没有人动弹。

郭茂林说："哎哎，不想分粮是不是？"

有人冒了一句："就是不想分了。"

郭茂林用眼睛搜寻着，想看清说话的是谁。

郭茂林说："想说话就站起来说。"

"站起来就站起来。"

站起来的是二狗。

二狗说："都是人都凭力气吃饭，他们为啥要多分？"

二狗说："他们来插队又没带土地，不是抢我们的口粮来了？早知道还不如不让他们来咱队上。"

二狗说："上边是胡规定哩。上边规定的时候为什么不征求咱贫下中农的意见？毛主席说要依靠贫下中农，他们想没想过毛主席的话？肯定没想过。"

二狗说得没遮没拦。二狗的话立刻引起许多人的附和。他们说就是就是。他们乱哄哄嚷起来了。

安达吃惊了。知青们都吃惊了。他们看着二狗。他们没想到二狗会说出这么一堆话。他们有些尴尬了。

林英说："二狗，你也太欺侮人了。"

二狗从人堆里跳出来，说："谁欺侮谁？让大伙说谁欺侮谁？你们插队带啥来了？就带十几张嘴。你们分谁的粮？分我们大家伙的。能分就不错了，还要多分，这才叫欺侮人呢。我反对。"

二狗抢着胳膊，溅着唾沫星子，走到郭茂林跟前了。

二狗说："你是队长你说，凭良心说这么分粮合理不合理？"

郭茂林说："学生娃都是成年人。咱每户都有小娃，小娃按成人分，可小娃没成人饭量大，不给学生娃加一点不公平。"

二狗叫了起来："哎哎哎你胳膊肘咋朝外扭？你得学生娃啥好处了？"

安然放开架子车辕，朝二狗走过去，他憋不住了。他想把二狗的头从脖子上扭下来扔到大场外边去。他阴着脸，盯着二狗。

二狗说："你别这么看我。我和队长说话没和你说，我和你没话。"

安然说："你和我没话可我有话和你说。"

二狗说："凶啥凶啥？我不是地富反坏右还不让我说话了。"

安然一把揪住了二狗的衣领。

二狗说："哎哎你为啥揪我？你放开。队长，他要行凶打人。"

安然说："把你刚才说的话收回去。"

二狗说："安达你管不管他再揪一会儿我就没气了，难道你们要杀人命不成？"

安达和大水没动。

安然又往手上用了点力气，揪得更紧了。

安然说："把你的话收回去。"

二狗的目光有些慌乱了："咋收？话说出去了咋收？"

安然说："知青给咱队上出力没有？"

"出了。"

"有贡献没有？"

"有。我不说瞎话。"

"这些玉米棒子里有没有我们的汗水？"

"有。我承认。"

"我们该不该分粮。"

"你松手。"

"说！"

二狗不说了。他感到他被人这么揪着很难受，也很丢人。他突然伸手朝安然的衣领抓过去。安然用力一摇，二狗打了个趔趄，没抓着。

二狗朝大场上的社员们叫喊起来："你们长没长眼？他要打我

你们的眼睛让驴踢瞎了？"

几个社员围上来，让安然松手。二狗趁势揪住了安然的衣领。大个李也过来了。

大个李说："二狗松手。"

二狗说："刚才你弄啥去了？我刚揪住你就让我松手。他不松我也不松。"

郭茂林开口说话了。他一直没吭声。他感到他不说话不行了。

郭茂林说："你们都走开让他们揪着，看他们能揪到天里。"

郭茂林突然骂起来了：

"咱日他妈分粮来了不是打架来了！咱日他妈就这么屎一点玉米棒子咱不觉得丢人咱还打架！咱日他妈年年缺粮肚子发烧还烧出闲劲儿来了。"

他谁也不看，他对着那堆玉米棒子骂着。

几个社员拉着架子车夹着麻袋走了。

郭茂林说："你们往哪儿走？你们走了这粮还分不分了？"

"不分了不分了，都拉到知青院里去算屎了。"

郭茂林愣住了。安达和知青们也愣住了。

他们愣在大场上。

粮没分成。

但粮不能不分。如果下场雨，玉米棒会发霉的。还有，那几天，社员们一见知青就扭身子，装作没看见，和他们打招呼，他们就哼一声，用鼻子回答。

安达想了又想，终于下了决心，找了一次郭茂林，说："我们不要那零点二了。"

郭茂林有些吃惊，不相信。

安达说："社员们把我们当仇人了。"

郭茂林说："噢噢。取了那个零点二，粮就能分下去了。这是你们全体的意见？"

安达说："我个人的。"

郭茂林说："不成不成，你们得统一，统一了再说。你得说服他们。"

安达没有说服大家。他们集体反对。他们说安达没有权力这么做。粮食是大家的，不能一个人说了算。郭茂林可以一个人说了算，但安达不能，因为安达不是郭茂林。他们还说，现在让那零点二，以后年年都得让，粮不够吃到哪儿去找那零点二？安达说现在看重那个零点二，是因为大河没水小河干。他们说那就等大河有水小河满的时候再让那零点二。安达问大水怎么办？大水没回答安达的问话。大水说种粮的没粮吃让人想不通。

安达又找了一次郭茂林。

安达说："我们还得要那零点二。"

郭茂林说："你看看，你看看。"

郭茂林一口接一口咂着旱烟卷。

郭茂林说："那天你们分粮的阵势也太大了。八辆架子车，你想想。阵势小点就好了。"

安达不明白："为啥？"

郭茂林说："把社员吓住了嘛，看得眼疼了嘛。应该一辆一辆往回拉，多拉几趟。"

"这有区别吗？"

"有区别。"

"一趟一趟拉和八辆车一次拉能少拉吗？"

"不少拉。"

"那就没区别。"

郭茂林坚持说有区别。他说区别不在多拉少拉上，在眼睛的感觉上。

他说："你几口吃个蒸馍，人不觉得啥，你一口吃个蒸馍就会让人害怕。少吃了吗？没有。两种吃法两种感觉，这就是区别。这里边有道道哩，你好好想想去。"

安达说："再分粮我们就一趟一趟拉。"

郭茂林说："晚了。开始没想到这一层，晚了。"

安达说："那粮还分不分？"

郭茂林说："再说吧，明天再说。"

没到明天，二狗家的鸡就被人偷了。

二狗媳妇跳到街上说："我家的鸡遭贼了。让贼偷了。"那时候天刚亮，村街上站着许多人，等着派工。知青们也在。

有人说："遭黄鼠狼了吧？"

二狗媳妇说："是两条腿的。"

二狗媳妇用眼睛剜着知青们。郭茂林着急了。二狗媳妇再剜几眼就会剜出事来的。

郭茂林说："别叫唤了赶紧回去梳头去。大清早像个毛头狮子不怕人笑话？你胡猜你有没有证据？黄鼠狼放屁能熏下来一窝鸡哩。"

然后，又把安达拉到一边，说："安达，咱分粮是分粮，可不敢让人乱来啊。"

安达看着安然。他觉得安然最可疑。

安然说："你看我啥意思？我偷过一回鸡就以为我是惯偷啊？"

安达不能再看安然了。

饭时，二狗媳妇和二狗吵了一架。

二狗媳妇说："就你会耍二杆子，把咱的鸡要没了，我还指鸡蛋买盐灌醋呢。"

二狗说："血债要用血来还。寻下个蛛丝马迹，我就要以牙还牙。"

二狗媳妇说："人家学生娃又没得罪你，就你嘴长，成驴嘴了。"

二狗说："哪儿有学生娃？跟我一样，都是修理地球的。"

二狗媳妇说："我看人家学生娃比村上谁都好，干活肯卖力，没私心。"

二狗说："狗认星星不知道稀稠了，你不心疼鸡倒心疼嫌疑犯了。他们把你当贼捉的时候你忘了？你是不是看上谁了？"

二狗媳妇说："放屁，把嘴赶紧塞住。"

二狗说："不和你磨牙了，再给我盛碗饭。"

二狗媳妇说："自个儿盛去，我心里瞀乱。我想我那几只鸡哩。"

二狗媳妇要流眼泪了。

二狗说："你不盛我也不吃了。"

二狗放下碗，头枕着手躺在炕上看了一会儿屋顶。他说他不上工了，一会儿有事做。

他去了一趟知青院。

周志丽搅和了一盆狗食，正在喂安然的那只狗。二狗进来了。

二狗说："喂狗哩？"

然后就贼眉鼠眼到处看。周志丽以为他有什么事。没有没有，我闲转哩。他转到男厕所了。他看了一圈，又仰着脖子朝女厕所里看。

周志丽说："二狗你是不是有病了？那是女厕所。"

二狗从厕所转到了厨房里。他揭开锅盖看了看，问周志丽："你们没做鸡吃？"

周志丽不知道二狗家丢了鸡。她说："把你家鸡拿来我做。"

二狗说："我家没鸡了，让贼偷了。"

二狗顺手把窗台上的手电筒揣进了怀里。

他没想到会碰上安然。

安然背着一捆干柴回来了。周志丽做饭的时候，他总要背一捆干柴回来。他把干柴扔到厨房门口，问二狗："你在这儿干啥？"

二狗说："啥也不干，我闲转哩。"

周志丽说："二狗想吃鸡肉了。"

二狗说："我是胡说哩。"

他给安然笑了一下，要走。安然已经解开了他的狗。安然打了一个口哨，那只狗就把两只前爪搭在了二狗的肩膀上，张着嘴，舌头一闪一闪地长伸着。

二狗不敢动："安然，快，你的狗。"

安然说："把怀里的东西掏出来。"

二狗掏出了手电筒，说："我是看着好玩，想玩几天再给你们送回来。"

安然说："听说你家的鸡丢了？"

二狗说："没有，我媳妇胡说哩。"

安然说："那你去找郭队长说清楚。"

二狗说："一定一定，我能说清，你让你的狗走开，我立马就去。"

二狗快虚脱了。

他真找郭茂林了。他说安然的狗险些把我撕成肉苜蓿了。他说他要找一瓶"1059"或者敌敌畏毒死那条狗。郭茂林说你敢毒死他的狗他就敢毒死你一家子。

郭茂林突然感到害怕了，越想越害怕。他召集了一次社员会。他说："粮分不下去你们家的鸡呀猪呀出了问题我不负责。"没人吭声了。二狗也没吭声，在墙角里缩着。他想起了安然那只张着嘴伸着舌头的狗。

　　"分粮分粮。"郭茂林给安达说。

　　"明天就分。你们爱拉几辆架子车就拉几辆，我看谁敢放一个屁。"他说。

　　"二狗也不敢放一个屁。"他说。

　　安达说："二狗说得也对，我们确实吃了社员的口粮。"

　　郭茂林说："吃了就吃了，是毛主席让吃的，想不通到北京找毛主席去。谁敢去北京？给他一百个狗胆。"

　　大个李和郭茂林一块来了。他没和安达说话。他蹲在厨房门口看周志丽择菜。

　　大个李说："明天二狗敢对安然动一指头，我就敢叫民兵捆他。"

　　周志丽说："当时我可没看出来。"

　　大个李说："他二狗没敢动嘛。后来我骂过他。我说你不想想，人家安然是谁？是知识青年！你敢动手？动得不合适，就把你个熊动到县城监狱里去了。"

　　周志丽要笑了。

　　大个李说："你别笑。咱是掌握革命政权的，不说话他二狗也怕三分哩。"

　　郭茂林说："别吹了快跟我走吧，再吹就没边儿没沿了。"

日他的这就是毛主席说的坏事变好事

　　玉米棒子垒成了几个塔，在院子里站成一排，太阳一照，金子一样，很惹人眼。麻雀们在上边跳着叫着，想啄走几颗玉米粒。没人理它们。它们的嘴太小，啄也是白啄。

那就是他们分来的粮食。一看它们，安达就像吃了苍蝇一样，又别扭又难受。难受的时候，他就约大水去沟岸上转。

转着转着，就想出了垫一座大坝的主意。

安达给郭茂林说："我们想在沟里修一座大坝，挡住沟里的水。大坝一修成，滩里的二百多亩地就成水浇地了。"

郭茂林看看安达，又看看大水，说："我听出你们的意思了。你们要在沟里修水库？"

大水说："就是就是。"

安达说："粮虽然分了。可分得人心里难受。我和大水去沟岸上转，转着转着就想出了这个主意。"

郭茂林说："是不是？"

大水说："就是。"

郭茂林笑了。郭茂林说："日他的这就是咱毛主席说的坏事变好事么。毛主席在北京说的话在咱牛尻子应验了嘛哈哈哈哈。"

安达说："我们还想引进杂交玉米。咱队上缺粮是地里没打下粮，咱要想办法多打。"

郭茂林又笑了。郭茂林说："日他的这就是咱毛主席说的科学种田嘛。日他的你弄啥事情都能想起咱毛主席的话，毛主席把世上的话都说完了。咱说话不用动脑子咱说毛主席的话。我就爱说毛主席的话哈哈哈哈。"

安达说："你别笑，我们和你说正经事。"

郭茂林说："看你这娃，我把毛主席的话都用上了难道毛主席能说不正经的话哈哈哈哈。"

安达说："你不是为我们说的事情高兴。你是为你能用毛主席语录笑哩，你觉得你脑子灵活聪明。"

郭茂林说："看你这娃，我再聪明也聪明不过咱毛主席，难道我比毛主席还聪明哈哈哈哈。"

安达说："你这么笑我们不说了。"

郭茂林说："要说要说。就是因为你们说的话我才笑的我高兴。人高兴了你不让他笑难道让他哭不成哈哈哈哈。"

安达和大水真不说了，要走。

郭茂林说："不笑了不笑了哈哈哈哈让我笑完，我多年没这么笑过了你看我把眼泪都笑出来了。"

郭茂林打了个嗝，终于止住了笑。他说："水库要修，杂交玉米要搞。地里的活你们不用干了，这就是咱毛主席说的杀鸡不用宰牛刀。这两天我就去找领导说，在你们学生娃里选个副队长。修水库可是千军万马的事，你们给咱领着弄。"

安达说："修水库要先测量呢。"

郭茂林说："测嘛，量嘛。"

安达说："引进杂交玉米要给社员讲哩。"

郭茂林说："讲嘛。咱有夜校，在夜校里给他们讲。我看他们狗日的谁敢不去。"

安达去了一趟农学院，来回花了几天时间，弄回来一袋杂交玉米种子。郭茂林把社员们赶到夜校里，让他们听安达讲杂交玉米的好处。

听着听着。他们听明白了。他们问安达："这是不是马和驴生骡子的道理？"

安达说："道理是一样的，不同品种相交，产生新的品种。"

他们说："这是胡吹哩。人有男女，马有公母，没听过庄稼也有公母。庄稼有那个东西吗？难道庄稼有那个东西？"

他们哄笑起来了。

郭茂林也想笑，止住了。他说："狗日的都好好听着，安达讲的都是书上写的。"

他们不愿再听了。有人拿着几粒安达弄回来的新品种和他们正种的玉米比较着："听啥？他把这玩意说得天花乱坠，可还不如咱的玉米粒大，种这能高产？队长你看看。"

确实，新品种又瘦又小。

安达说："你们不能这么比，这是种子。种子虽然小，可种出的玉米大。"

他们的脸上立刻显出那种识破谎话以后的得意和轻蔑："安达你别哄我们了。老话说，龙生龙凤生凤，老鼠生儿会打洞。现在的话是老子英雄儿好汉，老子反动儿混蛋。老子不行，能生出行的儿子来？不听了不听了回家抱婆娘睡觉去啊。"

他们纷纷走出了窑洞。郭茂林没喊住他们，有些不好意思了，说："你看这伙熊。不听就不听了，他们认死理，讲也是白讲。要不毛主席说最严重的问题是什么来着？"

安达说："是教育农民。"

郭茂林说："对对，确实要教育，咱以后慢慢教育。走，咱也回去睡觉。"他看安达一脸尴尬的样子，又说："别难受，我把自留地划给你们，你们先在自留地里种，种出来让狗日的们看看就信了。狗日的们不反对修水库，你们把水库的事给咱抓紧。公社同意添个知青副队长，你给弄算了。"

安达好受一些了，说："让大水当吧。"

郭茂林说："也行。"

大水就成了副队长。

沟坡上搭了个工棚，大水把他的铺盖搬了进去。他说："当了副队长，就得有副队长的样子。"安达说："我和你轮流住。"

他们要组织青年突击队，把几个地富子女也列了进去。问郭茂林行不行？郭茂林说："咋不行？修水库是下苦出力哩，不是上台领奖哩，有啥不行的？"安达说："突击队是先锋队，公社会不会说咱没有阶级观念？"郭茂林说："屎。咱出力流汗把水库修成了，浇出的庄稼给地富子女分不分？咱出力流汗让地富子女沾光就有阶级观念了？谁要说谁说的就是屎话。"

郭茂林总能说出一些让人惊叹的话来。

开誓师大会的那天，郭茂林又让他们惊叹了一次。插在沟坡上的红旗们在风里呼啦啦摆动着。郭茂林站在那面最大的红旗跟前，一脸悲壮的神情。他什么话也没说。他突然举起手臂喊了一声："向知识青年学习！"

沟坡上的社员们呼应着："向知识青年学习！"

安达和知青们愣了一下，然后就激动了，也举起手臂喊了一声："向贫下中农学习！"

"向知识青年学习！"

"向贫下中农学习！"

他们举着手臂互相学习了很长时间。他们感到他们成了电影里的人物。他们都有了一种想流眼泪的感觉。

然后，他们在沟坡上开始挖土。

他们很快就知道了，挖土要比喊口号费力得多。

一年以后，他们站在沟岸上往下看。他们看见他们垫起来的土像一条裤带，要把它垫成大坝，至少还得三年。

后来的三年里发生了很多事情。

第六章

多情的包裹

路远和葛治文反目了。

葛治文很长时间没写诗，不是没诗可写，是没有写诗的心情。他感到路远有意识地在拉远他们之间的距离。他想等路远问他：葛治文你怎么不写诗了？他就会说："我写了你没心看啊，你要有心看我就写。"路远没这样问过。甚至，她好像从来就没接到过葛治文的诗稿一样。葛治文在等待着，也许哪一天就会问他的。直到路远接到一个包裹以后，他才知道路远永远也不可能关心他写诗和不写诗了。

他们的反目就是从那个包裹开始的。

那天吃饭的时候，葛治文看见路远把饭端进了屋，并闭上了门，他就有了一种不祥的预感。每天都是在院子吃饭的啊，今天怎么例外了？而且，分明是要躲开大家。

他蹭到林英跟前问林英："她咋不在院子里吃饭？"

林英说："为啥非要在院子里吃啊？"

葛治文说："她是不是有啥事？"

林英说："她有啥事我咋知道啊？"

葛治文说："你别给我啊啊了，你们一个屋你该知道的。"

林英说："有人给她寄了一个包裹。"

葛治文立刻警觉起来："谁寄的？"

林英说："给她寄的不是给我寄的，你该去问她。"

葛治文把饭碗塞给林英，进了林英和路远住的那间屋子。

路远的饭碗在桌子上，没动。路远在看信，大概是随包裹寄来的。包裹已拆开了，在床上摊开着。东西并不多：一截条绒料，上边别着一枚毛主席像章，还有一个红皮塑料本。

葛治文说："谁寄的这么多情的礼物啊？"

路远被吓了一跳，说："你像猫一样溜进来吓我一跳。"

葛治文说："我没像猫，也不可能像猫，我得把你闭着的门推开啊。你看信看得太专心了，竟然没听见门响。"

路远收起信，又收拾包裹。

葛治文说："别收啊，我也欣赏欣赏。谁寄来的？"

路远把包裹包好了。

葛治文说："都是革命同志，公开公开嘛。"

路远说："一个亲戚。"

葛治文一把抓过包裹，看着上边的地址。是一个部队的番号。

葛治文扭过头，看着路远："亲戚？"

路远扯过包裹，包好那几样东西，端起饭碗吃饭了。

葛治文说："咋不说话？"

路远说："说啥？"

葛治文说："你为啥骗我？"

路远说："骗你啥了？"

葛治文说："明明是在咱学校支过左的那位马班长，整天和你跳忠字舞的那位，怎么成了你的亲戚？是不是他？"

"是又怎么样？"

"终于向你求爱了？"

"别说脏话。"

"互相建立了革命感情？"

"讨厌。"

路远不愿听了，要出屋。葛治文挡在门口，不让她走。

葛治文说："我的话还没说完呢。"

路远说："就是他，现在是排长了。这下你该满意了吧？"

葛治文说："噢噢，当军官了，比你大七八岁吧？那封信是情书吧？有没有错别字？"

路远说："走开。"

葛治文说："问你话呢。"

路远突然喊了起来："安达你们快来，葛治文不让我吃饭！"

葛治文没想到路远会喊，愣了一下。路远推开他，从门里跳了出去。

安达和知青们围过来了，问葛治文咋回事？葛治文不知道怎么回答，一摔门走了。

安达他们又把疑惑的目光转向路远。

路远低着头。

安达说："到底咋回事？"

路远说："没事。"

路远又回屋了。知青们很不满。

他们说："没事你大惊小怪地喊啥？"

路远没小法解释。她想哭。

她真的趴在床上哭了。

林英走进屋，想安慰安慰路远，又不知怎么安慰，说："饭凉了，我给你热热去。"端着饭碗去了厨房。

路远还在哭着。

比鸟蛋不如

路远把葛治文叫到村子外边谈了一次话。

路远说："对不起，我不该喊安达。"

葛治文说："我想听的不是这。我想知道你和那个军人是啥关系。"

这却是路远不想说的。她不吭声。

葛治文说："每年过春节我都想去你家拜年，都被你拒绝了。就是因为那个军人是不是？你别辩解。我已经在你们邻居家打听过了。"

路远很吃惊。她想不到葛治文会做这种偷偷摸摸的事情。

路远说："你怎么跟小人一样，真卑鄙。"

葛治文冷笑了一声，说："你脚踩两只船，可能比我更卑鄙一些。"

路远说："你侮辱我，我不和你说了。"

葛治文说："是你把我叫出来的，话没说完你不能走。请你告诉我，他比我好在哪儿了？"

路远更来气了，说："他哪儿都比你好，从头到脚从里到外都比你好。"

葛治文说："你摸过他的脚？"

路远叫了一声："呀，葛治文，我瞧不起你，你怎么这么跟我说话！"

葛治文说："军官的脚当然比农民的脚高贵。你瞧不起的是我是农民。"

他们谈崩了。

路远又哭了一次。然后，她把葛治文给她的全部诗稿退给了葛治文，连同那些让她当散文读的信。

那时候他们要去工地。路远说葛治文你等一下。葛治文就站住了。路远从屋里拿出了那个纸盒。

路远说："这是你的诗稿，还给你。"

葛治文立刻变了脸色："为，为什么？"

路远说："我感谢你对我的好意。"

葛治文说："可是，为，为什么？"

葛治文的声音有些发颤了。

路远说："本来就是你的，应该还给你。"

葛治文说："不能啊路远，我们……"

路远说："我们之间没有什么。"

葛治文急了："没有什么？我咋不把诗稿给别人看？别人咋不保存我的诗稿？你知道这是一种情感的表达方式。你也接受了。你怎么能说没有什么？"

路远很平静。路远的平静让葛治文难以置信。他甚至怀疑正和他说话的是不是路远。

路远说："那是你的一厢情愿。我没那么想过，也没你说的那个意思。那时候我还小。"

"现在大了？"

"嗯。"

"你为什么不早说？"

"我怕你难堪。"

"现在就不怕我难堪了？"

"我怕耽误你。"

"路远，你欺骗了我的感情。"

"希望你能正确对待。"

路远把铁锨扛在肩膀上，说："我们已经说了很长时间了，大家都在工地上劳动。我先走了。"

葛治文说："你，你先别走。"

路远扭过头："还有话吗？"

"我……我……"

葛治文没说出一句完整的话。

他眼睁睁看着路远从知青院的大门里走了出去。他端着那个存放着他的诗稿和情感的纸盒，愣了很长时间。他感到他成了傻蛋。他想，从任何一个鸟窝里随便摸出一枚鸟蛋也没他那么傻。他蹲了下去，一会儿，喉咙里就发出一种含混不清的呜呜声。

他没想到路远会把这件事告诉安达。

死猪不怕开水烫

路远一进工棚就给安达说：

"有件事我必须告诉你。"

她看了一眼大水。大水也在工棚，正修理挖坏的镢头。

大水说："是不是要我回避一下？"

路远说："不不不。"

安达说："啥事？"

路远说："葛治文要和我谈恋爱，被我拒绝了。"

"啊啊啊？"安达一脸惊愕的表情。

安达说："不是说过不准谈恋爱吗？"

路远说："所以我拒绝了他。"

安达说："难怪我看他老是鬼鬼祟祟神经兮兮的。他人呢？"

路远说："在屋里呢。他想不通。希望你能帮助他正确对待。"

大水说："你快回去看看，爱写诗的人感情丰富神经脆弱，万一自杀了咋办？"大水瞄了路远一眼，瞄得路远不自在了。

路远说："大水你咋这么看我？"

大水说："我敬佩你啊。我敬佩谁的时候就会这么看谁一下。"

路远说："我感觉你是嘲讽。"

大水说："你感觉错了。安达你赶紧回去看葛治文去。"

葛治文正在卷旱烟卷。他盘腿坐在炕上，从衣服口袋里掏出一张纸条，又捏出一撮旱烟卷着，像队长郭茂林那样。他好像平静下来了。他听见安达在叫他。他没吭声。安达进来了。

安达说："你为什么不上工？"

葛治文说："我身体不舒服。"

葛治文划着火柴，点着烟卷，吸了一口，被呛着了，接连咳嗽了几声。

安达说："你在抽烟？"

葛治文说："噢嘛，咳咳咳。"

安达一把打掉了葛治文手里的烟卷，说："你啥时候学会抽这东西了？"

葛治文反感地看了安达一眼，跳下炕，捡起地上的烟卷，又蹲回炕上，一口一口地吸着。

安达感到又痛心又气愤，说："你堕落了。"

葛治文一声不吭，好像要自甘堕落一样。他抽着那根旱烟卷，抽一口，吐一口，很有节奏。他不看安达。

安达说："你堕落的原因我已经知道了。你看你的样子，叼着烟，腮帮子一抽一抽的，像个猴。我为你感到害羞。"

葛治文说："我被人骗了。"

安达说："你应该受到拒绝。"

葛治文瞪大了眼："她告诉你了？"

安达说："路远是正确的，她做得应该。"

葛治文突然吼了起来："她为什么要告诉你？为什么？"

安达被葛治文突然的吼叫和扭曲的脸吓住了。他飞快地眨着眼。

葛治文吼着："你走！让我一个人待着，走开！"

葛治文两天没有出工。

安达给大水说："他堕落了。他不会自杀可他堕落了。不能看着他这么堕落下去。"

安达要开会。大水不同意，说开会不好。

安达说："有什么不好？不准谈恋爱可他要谈，都像他这样咱这个集体还要不要了？他几天不上工，都像他这样闹情绪，水库还修不修了？"

大水说："那就开吧。"

安达通知了葛治文，说："咱要开会，你好好想想，把你的问题在会上给大家说说。"

葛治文说："随你的便。"

他手插在裤兜里走了，一副死猪不怕开水烫的样子。

葛治文毕竟不是死猪。

会一开始，安达让葛治文先说。葛治文说我没啥说的。安达很奇怪。安达说："我给你打过招呼的，你没考虑？"葛治文说："我睡觉了，这几天我老犯瞌睡，我现在还想睡。"安达没办法，就让路远说。路远站了起来，很坦然。安达说："坐下说。"路远又坐下了。

路远说："葛治文同志还很年轻，不应该胡思乱想。我也一样，应该把心思和精力用在学习和劳动上，用到革命事业中去。"

葛治文"嗷"一声叫了起来。他不是那副死猪样了。他变成了一头扔进开水锅里的活猪。

他朝路远叫了一声："你太卑鄙了！"

他把脸扭向大家，指头却指着路远："她玷污了我的感情！"

他站了起来，像一只愤怒的公猪："你们听听她说的话，听听她的口气，好像是我一个人的事，和她没关系一样。她从来没拒绝过我的感情。在学校的时候我们经常在一起谈心，下乡后谈得也不少。我承认我没有明确地向她表达过，可她是知道的，她默认了。现在她翻脸不认账。不认账也行，为什么要向安达告状？本来是两个人的事，你告状，让大家都知道，这不是害我吗？这叫啥？卑鄙！安达，你也太过分了，拿个人私事做文章，你和她一样卑鄙！还有，她现在正和一个军官谈恋爱。路远，你敢说没有？"

"噢噢。"他们都听明白了。

"噢噢。"他们不约而同地发出这种声音。

安然说："找了个军官，蹬了修理地球的，多聪明啊。"

路远没法平静了，脸已煞白："他胡说。"

没人相信路远的话。他们又发出一阵"噢噢"的声音，表示着他们的轻蔑。

安达说："都严肃点，这是在开会。"

他们严肃不起来了。他们说开这种会真乏味，还不如上工地拉架子车去。他们说诗人想开点谁让你是农民呢。他们拥着葛治文上工地去了。

就这么，他们喜欢上了葛治文。

安达没想到会把会开成这样的结果。

安达说："我错了吗？难道我错了？"

大水说："不知道。"

路远说："难道是我错了？"

大水想了想，说："看起来好像没错，可仔细想想，还是有问题的。"

路远不服气，说："哪儿有问题？"

大水说："大家都对你有看法了。"

路远说："有时候真理在少数人手里。"

大水被噎住了。

大水说："好，好，说得好。你和安达说吧，我去工地。"

要走了，又实在被噎得难受，又补了一句：

"也太不谦虚了。"

路远没理会大水。她看着安达。她希望安达能说点什么。

路远说："你咋不说话？"

安达说："我说不清了。"

路远哼了声，也走了。

剩下了安达一个人。他感到鼻子里有些痒痒。他用手在鼻眼里抠了一阵，还痒痒。他躁气了，拔了一下，拔出来几根鼻毛。他看着它们，发现它们不都是连根拔断的。他把它们抹在了裤腿上。

羞与愤

他们去公社看露天电影了。

安达没去，他心里有些瞀乱。那几天他心里一直很瞀乱。他想看会儿书，看不进去。那种瞀乱的感觉总缠着他，没法排遣。他放下书，在院子里转了一会儿，又看了一会儿天。星星很多，却没有月亮。每个月都会有几个星星很多却见不着月亮的夜晚。

然后，他就想去工地看看大水。大水不会看电影的，所有的工具都在工地上，要有人照看，架子车啦，铁锨和镢头啦，还有插在工地上的那些红旗。红旗是布做的，也会有人偷，偷回去给他们的孩子做裹肚。

大水果然在，正躺在工棚里看一本书。

大水说："你咋没去看电影？"

安达说："我没去，来陪陪你。"

他拿过大水手里的书看了一眼，是一本针灸书。他有些吃惊。他没想到大水会看这种书。

他说："你，你咋看这书？"

大水说："咋啦？"

他说："不咋，可是……"

大水说："我想学针灸。我爷爷是个中医，祖传的，到我父亲手里断线了。"

他说："噢噢。"

大水从铺头拿出来一盒针给安达看。安达更吃惊了。他看看针盒，又看看大水。

他说："连家伙都有了啊。"

大水取出一根针，要给安达演示。安达以为大水要在他身上扎，说："别，你别。"

大水说："你别怕，我在我身上扎。"

他看着大水把那根很长的针从腿关节那里扎进去，捻着。大水"噢哟"叫了一声，又拔了出来。

大水说："还没练好，功夫不到。"

他给安达笑了一下，收起针盒。

大水说："说吧，咱说话。"

安达摇摇头，说："没啥说的，没话。"

他本来想和大水随便说点什么，却突然没了说话的心情。他说："我走呀。"

大水说："嫌我学针灸了？"

安达说："没有，没有啊！"

大水说："那你来了又要走。"

安达说："你看书吧。"

大水说："我不看了。你回去也是一个人，咱坐坐吧。"

他们没坐多长时间，路远来了。路远气呼呼的。

那些天路远总是气呼呼的。他们不搭理她，所以她总是气呼呼的。

她也没看电影。不是不想看，走到半路上，她被他们气回来了。

"他们不理我。"她给安达和大水说。

"羞辱我。"她说。

她在他们后边跟着。她知道他们不愿理她，所以就跟在他们后边。他们边走边唱，突然停了下来。安然打开手电筒，照着她的脸。安然说：你咋来了？她说：我咋不能来？安然说：你以后是军官太太，和我们这些土豹子在一起，不怕辱没了你？他们都附和着安然，说：就是就是。林英：安然你别胡说。安然说：我是实话实说，诗人你说对不对？葛治文不吭声。她用手挡着安然的手电光，挡不住。林英说：安然你太不礼貌了，别照人的脸。安然说：不照了不照了，再照也照不出个李铁梅来。他们扔下她，嘻嘻哈哈地走了。

她说："我很羞愤。"

安达说："羞愤？"

她说："我感到羞耻。我愤怒。"

大水说："到底是知识青年啊。"

他把知识两个字说得很重。路远听出来了。

她说："你别讽刺。"

大水说："这就叫讽刺啊？"

路远不理大水了："他们这么轻待我，我受不了。我要请假回城，探亲。"

大水说："噢噢，说了半天为的是这啊。"

路远白了大水一眼。

大水说："别拿白眼看人啊。"

路远说："我不想和你说，我和安达说。"

大水说："和安达说没用的。这是我职权范围内的事。"

路远的喉咙里立刻像卡进了一样东西。她看着大水，眼睫毛接连闪了几下。大水没说错，请假要通过他。

大水说："工地上人手紧，这时候请假回城探亲不合适。"

路远想说你这是故意刁难，可她不能这么说。她的眼睛里涌满了泪水，滚出来了，滑到了腮帮那里。

路远还是回城探亲了。她单独找了一次安达。她说：我知道这事得大水说了算，可大水听你的。安达很为难，但还是找大水说了。他说：你不能老看着她抹眼泪吧？大水说：就看在她眼泪水的份上吧。

一个月后，安达接到了路远写来的信，说她爸病了，需要她照顾，要续假。安达把路远的信交给大水，大水看完又还给他。大水说："咱干脆放假都回城算屌了。"安达没话说，给路远回了一封信，让她安排好家里的事尽快回来。

安然决定了谈恋爱

安达刚进厕所，安然就跟了进来。安然没有上厕所的意思。

安然说："我不上厕所，我有话和你说。"

安达说："有话也不能在这儿说，赶紧出去我要屙屎。"

安然拉："你是咱们的大忙人，没空闲时间，我想插你个空儿。"

安达说："出去出去。"

安然出去了，在厕所外边等着。他感到安达屙的时间太长，有些没完没了。

他说："你能不能快点？咱粮食紧缺，你肚子里哪儿来那么多东西？"

安达没理他，又屙了一会儿，系着裤子出来了。

"啥事？"

"我的终身大事。"

"别没正经。"

"我谈恋爱了。"

安达看着安然的脸："为什么？"

"不为什么，想谈了。"

"确实是终身大事啊。"

安达不想和安然说，要走。安然说："你别这么阴不阴阳不阳的口气，你是我哥，我得征求一下你的意见。"

安达又站住了。

"和谁？"

"周志丽。"

"嗯？"

安达又看安然的脸了。

"你老是嗯嗯的，不相信是不是？"

"为什么？"

"怪，问得真怪。"

"你说嘛。"

"我喜欢上她了。"

"就为这？"

"这还不够啊？"

安达不看安然了。他知道安然没骗他。

安然说："我偷王三家的鸡开我批判会的时候，我就觉得她好。我养狗了，就更觉得她好。她每天都喂我的狗。"

安然说："要不是葛治文和路远的事，我还不会找她说。他们的事鼓励了我。我想了很长时间，一直憋到那天晚上看《英雄儿女》，我憋不住了。王成要拉爆破筒了，我想我的爆破筒也该拉了。我不能再这么憋下去了。我就把她拉到了场子外边，给她说了。我就缠上了她。"

安然的话好像编的，听起来有些虚实难辨。

第七章

露天电影和安然的恋爱方式

安然用胳膊肘戳了一下周志丽，又戳了一下。周志丽看了安然一眼。安然给她摆摆头，她就跟着安然，从看电影的人堆里走出来。不出来安然还会戳她的。她问安然有啥事？安然说再往远处走走，要不你老往银幕上瞄，心不专我说话你听不进去。他们又往远处走了一截，站住了。周志丽回过头去朝银幕上瞄了一眼。

安然说："你别胡看，看我。"

周志丽说："啥事你快点说，王芳要唱风烟滚滚了。"

安然说："那首歌我也会唱，你爱听我以后天天给你唱。"

周志丽笑了一下，说："你连远飞的大雁都唱不好，还能唱风烟滚滚。啥话你说。"

安然说："你不知道？"

周志丽说："不知道。"

安然说："你装你不知道。"

周志丽说："真不知道。"

安然说："那你猜。"

周志丽说："不猜，我猜不出来。"

安然说："那我就明说了。"

周志丽说："说呀，说嘛。"

安然说："别吓着你啊。"

周志丽说："你说不说？不说我走呀。"

安然说："别别，你别走。我好不容易找了这么个机会好不容易下了决心我就抹下脸说。我现在没脸了，把脸装在口袋里了你听着我要和你谈恋爱。"

周志丽"呀"一声叫了起来，捂着脸摇着身子："安然你咋能说这话呀呀。"

周志丽转身要跑。安然一把抓住她的手。

安然说："你别跑，你要跑我就追。你跑哪儿我追到哪儿。我说过我没脸了我看你敢跑。"

周志丽不敢跑了。

安然说："我的意思是你谈也得谈不谈也得谈，我把这事已经给他们都说过了，是公开的秘密了。"

周志丽摘着安然的手。周志丽说："呀呀你快放开我的手我求你了，他们会看见。"

安然说："我说的话你听见没有？"

周志丽说："呀呀听见了，我的手。"

安然松开了周志丽的手。周志丽很快就跑进看电影的人群里，不见了。银幕上是一位举着拳头的军人，正在念那一段台词：我们是王成，是毛泽东的战士……然后，那位漂亮的王芳就唱起了"风烟滚滚唱英雄"那首歌。

安然没再进场子。他站在远处，用目光搜寻着人群里的周志丽。话已经说出去了。剩下的该是行动。他这么想着。

安然每一次说周志丽我要和你谈恋爱，周志丽就会捂着脸说："呀呀你咋能这么说话。"然后就跑。安然没办法了。

安然很快就有了办法。

安然每天晚上都要去周志丽的屋里。他坐在周志丽的炕沿上，靠着墙壁。他不说话了。他定定地看着周志丽，看得周志丽慌慌乱乱的不知做什么好，在屋里来回转。

安然说："你看你像蝴蝶一样飞来飞去的，还不如坐下来安稳点儿。"

安然说："其实我想说你像一只蚊子，可蚊子不如蝴蝶好看，我就不说蚊子了。"

周志丽说："你才像蚊子。"

安然说："对，对，我就是蚊子我叮上你了，你说得好，接着往下说。"

周志丽说："你快走，我要看书。"

安然说："看啊看啊，你看书，我看你看书，不打搅你。"

周志丽真拿出一本书坐在小板凳上看了。安然也真的一声不吭，看着周志丽，周志丽没看几行就心慌得不行。

周志丽说："安然我求你了，你在这儿我没法看书。"

安然说："你看你的，就当我不在。"

周志丽说："你明明在旁边我当不成。"

安然说："那你就别看了你和我谈恋爱。"

周志丽又叫了起来："呀呀你又说了。"她捂着脸，把头埋在翻开的书里，身子和腿都摇着，恨不能钻到书里去一样。

安然爱看她这么捂着脸这么说话的样子。

安然说："好了，我再不这么说了，我一说你就捂脸。反正我的心思你已经明白了，你说吧，轮也该轮你说了。"

安然不看周志丽了。他靠着墙壁，要睡着了一样。

周志丽说："你看你都瞌睡了赶紧睡去。"

安然立刻睁大眼，说："谁说我瞌睡了？我在等你说话呢。"

周志丽说："你不睡别人还要睡。屋子不是我一个人的。"

安然说："我早给她说好了，我不走她不会回来的。这些天了你都没发现啊？"

周志丽又要捂脸了："呀呀你咋好意思给别人说这种话。"

周志丽要把安然从炕沿上往下拉。

安然说："你别拉，你要拉我就喊，让他们都来看。"

周志丽说："我叫你哥去。"

安然说："叫去叫去，他管了一个晚上还能管了所有的晚上？叫去。"

"安然你真赖皮啊。"

"你才知道啊？"

"那你啥时候走？"

"你答应了我就走。"

"我困了。"

"困了你就睡，我看着你睡。"

"呀呀安然！"

"你别呀呀了，夜深了，他们会听见的。"

"你天天这么整人，让人睡不成觉。"

"睡不成好啊，证明你上心了。"

"呀呀又胡说，谁上心了。"

"你不上心我上心了。我要和你谈，你看着办。你要实在觉得我讨厌，就扇我几个耳光，我就死心了。"

安然的声音突然低下去，脸上浮出几丝痛苦的神情。周志丽看见了。她感到她的心在胸膛里怦怦跳动着。安然的那种样子让她很怜惜。她感到她其实是喜欢安然的。

她说："安然，我拿你没办法了。"

她顺着眼。她说话的声音让安然有些吃惊。他看着她。她突然扬起脸来，说：

"咱到外边去，让人家回来睡觉。"

他们在离知青院很远的地方停了下来。月亮刚升上来。他们在月光里站着，像踩着水。

周志丽说："谈吧。"

安然却不知道该咋谈了，抓着头发，嘴里直打唔啦："这，这咋谈呀……"

周志丽笑了。

安然说："你没骗我吧？"

周志丽摇摇头，看着他，依然笑着。

安然说："那你说咋谈？"

周志丽说："不知道咋谈就别缠我。"

要走。

安然说："谈，我谈。可是，这，我实在不知道该咋谈。求你了，帮帮忙。"

周志丽说："按小说上写的那么谈。"

安然说："小说？谈恋爱的小说我偷看过几本。写信？我写不好。亲密？咋亲密？拥抱？亲嘴？我的妈哎！"

安然被他想象出的情景吓住了。他叫了一声，跑了。

"反正我缠上你了。"

他说。

"我全都给你说了。他们也都知道。大水也知道。你是最后一个知道的人。"

安然给他哥安达说。这时候，他们已坐在村外的土坡上了。

安达说："你这不是征求意见。"

安然说："那就算汇报。"

安达不知道该说些什么。他吸了一口气，又吐了出来。

安然说："你不会开我们的批判会吧？我和周志丽说好了，你要开，我们也不怕，反正就这样了。"

安达还是不说话。

安然说："心里想着个人挺好的，要不日子跟熬清水白菜一样。"

安达白了安然一眼，站了起来。

安然说："不信你也试试。"

安达又白了安然一眼，往回走了。

安然一直看着他哥的背影。他突然觉得他哥很可怜。他有些怜悯他哥了。他觉得他比他哥活得好。

因为要当猪倌所以要剃光头

安达给大水说："办个猪场吧。"

大水说："办吧。"

油盐酱醋一类的日常开销日渐紧张。他们就办了个猪场。

安然说："我当猪倌。我保证像喂我的狗一样喂养它们。"

安然举着拳头，说得很诚恳。

安然就当了猪倌。

上任的先一天，安然把洗脸毛巾围在脖子上去找郭茂林，让郭茂林给他剃头。

安然说："郭队长，我找你剃头来了，我知道你有剃头刀子你会剃头。"

郭茂林说："我是有剃头刀子也给人剃头，可你的头我剃不了，你是洋楼啊。"

郭茂林把长得长一点的梳得整齐一点的头发一律叫做"洋楼"。

安然说："我不留洋楼了我要剃光头。"

郭茂林不信："你年纪轻轻的又是知识青年剃成个秃子像啥？不剃不剃。"

安然说："剃成秃子我就踏实了，扎根农村，一辈子喂猪。"

郭茂林想不来一辈子喂猪和剃秃子有啥关系。

"有关系。"安然说，"你剃你的你不剃我住你家不走了，你还得管我吃饭。"

"真要剃？"

"要剃。"

"那你洗头。"

郭茂林让他女人给安然倒了一盆热水。安然嫌水太烫。郭茂林说头发用烫水洗才能软乎，不软乎剃不下来。他取来剃头刀在石头上磨了一阵，用大拇指试着刀锋。安然已洗完头坐在了板凳上。郭茂林在安然的头上摸了摸，不忍心下刀子。

"真要剃？"

"剃。"

"你可想好。剃成秃子容易，我一根烟的功夫，再让它长成洋楼可就难了。"

安然说："剃。"

一会儿，安然就成了光头。

光头安然让周志丽帮他把铺盖和牙刷牙缸洗脸盆一类东西抱到猪场，他要在猪场住。猪场盖了一间小屋，盘着炕，还有锅头。盘锅头不是为了烧火做饭，是为了给猪煮食。

安然说："周志丽，你要是愿意用锅给咱做饭也成，这样就像个家了。"

周志丽说："去你的谁和你一家？"

周志丽看不惯安然的光头，说："你喂猪就喂猪，非要剃个光头。你有决心就行了非要剃成这样子，难看死了。"

安然说："我本来想咬破手指头写一份血书，试着咬了一下，太疼。你要觉得血书好我就咬指头写。"

周志丽说："你咬让我看着。"

安然说："算了，等我养猪养成先进，上北京见毛主席的时候再咬。"

安然觉得小屋的墙壁有些空空荡荡，就砸了几个木橛子挂东西。实在没东西可挂，就把军帽挂在了其中的一个木橛子上。还有些空空荡荡。他找葛治文帮忙。他说：诗人你给咱写几句话贴在墙上。葛治文说写诗要有生活和激情。安然说：那你来猪场嘛，深入嘛。葛治文去猪场转了几次，熬了一晚上，终于写成了一首诗。他把诗抄在一张纸上，贴在了安然的小屋里。他让安然念一遍，安然就念了一遍：

> 炕上睡着一个光头
> 圈里跑着一群黑妞
> 光头看着黑妞傻笑
> 黑妞对着食槽发愁

葛治文说："咋样？"

安然说："好诗。"

葛治文说："念的时候带几个啊字，感情色彩就出来了。"

安然说："把我的狗写进去就更完美了。"

安然的狗在小屋门口拴着。

催肥试验

安达隔几天就要去猪场一次，不是去看他弟安然，是看那些猪。

安然说："我知道你心里着急，恨不能它们明天就长成大肥猪，可你买的是猪娃子啊。不过，我会想办法让它们尽快长的。"

他很快就想出了办法。

他到胖嫂家要洗衣粉，要把一包全拿走。胖嫂瞪眼了。说："你洗多少衣服能用了一包？"他说："我不洗衣服，我用它喂猪。"胖嫂啊了一声，把眼睛瞪圆了。

"洗衣粉喂猪？你胡说吧？"

他说："你别瞪眼，这是科学。"

胖嫂说："你别急，我跟你去看看，看你怎么个喂法。"

周志丽也拿来一包洗衣粉。安然把洗衣粉倒在猪饲料里搅拌着。周志丽和胖嫂一样，又好奇又担心。

"能行吗？"

"你看嘛。"

安然把猪饲料倒进食槽，说："别看我啊，看猪。"

猪们吃着安然搅拌的饲料，很香的样子。

安然说："看见了吧？这就叫知识为劳动生产服务。"

周志丽说："猪吃出病来看你再吹牛。"

看不出猪会吃出病来。

胖嫂说："真能想得出啊。"

安然很得意，给她们念了一段毛主席语录："人民，只有人民，才是创造世界历史的动力。"

他不让她们告诉别人，尤其不能让安达知道。他说目前是试验阶段，叫催肥试验。

路远领来了一位军官

路远回来了。她领来了一位解放军。那时候他们正在院子里吃饭，路远领着那位解放军从大门里走了进来，笑吟吟的。

路远说："你们好。"

他们好像没听见路远的问候。他们都看着那位解放军。他们看清了，解放军穿着四个口袋的军装。也有人认出来了，他就是当年在他们学校支过左的那位马班长。他们有些愣了，端着饭碗。

路远说："这位是马立军同志。"

马立军给他们点着头。他们还在发愣，竟没有一个人起身应声。林英急了，喊了一声安达："安达快出来，来客人了。"

安达在屋里边吃饭边翻着一本书，出来一看，也愣了一下。路远和军人已经到他跟前了。他打量着军人。

路远说："部队的马立军马排长。"

安达说："欢迎欢迎，没吃饭吧。志丽，周志丽人呢？给客人打饭。"

安达这才发现，知青们的表情很冷漠，场面有些尴尬，有人端着碗进自己的屋去了。

路远说："我们在路上吃过了。"

她从军人的挎包里取出一包水果糖。给安达塞了一把。要给其他人的时候，已没人在院子里了。只有葛治文坐有门坎上低头吃着饭。路远给他糖，他好像没听见。安达踢了他一脚，说："给你糖呢。"他抬头看了一眼路远，一把水果糖已到他怀里了。

路远追到厨房，给周志丽和林英一人塞了一把糖。林英问路远："真吃过饭了？"路远说："真吃过了，你们吃。"

安达把马排长让进他的屋里，说："农活把人干成木头人了，连礼貌都不知道讲了，马同志别见怪。路远的朋友也是我们的朋友，我去买只鸡，晚上招待你。"

马排长说："不用不用，我是休假探亲，碰上路远要回村，就跟来看看，千万别麻烦。"

路远说："他一会儿就走。"

安达说："不急不急，来了就多待几天，你们先喝水。路远你代我招呼一会儿，我找他们说几句话。"

他想动员知青们和客人说说话。他感到他们太让客人难堪了。

林英说："我们不知道该说啥嘛。"

安达说："问问部队的工作什么的，别让人家太尴尬。"

他找葛治文。葛治文正在为接了那一把糖懊悔。他觉得他太没骨气。他想把那把水果糖还给路远。安达一进来，他就说："我要把路远的糖给她还回去。"安达来气了。

安达说："你也太没风度，太不彻底了。人家咋说也是客人，你连个手也不握。还要把糖还回去。那成啥了？你想想那成啥了？"

葛治文说："我心胸小，是鸡肠小肚，行了吧？你想让我和那位解放军聊天是吧？我不去。"

葛治文走了。

安达说："你去哪儿？"

葛治文说："转去。"

葛治文转到安然的猪场来了。他一进那间小屋，就倒头躺在了炕上。

安然说："咋啦？"

葛治文说："他妈的欺侮我？！"

安然说："谁？"

葛治文说："路远把她的那位军官领来了。"

安然说："在哪儿？"

葛治文："在知青院嘛。"

安然说："这不是拿军官压咱们知青吗？"

葛治文说："路远就是这种人，不骑在别人头上心不甘。她还塞给我一把水果糖。"

安然说："你接了？"

葛治文说："我不愿要，你哥踢了我一脚，还说我没风度，气死我了。"

安然说："你接她的糖了？咳咳你咋能接她的糖呢？"

葛治文说："她硬塞嘛，你哥踢我嘛。"

安然说："咳咳。她给你糖总得往你跟前走吧？你看她走过来你不会去厕所？她能撵到厕所给你糖？她领那个军人明明是示威来了，你应该把糖甩到她脸上去。你敢不敢？你要敢咱回去，你甩，我陪着你。"

葛治文说："算了算了。我拿了糖又后悔了，真想扇自己一个耳光，真想把饭碗甩了去。"

安然说："你看你傻不傻，脸是你自己的，扇了要疼。饭碗也是你自己的，甩烂了还得自己掏钱买。你是气糊涂了。"

葛治文说："你清醒你给咱想个办法，我实在气憋得难受。"

安然说："那个军人长什么样？"

葛治文说："拿腔拿势，就像个军官。"

安然说："他也太不识相了。揍他狗日的一顿。你打听一下他啥时候走，到半路上截住他，揍他一顿。"

葛治文说："打解放军要犯法的。"

安然说："让村上的小伙去打。叫几个小伙，就说是假解放军，就因为他冒充解放军，所以要打。"

打手还没找到，他们就听说军人已经走了。安然很遗憾，一想起来就叹气。

叛徒战胜了捷尔任斯基

送走马排长，路远就上了工地。

大水正等着她。

他们把路远领马排长来知青院的事告诉了大水。路远回城几个月，已够让大水气愤了，又领来一个马排长，简直就是邪恶。邪恶必须以正义回击。正义是有力的，而邪恶一定虚弱。他想起了电影《列宁在一九一八》里的捷尔任斯基和那个叛徒。捷尔任斯基逼视着叛徒，说："你看着我的眼睛。"叛徒不敢正视，低下了头。这就是正义和邪恶相遇时的情景。路远是看过这部电影的，她不会忘记这样的经典段落。

路远朝他走过来了。

路远说："大水我回来了。"

他没说话。他盯着路远，有些捷尔任斯基的样子了。

路远有些奇怪，说："你为什么这么看我？"

大水没有回答路远的问话。

大水说："听说你领来一个军官，在知青院里晃了一圈？"

路远说："大水你怎么能这么说话？啥叫晃了一圈？"

大水说："他是不是你的对象？"

路远说："我不想回答你的问题。"

路远拉着架子车要走。

大水说："你别走。"

路远站住了，顺着眼。

大水说："你看着我的眼睛！"

他逼视着路远，完全是捷尔任斯基的样子了。他想她不敢和他对视。他想再逼视她一会儿，就甩下她扬长而去。

他没想到路远会扬起脸来。路远突然扬起脸，迎着他的目光。路远的目光似乎比他的目光还要尖利。

路远说："看着你的眼睛就看着你的眼睛，咋啦？"

大水的舌头僵硬了，目光也不再威严，变得有些慌乱了。邪恶在和正义遭遇的时候没有虚弱下去。扬长而去的不是大水，而是路远。

大水冲着路远的背影说："也太嚣张了。"

安达走过来了。安达看见了刚才的一幕。

安达说："你觉得你是捷尔任斯基，可她没觉得她是那个叛徒。"

大水说："你看出来了？"

大水给安达笑了一下，笑得很没有意思。剧情没有向他想象的方向发展。

路远又一次惹恼了他们。他们更不愿搭理她了。大水也加入了他们的行列。安然甚至告诫林英和周志丽，说："你们要理她，我们连你们也不理了。"他说话的声音很大，分明是说给路远听的。

就这么，路远被孤立起来了。

许多天以后，路远找安达谈了一次话。

她说："我不明白大家为什么这么恨我。大水也恨。把我当《列宁在一九一八》里的叛徒对待。我到底做了什么对不起大家的事？"

安达说："别把小事放大。知青院是一个大家庭，一起过日子，难免有些碰撞。过一段时间就好了。"

然后，路远去了几次公社。又过了些天，公社吴主任约安达谈话，要调路远到公社当广播员。安达有些意外，他还是答应了。走的那天，路远专门借了一辆自行车，撑在院子里，往自行车上捆绑行李。

她说："有人想孤立我，可天无绝人之路。我要去公社了，这就叫坏事变好事，气死他们。"

她一踢自行车撑子，骑上走了。

知青们炸了锅，一直和安达吵到工地上，非要安达说清楚，为什么放路远走？安达不说清楚他们就不动工。

大水说："安达你就说吧。"

安达说："是公社吴主任点名要的，她普通话说得好，不信你们去公社问吴主任。"

他们说："你不放，她就走不成。"

安达说："她和大家弄得这么僵，离开一段时间也好，也是为了团结。"

他们说："去公社找吴主任说，路远这样的人是不能当广播员的。"

安达说："算了，已经去了。你们看她不顺眼，她自己也别扭。大水你说呢？"

大水说："我也不同意她去。"

知青们受到了鼓舞，吵嚷得更厉害了。

安达说："我该说的都说了，你们还要吵。我心里烦乱得很，我回去给咱做饭。"

安达一走，他们又有些同情安达了。

大水说："林英你回去看看，别让他把饭做成狗食了。本来咱们的粮就不够吃。"

确实，他们的粮已经不够吃了。他们正在计划着节约用粮。

林英一进院子就听见风箱在响，到厨房门外往里看，却不见安达。

安达在灶窝里躺着，手里拿着一本书在看，脚用绳子拴在风箱拐把上，一下一下拉送着。

林英险些笑拧了腰。

林英说："你这么拉风箱啊。"

安达说："做饭看书两不误，我发明的。"

锅溢了，林英赶紧去揭锅盖。

安达说："你咋回来了？"

林英说："他们不放心，怕你偷懒不淘米。呀，你真没淘啊！"

安达说："淘米太浪费。"

林英说："别烧了别烧了。"

安达说："为啥？"

林英说："淘米去，另做。"

安达说："上次我做的还不都吃了？"

林英说："没听大家说难吃死了？像狗食。"

安达说："太浪费了吧？"

林英说："那就淘锅里的。"

安达不再说了，解着脚上的绳子。

第八章

从疼到抽再到痒和酥

大水终于把扎在他腿上的针移到了二狗的肩膀上。

大水的工棚里有一张人体经络穴位图，二狗看过，看得很仔细。他也看大水扎针。大水的腿上扎着几根针，一会儿捻捻这一根，一会儿又捻捻另一根，边捻边和二狗说笑，很随便的样子。二狗看得眼热了。

二狗说："疼不？"

大水说："这怎么会疼？针在穴位里，不在肉里，怎么会疼？"

二狗说："穴位有那么深啊，快扎透了，你说不疼？我不信。"

大水说："你不信我没办法，你知道什么叫灸吗？你去查查字典。"

二狗说："我不会查字典。你说说不就省得找查了？"

大水说："你拔过火罐没？"

二狗说："拔过，这几天还拔过，咋啦？"

大水说："拔火罐就叫灸。"

二狗说："你这是针啊。"

大水说："针灸针灸，针比火罐更深入所以更科学。"

大水又把他腿上的几根针往深入捻了捻。

二狗心里有些痒痒了。他活动活动胳膊，说："我肩膀疼，不知是受了风还是拉架子车拉出了毛病，我媳妇给我拔了几次火罐，没顶用，你说怪不怪？"

大水说："不管是受了风还是拉架子车的原因，我这几根针肯定比你媳妇的火罐管用。"

就这么，大水把他腿上的针移到了二狗的肩膀上。他先扎进去一根，又要扎第二根，二狗头上已冒汗了。二狗说："一根吧先扎一根，我疼。"大水把扎进去的针往深处捻了捻，问二狗还疼不？二狗说疼。大水又捻了捻。

"疼不？"

"疼！"

又捻了捻，扎得更深了。二狗叫了起来。

二狗说："大水你再不要往里边捻了！"

大水说："疼不？"

二狗说："不疼了我不敢喊疼了，再喊疼你还要捻，你饶了我吧。"

大水拔出针，说："穴位没找准。"二狗赶紧穿好衣服，说："我不扎了你也别找穴位了。"任大水怎么说，二狗也不敢把肩膀给大水了。大水却认准了二狗。他一直把工作做到了二狗家里。

二狗说："不了不了你扎针的疼比我现在的疼还疼。"

二狗媳妇被大水的诚心感动了，一脸瞧不起二狗的样子，说："你真没出息，还是个男人呢！"

二狗说："他个驴熊在我身上学手哩。"

二狗媳妇说："就算是学手你也该帮个忙。他学会了再扎不就不疼了？"

二狗说："你做好人拿我当试验品？你做好人你让大水给你扎。"

二狗媳妇说："放屁。我肩膀不疼我为啥要扎？一根针就把你吓成那样，电影上的英雄人物还咋办？人家枪子来了也不眨一下眼。你不让大水扎我也不给你拔火罐了，再疼你少在我跟前哼哼唧唧。"

二狗想了想，说："那就再让他扎一次。"

"只试这一次啊。"他给大水说。

"行。"

"再找不准穴位我永远不扎针了，你也别来我家做工作啊。"他说。

"行。"

这回，大水找准了穴位。问二狗疼不疼？二狗说："不疼，有些抽。"大水说要的就是这个抽，比拔火罐抽得厉害吧？大水把针往深处捻了捻。

二狗说："这会儿不抽了，是痒和酥。"

然后，就不是大水找二狗，而是二狗缠大水了。他每天都要找大水扎一针，他说他太想要那种痒酥酥的抽了。他说好死了好死了。

那时候，大水已不让给他往工地上带饭了。他要回来吃，每次带的饭他吃不饱。那时候，他们已经开始吃份饭，不是以前的吃饱为止了。

我们的革命就是摸各种屁股的

公社吴主任捎话让安达去公社，要了解一些情况。吴主任给安达倒了一杯水。

吴主任说："水库修得咋样了？"

安达说："进度比原来的计划慢。"

吴主任说："慢不要紧。俗话说，不怕慢，就怕站，一站就是二里半。听说你们办了个猪场，是不是？"

安达说："目前还不大，只有十几头猪。我们准备再创造些条件……"

吴主任打断了安达的话，说："这和修水库可就不一样了。修水库是战天斗地，办猪场是什么呢？叫你来就是为这件事。你们的猪是不是要卖给自由市场？"

安达说："是，是。我们生活有困难。"

吴主任说："上边有精神，要割资本主义尾巴。你们这样的养猪场也属于资本主义尾巴，要割。"

安达想辩解，被吴主任拦住了。

吴主任说："目前，一些地方的农村资本主义势力和小农经济思想在抬头，和社会主义争地盘，必须给予打击。咱公社已经铲了一些社员的自留菜园。你们队铲了没有？也铲了一些？还要铲。你们是知青，所以叫你来打个招呼，希望你们能自觉配合。"

安达说："农民家也养猪啊。"

吴主任说："农民家只养一头两头，哪有你们这么养的？而且要在自由市场出售，听说已卖了两头。一头？一头和两头没有本质区别。过去的就不追究了。给你说这些是爱护你们。你不要再说了，再说就不好了。让马专干和你一块儿回去处理一下，好不好？"

马专干和安达来到猪场的时候，安然正在拌料，准备喂猪，安然说：马专干你咋有心情到我这脏乱差的地方来了？马专干一眼就看见了洗衣粉。

马专干说："你这是？"

安然说："催肥啊。效果很好。你往圈里看。开始我还保密，现在公开了。"

马专干说："这猪肉人能吃？"

安然说："为什么不能吃？猪还吃人厕的屎哩。洗衣粉比人屎干净吧？"

安达不耐烦了，说："别贫嘴了。你收拾一下回知青院住，这儿不需要人了。"

安然说："为啥？"

安达说："猪场不办了！"

安然说："为啥？"

安达说："不为啥。"

安然说："谁说不让办了？"

安然看着马专干。

安达说："我说的你别啰嗦。"

马专干说："安然你别有情绪嘛，公社为这事专门开过会的。"

安然不吭声了，但安然想不通。他一搬回知青院，就去找他哥。

"我想不通。"他说。

安达说："想不通慢慢想。"

安然说："慢慢想也想不通。咱下乡干啥来了？做革命事业的接班人是不是？那为啥非要来这儿接班？农民自己不能接？我告诉你，你以后少给我讲革命大道理，我不听，也听不了。我就知道我是农民了，你少管我，我爱弄啥就弄啥。"

安达说："农民就不受管了？受一点小挫折就这样，以后还咋办？"

安然说："以后？又是以后。现在都过不下去了，哪儿有以后？你看过咱的粮囤没有？还有多少粮？林英是管账的，你去问问她，看她手里还有几个钱？咱可是十几口人的一个大家！"

安达不知道该说什么了。

又过了些日子，吴主任又找安达谈了一次话，还是为猪的事。

吴主任说："你们是不是把猪卖给了县食堂？"

安达给吴主任点点头。

吴主任说："你们今年没评上先进集体。"

安达又点了点头。

吴主任说："公社还是希望你们能评上，评上也是全公社的光荣。可没有敢隐瞒你们的错误做法。你们要好好检查自己，总结经验教训，主要是教训。"

安达说："我觉得我们没多大错误。本来要把猪交给国家，可我们给猪饲料里加了洗衣粉，马专干知道的。把这样的猪交给国家，让工人和解放军吃，有人陷害我们咋办？把猪卖给县食堂，是想卖点钱，解决我们生活上的困难，也是为了减轻国家的负担，稳定人心。"

吴主任受不了安达的顶撞，就给安达拍了桌子。吴主任说："有人反映你安达有骄傲思想，也不能发展到老虎屁股摸不得的地步。我们的革命就是摸各种屁股的。摸反动派的屁股，也摸错误路线错误思想的屁股。你是知识青年，是念过书的人，你不知道？"

吴主任越说越激动，嗓门越来越大。

安达一直低着头听着。他在他的屁股那里摸了一下，又意识到吴主任会误解的，就把摸变成了拍打。他已习惯了在地上坐，屁股上老沾着尘土。

安达扑倒了大水

他们正在打饭。他们排着队，拿着碗筷，从锅跟前一直排到厨房门外。有人用筷子敲着碗，叮叮当当的，很清脆。每在这个时候，安达总会想起他们来牛尻子时的情景。那时候他们也是排着队的。

每人一碗糊糊，两块玉米面发糕。发糕在蒸笼里，自己取。

大水在安达前边。他打过稀饭。伸开五个手指头，去蒸笼里抓发糕。

安达突然瞪大了眼睛：大水抓起来的不是两块，而是三块。一抓起来就咬了一口。

其他人也看见了，但没吭声。

安达说："大水，你多拿了一块。"

大水嚼着发糕，喝了一口糊糊，要走。

安达说："每人两块，你咋拿三块？"

大水说："两块不够吃。"

葛治文说："大水每顿都比别人吃得多。"

安达说："你放下一块。"

大水没放，要出厨房了。安达一把拉住他。

安达说："你放下一块。"

大水说："我饿。"

安达说："你看这儿谁不饿？你的肚子是肚子，别人的就不是肚子？"

大水说："我妈在三年困难时期也没这样对待过我。"

安达觉得大水太可笑了，太幼稚了。他怎么能说出这么没水平的话来？

安达说："这儿不是你家，是大家的家。你把你的身份忘记了？"

大水知道自己亏理，又气不过，把一块发糕朝蒸笼扔过去。没扔好，碰到地上了。

安达来气了："哎哎你别走你过来。"

大水扭过头："咋啦？"

安达指着地上的发糕，说："捡起来。"

大水说："我不是成心的。"

安达说："捡起来。"

大水说："你今天是咋啦？"

安达说："你今天是咋啦？"

大水满脸通红，下不了台，躁气了。他把手里的两块发糕都朝蒸笼里扔过去，说："我不吃了。"

又一块碰到了地上。

大水没走出厨房门，安达就扑了上去，扑倒了大水。他们互相被激怒了，在地上滚着，撕着，扇着，踹着。他们一声不吭。他们互相揪着站起来，又倒下去，又开始厮打。

他们都看着厮打着的安达和大水，一脸木然的表情。安达和大水滚到厨房外边了。

林英和周志丽急了："别打了别打了，你们咋都站着啊。安然快拉他们啊。"

安然也不动。

他们打累了，没了气力。他们靠着水瓮喘着气。他们好像做了一件很舒服的事情。他们的身上满是尘土。他们都往天上看着。

他们慢慢恢复了力气。

安达站起来，拍拍身上的土，去打饭了。安达的额头上起了一个包，泛着青色。

林英捡起地上的发糕，说："这个我吃。你去蒸笼里再拿。"

大水没拿，起身走了。

安达把饭碗往案板上一蹾，也不吃了，回屋去了。

林英跟了过去。

林英说："你不该给大水发火。大水胃口大，让他饿着也不行。"

安达说："让谁饿着能行？"

林英没说辞了。

周志丽在院子里数说安然："他们打架你也不管，就看着他们打。"

安然说："管不了。我不能让咱的粮食多起来，也不能让大水的肚子变小，咋管？今天管了，明天呢？后天呢？还会打的。"

安然喝着糊糊，哧溜哧溜的。

林英的半块发糕

安达背着一大捆干柴进了院子。他两腿发软，走不动了，就放下柴捆，靠在柴捆上，想歇一会儿。他头上不停地冒着虚汗。林英听见响动，从厨房里跑出来，看看柴捆，又看看安达，叫了起来。

林英说："你背这么多啊！"

安达说："做啥饭？"

林英说："还能做啥？"

林英跑回自己的屋，一会儿又跑回来，手里拿着什么东西。

林英说："给。"

是小半块发糕。安达看了林英一眼。

安达说："哪来的？"

林英说："我的，没吃完，留着。"

安达确实饿了，顾不了许多，拿过来大口吃着。林英拿出手绢，让安达擦头上的汗。

林英说："看你头上的汗，虚汗。"

安达不擦，说："擦了还会出的。"

发糕吃完了，似乎意犹未尽。

安达说："我确实饿了。"

他给林英笑一下，很不好意思。

林英也笑了一下，又跑回屋，很快又跑回来，说："还有小半块，都给你吧。"

安达想接没接，看着林英。

林英说："我饭量小。"

路远按着自行车铃，从大门外骑了进来。

林英说："呀，是路远。你咋回来了？"

路远撑好自行车，说："我找安达有个事。"

林英说："那你们先说事，我正做饭呢。"

安达两口就吃完了那半块发糕，和路远到他的屋里去了。

路远看见了安达额头上的青块，说："你头上咋啦？"

安达说："在工地上碰了。你说啥事？"

路远说："我想问问推荐上大学的事。"

安达说："我想你就是问这事的。分了一个名额，贫协会已研究过了，要推荐大水。郭队长给我说的，他们还都不知道。大水也不知道。"

路远说："噢。我知道了。"

安达说："你的想法我知道，吴主任也给我吹过风。可这是由不了咱知青的事。"

路远说："没关系，我上不上无所谓。我觉得你比大水更应该上。"

安达感到他的心被什么东西刺了一下。那天郭茂林给他通知的时候，他就感到被刺了一下，但很快就好了。这会儿，他又有了那种被刺了一下的感觉。他感到这种感觉很不好。他很快就抹去了那种感觉。

安达说："我已挨过几次批评了。大水工作踏实卖力，修水库主要是他的功劳。贫下中农都有眼睛哩。"

路远说："可能很快要在知青里招工了。"

安达说："我没听说。谣传吧？"

路远说："不知道是不是。真要招工，到时候可别把我忘了。我人在公社，可还是咱队上的知青。"

安达说："我会记着的。"

安达一脸苦笑。路远到厨房看林英去了。她们在厨房说着，笑着，很亲热。安达能听见。

安达在炕沿上坐着，仰头看着屋顶，不知想着什么，一只脚一下一下踢着。

填表的大水和借粮的安达

打了一架，安达和大水都感到有些别扭，好长时间没有说话，不是不想说，是不知怎么向对方开口。

那天收工后，大水终于鼓着勇气，叫住了安达。口开得很艰难。

大水说："安达，我……"

安达站住了。

大水说："我想和你说几句话。"

安达看着大水，走过来了。

大水说："到工棚里说吧？"

他们就进了工棚。

大水说："那天发糕的事怪我，请原谅。"

安达轻声咳着。喉咙里没有痰，但他轻声咳着，像呻吟一样。

大水说："我很难过。这些天我一直很难过。我不知道怎么给你说。你还生我的气吧？"

安达说："我没生你的气。我们是种粮的。却没粮吃，我觉得丢人。真丢人。"

大水说："我们是尽了力的，能做的都做了。不知道还能怎么做。"

他们不说话了，都低着头。

安达说："过几天你去公社领表。"

大水说："啥表？"

安达说："工农兵学员推荐表。"

大水说："我不去。"

"为啥？"

"我知道了。郭队长说了。我不去。"

"为啥？"

"应该你去。"

"队上推荐的是你。"

"我给郭队长说了，让贫协会另研究。"

安达摇摇头，说："就是推荐我，填了表也得打回来，白浪费一个名额，原因你不是不清楚。你不是在学针灸吗？正好是医学院。"

大水突然想哭。安达搂了一下大水的肩膀。他们出了工棚，朝村庄走去。

大水没哭，安达倒险些流了眼泪。大水领回推荐表，让安达看。安达看过来看过去，看遍了表上的每一个字。大水捻亮了桌上的罩子灯，要填写了，安达还在看。

安达说："我想起咱高考的时候了。咱也填过一张表，没考试，就'文化大革命'了，要不现在都毕业了。该毕业了吧？"

大水说："就是。我记得你把志愿填得很高，是不是？"

安达点点头，说："我还是爱念书。"

大水说："这我最清楚。"

安达又点点头，把那张表给了大水，说："你填吧，我出去转一会儿。"

大水说："一块儿出去转转，我回来再填。"

安达说："不不。我还有点事。"

他没让大水和他一块出来。他想一个人在村外随便转一会儿。他转了很长时间。他感到他的眼睛有些湿了，再转下去就会流出眼泪来的。他用手掌在脸上抹了一下，又转回来了。

他看见他和大水屋里的灯亮着。他知道大水在填那张表。他没进屋。他去厨房提了一条线口袋，找郭茂林去了。

"借粮？"

郭茂林一听安达说要借粮，立刻把眼睛睁得老大，要扯到鬓角上了。

安达说："我们的粮不够吃了。没细粮，刚吃饱一会儿就饿。

修水库活太重，时间长就撑不住了。我再想不出其他办法了。"

郭茂林说："队上的一颗麦子也没有了，剩下的那一点是留的种子。"

安达说："我们为吃饭打过架。再这么下去还会打的。你是队长啊。"

郭茂林为难了好长时间，说："那就只有借种子粮了。这得开社员会。"

安达捏弄着搭在肩膀上的口袋。

郭茂林说："你别以为我是故意为难你，要动种子粮，我一个人不敢做主。"

安达说："知道，我知道的。"

声音低得不能再低了，像从屁股底下浮上来的。他知道郭茂林没法给他粮食。他想走又不想走，蹭拧了一阵，还是要走了。

郭茂林说："大水要走了，水库可不能耽搁啊。水库修成了，有了水浇地，粮食就不愁了。"

安达已出门了。

郭茂林说："就是能借给你粮食，也得明天去保管室装。你搭个口袋，我家又没粮给你装。你怕是想粮食想糊涂了。"

安达没听见郭茂林的话。他听见的是自己的脚步声。

狗肉吃了狗皮给了二狗

那些天安然的狗一直在叫，也许是饿躁了，叫得没力气了，就卧在地上呜呜。他们背着安然给安达建议，要杀了那只狗吃肉。他们说人都没啥吃还养狗？安达想了很长时间，不敢给安然说，说不好安然会跳起来的。他让他们和安然说，他们也不敢。他们说你不敢我们就更不敢了，安然跟我们玩命咋办？最后，还是安达找了安然。

他把安然叫到了一个僻静的地方。

他说："安然你看你的狗整天不停地叫唤，叫得人心烦。"

安然说："狗和人一样，肚子饿了就胡生事哩。你不是还和大水打过架么，也是因为肚子问题。"

安达说是啊是啊，咱人都吃不饱狗当然更吃不饱了，你把狗送人算了。

安然说："我宁可让它饿死也不送人。这就叫感情。我和它有感情了。"

安达说："其实送人还不如杀了吃肉。"

安然瞪眼了。安然说谁想的这主意找着挨骂哩，还要往他脸上吐。

安达说骂吧骂吧是我的想法。

安然不说话了。

安达说："饿死是个死杀了也是死，还不如早点杀了，早杀了还有些油水，你别嫌我这话残忍，你看看大家看看你自己瘦了多少？当然一只狗解决不了根本问题可是解决一顿是一顿啊。"

安达看了安然一眼，发现安然的眼圈有些红了。安达说好了我不说了你就看着它饿死吧。

直到安达走，安然没再说一句话。安达走很远了，还看见安然在那儿直直地坐着。

他们还是杀了那只狗。杀狗的那天，安达给了安然一块钱，让安然去县城逛街。安然没说什么，装着他哥给的钱走了，一天没回来。

狗是郭茂林和二狗杀的。二狗把狗吊在一棵树上，郭茂林迎面给狗泼了一瓢凉水，狗就咽了气。知青们远远看着，没到跟前去。周志丽哭了很长时间，说："安然看见了要难过死了。"惹得林英也陪着流了许多眼泪。林英说他没看见嘛没看见嘛。

狗皮给了二狗，是事先说好的。

他们美美吃了一顿。他们想，安然身上有钱，也在县城吃肉哩。这么一想，他们就吃得心安理得了。

第二天，郭茂林开了社员会。他说谁要是想着吃水库浇的粮食谁就该同意给学生娃借点粮，谁要是有人心谁也该同意。没人说不同意。他们都想吃水库浇的粮食，也不愿落下没有人心的坏名声。

又乏味了一次

水库工地再也没有过去的那种热闹了。修水库是一件事情，是垫土，把一车一车土从沟坡上挖下来，拉到坝上，铺平，压实，然后再垫一层。他们挖着土，运着土，压着土，一声不吭。歇息的时候，也没人说笑，没人掰手腕了。他们都坐着，眼睛像干巴巴的土坑。

安达也坐着，在架子车辕上。他看见周志丽朝他走过来，似乎有什么事。他给她做出一个笑的样子，让她坐下说。周志丽没坐。

周志丽说："你看他——"

周志丽说的是安然。安然在远处的沟梁上坐着，背对着他们。

周志丽说："这些天他不说话也不理人，问都问不响，工作热情也没以前高了。你和他谈谈吧。"

谈谈吧。安达站起来，向安然坐的地方走过去。谈谈就谈谈吧。

安达说："你一个人坐这儿干啥？"

安然说："休息，看风景。"

安达说："你老是板着脸，要不就是垂头丧气，咋回事？"

安然说："没高兴的事情嘛。"

安达说："劳动也不如以前积极了。"

安然歪过头来，一副咄咄逼人的样子："我要劳动一辈子，我急啥？一天干不完一辈子的活，一镢头挖不出共产主义。贫下中农说：馍要一口一口吃，心急吃不了热豆腐。王国福同志说：小车不倒只管推，一直推到共产主义，没说一天就推到共产主义。"

安达说："你从哪儿学那么多干话？"

安然说："干话？王国福同志说的，是干话？"

安达想发作，又不知该怎么发作。

安然说："咋？又想打人？"

安然说的是他和大水打架的事，安然说完就站起来走了。

安达感到很没趣。他感到他经常做一些没趣的事情。做的时候不知道，一做就感到没趣，乏味。"你看你乏味不乏味？"安然也这么说过他。有时候，他也感到他乏味，是一个乏味的人。他不知道他怎么成了这个样子。

又乏了一次味。

他没走。他坐着，低着头。

那几天，大水不在工地上。大水在办他的粮户关系。他要走了。

近看像一只狗远看像一只苍蝇

　　他们熬了一壶酽茶，一人一杯，给大水开了个欢送会。大水从头到尾都很激动。他说我真不想走我真想和大家一块儿。他怕他们说他得便宜卖乖，就加了一句：我要说假话我是地上爬的。他们笑了。他们说大水我们相信你。他们又给大水鼓了一次掌，惹得大水像害眼一样揉了好大一会儿眼睛。

　　大水背着铺盖卷提着网兜上路的时候，要安达陪他去水库看一眼。他们说走啊走啊我们也要去水库工地劳动啊。

　　大坝又高了几层。

　　大水给安达说："全靠你了。"

　　安达说："走吧我送你一程。"

　　安达又送了大水一程。大水说就这儿了你回吧。安达说走吧再走一会儿。

　　就又走了一会儿。

　　安达说："好好读书。"

　　大水说："三年就回来了。"

　　安达说："三年以后不知是什么样子了。"

　　大水说："安达，大家都看着你呢。"

　　安达说："不说了。我也不送了。走吧。"

　　大水给安达挥了好几次手。走很远了，又转过身来，给安达喊了一声："安达你走吧我不再挥手了。"

　　大水真没再挥手，没再转过身来。

　　安达感到他的胸膛里有些空。他突然感到胸膛里有些空。他觉得那些山梁啦，山峁啦，也有些空。他突然仰起脖子唱了一句：

　　"要——学——那，泰山顶上——一——青——松——"

他唱得满脸发烧。他觉得唱一句不够，还得唱，就接着往下唱了。他觉得光是唱也不够，还应该带上动作，他就像舞台上的郭建光那样，边唱边做着动作，直到唱做完了浑身的力气。他趴在路边的塄坎上，大口地喘着气。他想，舞台上的郭建光看着气宇轩昂，其实是很费力气的。

"噗。噗。"他喘着气，像一只狗。

远看，就像一只苍蝇了。

那天晚上，安达失眠了。他早早就上了床，可睡不着。他感到他有些不争气，就在头上扇了几巴掌，结果头没感到疼，倒扇疼了手。人在想睡却睡不着的时候是拿自己没办法的。

开始的时候，他不承认他睡不着是因为大水的走，后来他承认了。他给自己说，人应该勇敢一点是什么就是什么不要掩饰，掩饰是虚弱的表现。就这么他承认了。然后，他给自个儿说了许多话。他说大水有了好的去处肯定还会有好的将来的，我这么一想就空荡荡的没有着落了，就睡不着了，还有些酸酸的感觉。我知道这么不好这很不好所以我想赶紧睡着，睡一觉起来就好了。他说其实上大学也未必就比在牛尻子村优越多少，当年许多人去莫斯科的时候毛主席就没去，毛主席在湖南农村，结果呢？结果是全中国的人都知道的。这下你踏实了吧？

他确实踏实了一些。他感到他的呼吸明显平缓了许多。他躺在床上，头枕着胳膊平匀地呼吸了一会儿，那种凄凉的带着些酸味的感觉已离他远去了。他感到他像一只船，停在了没风没浪的水面上一样，很熨帖。

然后，他从床上爬起来，坐到了桌子跟前，取出了钢笔和一叠纸。他在第一页纸上工整地写出了"入党申请书"几个字。

他早就想这么做了。

现在，他更想这么做！

他一口气写了十几页，差不多把他想说的话都写了上去。

他在写他自己的名字的时候犹豫了。他想到了这份申请书会给他带来的许多后果。他知道他是经不起审查的。苟良交出了生命也没有抵挡住审查，你就行吗？

他突然想哭。

他没哭。他感到他浑身的骨头和肉一起软了，像挨了几天饿一样。他趴在了桌子上，咽了几口唾沫，想恢复一点气力，然后上床去睡。

第九章

大个李说我不行了管不住自己了

周志丽不洗衣服就好了。周志丽洗衣服的时候不挽袖子和裤腿就好了。

周志丽在洗衣服，在沟底。她挽着袖子和裤腿，把光脚丫子伸在清亮的河水里。她在搓板上揉搓着，揉搓出的泡沫顺水漂流而去。水里反上来的太阳光在她的脸上闪来闪去。阳光很好。阳光和河水一样清爽。她唱着歌，那首和洗衣服有关的歌：

> 哎——
> 是谁帮咱们闹翻身哎
> 是谁帮咱们解锁链哎
> 是咱亲人解放军
> 是咱救星共产党……
> 军民本是一家人
> 帮呀帮他们洗衣裳哎
> ……

洗好的衣服晾在她身后边的草坡上，已晾了好多。太阳光也照着那些晾开的衣服。

大个李扛着自行车顺沟坡走下来了。他听见了周志丽唱歌的声音。他把自行车扔在旁边，蹲在周志丽跟前了。

大个李说："好听。我老远就听到了。我以为是村上的谁。我就说她咋能唱这么好听？配上弦索就和收音机里的一样了。"

大个李把伴奏的音乐叫做弦索。

周志丽不唱了。她把揉搓了一阵的衣服在水里摇摆着，浸上水以后再揉搓。

周志丽说："你做啥去了？"

大个李说："去公社开了个会。"

"啥会？"

"民兵队长会嘛。"

一绺头发掉下来了，周志丽用手背把它们抹上去，看见大个李在看她。

大个李说："你们天天洗衣服，也不嫌麻烦？我们农村人十天半月不洗一回。"

周志丽说："习惯嘛。"

大个李朝周志丽靠近了一些。

大个李说："大水上大学了，你不想上？"

周志丽说："不想。"

大个李说："为啥？"

周志丽说："这种好事轮不到我，所以不想。"

"找关系嘛。"

"不找。"

"为啥？"

"找不来。"

"我帮你找嘛。也许我能帮你。"

好像有个虫子钻进大个李的身子里，痒痒得难受。他又朝周志丽靠近一些了。好看死了好看死了，他看着周志丽的胳膊和腿。他还闻到了一种香味，是周志丽身上散发出来的。

　　大个李给自己说：我不能看她了再看我就不行了。可他没法不看，他管不住自己。几滴水花溅在周志丽脸上了。周志丽抹了一下，给他笑笑，站起来去晾手里的衣服。大个李突然不行了。大个李说周志丽我不行了我管不住自己了。周志丽刚一转身，他就朝她扑过去。周志丽叫了一声，倒了，他骑在了周志丽的身上。

　　他说周志丽你别喊我求你了你要喊我就捂你的嘴我已经没办法了。他努力捂着周志丽的嘴。他感到喉咙里焦干得要着火。他说周志丽你原谅我吧我没办法我想就是不让我想也来不及了。他硬咽着唾沫，没唾沫可咽。他撕扯着周志丽的衣服。周志丽呜呜叫着，抓着他的脸。一枚纽扣飞了出去。他没看见他想看的东西。周志丽不像他媳妇，衣服一解开就会有兔子一样的东西跳出来，周志丽的胸脯上还绷着一样东西。他就再撕，撕不开。他就腾出一只手去解周志丽的裤带。他喘着气，像一头慌乱的牛犊。

　　他没想到周志丽会把他蹬到水里去。

　　周志丽先咬了他一口，又蹬了他一脚。

　　他爬起来，再扑过去。周志丽"啊，啊"叫着，像绝望的鸽子一样胡乱扑打着。

日他的要是经验交流现场会多好

　　大个李媳妇先是一个巴掌，"啪"一声。

　　"不要脸你癞蛤蟆想吃天鹅肉！"她说。

　　大个李媳妇接着是一个抓抠。

　　"怪不得你老往知青院跑你想好事啊你！"她说。

大个李抓急了，捂着新添的五道指印，睁眼看着他媳妇说："我想看她一下我没看着啊她那儿和你不一样，她裹着东西！"

"你把眼瞪成牛蛋了我和你拼了！"大个李媳妇说。

说着，从炕台上抓过一把剪刀要捅。

大门"哐"一声被踏开了。安然提着一把钢钩，和一群知青拥进院子，叫喊着让大个李出来。

大个李媳妇的剪刀没捅下去。她把两只眼睛也瞪成了牛蛋。

大个李说我不出去他们会打死我的。

大个李媳妇说你不出去他们会踏破屋门的。

大个李突然看见了挂在墙上的那杆七九步枪。他跳过去取下枪握在手里，从屋门里跳出去，用枪口对着安然他们。

"你们别过来！"

他喊了一声。他的脸已经扭歪了。

"谁敢过来我就开枪！"他说。

"老子对不起你们，老子已经后悔了，你们不要逼我！"他喊着。

知青们不敢动了。他们看着枪口。

"你们退出去！"大个李又喊了一声。他拉了一下枪栓。

知青们没动。

"安然你退出去不退我先打死你！"

安然不但没退，反而向前走过来。

安达一把拉住了安然，说："安然你别动。大个李，你把枪放下。"

大个李说："我不！我决不！"

安然甩开安达，提着钢钩，一步一步朝大个李走过去。

大个李抖了一下枪："站住！"

安然不站，朝前走着。

大个李又抖了一下："别过来！"

安然还是过来了。枪口抵在了安然的胸口上。大个李的嘴抽动了几下，眼泪要流出来了。他要开枪了。

大个李说："日他妈我的枪里没子弹，民兵不训练不发子弹……"

没等大个李低下头去，安然一钢钩就抡倒了他。知青们一拥而上，用脚踢着，踏着。大个李一声不响，死抱着头。

他们踢踏了很长时间。

大个李媳妇尖声叫着："来人啊！出人命了！"她跳到了村街上。

安达看打得差不多了，说："别打死了，扣起来，去公安局报案。"

他们把他提出来，拉到了夜校里。

郭茂林赶到夜校的时候，大个李正蜷缩在墙角里呻吟着。

大个李说："他们快把我打散伙了。"

郭茂林说："你胆子也太大了，敢动高压线啊。"

大个李说："我日他妈公社不叫我开会就好了。我日他妈是个聋子听不见她唱歌就好了。我日他妈是个瞎子看不见她的胳膊腿就好了。我日他妈我……"

郭茂林说："你日他妈还日个没完了？你日他妈哪一句说到点子上了。"

大个李说："我日他妈后悔死了我。"

郭茂林说："来不及了我给你说。"

大个李说："公安局不会枪毙我吧？我没沾到便宜，他们不会枪毙我吧？"

郭茂林说："难说。破坏知识青年上山下乡是罪上加罪，不枪毙也得判个十年八年。"

大个李哭了："我咋办呀嘛，我媳妇我娃咋办呀嘛啊啊……"

郭茂林说："现在才知道哭了？哭吧你个熊挨尿的。"

大个李不哭了。他要出去尿尿。

郭茂林说："憋着，到公安局尿去吧。"

来了一辆三轮摩托。两个公安给大个李铐上铐子，带走了他。大个李挣扎着不想走："不！我不！"

郭茂林说："走吧，媳妇和娃队上会照顾的。"

大个李没上摩托车就尿了，尿在了裤裆里。没多长时间，就给他判了刑，到外县的一个农场背砖头去了。

宣判大会是在牛尻子村开的。那天下着雨。全公社的人都来了。郭茂林一直低着头。

"日他妈牛尻子从来没来过这么多人，要是开经验交流现场会多好。"他给人这么说。

他感到很丢人。

就在那天，周志丽又哭了一场，哭肿了眼睛。林英给她端来一碗饭，说："别想了，事情已经过去了。"想让周志丽把那碗饭吃了。

周志丽说："以后别人咋看我嘛。"

说着，又哭了。他们让安然来陪她，她还是个哭。她抱着安然的肩膀，哭得直抽身子。

他们看不下去了，都回到了各自的屋里。他们坐在炕上，看着窗子或者屋顶。他们都有一种凄凉的感受。

雨在下着，淅淅沥沥的。

一会儿，他们唱起了一首歌，不知是谁起的头，开始是一个人，后来都跟着唱了：

天边
路途是多么遥远

告别了亲人告别了父母
泪水就涌上心间

度日啊又度年
望不尽荒石滩
父母那慈祥的笑脸
仿佛就在我面前

几回啊风和雨
几回啊苦和甜
脚跟踩遍了无数山
还有那无尽的辛酸
……

是那首正在到处流传的《知青歌》，诉说的是知青们的心事。

他们唱着，声音不大，和着院子里的雨。

周志丽没唱。她流着眼泪。

安达也没唱。他在他的屋里。他一个人。他想，人是很容易受情绪影响的。人容易受情绪的影响是不是应该？

雨像飘忽的雾一样，一直下到了晚上。

招工消息

招工的消息是路远带回来的。那天中午，她回了一趟知青院。天很热，他们都在午睡。

安达没睡。他在看书。

路远说："知道你不会午睡的。"

安达说："就是，没午睡的习惯。"

他放下书，知道路远有事要说。

路远说："你可能还不知道，招工的指标下来了！"

安达确实不知道："是不是？"

路远说："不会有错。给咱队分了两个名额。我就是给你说这事来的。"

安达说："还有吧？"

路远说："当然，我想走。马立军转业了，我父母也催我。你是答应过我的。"

安达说："真有指标，就得集体开会。恐怕得照顾确实有困难的人。"

路远说："那也要看政治表现。你态度得明朗。开会时别忘记通知我。"

安达说："我会记着的。你咋就这么急？咱下乡时是宣过誓的。我实在有些想不通了。"

路远说："那时候太单纯了，把生活理想化了。不过，就是招了工，也不是要放弃理想。去工厂也是为国家作贡献，这并不矛盾。"

安达说："对，你说得对。"

路远说："那我走呀。"

安达说："不到他们屋里坐坐？"

路远说："不打扰他们了。他们也不喜欢我。"

路远刚走，葛治文跟脚进来了。

葛治文说："路远来过？我在厕所尿尿，她没看见我，可我看见她了。骄傲得跟公主一样。她找你肯定有事，是不是？"

安达说："招工的事。她说给咱队分了两个指标，不知是真是假。"

葛治文说："她想走是不是？我说嘛。她尽想好事。"

安达说："你呢？不想？"

葛治文说："你呢？"

安达说："我不走。就是想走也不能走。"

葛治文说："我不走了，我就在这儿过一辈子，做给路远那种人看看。让她羞愧去吧。"

安达笑了一下。

葛治文说："我知道你笑我这种想法幼稚。可我就是这么想的。"

安达说："我笑的不是这。看起来你在生她的气，其实是忘不了她。"

葛治文说："我恨她。她把我的心伤透了。"

安达又笑了一下。

葛治文说："你不信？"

安达说："信。我信。"

他不想和葛治文再说了。该去工地了。

没几天，他们都知道了这个消息。也知道路远找过安达。

赔钱不能太大方因为有生瓜

"哥，你准备让谁走？"

"啥让谁走？"

"你别给我装洋蒜。"

"出去出去，我不想和你说。"

"为啥？"

"态度不好。"

"那就好一点。"

安然坐在了安达的炕沿上，但模样并没舒展。他抠了一会儿指甲。

"我问的是招工的事。"

"这得大家定，我说了不算数。"

"周志丽找过你没有？"

"来过一回，啥也没说。"

周志丽确实来过。周志丽不说话光流眼泪。安达说周志丽你咋啦有话你说。周志丽摇着头说不咋，说着就哭出了声，捂着嘴出去了。

"她在你门口转了几圈，肯定想说她的事。自从出了那件事以后，她一直很压抑。村上人也对她另眼相看。你给大家做做工作，让她走吧。"

"你这不是给我出难题吗？我咋做工作？"

"咋不能做？"

"你和她关系特殊。"

"她早不理我了。宣判会以后就不理了。她说她成了不干不净的人，不想连累我。这大家都知道的。"

"她咋能那样想？"

"我说我从来没那样想过。她说安然我求你了，你别理我了，我一点办法也没有。你就让她走吧。"

安达想了想，说："这得大家定。"

安然说："我和你白说了。"

安达说："基本上白说了。"

安然甩门走了。他就是那天晚上偷的西瓜。

一阵沉重的脚步声惊醒了安达。他从窗户看出去，看见有人背着一麻袋东西进了安然的屋，关上门，拉亮了灯。肯定是安然。

安达敲安然的门，安然不开。安达说开门开门。安然说我要睡了。安达撞开了门，险些被地上的东西绊了一跤。是西瓜。安然偷了一麻袋西瓜，一个已经砸开了。安然手里抱着半个，脸上沾满了西瓜水，正大口啃着。他不看安达。

"想吃了抱一个去。"

知青们都被惊动了，拥了进来，看着吃西瓜的安然和地上的那一堆西瓜。

安然说："别站着啊想吃了就吃。"

安达说："哪儿来的？"

安然说："偷的。"

安达抓起地上的半个西瓜，朝安然砸过去。西瓜在安然的脸上开了花。安然在脸上抹着，吹了几口气，然后叫了一声，朝安达扑过去，被地上的西瓜绊倒了。他爬起来要再扑。林英和周志丽抱住了他。他愤怒地看着安达。

安达说："贼！"

安然甩开林英和周志丽，抱起一个西瓜，向安达砸过去。西瓜砸在了墙上，碎了。

林英说："你们还看啊赶紧往外拉啊！"

葛治文和知青们拉走了安达。

安然又砸开一个西瓜，蹲在地上啃着。

林英说："吃吧吃吧，已经偷了就吃，哪个队的我明天给他们赔钱去。"

林英给每个屋抱了一个。他说安然一个人吃不了大家帮他吃。她给安达也抱了一个。安达不吃。

林英说："我明天赔钱去算咱买的。"

葛治文啃着半个西瓜追过来说："赔钱可不能太大方，里边有生瓜。我这个就没熟好。"

招工会

会是在那间大屋里开的。他们一个跟一个走过来，坐在了木桌周围，表情都很严肃。

路远也在。安达没忘记通知她。

安达说："大家在私下里吵吵好多天了，今天咱坐在一起说。两个招工名额，用村上人的话说，狼多肉少。到底谁走，只有看条件了。我想了几条，如果大家同意，就按条件提名，不同意可以修改。第一条，照顾家庭有困难的。第二条，身体不太好的。第三条，城里有女朋友的。第四条，兄弟姊妹都下乡插队，父母没人照顾的。第五条，有特殊原因的。"

葛治文鼓着掌说："没意见，很全面。"

其实，这五条是他和安达一起商量的。大水走后，安达有什么事就找他商量。

葛治文说："周志丽情况特殊，她算一个。"

安然说："我同意。"

知青们全都举手表示同意。路远也举了手。周志丽咬着嘴唇，又感动又难过。她站起来给大家鞠了个躬，说："谢谢大家。"说不下去了，捂着脸跑回屋哭去了。

安达说："咱继续开会。谁说？"

没人说了。有的低着头，有的胡乱看着。

路远看着安达。安达却不看路远。

安达说："我先声明，我不走。安然这次也不考虑。安然，你有意见没有？"

安然说："没有。我安然啥都不好，就心肠还凑合，好事不和大家争。"

又没人说话了。

路远说："提个名嘛，提个名就好研究了。"

没人响应，还是低着头，或者胡乱看着。

安达看着桌子。他怕和路远的目光相遇。

路远说："安达你提嘛。"

安达说："让大家提。"

路远说："没人提嘛。"

安达出了一口气，说："好吧。路远找过我，说她想走，大家看行不行？"

安然说："不行。"

路远急了："为啥不行？"

安然说："刚才说的那五条，你看哪一条和你路远沾边了？"

路远说："那五条不见得都合理，也不像葛治文说的很全面，至少应该加上一条：政治表现好的。"

安然说："你以为你政治表现好是不是？"

路远说："至少比你好。"

安然说："好在哪儿了？我们在水库出力流汗，你在广播站念稿子；我们在知青院喝糊糊吃玉米糕，你隔三差五蹭个会吃顿有油水的，这就叫政治表现好？"

有人偷着笑了。

路远说：“不是有一条，在城里有朋友的可以照顾吗？”

葛治文一字一顿，说：“你听漏了一个字，是有女朋友的，指的是男知青。明白了吧？”

这回，他们憋不住了，哄笑起来了。

路远涨红着脸，说：“为什么男女有别？女的就不找朋友，不结婚了？这太不公平了。安达，你还讲不讲公平？”

安达说：“你看不公平，可以提几条公平的让大家讨论嘛。”

路远说：“你在耍弄我。你答应过我的，为什么说话不算数？”

安达说：“这不是你和我两个人的事。要是咱俩，我就把名额让给你。”

安然使劲拍着巴掌说：“好，说得好。”

路远又气又羞，坐不住了，说：“这会我不参加了。”

林英没拉住，路远走了。走到门口又扭过身来，说：

“我要走，你们谁也别想阻拦。”

路远真走了，再也没有回头。

安然气不过，跳到院子里喊着：“少来这一套。没有我们的鉴定，你休想把后门走成！”

另一个名额给一位腿有点瘸的男知青。

他们在村外的草垛里找到了周志丽

周志丽没走成。

郭茂林说安达你过来我有事和你说。他看坝上人太多，就把安达拉到一边，压低声音说，周志丽的招工表被县上打回来了，她隐瞒了家庭成分。

安达半晌没说话。

安达说安然你过来我有事和你说。他把安然拉到更远处，让安然坐下，然后说："周志丽走不成了。周志丽隐瞒了家庭成分。她家是地主，外婆家是小业主，外调的人回来说的。"

安然半晌没说话。

周志丽拉了一油桶水，边往瓮里倒边唱着歌。这些天，她一个人呆着的时候，总忍不住想唱几句歌。

安然把一捆干柴放在了厨房门口。安然一直是这样做的，只要轮到周志丽做饭，他就会背一捆柴回来。

周志丽把拉水车推到一边，进厨房往锅里添水了。安然跟了进来。

安然说："帮你烧会儿火行不？"

周志丽说："行啊我正想和你说几句话哩。"

安然生着了火。他也有话和周志丽说。

周志丽歪头看了一眼安然。她越来越觉得安然好了。一看见安然，她心里就有一种说不出的高兴。看不见也高兴。看不见可以想。

"安然。"

"嗯？"

"我参加了工作，你还会像现在这么对我好吗？你说。"

安然说："比现在还要好。就怕你……"

周志丽说："怕我不理你是不是？哎你猜猜，我进工厂的第一天会干啥？"

"上班嘛。"

"上完班呢？"

"吃饭嘛。"

"吃完饭呢？"

"睡觉嘛。"

周志丽跺脚了："呀呀安然你咋这么讨厌。我不让你猜了。那一天我心里肯定很高兴，想找个人说话，当然是和最想说的人说。不在他跟前，咋办？我就给他写信，说我心里想说的话。他以为他很了解我，其实他很傻。他怎么知道我内心深处的感情呢？那封信一定会很感人。我把信一下一下折好，放进信封里，然后去邮局。邮局的人肯定不知道我的信是一封很不平常的信。我当然也不能告诉他。但我会给他一个友好的笑。当我贴上邮票，把信放在邮箱，我的心就，就不在我身上了，就跟着那封信飞走了。我能想象出他读我的信的样子，一定很傻……"

周志丽拿着马勺，仰着头，沉浸在自己的想象里了，直到看见安然眼里的泪水，才醒过神来。她没想到安然会这样。她吓坏了。

"安然，你怎么啦？"她说。

安然不说话。

她说："安然，你以为我说的是谁？就是，就是……"

安然一把抱住了周志丽。

安然说："你，你别说了。"

周志丽说："咋啦？"

安然说："志丽，你别走了，行不？"

周志丽看着安然，似乎有些明白了。

安然说："咱不一定非要第一批走……"

安然说不下去了。

周志丽手里的马勺掉在了地上。

周志丽说："我知道了，我的招工表被打下来了。"

安然说："他们说你隐瞒了成分。"

周志丽说："我错了。我以为知青真的按贫下中农对待。我错了。"

周志丽捡起地上的马勺，继续往锅里添水，添着添着，突然趴在锅台上放声哭了。安然站在一边看着她。他不知道该怎么安慰，只有看着。周志丽的哭声撕心裂肺。

第二天早晨，他们在村外的一个草垛跟前找到了周志丽。她喝了"1059"，死了。她吃了很多水果糖。他们找见她的时候，看见那些五颜六色的水果糖纸在她的尸体跟前飘着，荡着，有几片已经飘得很远了。郭茂林说她心里太苦，想吃水果糖甜甜自己。

他们埋了她。和苟良埋在了一起。胖嫂拿着一双新做的布鞋，说是要送给周志丽带到城里去，没来得及送。她把那双新鞋在周志丽的坟前烧了。她不停地抹着眼泪。

那天晚上，林英坐在炕上，在她的日记本里写下了一行字——周志丽死了。我很难过。我们都很难过……

安然顶替了周志丽的名额。安达怕他胡生事。知青们也都同情安然，怕他神经失常。那些天他老说疯话，动不动要打人的样子。他说我不走我为什么要走？苟良和周志丽都在这儿我为什么要走？他们给他做了很多工作，说了很多话，一直说出了他的眼泪水，他才去办了招工手续。

临走前，安然去了一趟二狗家。他说二狗对不起那年我生你气偷了你家鸡我给你赔钱来了，你别嫌少。二狗不要。二狗说安然你看你啥年月的事了你还记着。二狗说你把你的钱拿走我家没丢过鸡，你问我媳妇我家丢过鸡没有？二狗媳妇没说鸡的事。二狗媳妇说周志丽多好的人。二狗说你个二屎货安然要走了别提伤心事。二狗说安然你给咱说说城里的电车。二狗说啥时候抽个空儿领媳妇领娃到城里找你去，你不会不认吧？你是娃他叔你能不认？安然说一定去啊。二狗说一定一定不去是王八蛋。

安然走后时间不长，水库放水了。知青们和全队的社员在大坝上喊了一阵毛主席万岁，然后就撤了回来。

他们钻进各自的被窝睡觉了。

安达睡不着，又不知做什么好，就把院子齐齐扫了一遍。

呀你抽烟了

"谁他妈的这么小气，偷了我的肥皂？想用了说一声啊！"

"你不小气？丢一块肥皂就大惊小怪。"

"不是你偷的把嘴伸那么长干吗？"

"我偷你的？我嫌臊气！"

"哎？你咋骂人？"

"谁骂人了？我没骂。"

"你再骂一句试试。"

吵起来了，再吵下去还会打起来。

林英说："别吵别吵，你用我的吧。"

"我从来不用别人的东西。"

一脸盆水泼到了地上，进屋去了，气得林英肚子疼。

又有人说了一句："我的牙膏也让人用了。"

安达在脸盆前蹲着，拿着毛巾，好长时间没动。

这是一个傍晚发生的事。

"他妈的这什么饭啊！"

"啪"一声，碗被摔碎了。

"有气别和碗过不去啊。"

"没你的事别伸舌头，我想摔了。"

"那就再摔一个听听。"

"不行了就分灶，分开吃。"

"最好放假回城。"

葛治文说："是想找后门吧？回吧回吧，安达不说话，我批准了。"

"你算老几？"

安达往嘴里刨着饭，好像没听见一样。

这是又一个傍晚发生的事。

安达敲开了林英的门。

安达说："对不起我睡不着，和你说一会儿话。"

安达蹲在墙根下，在衣服口袋里摸什么。林英没在意，给安达倒了一杯开水，递过去的时候，眼睛突然瞪大了，叫了一声：

"呀，你抽烟了？"

安达在卷着旱烟卷，已卷好了。他掐掉多余的一截，划着火柴点着烟。他吸了一口。看样子，不是第一次吸烟了。

林英说："我真难过。我想哭。"

安达吸着那根旱烟卷。烟雾在他脸上弥漫着。他眯着眼。

林英说："我真想大哭一场。"

安达说："你是不是也想走了？"

林英说："不。我不知道。我说不清楚。我感到心里越来越空了。"

安达说："人有个什么事过不去了，咬咬牙也许就过去了。这话是我父亲说的。他是个大右派，自杀了，对外说是病死的。他没能咬紧牙。"

林英说："你能吗？"

安达顺着自己的话往下说着："刚来时，咱连棉花秆也不会拔，现在连水库都修了。这就叫挺吧？往过挺。"

林英说："我不知道，不知道能挺多久。"

安达说："你说我？挺到只剩下我一个人的时候再说。"

安达站起来，踩灭了那根烟卷，说："你睡吧。"

林英说："再坐一会儿……"

安达说："睡吧。"

林英说："葛治文呢？"

安达说："喝了半瓶烧酒，醉在炕上了。"

安达给林英拉上了门。

这是那天晚上的事。

敬爱的毛主席我们心中的红太阳

这会儿是另一个晚上。

知青院剩下安达、葛治文和林英了。他们正在厨房吃煮熟的玉米，是葛治文偷来的。他们吃得很香。

葛治文说："想当初，二狗媳妇偷摘了几把残花，咱看不惯，要开批判会。现在呢？这玉米棒子哪儿来的？偷的。"

院子里很静，他们能听见他们啃嚼玉米的响声。

林英说："咱知青院越来越冷清了。"

葛治文说："这才好，清静。"

安达说："诗人，你那半瓶烧酒喝了没？"

葛治文说："咋？想喝？"

安达说："喝几口。"

葛治文说："要喝就好好喝，让林英给咱弄几个菜。"

林英说："只有白萝卜。"

安达说："诗人摊酒，林英出力。我去胖嫂家收几个鸡蛋。玉米棒也算一道。弄好菜咱到院里喝，院里畅快。"

三道菜很快齐了。他们搬了一张木桌，就坐到月亮底下了。安达和葛治文喝热了，让林英也喝。林英说不喝不喝。安达说喝一口。林英喝了一口，又吐了出来，说辣死我了。葛治文说不喝酒就给咱跳个舞。安达说这主意好咱一块儿跳。他们就在院子里跳起了"忠字舞"边跳边唱着：

> 敬爱的毛主席
> 我们心中的红太阳
> ……

他们跳了很长时间，直到有人推开大门走进来，他们才收住了手脚。他们看着门口。月光虽然很亮，但还是不大能看清。

安达说："谁？"

来人说："是我，路远。"

林英叫了一声，跑过去抱住了路远，像见了亲人一样。林英说咋是你呀快来快来。安达也很高兴。安达说这么长时间也不回来看看还以为你早走了。葛治文说就是就是，好像忘记了过去的那些不愉快。林英说走吧坐到屋里聊去。

他们就坐在了林英的炕上，腿伸在一条被子里。

路远说："我是来告别的。我爸给我联系了一个单位，是走后门。你们别笑话。"

葛治文说："这时候了谁笑话谁？不笑，很好。"

路远说："但手续还得按正规的办，要补咱队上和知青点的鉴定。"

安达说："没问题，给你补。"

路远说："我们和好吧。"

路远握住了安达的手，又握林英的手。

路远说："林英，我们一直很好，是不？"

林英笑着，直点头。

路远向葛治文伸过手，说："葛治文，对不起你的地方请你原谅。"

葛治文握了握路远的手，低下了头。

安达说："过去的就让它过去。我们都有需要别人原谅的地方。"

林英说："就是就是，说高兴的。"

那天晚上，路远和林英躺在一个炕上。夜已很深了，她们还在说话。

路远说："真想挨家挨户去老乡家看看。"

林英睁着眼，不知想着什么。

路远说："你睡了？"

林英说："没，没有。"

路远说："你准备咋办？"

林英说："不知道。"

路远说："你是能走后门的。你会走的。也许还是好单位，好工种。"

林英好像在自言自语一样："我真不明白，当初我们喊着闹着下乡，现在又喊着闹着回城这到底是为啥？你别在意，我不是说你，是说我们知青。"

路远说："我也弄不清了……"

安达和葛治文也没睡。他们蹲在安达的炕上，一人手里夹着一根旱烟卷，抽着。

安达说："好好一个集体，说垮就垮了。我以为它很坚固……我把一切都放在它身上，想找到将来，我的，大家的。我一直以为有一个遥远的地方，似乎很清晰。现在，看不清了。不是看不清，是没有了。"

葛治文说："想来想去，就修了个水库。"

安达说："都走吧，你和林英也走。我到公社和县上给你们联系。"

葛治文说："你呢？"

安达说："把你们送走再说。"

他们又抽了几口烟。

半年后，葛治文也走了，在一家水泥厂当了搬运工。本该让林英先走，就因为是搬运工，葛治文才没推辞。

他没让安达和林英送他。他背着行李离开牛尻子村的时候，看见安达林、英正和一群社员在饲养室的院子里打牛粪块。

第十章

林英说我不想走安达说别让我哭

林英是她弟小东来牛尻子接走的。她病了，腰腿疼，在炕上躺了一个多月，小东接走了她。

小东来知青院的时候，林英正在吃安达做的面条。安达系着围裙，手上沾满了面粉，鼻子上也有，看得林英直笑。林英说肯定是擦鼻涕弄上去的。安达说不是，是鼻凹里痒痒。他端着碗要给林英喂。林英说不要不要我自己来。

是汤面，漂着葱花。

林英说："闻着就香。"

安达说："吃着也会香，你吃一口就知道了。"

林英喝了一口汤，给安达一个笑。

安达说："咋样？没吹牛吧？"

林英吃了几筷子，才发现安达没吃，说："你咋不吃？"

安达说："你吃，我看着你吃。病人优先。"

林英说："你看得我不知道咋吃了。"

安达说："那我出去？"

林英说："不不，你坐着。"

安达摸摸林英的额头。林英并不躲闪。

林英说："又不是发烧感冒。"

安达问林英疼得厉害不？林英说不敢再疼了，再疼就坐不起来了。安达蹲在炕沿上卷烟卷了。林英不但不说他，好像还有些欣赏，看着安达卷烟的样子，说："你看你，真跟农民一样了。"

安达说："本来就是个农民嘛。"

小东就是这时候来的。小东不知道他姐在哪个屋，站在院子里"姐呀姐呀"地叫着。林英听出是小东，也"小东小东"地叫起来。

林英很激动。林英拉着小东的手爸好吗妈好吗问个不停。安达说你们姐弟俩说话我给小东弄碗面去。

林英很快就知道了小东不是来看她的，是来接她回城的。安达背着她给她家里写了一封信。安达再进屋的时候，林英皱着眉头，气呼呼的，林英突然抬起头看着安达。林英说你为什么要这么做？安达说怕你任性不走啊。林英说不走就是不走说好的一起走你为什么这么做？

安达说："我把你的招工手续和粮户关系全办好了，你已经不是这儿的人了。"

林英张着嘴半晌没说出话来。

安达说林英就别犟了你走吧回去抓紧时间治病。安达说我知道你担心我。安达说再有招工名额肯定就轮到我了，我不用让谁也没人和我争了你说是不是？

全队的人都拥到知青院里来送林英。郭茂林给架子车上铺了一床被褥，安达和小东把林英扶上去。胖嫂把一包煮熟的鸡蛋塞给林英，让她路上吃，嫌林英不早给她说她一点准备也没有。二狗媳妇在安达肩膀上拍了一下说：安达你也是，等林英好了再走不行？还一个劲夸小东长得体面一看就是城里人，说得小东很不好意思。郭茂林说要不是胶轮车胎爆了他就赶胶轮车送林英。郭茂林问安达架子车咋回来？安达说我去送。郭茂林在脑门上拍了一巴掌说：噢噢你看我那就走吧。

院子里一片"林英走好林英走好"的声音。胖嫂说把围巾围好路上风大。林英拉拉头上的围巾，不停地抹眼泪。

架子车出知青院了。

"走了。"他们说。

架子车出村口了。

"走了。"他们说。

安达一直把林英送到公路上。

来了几辆公共车，林英都没上去。

安达说："你不上车我走呀。"

林英说："再一辆，再一辆就走。"

安达说："回去就去医院。"

林英眼泪汪汪地看着安达，点着头。

林英说："你多保重……我……等你回来……"

安达说："会的。"

安达拉着架子车往回走了。

林英叫了一声安达，追过去。安达站住了，看着林英。林英突然抱住安达，哭了。

林英说："我不想走。我说过要陪你。我不能让你一个人留在这儿……"

安达扭过脸看着别处。安达的眼里也闪着泪花。

安达说："林英你别这样，你再这样我也要哭了，别让我哭……"

他说不下去了。

安达回到村上的时候，天早已黑了。村上的狗听见响动，乱叫起来。

他吼了一声："叫你妈个腿！"

他们真的不叫了。

他把架子车扔在院子里，径直走进他的那间屋子。他没点灯，也没脱衣服，就钻进了被窝里。

确实是大水

安达扛着铁锹沿着水渠走过来了。他穿着一双破翻毛大头鞋，是下乡时穿的那双，走得不紧不慢。身上的棉袄没扣纽扣，用一根麻绳在腰里系着。头上是一顶棉帽，两个帽扇像乌鸦的翅膀，一闪一闪的。一入秋，他就是这身装束了。要不是脑后边足有两寸长的头发，没人能看出他是个下乡知青。农民是不会让他们脑后边头发留那么长的。

他蹲在一个土窝跟前了。土窝里冒着烟，里边正烧着东西。他用一截干树枝在里边刨了一会儿，刨出来一个红薯，捏了捏，软了。他吹了几口气，拍打着红薯上的草灰，然后吸溜吸溜吃了起来。太烫，所以他吃得吸溜吸溜的。

"吃啥吃啥偷着吃啥？"

胖嫂边说边从塄坎上跳下来。她也扛着一把铁锹。她把铁锹靠在塄坎上，蹲在安达跟前。安达用干树枝在土窝里又刨了一会儿，刨出一个红薯，捏了捏，也熟了，递给胖嫂。

安达说："吃吧。"

没吃几口，两个都吃得满嘴黑灰了。

水渠在他们脚跟前弯过去，清亮清亮的渠水往滩地里流着。

胖嫂说："多亏你们领着修了水库，要不哪来的水浇地。"

安达说："还是个不够吃嘛。"

胖嫂说："总比没有强。"

安达吃着红薯，不吭声了。胖嫂在安达头上打了一下，说："给你说话你听见没有？"

"听见了。"

"听见了咋不吭声？"

"我饿了。"

胖嫂说："饿了就回去做饭吃去，红薯吃了胃酸。快去快去这里有我照看着。"

胖嫂把铁锨塞给安达，把他推走了。

安达躺在灶火窝里用脚拉着风箱，手里拿着一本书看着。锅没烧开，胖嫂就来了。胖嫂抖开衣襟，抖出来几个烧熟的红薯。

"你的红薯，给你拿回来了。"

"地浇完了？"

"没哩。换班的人来了。我给你打声招呼，你不用去了。"

安达"噢噢"了两声，又拉风箱了。

胖嫂要走了，又想起什么，转过身给安达说："有个人在村子外边转来转去的，我咋觉得像大水。"

安达不拉风箱了，"嗯"了一声，看着胖嫂。胖嫂说："我看有点像。"

安达说："不可能。"

胖嫂说："我也觉得不可能，要是大水早进村了，在村子外边转啥？"

胖嫂一走，安达没心思做饭了。万一要是大水呢？他放下书，解开了绑在脚上的绳子。不是就不是，不是了再回来嘛，几步路的事。

大水？是大水。确实是大水。安达在村外的土墩跟前找到了他。大水在土墩背后蹲着，要睡着了一样。安达说大水你咋在这儿咋不进村快走快走。说着，就提起了大水的行李卷。大水拦住了他。他说咋啦你要等人？大水说我谁也不等，我想等天黑了再进去。

安达这才感到大水出事了。大水一脸的疲惫，一脸的晦气。

安达说："咋啦？"

大水说："我被学校开除了。"

安达啊了一声："为啥？"

大水痛苦地摇了摇头，抹了一下脸，蹲在了他的行李卷上。安达不再问了，也蹲下去，蹲在大水的跟前。他怎么也想不到大水会被学校开除。怎么会呢？

不错不错天天都有小收获

安达又添了两勺水，给他和大水做了一顿饭。吃完饭，大水给安达说了他的事。

他栽在他的一个女同学手里了。他们同班。

大水说："她三番五次去我宿舍，要和我建立恋爱关系，也对我确实好。当时我觉得她对我很好。也怪我，没把握住自己，就和她……也就那一次。后来我才知道，她跟我这样，是为了入党。我是班长，又是支部委员。我是上学一年后入党的。她的入党申请没通过，就跟我翻了脸，给学校告了我，说我对她不轨，要强奸她……"

安达说："狗日的。"

大水说："啥日的也不行了。"

安达说："她咋能这样？你就认了？"

大水说："我没认。可谁相信我？没有人相信我的话。发生这种事，处理的都是男的。不说了不说了，咱一块儿种地吧。这回是真的扎根了。"

安达卷了一根烟卷给大水，大水不要。安达说时间长了你就想抽了。他点着那根烟卷，一口一口抽着。

他说："这儿的情况你都看见了。都走了，像一股风，真让人伤心。有人为了返城，低三下四，甚至不惜和干部睡觉。"

大水说："谁？"

安达说："这已不重要了。一个人的时候，我常想起我们刚来时的情景，想我那天晚上开会时说的话，想我们盖这个院子，真像做了一场梦。看来，我们并不具备我们所说的那种献身精神。也许是其他原因，我想不清楚了。反正都回去了，各有各的理由，作鸟兽散了……"

大水说："你准备咋办？"

安达说："不知道，迷糊了。我觉得我沉在水底下了。"

两人又坐了很长时间才去厨房刷锅洗碗。

大水说："咱两个咋住？"

安达说："咱这院子啥都缺，就不缺房子，你随便住，想住哪间就哪间。"

大水说："得向队长报个到吧？"

安达说："我陪你去。"

郭茂林的态度让大水和安达很感动了一阵。郭茂林说："这事千万别让社员知道，就说大水从大学回来了，社来社去。"他说：

"本来就是社来社去嘛，你是从咱队上走的，当然要回咱队上。"他说："你大水是咱队上的功臣，我记你的好处哩，明天让安达领你去水库上看看，水汪汪一片。你回来好，回来还继续给咱当副队长。"

大水畅快许多："副队长是干不成了，我给咱劳动。谁有个头疼脑热了就找我。我还带来几样看病用的东西。"

郭茂林说："你看你看，我把这茬儿咋给忘了，你上的是医生大学啊。"

知青院很快就热闹起来了。大水看病不收钱，老乡们就给他送鸡蛋蔬菜一类的东西，还有人给大水送布鞋。没几日，就五花八门收了很多东西。二狗不但自己常来扎针，还到处给大水做宣传。二狗说大水的手段比过去高多了，针往里边一捻，就麻麻的酥酥的好死了，还是要上大学。

安达和大水的日子好过多了，天天能吃到大水"挣"来的礼物。

"不错不错，每天都有小贡献都有小收获，肚子慢慢就有油水了。"安达边吃边说，"看来人还是要有个一技之长。"

听得大水美滋滋的。

他们没想到还会出事。

安达朝天上的雁扔了一块土疙瘩

几个背枪的民兵闯进知青院要捆走大水，说大水是坏分子。

安达问吴主任："为什么抓大水？"

吴主任说："有人告他破坏毛主席革命卫生路线，这问题不算小吧？"

安达说："大水是义务为社员看病的。"

吴主任说："安达你咋这么糊涂？大水是被学校开除的坏分子你知不知道？他已经不是咱公社的人了你知不知道？这事你可别乱管，弄不好会犯大错误。"

大水不服气，说："我的事是在学校犯的，和农村没关系。"

吴主任说："学校农村都在中国嘛。中国是谁的？是人民的，党的。你说有没有关系？在学校是坏分子，在农村就不是了？就算不是，可你们学校不来人，没个交代，你让我咋收留你？万一查下来，说我这儿窝藏坏分子，我跳进黄河也洗不清啊。说实话，我对你没啥，我是怕惹事。"

大水说："那你让我咋办？"

吴主任说："你走吧，离开这儿。你一走啥事都没有了，我也就不提心吊胆地想这事了，要不，我晚上睡不着觉啊。"

大水无话可说了。他不能不走了。

大水在捆行李卷。安达不甘心大水这么走。

安达说："上访去。我就不信……"

大水一脸苦笑，说："没用。我上访了几个月，没有结果，才回到村上来的。"

安达说："再去嘛，去北京。"

大水说："你以为我没去过北京？我花完了身上的钱，还要过饭呢。不上访还罢了，一上访才知道那也是一项艰苦的工程，比修水库难多了，三年五年，你根本不知道啥时候才会有个结果。就算到时候给我平反了，可我已经老了，啥也弄不成了，回头一看，我一辈子的生命就弄成了一样事：平反。我不愿意，所以我不上访了，也不要求谁给我平反，谁咋看我都行。我走呀。"

大水把行李卷搭上了肩膀。

安达说："你准备去哪儿？"

大水说："走哪儿算哪儿。"

大水走了，走出了知青院的大门。安达叫了一声大水。大水回过头看着安达。安达却不知道该给大水说什么，低下了头。抬起头的时候，大水已没影了。

那天下午，安达一个人在村外的野地里转了很长时间，又躺了很长时间。他平躺着，眼睛一动不动地看着天上。一群雁排着队形从天上缓缓飞过来。他看着它们。到他的头顶上了，他突然爬起来，抓起一块土疙瘩，向天上扔去。

雁飞得很高，它们不知道有人在向它们扔土块。它们扇着翅膀，从安达的头顶上飞了过去。土块在天上划了一道弧线，落了下来。

安达又扔了一块。

雁阵飞远了。

安达手里还抓着一块，要扔的样子。他看着远去的雁阵。

快乐的饲养室

入冬以后，队上的饲养室成了安达常去的地方。是二狗拉他去的。二狗说安达你看你一个人可怜兮兮的和王宝钏守寒窑一样我领你去个地方，好地方。他说的好地方就是饲养室。

饲养室的炕是全村最热的炕，它烧的是公家的柴禾。油灯是长明灯，点的是公家的煤油。每到晚上或者下雪的时候，这里就成了队上的光棍汉和二狗一类精力旺盛爱凑热闹的男人们聚众吹牛的地方。吹各种牛，从家常琐事到北京新近召开的政治会议，都在吹的范围里。最爱吹的当然是各类笑话和酸故事。

安达头一次去的时候，二狗说请各位拍个手把安达欢迎一下。他们就很夸张地拍了一阵巴掌，说：欢迎欢迎欢迎知青同志加入吹牛协会。然后，他们就让安达给他们讲故事。安达说我没故事我不会讲。二狗说安达你别蒙我们你是读书人讲书上的。他们说讲吧讲吧我们给你卷烟点火。有人立刻就递上卷好的烟卷，又有几个人同时划着火柴让安达抽，殷勤得让人不好意思。安达推辞不过，就给他们讲小说书。

他们很快就打断了安达。他们说安达你的故事文绉绉的没味道我们要听酸的。安达说故事还有酸甜啊？他们说当然啦二狗弄他媳妇就是酸的。他们说二狗媳妇没过门就让二狗收拾了。二狗去丈母娘家，丈母娘和丈人爸给二狗做好吃的。丈母娘耳朵尖，听见屋子里有响动，推开门一看，你猜咋着？二狗正撅着屁股在炕上弄他媳妇哩。二狗的屁股又肥又大哎，忽闪忽闪的。丈母娘说二狗你个坏熊没过门你等不及了我让你弄。丈母娘抢起拨火棍就往二狗屁股上使劲砸。丈人爸急了，骂丈母娘说：你看你个傻蛋蛋你不往出拔还往进搋哩。丈母娘想明白了，说：就是就是我咋这么傻！他们都哄笑起来。二狗并不生气。二狗说狗日的是赵村秃娃的事硬往我身上担哩。二狗说去年冬天就讲过的他们烧剩饭哩。他们说剩饭好啊剩饭烧三次比肉还香。

他们知道了安达的深浅。安达是不会讲故事的。他们立刻有了一种优越感。他们给安达讲近视眼把墙上的苍蝇当钉子的故事，讲公公和儿媳妇扒灰的故事。讲故事成了一种善意的戏弄。他们最喜欢让安达猜谜语。他们喜欢看安达抓耳挠腮经受煎熬的样子。他们感到把安达折磨得差不多了，便齐声说出谜底，再欣赏安达恍然大悟的样子。

"说是两人面对面，脱了衣服干，为了一道缝儿，累出一身汗。是啥？别胡猜啊，是拉——锯。"

"说是摸摸你的，摸摸我的，掰开你的，塞进我的。是啥？安达你别胡猜啊不是弄那事哩，是扣——纽——扣。"

"说是越拨弄越硬，越拨弄越粗，越拨弄越长。是啥？安达你别往那东西上猜啊，是炸——麻——花。"

"说是越拨弄越短越拨弄越软，是啥？也不是那东西，是纺线的棉——花——捻——子——"

他们似乎把任何一样东西都能做出他们需要的那种酸来。安达被他们那种邪乎的智慧和奇特的想象吸引住了，也被那种无拘无束的气氛感染了。他甚至有些佩服他们。他感到坐在热乎乎的炕上，在牛嚼倒草的声音里，听他们说这些酸话消磨时光，也是一种享受。

所以，他爱去饲养室。

她总能把指责的话说得让他感动

二狗说安达咱说过麻花就真来了个卖麻花的。二狗说我手不动用嘴咬住麻花连吃五根不掉一粒渣儿你信不信？安达不信。二狗说我和你打赌。安达问咋个赌法？二狗说掉一粒渣儿算我输，我给你买五根麻花。安达说你要赢了呢？二狗说我赢了不让你再买，你掏我吃的那五根的钱。安达说行。他们就蹲在了卖麻花的竹笼跟前。听说安达和二狗打赌，很快就围过来一堆人看热闹。

二狗真行，一口气吃了三根，还没掉下来一粒渣儿。有人逗他笑，他竟很憋得住。他用嘴唇和牙齿一点一点往嘴里送着，不紧不慢地嚼着，咽着，咽下去就再送进一截。

有人说："第五根了二狗，千万别掉渣啊，输了你得掏十根的钱。"

二狗斜着眼看了一下说话的，继续嚼着，一副成竹在胸的样子。

有人说安达你上当了二狗过去就这么赢过别人他狗日的用这办法混肚子哩。有人说安达你准备掏钱吧你输定了。

"啪"一声，一只手伸过来，打掉二狗咬在嘴上的麻花。他们都吃了一惊。谁这么大的胆敢搅扰二狗和人打赌？

是胖嫂。

二狗看着地上的麻花，气斜了眼睛："胖嫂你咋回事，人家正在打赌！"

胖嫂似乎比二狗还生气，说："你说我咋了？你这是骗吃欺侮人家安达。"

二狗说："这根不算，再吃一根。"

安达说："不算不算你再吃。"

胖嫂一把抓起安达，说："走赶紧走我找你有事说。"

二狗说："就在这儿说。"

胖嫂说："在这儿说？你听见了咋办？"

胖嫂又拉又拽，把安达拉走了。

二狗急了："哎哎这麻花钱谁掏啊？"

胖嫂说："麻花吃到狗肚子里了让狗掏钱去。二狗你别追我告你媳妇让她抓你的脸。"胖嫂一直把安达拉进了知青院，拉进了安达的屋子。安达一脸不情愿的样子，坐在了炕沿上。

安达说："啥事？"

胖嫂把手背在背后，靠着屋门，喜眯眯看着安达，说："啥事也没有，我怕你掏冤枉钱。"

安达说："你看你。你让二狗咋看我？说我不是男人。"

胖嫂说："给他掏麻花钱就是男人了？那就叫男人？你呀，你咋变得跟他们一样了？我问你，你这几个晚上去哪儿了？"

安达说："哪儿也没去！"

胖嫂说："胡说。是不是去饲养室了？"

安达说："你咋知道的？"

胖嫂说："这你别问。你说你是不是去了？"

安达说："是二狗拉我去的。"

胖嫂说："那是好地方啊？二狗能拉你去好地方啊？你们在那儿都说啥话？"

安达说："啥话也没说，胡吹牛哩。"

胖嫂说："胡吹些啥嘛，给我学学。"

安达说："不学。"

胖嫂笑了。胖嫂说你看你把炕弄得像猪窝一样你离开。她跳上炕，跪在炕上收拾着安达随便扔着的烂袜子脏衣服，把被子铺开叠好，用小笤帚扫着炕上的灰土。

胖嫂说："你看，土把人能埋了，你咋睡？你就能睡下去啊。"

安达不好意思了。安达说我一个人没心思收拾。

胖嫂说："厨房呢？肯定成猪食槽了。是这，我明天来给你做饭。"

安达说："不要不要不要，我能做。"

胖嫂说："你别怕，我不让你给我倒工分，就你一个人的饭，我三两下就做了，不误我啥事情。"

安达说："不要不要，你就让我凑合着，你千万别来。"

胖嫂说："我是狼？会吃了你？不做就不做，谁还稀罕给你做饭。"

胖嫂扔了笤帚，跳下炕要走，又说："以后别去饲养室了，那不是好地方。你是念书的人，可别和他们混在一起。"

安达突然有些感动了。安达听着胖嫂走远的脚步声，突然有些感动了。胖嫂总能把指责你的话说得让你感动。

胖嫂把衣服和衣服上的毛主席翻了过去

后来的几个晚上，安达真没去饲养室。二狗问他咋回事？他说他要看书。二狗说你这人真没意思。

安达真看书了。他钻在被窝里，把灯挪在炕头上，躺着看，趴着看。他想胖嫂说得对。他偶尔会想起胖嫂，想起胖嫂的模样，想起胖嫂说话时的样子。这时候，饲养室里说的那些荤话也会冒出来。他感到这很不好。他不愿在这时候想起那些荤话，可他没办法，越不想让它们冒，它们偏冒，弄得他翻来覆去睡不着。看来，饲养室确实不是好地方。饲养室确实是不能再去了。他要慢慢地忘掉饲养室。看书吧，钻进书里把什么都会忘掉的。

门轴轻轻响了一声。有人进来了。他抬起头看着屋门口，看不清。灯在他头跟前，所以看不清门口。

"看啥？是我。"

安达听出是胖嫂，赶忙坐起来，把灯放在了窗台上，屋里变得亮一些了。他很庆幸他没脱衣服。他总是先穿着衣服进被窝，等被窝暖热了再脱。

胖嫂说："睡觉也不关门，不怕贼？"

安达说："不怕，贼来了只能偷我，把我偷去还是他的负担。"

胖嫂坐在炕沿上。她把手帕里包着的两个馒头递给安达，说："给你夹了点辣子，吃吧。肯定又是胡凑合吃一顿。"

安达不好意思接。胖嫂把馒头放在炕头上，说："那就等饿了再吃。咋？给你送吃的，也不说声感谢的话，连看都不看我一眼。"

安达要起来，被胖嫂按住了："就这么坐着，我没啥事，把娃哄睡着了，我睡不着，就过来看看你。"

胖嫂过去闭上门，又坐在了炕沿上。

胖嫂说："你一个人孤孤单单可怜兮兮的，总让人牵挂着。"

安达说："我习惯了。"

胖嫂说："别给我说习惯的话，是没办法。有办法谁愿意过这种日子？习惯了咋老往饲养室跑？你说。"

安达不知道咋说。他看了胖嫂一眼。

胖嫂打了一下安达的胳膊，说："问你个话。你这么大个男人一个人睡在炕上就不胡思乱想？"

安达说："想啥？"

胖嫂说："你们在饲养室里说的啥？"

安达的脸突然发烧了。他不敢抬头看胖嫂。他感到胖嫂身上正散发着一种什么东西，逼迫着他。他有些紧张了。胖嫂已经感到安达的紧张，她笑了一下。

胖嫂说："我问你，大水犯的啥错误？"

安达说："你别胡猜，他的女同学骗了他。"

胖嫂说："你真傻。她能骗了大水？我才不信哩。"

安达说："我信。"

安达拿起放下的那本书，要翻了。胖嫂一把夺了过来。

胖嫂说："你就不能看着我？亏你还是个文化人。"

安达很窘迫，想给手里拿一样什么东西。

胖嫂说："别胡瞅，看我。"

胖嫂突然上炕上，跪着，用手扳着安达的肩膀，逼视着安达。安达有些慌神了。

胖嫂的声音低下去了许多，说："大水的那个女人不愿意，我愿意……"

安达慌乱了，慌乱得有些发懵了。他看着胖嫂的脸。胖嫂的脸上有一股灼人的热气。胖嫂的眼睛像两汪水。胖嫂的胸脯鼓鼓的，鼓鼓的胸脯上戴着一枚细瓷做的毛主席像章，就是他第一次见胖嫂时看见的那一枚。彩色的毛主席在胖嫂的胸脯那里微笑着。安达不往别处看了，就看着那枚毛主席像章。他想他的目光一离开那枚像章，他就会做什么事的。所以他不敢往别处看。

胖嫂用一只手解开了罩衣上的一枚纽扣，又解开了一枚。然后，胖嫂解着棉袄上的纽扣，一枚，又一枚。她把衣服和衣服上的毛主席翻了过去。她叫了一声安达，拿起安达的手，按在了她的胸脯那里。

有一种什么东西通过安达的手急促地传遍了他的身体。他的心突然狂躁地跳了起来。

胖嫂说："安达……"

安达直着身子。安达的心在狂跳，可身子却僵硬得像木头一样。

胖嫂说："我从心里喜欢你们这样的人。我不想让你一个人这么孤单。我愿意陪你。我心甘情愿。我早就想过了……"

胖嫂紧紧地按着安达的手。安达的手就在她的胸脯那里，在她的胸脯上。

胖嫂说："安达，哦，安达……"

安达不敢看胖嫂，声音可怜巴巴的，有些含混不清了："不，胖嫂不……"

胖嫂一口气吹灭了灯，紧紧抱住了安达。

安达说："不，噢，胖嫂……"

可他分明已经抱住了她。

胖嫂迅速地解着安达的衣服。安达突然叫了一声，拨开胖嫂的手。

安达说："不！"

胖嫂被吓住了。

安达又喊了一声："不！"

他跳下炕，拉开屋门跑了出去。他双手捂着脸，蹲在院子里哭了，肩膀剧烈地抽动着。

胖嫂什么时候离开的，他也一无所知。

胖嫂是怎么离开的，他也一无所知。

可手上的那种感觉却留了下来。

他失眠了。

他想把自己的手剁掉，他想把自己捏碎，可这都是办不到的，他没有这种勇气。

后半夜，就在那天晚上，他出了门，从胖嫂家的墙上翻了进去，把他埋进了胖嫂的身子里。在热乎乎的被窝里，胖嫂教会了他，给了他一切。

他有了一种临近死亡的感受。

后来，他又翻了几次墙。他管不住自己，也不想管了。

安达的逃和牛尻子受穷的原因

安达往胶轮车上装着打碎的黄土，要往地里送。打粪块的是一群妇女。天很冷，她们穿着棉袄，围着围巾，边打粪块边和安达说笑。

二狗媳妇说："安达你在咱这儿找个姑娘算了，别回城了。城里的女人好看是因为穿的衣服好，会打扮。把咱打扮一下，不比她们差。你让胖嫂说。"

那些天，一说起胖嫂，安达就心跳。

胖嫂说："那就把你打扮打扮，让二狗拉你到城里比一比。"

妇女们都跟着起哄，说："快给二狗说说，明天就去。"

胖嫂说："安达，你说二狗媳妇能不能比过城里的女人？"

安达不敢接胖嫂的目光。正好车装满了，他给她们笑了一下，取过鞭子，赶着胶轮车往饲养室院子外边走了。没走多远，胖嫂追了上来。安达停住车，低着头。

胖嫂说："咋不看我？"

胖嫂在安达脸上拧了一下。安达看着周围没人，用手在胖嫂拧过的地方摸着。

胖嫂说："没人看，把你吓的。你是不是要去公社开知青会？"

安达说："今早上郭队长通知的。三天会。"

胖嫂说："把你门上的钥匙给我，我抽空把你的脏衣服洗洗。你别蹭蹭拧拧的，我和你清清白白的，怕啥？"

胖嫂从安达的裤带上抽走了那串钥匙。

胖嫂说："是不是清清白白的？"

安达红脸了。胖嫂又在他脸上拧了一下，把钥匙装进衣兜里，跑回去了。

就坏在了那串钥匙上。

胖嫂男人一耳光就把胖嫂打倒在墙根底下。他举着那串钥匙，问胖嫂是哪儿来的？胖嫂抱着头，不看也不吭声。

"说不说？不说我打死你！"

胖嫂男人拳脚相加，打得胖嫂撑不住了。

胖嫂说："你别打了再打就打死我了，是安达的。"

"安达的钥匙咋跑到你兜里来了？"

胖嫂说："我要的，我想帮他洗洗被褥。"

"帮你妈个腿。你咋不帮其他人？我让你帮！帮！"

胖嫂蜷缩着身子，任男人踢打着。

打完胖嫂，胖嫂男人就去公社找安达，把安达从会议室里叫了出来。

胖嫂男人说："你嫂子怀娃了。"

安达低着头不说话。

胖嫂男人说："她说是你的，你看咋办？"

安达捂着脸，蹲了下去。

胖嫂男人突然说："赶紧招工走，永远别回村上来，要不，我找人卸你的腿！"

胖嫂男人把那串钥匙摔在了安达的头上。

安达是天黑以后才溜进村子的。他匆匆忙忙收拾好自己的行李，然后去了一趟郭茂林家。

郭茂林说："赶紧走。胖嫂挨了打。她男人和她吵了几天架，闹着要离婚哩。是真是假不追究了，你一走啥事都没了。"

安达说："我咋也想不到会这么走。"

郭茂林说："咋走都是个走。你好好睡一觉，天一亮就上路，碰上胖嫂户族里的人说不定会出事。你把地址给我留下，我把鉴定弄好给你寄去。你放心走，我会把鉴定给你写好的，全写好听的。"

安达要走了，郭茂林又叫住了他。

郭茂林说："有句话我一直想给你说，憋了几年了。咱这地方老受穷，我想来想去，是咱队的名字没改好。牛尻子里插红旗，把气眼堵住了，气不通了。咋能好？要好，还得改名字。就这话，你知道就行了，别给旁人说。"

安达没睡。他守着行李卷在炕上坐了一夜。他想了很多，想到最后只剩下一个想法了。他想在临走前到苟良和周志丽的坟上看一眼。

天没亮，他就出了村。那时候正在飘雪。他一步一步挪到了埋着苟良和周志丽的那座山峁上。他看着那两个坟堆，心和腿一阵发软。他朝它们跪了下去。

他说："我也走了……"

雪下大了，越下越大，纷纷扬扬的。

远远看去，跪着的他又像一只苍蝇了。

……

第十一章

小仓库

安达等待了七十多天，终于到东方红机械厂机修车间报到了。班组长吴师傅把他打量了一阵，说："知道倪志福吗？"安达点了点头。吴师傅又说："知道他是什么出身吗？"安达不敢点头了，怕说错了吴师傅笑话他，吴师傅说："他就是干咱这一行的，车工。"然后，吴师傅把他领到一个年轻的女工跟前，说："你就跟她当学徒吧。"安达立刻红了脸。他没想到他会给一个比他小好几岁的女孩子当学徒。

她叫李正，嘴唇边长着一颗黑痣，二十岁刚出头的样子，咋看也不像个当师傅的人。她把手伸给安达，笑了一下，说："你别脸红，我们握握手吧。"安达就握了她的手。她又笑了一下，说："看你的头发。当了工人就得有个工人的样了。"

安达说："我没有房子。"

李正给了安达一身工作服，说："你去理发，我去房管科给你要房子。"

就这么，他成了李正的徒弟。后来他才知道，她是本厂职工子弟，父亲死于工伤事故，她初中毕业就顶替父亲进了工厂，上过两年技校，不但是车间的业务标兵，还是党员。这些都是从她那张年轻的脸上看不出来的。

安达不但理了发，还刮了胡子。李正说："你还真听话啊。"

她领着安达七拐八拐，来到了一间小仓库跟前。这里很偏僻，门外是一个废弃的篮球场，地上长满了杂草，一副破旧的篮球杆在乱草里戳着。李正打开锁推开门，说："就这儿了。我费了半天口舌才要来的。单身楼里没空床了。你要嫌弃，等单身楼里腾出空床了再搬。"安达进去看了一眼，又走出来看了一眼门外的乱草，说："不搬了不搬了我就住这儿，这儿清静。我把这儿的草一铲就是个大院了。"

李正瞅了安达一眼，说："你挺乐观啊。"

又说："想长久住就别铲草，地方收拾得太好会有人盯上的。"

安达说："噢噢，我明白了。"

李正给了安达一沓饭菜票，说："你先拿着用。"安达说谢谢，谢谢。李正说不用谢，钱会从工资里扣的。安达说那也要谢。他感到他的这位小师傅不但热情而且细心，挺会关心人。他也想说几句热心的话，就问李正说：师傅你家在什么地方住？李正的口气立刻变了，说："你问这干啥？"安达说："师傅你别误会，我想我以后会经常请教你的。"李正说只要用心，上班时间就够啊，用不着登门请教。

李正一走，安达就打电话叫来了安然和葛治文。他们用了两个半天的时间，把小仓库收拾成了住人的房子，不但有了床和桌子，还有了冬天烤火的炉子，都是因地制宜，没花一分钱。他们拆了门外的那副篮球杆。刷墙的石灰是偷来的。葛治文给安达驮来了铺盖，还写了一首诗，贴在了新刷好的墙壁上，很醒目。诗题是：安达回城志禧。署名是：诗坛老将葛治文。正文是：

一十二年书白读
下乡带回一身土
满腹经纶道不出

二十六岁老学徒

葛治文说："安达，这诗不错吧？说句好话，求你了。"

安达说你那诗我一天能写二十首。安然说撕了撕了你的诗晦气在农村办养猪场的时候你就写过一首。

葛治文不让撕，说："纸是我专门掏钱买的，墨汁和毛笔是借邻居学生娃的，来之不易，就让它在墙上呆几天吧。"

李正推门进来了，说："啥诗我看看。"她把葛治文的诗念了一遍。

葛治文说："咋样？"

李正说："挺押韵的。"

安达把李正介绍给了葛治文和安然，说："这是我师傅李正。"

葛治文说："噢噢，难怪这么大口气。李师傅对诗有研究？"

李正是给安达送书来的，一本《机械加工手册》，一本《车工工艺学》，还有一张三视图，让安达抽空儿看。葛治文拿过那张三视图瞄了几眼，说："这也太简单了，上学时就学过嘛。"

李正白了葛治文一眼。葛治文说对不起，我太不谦虚了是不是？走走走找个地方喝酒去我和安然掏钱，庆贺安达正式参加革命工作。李师傅也一块去。

李正没去。

葛治文和安然很快就喝醉了。葛治文一把鼻涕一把眼泪，说了很多话。他说他们是贫困户。

"贫困户，你，我，安然，都是贫困户。经济贫困，精神贫困。我说得不对？我他妈啥时候说过不对的话？安达你说……"

他想站起来，却顺着桌子溜了下去，躺在地上胡乱摸着酒盅。

安然趴在桌子上睡了一会儿觉，醒来后说他头疼，摇摇晃晃走了。葛治文不走，说他还要喝。安达捏着他的鼻子，给他灌了半壶醋，要拉他起来，葛治文一边笑一边打着安达的手，不让安达管他。他说安达你为什么不喝醉难道你心里不难受？他说安达我讨厌你那种一贯正经的样子。

安达费了很大工夫，才把葛治文拖回家，交给了他爷爷。回到小仓库的时候，天已近黄昏了。

有人正在门口等着他。

软的怕硬的硬的怕不要命的

是车间的两个青工。他们夹着篮球。他们说没事没事我们想到你屋里看看。他们一眼就看见了篮球板。安达把它当桌子用了。他们一个给另一个说："咋样？我没猜错吧？"然后，他们就变了脸。

他们说你咋把篮球板搬到你的屋里了？

他们说你知不知道这是破坏公物损人利己？

他们说你给咱背一遍《纪念白求恩》。

他们说背不下来是吧？那就背毫不利己专门利人那一段。他们歪着头看着安达。

安达说："算我不对我不要了，你们把它抬走吧。"

他们不抬。他们说你搬进来的你让谁往外抬？安达说好吧我抬你们帮个手。他们说你往出背吧。安达忍不住了。安达说你们这是欺侮人你们出去。两个青工瞪大眼。他们说你搞破坏还要歪啊。他们抬起脚朝安达的桌子蹬过去，然后又蹬安达的床。他们也没放过安达准备用来烤火的炉子。然后，他们把脚伸在安达的两腿之间，绊倒了安达。他们说明天我们还来，修不好篮球杆和你没完。他们拍着篮球走了。

那天晚上，安达在倒塌的床上凑合了一夜。他很生气。他想不通他当时为什么没有扑上去和他们打一架。他想象着他和他们大打出手的情景，想到头破血流的时候就不再往下想了。他想不打是对的。然后，他就为那两个青工惋惜了。他们素质太低，更可悲的是他们不知道他们素质很低。

然后，他睡着了。

第二天上班，他在更衣室碰见了他们。他已不屑和他们生气了。他甚至给他们友好地笑了一下。他们说老插昨夜上睡得咋样？他说不错。他戴上防护眼镜要进车间的时候，他们堵住他，摘了他的眼镜，说："装得像个人一样，知道怎么当徒弟吗？给你师傅打水去。"他们把一个热水瓶塞到了他的怀里。他感到他们很可笑，但他们让他打水还是对的。他就提着热水瓶给李正打水去了。

他没告诉李正这些，但李正很快就知道了，因为安然找到车间来了。安然昨天本要给安达留点零用钱的，因为喝醉酒误了事，酒醒后又想了起来。他到小仓库，发现门没锁，推开门就发现小仓库遭人砸了，就找到了安达的车间。他问是谁干的？安达指了指那两个青工。李正听了很生气，过去质问他们为什么要砸人东西？李正说开玩笑可以但欺侮人不行。两个青工说当了两天师傅就护上了是不是看上了？安然拉走了李正，说："李师傅别生气，算了。"安达也说算了算了。

安然没像他说的那样和他们"算了"。他给他的军用挎包里塞了一块砖头，在厂门外跟上了那两个青工。他们边走边吃着爆米花，走到人少的地方了，安然喊住了他们。他们没想到安然的挎包里有一块砖头。他们说想打架咱们去郊外那儿宽敞。安然没等他们再说，就抡起挎包朝一个的头上砸过去，倒了。另一个要跑，安然又是一个挎包，砸在了脖子上，也倒了。他们一个抱着头一个捂着脖子呻吟着，说："大哥你的挎包里有硬货啊！"安然让他们趴在一起，他们就很听话地并排趴在了一起。安然揪着他们的头发，在地上磕了很长时间。他不许他们喊叫。

安达回小仓库的时候，那两个青工正在支床支桌子。安然在一边坐着。他们看了一眼安达。安然说别胡看，干活。安达看他们脸上额头上带着伤，嘴唇厚了许多，有些可怜他们，想帮帮他们，安然不让。安然说你坐着。

他们支好了他们蹬倒的所有东西。

他们说："行不行？"

安达说行了行了走吧。安然不让他们走。安然说你们过来。他们并排站在安然的跟前，低着头，用舌头舔着肿胀的嘴唇。

安然说："我打你们没有？"

他们说："没有没有。"

安然说："脸上的伤呢？"

他们说："我们自个儿碰的。"

安然指着安达说："他是谁？"

他们说："师傅，安师傅。"

安然说："你们再生事，我杀你们全家。滚！"

他们滚了。

安达说："你也太过分了。"

安然说："这叫矫枉必须过正。你得一次打狠，让他一见你就怕。他们两个人，我逮住一个往死里打。软的怕硬的，硬的怕不要命的，这是牛尻子的人教给我的。"他给了安达五块钱，说他得回去了，晚上有夜班。安达不要钱。安然说别资产阶级好面子了一个月十八块五还没领到手呢。

保尔和冬妮亚的成功之处

葛治文说我爷爷非要我和一个女售货员见面你说咋办？安达说那就见吧。葛治文说和一个不认识的人见面我不知道该说什么我不能接受这种方式。安达说你心里是不是还想着路远？葛治文神情黯淡了，说，想也是白想。

安达说："那就见售货员。"

又说："我陪你去。"

星期天，他就陪葛治文去了一趟革命公园。他拿了一本小说书。他想在葛治文和女售货员谈话的时候他就看小说书岔心慌。

葛治文对女售货员的第一印象不错，所以就有了谈的兴趣。当他发现她听他说话时有些心不在焉老往别处瞄的时候，他也没太在意。他以为这是初次见面不太好意思的缘故。

他说："我父母在外地工作，家里就我和我爷爷两个人，有一套两居室的房子。我爷爷年纪虽大，但身体还可以，老闲不住，收点旧报纸旧杂志交给废品收购站，算是个寄托。我白天上班晚上就读点书写点东西，年轻人应该有点理想……"

他不往下说了，因为他终于发现女售货员不是乱瞄，而是在瞄坐在旁边的长椅上看书的安达。

女售货员说："你那位同学挺有意思的，别人谈对象，他拿本书来陪着。"

葛治文说："就是，他是个怪人。"

女售货员说："看的啥书那么认真？"

葛治文说："小说书。他是看热闹呢。我爱看诗歌，诗歌比小说严肃，高雅。"

女售货员说："我也常读点小说书，咱过去和他谈谈。"

　　葛治文不愿过去，可女售货员已走到安达坐的长椅跟前了。安达有些诧异，朝葛治文看了一眼。葛治文也只好走过来。

　　女售货员一听安达看的是《钢铁是怎样炼成的》，立刻就惊喜地叫了一声，说："我也读过这本书，太好看了。我想听听你对冬妮亚这个人物怎么看。"

　　安达看着葛治文，不知该说不该说。葛治文说："说吧说吧。"安达就说了。

　　安达说："一个富有同情心的资产阶级娇小姐，她喜欢保尔，但不可能真正看上保尔。"

　　女售货员说："太深刻了，再说。"

　　安达说："保尔虽然也喜欢冬妮亚，但两个人的出身和经历太不一样。保尔所具有的共产主义战士的献身精神是冬妮亚无论如何也不能理解的。他们没有爱情的基础，分手是必然的。"

　　女售货员说："这就是悲剧。"

　　安达说："不是悲剧，走到一起才是悲剧。一个漂亮的资产阶级娇小姐和一位忠诚的共产主义战士是不可能结合的。这正是小说的成功之处，看似两个人的情感纠葛，实质上写了情感与理性、人性与阶级性的不可调和性……"

　　葛治文说："时候不早了。"

　　安达说："就是就是。"

　　女售货员说："没关系没关系的。"

　　安达说："我想上个厕所。"

　　女售货员说："真是，你一说我也……"

　　她不好意思地给葛治文笑了一下，也去了厕所。

　　葛治文说："女厕所在这边。"

　　女售货员回头又给葛治文笑了一下。

　　安达很快就跑了回来。安达说我不是想上厕所我想找借口溜走。葛治文说你确实也该走了。

女售货员上厕所回来，不时往男厕所那边看。葛治文说我那位同学便秘上一次厕所得三个小时。女售货员不信。葛治文说他走了他要上班。女售货员说今天是星期天啊。葛治文说他星期天老加班。女售货员很遗憾，说："我还想听听他谈《欧阳海之歌》呢。"

葛治文一进小仓库就平展展躺在安达的床上。安达问他咋样，他不说话。安达又问了一声，他忽一下从床上坐了起来，说："你要陪我去就好好陪，为啥非要拿本破书？好像你有多大学问似的。人家一问，你还来劲了，滔滔不绝，人性阶级性的，就像你真懂艺术一样。"

安达说："我是胡诌呢你又不是听不出来。"

葛治文说："我能听出来可她听不出来。"

安达问："吹了？"

葛治文说："和吹了差不多。你一走她就没了谈话的兴趣，像掉了魂一样。我看她对你比对我有兴趣你和她谈去吧我不谈了。"

葛治文又倒在了床上，懒得说话了。

安达想了一会儿，说："行，我和她谈谈，你和她约时间。"又说："我看她喜欢书，你也带本书吧。"

葛治文接受了安达的建议，找了一本小说书，已没了封皮，他贴了一页牛皮纸，写上了《母亲》两个字。他想了想，又写上了作者的国籍和名字：苏联高尔基。

还是革命公园，老地方。女售货员看见从长椅上站起来的是安达，有些诧异又有些高兴。她说你咋来了？安达说葛治文也来了。女售货员这才看见了坐在另一条长椅上的葛治文。

安达说："我想和你说几句话，说完我就走，行吗？"

女售货员："行啊行啊，坐下说。"

安达说："我在电缆厂溶铜车间工作，刚下乡回城，当学徒不到一个月，车间温度在四十度以上，一个月工资十八块五毛。我女朋友给我资助烟钱……"

女售货员听出味道来了，皱起眉毛，打断了安达的话，说："你给我说这些干什么？"她把葛治文叫过来，说："你这位同学给我说了许多胡话是和你商量好的吧？"她把安达和葛治文扫了一眼，说："你们真没意思。"然后，又给安达说："你以为我看上你了是不是？别自作多情了你。你们两个我一个也看不上。呸！"

女售货员朝地上吐了一口，表达了她的愤怒，扭过身气昂昂地走了。

安达说："诗人，我可是尽心尽力了。"

葛治文说："小说白拿了，书皮也白粘了，我他妈还认真地给上面写了几个字。"

后来，葛治文听他爷爷说，女售货员和一个卡车司机订了婚。

他给安达说："真他妈没劲。"

不知说的是他还是那位女售货员。

他隐瞒了最主要的

安达终于看了林英一次。他是骑自行车去的，骑了五十多里路，骑到了郊区的那家灯泡厂。林英正在画画。她在宿舍门口支了一个画架，在上面画着几朵向日葵。她宿舍的墙角处长着几株真正的向日葵，她画的就是它们。它们像几团凝固的火焰一样。安达把自行车骑到她跟前，捏出一串车铃声。她扭过头看了安达一会儿，然后叫了一声，从小板凳上跳起来，拉住了安达的手，风一样在安达的周围绕了圈。呀呀是你呀怎么是你呀，她叫着，跳着。

她不是和他分手时流眼泪的那个林英了。

她也穿着一身工作服。

她的脸像她画出的向日葵一样。她从头到脚仔细地打量着安达。安达给她笑着，看着她让她打量他。

她说："真成工人了。"

他说："不像吗。"

她说："像。像。"

他说："还像啊？我一点感觉都没有。"

林英说会有的，时间长了就有了，我刚来的时候也找不到感觉。林英让他进屋。林英收起了画架。他看见林英搬画架的时候扶了一下腰。

林英住两人一间的宿舍，是平房。林英说这几排平房都是给单身工人住的。她说和她住的那一位星期天老回家。她心情很好，给安达介绍着能看见的每一样东西。她给他倒了一杯水。她说这边是我的床。她说桌子是公用的，但抽屉是分开的，各有各的锁。她没说墙壁上的画。宿舍的墙壁上挂着好几幅画。

安达说："都是你画的？"

林英说："是啊。"

安达说："这不成美术家了嘛。"

林英说："还是作家呢。"

林英打开抽屉，拿出来一厚沓手写的稿子给安达看。他说："这，这，是小说，这是散文，都是我的大作。就是水平差点儿，一篇也没人要。"

安达说："没听你说过要当艺术家啊。"

林英说："是自个儿给自个儿艺术的艺术家。我这儿离城远，不常回家，下班没事干，就找个事填充时间打发日子，和其他女工打毛衣织袜子一样。哎哎你咋不坐？坐！"

她把安达按在了椅子上，自己坐在床沿上。她看着安达，一脸笑。

安达说："病还没好是不是？我刚看你扶了一下腰。"

林英说："好多了。不说病的事，快说你为啥才来？"

安达说："我还想问你为啥不去看我。"

林英说："非要等到你先来看我。"

安达说："小心眼了吧？"

林英说："就小心眼，快说。"

安达说："先是收拾房子，弄了个住的地方，然后就陪着诗人谈对象。"

林英说："诗人谈对象了？"

安达说："让我给搅和了。本是给他帮忙，可帮了个倒忙。我拿了一本书在旁边看，他们在另一边谈，没想到那位女同志是个文学爱好者，不跟诗人谈对象，非要和我谈小说，愁死我了。后来就没办法了，吹了灯。"

他知道他没给林英说出全部的原因。他隐瞒了最主要的。回城之后，他最想见的就是林英。在葛治文家的那些天里，他每天都会想到去见见林英，可一想起林英，不知怎么就会想起胖嫂。确实，胖嫂给了她能够给他的一切。他感受到了一种从未有过的快乐的体验。他在享受快乐的时候是忘乎所以的。现在，他和快乐拉开了距离。快乐成了回忆。他在回忆那种快乐的时候，又有了一种罪恶感。不是丑恶，是罪恶。也不是胖嫂，是他自己。胖嫂在给予，胖嫂在给予的时候满怀着一个女人对一个男人的同情和怜悯，是无私的，毫无保留的。胖嫂是一样可心的东西，散发着一种祥和的幸福。胖嫂让他这样，让他那样，引导着他，让他在她的身体上寻找他需要的。他得到了，很真实地得到了，和他回忆时产生的那种罪恶感同样真实。他感到这种罪恶感和林英有着说不清的关系。它成了他和她见面的一个障碍。他感到很瞀乱。

他不会把这些告诉林英的，也不会告诉任何人。他要把它封存起来，独自经受。

林英是不知道这些的。所以，在他把无关紧要的陪诗人谈对象的过程讲给林英听的时候，林英依然满脸微笑，看着他。

他感到他不能老这么说下去，就转了话题。

他说："你是不是真要画画写小说？"

林英说："可不许你笑话我。也不许给别人乱说。"

他说："我不会的。下次我给你带些书来，很正经的书，给你做参考。"

林英以为他们厂有图书馆。他说这你不用管你只管看就行。他们又说了一会儿话。他说他该回去了。林英不让，要给他弄点吃的。他说不了不了还有五十多里路。

林英一直把他送到厂门外，又送了一截。林英的心情好像有些黯淡。林英说记着来看我啊。他说会的，下次给你带书来。

站在书架之间的老人

偷书的主意是安然出的。

他们每个星期天都在安达的小仓库聚会。他们觉得很乏味。安达说咱不能老这么乏味吧？葛治文说是啊是啊你给咱想个不乏味的办法。安达说这么乏味地熬着还不如看点书。葛治文说对啊对啊主意是好主意就是没好书读，有好书读我的诗早写成了，你能给咱弄到不乏味的书吗？安然说没有就偷。他们瞪着眼睛看他。安然说别这么看我啊大学图书馆有的是书咱偷它几麻袋偷书不算贼。葛治文说这话我也听过。他说图书馆的书大都封存着不给人看，也没人看，咱偷出来几本也算是物尽其用。

事情就这么定了。他们把点选在了安达安然的父亲工作过的那所大学。他们熟悉那儿。为了保险，他们让安然利用星期天去摸情况。

安达看林英回来，安然也摸完了情况。安然说星期天去最好，星期天图书馆连只狗都看不见。他说你们跟着我别鬼鬼祟祟要大大方方。

他们每人骑了一辆自行车，都揣着一个面粉布袋。他们觉得麻袋虽然能多装但目标太大。他们想多偷几次。

他们是从那所大学的偏门进去的。他们骑着自行车先在校园里转了一圈，又在图书馆周围转了一圈。真像安然说的，连只狗也没看到。那时候正是吃饭的时候。然后，他们就到了图书馆背后的墙根底下。这时候他们才知道做贼是很难大大方方不鬼鬼祟祟的。葛治文说我看自行车吧。安然说你害怕了。葛治文说我不怕安达才害怕了你看他的脸。安然说你们要害怕咱就走。安达说来了就不走。安然说诗人你跟我进去让我哥看车子看人。

安然和葛治文顺墙根来到一扇窗户底下。葛治文把安然顶上窗户。安然从衣袋里掏出一卷黑胶布，贴在一扇窗玻璃上，然后用胳膊肘一撞，窗玻璃碎了，却没有一片跌落下去。安然手一抓，就把碎玻璃和胶布抓成一团。葛治文说你做贼挺专业啊。安然瞪了葛治文一眼，从窗户里爬进去，又吊上了葛治文。

安然很快又从窗户里爬了起来，对安达说："哥你快来美死了，书太多我和诗人不知道该拿哪些。"安达问自行车咋办？安然说挪到一边去。安达把自行车挪到一个隐蔽处。他抓着安然的手也爬了进去。

葛治文说："真他妈多，看花眼了。"

安然说："哥你给咱挑，我装。"

他们很快就装满了三个布口袋。他们很后悔没拿麻袋来。他们舍不得走。他们想再挑选一些更好的，换出一些比较好的。

还没来得及换，他们就被捉住了。

他们听见有响动，一抬头，就看见了那个老人。他已经站到他们跟前了。他们以为他是打扫卫生的，因为他穿着一件扫马路的人常穿的那种长罩衣。他们看着他，给他笑了一下。他不笑。他让他们跟他走。他们就跟着他，提着他们的布口袋。

他把他们领进了一间小屋。

老人说："把书倒出来。"

他们很听话，倒出了布袋里的书。大部分是文史类的，还有几本医书和美术书。

老人问他们："为什么要偷书？"

安达说："想看书，没书。"

老人说："没有就偷？"

安达说："书店卖的书没几本能看的。"

老人说："为什么选这些书偷？"

安达说："好看。"

老人从那堆书里拿出医书和美术书，说："这也好看？"

安达说："是给两位朋友偷的。"

老人说："想得还挺周到的。为什么来这儿偷？"

安达说："我们家原来就在这个学校。"

老人说："你父亲是谁？"

安达说："教数学的，姓安。"

老人似乎有些惊讶，说："是安先生的儿子啊。"安然赶紧说："我也是。"老人说坐吧坐吧，态度明显缓和了。他们没敢坐。

安达说："我们以后不偷了。"

老人低着头想了一会儿，又翻了翻他们偷的那堆书，说："光读这些书是不够的。有些书虽然不像你们说的那么好看，可还是应该看，也应该有人去看。国家不会永远是现在这个样子的。"

他让他们把书重新装回布袋，和他们又回到图书库房里，给他们拿出几本经济学方面的书，说："你们谁读读这几本书，看能不能读出点意思来。"然后，他让他们赶紧走。他说："我没看见你们。你们从哪儿进来的还从哪儿出去。"他们看着老人，有些不相信。

老人说："我姓何，是右派，被派到这儿看图书馆已经多年了。"

安达说："您真是个好人，不抓我们，还送我们书。我们一辈子都记您的好处。"

老人说："这年月没人认真光顾这地方了。书是给人看的，没人读书，国家就没指望了。不说了，你们赶快走。"

他们走到窗户跟前了，老人又说了一句："等国家的形势好了，再把书还回来。"

安达是最后一个跳窗的。他在窗台上回头看了一眼那位姓何的老人。老人还在书架之间站着，像一个孤独的影子。

然后，他跳了下去。

那时候，他没想到他们还会再次相见。

送书

他忘不了那位姓何的老人。他站在满是灰尘的书间，看着他们跳窗。他忘不了他看他们的那种孤独的目光。

他最先看的就是他从书架上给他拿出来的那几本书。他怕他看不懂。他一页一页地看着，很小心。

能看懂。

他又有了那种莫名的激动。

他想让葛治文和安然也看看这几本书。他们不看。他说你们看了也许就会知道我们在牛尻子为什么会饿肚子了，也许还会想得更多。安然说你想的那些问题都是党和国家领导人想的问题你别把手伸那么长，伸长了就是黑手要被斩断的。安然喜欢的是《三个火枪手》和《基督山伯爵》。葛治文说他已经从《欧根·奥涅金》和《飞鸟集》里发现了写诗的秘密。安然说你们爱看书是因为书能给你们当敲门的砖头，能膨胀你们的野心，不像我，就是个爱看。

几本医书是给大水偷的，他给他留着。他老觉得大水会回来。说不定哪一天大水就会突然回来的。

还有几本美术书，他要送给林英。

他又想林英了。想那个在牛尻子村的土窑里陪他过年的林英，那个给他留着玉米发糕的林英，那个离开村子时对他流着眼泪说"我等你回来"的林英。

林英看着他给她拿去的那几本书。林英很惊奇。林英看一本就会叫一声。哇，罗丹啊！哇，柯罗！哇，米勒！林英是知道他们的。

他很得意。

他说："咋样？我说到做到。"

林英说："哪儿来的？"

他说："偷的。"

林英不相信。他说你看看书上的图章。他给林英讲他们偷书的经过，讲那位姓何的老人，也讲了他正看的那几本书。

他说他和葛治文安然经常聚会。他说林英你有兴趣也可以去。

林英没说去也没说不去。

林英翻着那几本画册。他坐在旁边，听着林英翻书的声音。林英不时歪过头看他一眼。林英觉得他有话要说，林英想听他说点别的。

林英说："说话啊。"

他没说。他给林英笑了一下。林英又翻书了。林英用脚敲着地，很轻，时不时敲几下。林英穿的是那种塑料底方口布鞋。

他们这么坐了很长时间。后来他说他要走。他说林英你好好看书吧。林英很惊愕。林英看着他。

他没说他心里有些瞀乱。他想说话，可他心里有些发慌，然后就瞀乱。

他一路上都想着林英看着他的那种惊愕的表情。

路远的婚礼教育了葛治文

路远送给安达一张请柬。她说她要结婚了，想请几个朋友和同学吃顿饭。然后，她又给安达一张，说是给葛治文的，她怕葛治文不去，当面让她难堪。安达说你把诗人小看了，到时候我叫他一起去。

"不去。"葛治文说："她安家立业，让我去祝贺，也太缺德太残忍了吧？"

葛治文脾气很大。葛治文还说："安达你以后少弄这些越俎代庖的事情，你咋知道你能把我叫去？我就那么听话？你也太自以为是了你。"

安达说："你看你看，说你一直想着她，你还不承认。"

葛治文说："我是想着她。我想扇她。她把我害苦了。她吊起了我的胃口，要不我早谈对象结婚了。"

葛治文的爷爷以为他们在吵架。安达说有个朋友要结婚请他去参加婚礼他不去。爷爷说要去要去，顺便问问人家咋谈的对象学点经验。

葛治文还是没去，走到半道上又变卦了。安达回来时天已黑了。他看见葛治文像一只狗一样在他的小仓库门口蹲着。进到屋里，葛治文光抽烟不说话。

安达说："有话就说，别憋出病来啊。"

葛治文说："是不是那位马班长？"

安达说："不是马班长是马排长。其实也不是马排长是转业军人。"

葛治文不再吭声了。他抽完手里的那根烟，骑着车子回家了。

葛治文找出了路远曾经保存过的那些诗稿，用火柴一页一页烧着。他爷爷看得心疼，说："好好的为啥要烧？"

他说："没用了，放着又占地方又碍眼。"

他爷爷说："当破烂卖给国家不好？"

他说："你咋这么啰嗦？"

他爷爷说："烧吧烧吧我不啰嗦了，我想问问，你那位朋友的婚礼排场不排场？"

他说："你不是急着让我找对象么？你找人介绍吧。"

他爷爷笑了，说："你看，还是参加朋友的婚礼受教育。"

没多长时间，葛治文就和一位叫李梅的女工在护城河搞上了对象。

他一脸严肃的表情。他想了好大一会儿。

他说："李梅，我对你没啥意见。我是诚心诚意找对象的，我看你也是，所以我不能骗你。有几句话我说在前头，听了以后，如果你还愿意跟我谈，咱就谈，不愿意，咱就分手，各找各的人，免得互相耽误。"

李梅似乎被他的话吓住了，小心地给他点点头，看着他，等着他往下说。

他说："第一，我过去谈过对象，人家看不上我，把我蹬了。"

李梅说："这没啥，萝卜青菜，各有所爱，婚姻的事不能强求。"

他说："第二，我爱抽烟，不爱洗衣服。"

李梅说："这更没啥。男人不抽烟，看着不像个男人。爱洗衣服的男人就有些女气了。"

他说："我家境不好。"

李梅说："好家境是靠自个儿劳动挣来的，靠父母不算本事，是寄生虫。我最瞧不起的就是这种人。"

他说："我工作不好，和劳改没多大区别，还挣不了多少钱。"

李梅说："还有呢？"

他说："我爱看书，还爱写诗。我想改变我的处境。可这是以后的事情，能不能改变没准。"

李梅说："还有呢？"

他说："没了。"

李梅笑了。李梅说:"你看你,把谈对象弄成啥了。"李梅把一条新手绢塞到了他的手里,说:"看你头上的汗。"

葛治文装起了那条手绢。他知道李梅给他的手绢不是让他擦汗的。

李梅说:"你是个实在人。过日子不是演电影,就得实在。你不说那些话,我心里可能会打鼓,你一说,我反而踏实了。"

然后,李梅亲切地看了葛治文一眼说:"治文,咱另找个地方谈去。"

他们就这么谈上了,谈成了。李梅很快就成了葛治文的媳妇。

半年后,葛治文的爷爷死了,死得很容易。他卖旧报纸回来,说他累了,想睡一会儿。他睡了,再也没有醒来。

李梅陪着葛治文流了很多眼泪。

拔火罐的林英

喝葛治文喜酒的那天晚上,安达梦见他和林英在做胖嫂和他做过的事。地点不很清晰,一会儿好像在牛尻子村他的那间屋里,一会儿又好像在他的小仓库里。他要做,林英不让。林英总是微笑着,看着他,好像和他捉迷藏一样。后来,林英不知怎么又让他做了。林英让他做的时候也在微笑。林英在他做的时候没看他,林英看着别处。但脸上的表情一直是微笑着的。胖嫂不知什么时候来了,站在门口看着他和林英做。胖嫂也是微笑的表情。他知道胖嫂在门口站着,好像端着碗在吃饭,好像是面条。林英没看见胖嫂,因为林英看着别处。后来林英哭了。林英说她看见胖嫂在门口站着。林英哭的样子很让他怜惜。他想说林英你别哭没有人看见。他没说。他一边抚弄着林英的头发一边和她做。他从梦中醒过来的时候大口喘着气，浑身松软，脊背上满是汗水。电灯很亮。他是在看书的时候睡着的，然后做了梦。他想着梦里的情景。他偶尔就会做这样的梦，但不是和林英，有时候是和胖嫂，更多的时候是和陌生的女人。梦见和林英是第一次。他再也睡不着了。他拿过正看的那本书，想用看书使他的心跳平复下来。心跳确实慢慢平复了，但书却看不进去。过去做这种梦以后他也会醒来，但看一会儿书就会睡着的。这一次却睡不着了。他拉灭灯，在黑暗里躺着，等待着瞌睡从很远的地方艰难地朝他侵涌过来。林英在做什么呢？他不想想林英，他什么也不想想。他想重新入睡。可是，林英在做什么呢？人在黑暗中睁着眼是不可能什么都不想的。

林英她妈正给林英拔火罐。林英不常回家，但每一次回家，她妈都要给她拔火罐。她在床上趴着，下巴颏抵着手背，好像在想着什么，眼睛看着前边。

是安达送她回家的。他们和安然一块去葛治文家喝喜酒，出来后，安达说我送送你，安然就骑着车子先走了。他们也骑了一会儿车子。林英说咱走走，他们就推着自行车沿着街道走。他们谈了一会儿葛治文和李梅，后来，林英又和安达说了几句话，她好像想起了什么愉快的事情。

她说："还记得和我一个宿舍的那位不？"

她说的是和她同宿舍的那个女工。安达给林英送书时碰见过。女工看林英来了客人，给林英笑了一下，出去了。

她说："你见过的。"

安达说："咋啦？"

她说："她可真有意思。"

安达说："我一去她就走了，连模样也没看清，咋啦？"

她说："她一回来就问我，问你是谁。"

安达说："你咋说的？"

她说："我说是我哥。"

安达说："你咋这么说？"

她说："那你让我咋说？"

安达没说她该咋说。他们已经走到林英家的家属区门口了。她妈在那儿等着她。她妈要不等她，她还会和安达说一会儿话的。

她妈在她跟前坐着。她妈叫了她一声。她歪过头，半个脸和腮帮子抵在手背上了。她看着她妈。她妈说你眼睛瞪得大大的不和我说话在想啥？

她说："没有啊。"

她妈说："你同学都结婚了，你咋办？"

她说："没都结婚啊。他们都比我大啊。"

她妈说："你也不小了。"

林英不吭声了。

她妈说："你是自个儿找还是让家里帮你找？"

她说："我自个儿的事家里找算什么啊？"

她妈笑了。她妈说你总算有了个态度。她妈说让你爸走个后门把你调到城里来。她说不要不要，要走后门回城时就让我爸找了。她说我在厂里很好我也不会嫁不出去。她妈说那就不说了你睡吧。她妈给她拔掉了火罐。

她没马上睡。她想了一会儿安达。她想什么时候去安达的小仓库看看。本来要去的，贪说话忘了说。她还想了一会儿葛治文和李梅。她觉得他们挺好。她想葛治文跟路远未必就比跟李梅好。

李正连续几个班出了废品。班组长吴师傅很生气。吴师傅说李正你是怎么回事咱的流动红旗让人摘走了。李正说我也不知道是咋回事。吴师傅说我要给你召开批判会。安达说不怪她怪我,我偷着上车床了。吴师傅说是不是是不是那就开你的批判会。李正说不怪他是我让他上车床的。吴师傅说你们师徒俩配合得不错啊抢着承担责任高风格啊。吴师傅说李正你明天不用上班了你好好写份检查我要交上去让广播室念给全厂职工听走吧你们都走。

安达很过意不去。安达说师傅对不起是我害了你。李正说你别安慰我是我愿意的。李正说要知道梨子的滋味就得亲口尝一尝这是毛主席说的。李正让安达和她去打饭。李正说咱去你的小仓库吃。他们就去了安达的小仓库。

安达说:"我再也不上车床了。"

李正说:"那我就白挨批评了还要写检查。"

安达说:"真写啊?"

李正说:"吴师傅说了就得写。"

安达说:"我替你写。我写过的大字报和批判稿能装几麻袋。"

李正笑了。李正说你写好我抄一遍。

李正看见了安达的那些书。她翻了一阵,说:"乱七八糟的,啥书都有啊,还有医书。"

安达说:"那是专门给一个朋友偷的。"

李正说:"真是偷的啊,盖的都是一个图书馆的图章。"

安达说:"不是偷的是借的,我有个亲戚在那儿工作。"

李正说这么多书你都能看懂?安达说我爱看书。安达说我父亲是教书的,研究数学。他说:"我本来要考大学,文化大革命了,我就成了红卫兵,然后下乡了,可我一直爱读书。"他给李正讲了他父亲的事,也讲了一些他下乡插队的事。他说他虽然是个学徒工可他还和过去一样心里老爱想一些大事情。他说得很诚恳。他说师傅你别笑话我。

李正一直看着他，听他讲着。

李正说："我不会笑话你的。"

然后李正又说："你好好读书吧，我喜欢读书的人。倪志福是好，可没法和毛主席周总理相比。毛主席和周总理都是大学问家。"

安达很感激李正给他说的这些话。他说师傅你想读书就来我这儿拿吧。他说我们几个人常在这儿读书，像学习小组一样。

李正把她和安达的饭盒都拿去洗了。

广播室广播李正的检查的时候，他们都听到了。李正给安达挤着眼笑了一下。后来李正给安达说："好多人都说我的检查写得好。"

李正做了几个菜，请安达去她家吃了一顿饭。李正说你刚来时不是问我家吗今天我领你去。那天，李正像一只快乐的小麻雀。

第十二章

大水的药丸

　　大水果真回来了，安然碰见了他。他在一条偏僻的街道上摆摊子卖药看病，被几个戴红袖箍的街道纠察踢了摊子，要扭送他到派出所去。安然在厂里刚谈了个女朋友。他送女朋友回家，正好在那条街上，就看见了大水。安然说这不是大水吗大水你怎么在这儿？大水一副可怜兮兮的样子。安然给纠察说了一大堆好话。纠察说大水是江湖骗子。安然说不是不是他确实东奔西走但不是骗子他是我亲戚手艺不错。安然的女朋友说就是就是。她认识那几个人。他们就放了大水。

　　安然很快就把安达和葛治文召在一起。他们在饭馆请了大水一顿。他们很热乎。安然说大水你这几年都到哪儿去了想得人肠子都疼了。大水给他们说了这几年的经历。他说他把不受的罪都受了。他说他像个游魂一样到处漂泊，一直漂到了宁夏和新疆交界处的一个矿山，在那儿待了很长时间，给矿工和矿工的家属们看病混饭吃，把好多人的病看好了，可还是被那里的民兵小分队撵走了。他说走到什么地方都能碰到民兵，都撵他，说他是没有户口的流窜犯江湖骗子。他被关过，也被打过，没法再窜了就窜了回来。他说他不愿回家，就窜街道。今天不是碰见安然，就会去派出所受盘查挨打。说着说着大水竟说哭了，趴在桌上泣不成声。葛治文说算了别哭了不再窜就行了。大水说不窜我没户口谁给我饭吃？我连立脚的地方都没有。安然说住我哥那儿去他一个人住。安然说以后别卖假药坑害病人了，找个正经事做。大水说我没卖假药我的药都是医院和药店买出来的。就是往里边掺了面粉和草木灰。他说他是没办法才这么做的，看病没药就没人相信你。安达说那也是骗人。大水受不了安达这句话。大水说你别教训我，你每个月还能挣十八块五毛钱，我呢？天不收地不管的黑人黑户，咋活？他说我没自杀的勇气，要不就自杀了省得让你们掏这顿饭钱。大水提着他的家当要走。葛治文和安然拦住了他。安达感到他说的话太重了，伤害了大水。安达说大水对不起我不该说。安然说你别生气我哥从来都假正经你又不是不知道你别理他的茬儿。安然说咱诗人有老婆了我也有了女朋友我们以后轮着请你喝酒。

回到小仓库，安达和大水又感觉到了他们过去的那种亲切和友好。安达给大水倒了一杯热水，说："就住我这儿。我一个人住着也寂寞。我那十八块五毛钱咱一块儿花，不够花再想办法。还有安然和葛治文，他们不会看着咱饿死。在牛尻子还没十八块五呢。"

他拿出了他们偷的那些书给大水看。

他说："没事干你就在这儿读书。你看，这几本医书是专门给你偷的，一直留着，就想着你迟早会回来。"

他说："这些书都很有意思，咱一块儿看。还有一些在葛治文和安然手里。我想我们不会总是这个样子的。我老记着李白的那句诗：长风破浪会有时，直挂云帆济沧海。"

安达说得有点兴奋了。大水却一声不吭。

安达说："你咋不说话？"

大水说："我没啥说的。经过这几年的流浪奔波，我变得实际了。我们总想着为国家为人民，实际上没有谁需要我们。做梦的时候，整个世界好像都是我们的，一醒来，连自己也成了别人的，别人还不要呢。记得我下乡的时候给我妈说，你儿是为国家为革命去的，家国不能两全，现在想来，像个讽刺。不知是别人把自己操了还是自己把自己操了。你别嫌我说粗话。我是搞过男女关系的人。"

大水看见安达在看他，又说："你别吃惊，别拿这种眼光看我。你得允许人有点变化。"

安达说："总不能连我们信奉的想要的都变没了吧？"

大水说："那也没准。"

安达说："你现在情绪不对咱不说这个话题了，林英的腰病没好，你啥时候去给她扎扎针，不扎针也得见见啊。"

大水说："你是不是和林英搞上了？"

安达说："别胡说啊。"

大水说："下乡时我就看出来了。我是搞过这种事的，也是因这事翻了船，才落到今天的下场。她可是把我害苦了，勾引了，又害我，弄得我人不人鬼不鬼。"

安达说："不知道她现在做什么？"

大水说："你是说我那个同学？咦，我天天都想她。"

安达说："是不是？"

大水说："可不是。我想把她的脖子这么捏，捏，捏得细细的，长长的，然后，用水果刀这么一割，噌一声，割断尿它。"

大水边说边用手比划着，动作和神情把安达逗笑了。大水也笑了。他们放声笑了好长时间，笑出泪花了。

几天后，安达领大水去林英那里，给林英扎了一次针。大水说他隔一段时间就去一次给林英扎针。

又过了些日子，安达发现大水经常出去，很晚才回来。他还发现了大水自制的药丸。他问大水是不是又出去摆摊子了？大水不承认。大水说我总得找个事情做不能总吃你那十八块五啊。他说你放心我不会坑人骗人的。

安达虽然又长了几块钱的工资，还是不够两个人花，对大水的事也只好睁一只眼闭一只眼。让他高兴的是，大水也看他们偷来的那些书了，有时还和他讨论交流一些看法。

这样的日子没有维持多长时间。

他们戳了他的屁股又戳了他的心

安达他姐不写信，安达就不会去北京，也许不会惹事的。他姐在他回城之前终于嫁了人，随丈夫调到北京郊区的一所大学。她一连写了几封信，说她虽然不再是以前的那个孤独的女人了，可她时常会想起安达和安然。她很想见见他们，哪怕见一个也行。安达就去了北京，就惹来了麻烦。那时候，天天有人去天安门广场悼念周总理，写挽联写悼念诗，送花圈，还有人演讲，把天安门广场变成了一个大灵堂。安达也去了那里。他很容易就受到了感染。他抄了许多诗文，还有一份"总理遗嘱"。然后，他就有一种想飞的感觉。他很快就坐上了火车，把他抄来的东西带给了大水葛治文林英安然，还有李正。他给他们说，国家要发生大事情了。他说我们不能放过这个机会我们得做点什么，他像一只兴奋的公鸡，随时都会扇着翅膀叫鸣一样。

他没想到他会被隔离审查。

他是从车间被带走的。那几天到处都在抓人。车间主任领着两个人径直走到了他的跟前。完了完了，他这么想了一下，他们就扭了他的胳膊，带走了他。

他们没把他带出厂。他们在地下室找了一间房子，把他和他的铺盖一起塞了进去。他们把他的姓名、年龄、籍贯和工作单位记在了记录本上，然后，他们就让他脱衣服。他有些迟疑，看着他们。他不知道他们为什么要让他脱衣服。

他们说："脱。"

他很不情愿地脱了上衣。他们说再脱。他又脱掉了裤子。他在脱衣服的时候一直看着他们。他脱得很慢。

他们说："再脱。"

他有些为难了。他说再脱就光屁股了。他们说就是要脱成光屁股。安达不脱。安达说我从来没这么让人盯着脱成光屁股。他们说你现在就得脱成光屁股你要不脱我们就叫人来替你脱。安达知道他不脱不行了，就脱掉了裤头，光溜溜站在屋子中间了。他看着他们把他脱下来的衣服挨个儿抖了一遍，扔到了一边。然后，他们要安达把屁股撅起来。

他们说："趴下把屁股撅起来。"

安达说："为什么？"

他们说："撅起来。"

安达撅起了屁股。他们中的一个很熟练地把一根什么东西塞进安达的屁股里搅了一下。安达呻吟了一声，立刻涨红了脸。他想起安然在牛尻子村喂猪时经常用这种办法给猪量体温。他说你们这是干什么啊你们为什么戳我的屁股？他们说看你夹带什么东西没有。安达说屁眼里也能夹带东西啊？他们说好了你穿衣服吧我们怕你自杀。他们说从现在开始你不能离开这间屋子你要好好考虑交代你的问题。

被一根东西戳过的那种感觉一直留在安达的屁股里。他感到他受了侮辱。他坐在床边气愤了很长时间。他甚至在屁股那里摸了几次。后来他才知道，他们用的是公安局的方法，很专业。

然后是无休止的审问。安达没有承认他们希望他承认的东西，他知道他承认了他们就立刻会送他到更可怕的地方去。他最害怕的是他们在审问的时候打他。他们没有打他，他就有些放心了。每一次审问，他都是那几句话：我没带笔和纸，我没抄东西。我没碰到一个认识的人。他们说你父亲是畏罪自杀的大右派你把你说得像猫一样乖这可能吗？安达的心被戳疼了。他说："我父亲确实是右派也确实是自杀死的，他自杀的原因连我这个做儿子的至今也想不清楚。他已经死了好多年了，烂了臭了，你们就别提他了，别把他和我的事连在一起。你们戳了我的屁股，就别戳我的心了，算我求你们了行不行？"

安达说到伤心处了。

大水走进了雨里

大水卷好了他的铺盖卷和行李。他给李正说他要走了。他说你要能见到安达就说我走了。他说他们来过了搜走了安达的那些书，拿走了安达的被褥。他说幸好安达抄回来的那些东西在葛治文和林英手里。李正说你就这么走啊你要去哪儿？大水说我每一次走的时候都不知道我要去哪儿，走到哪儿算哪儿吧。他给李正做出一个笑的样子，让李正看着比哭还难受。

他在城里转了很长时间，最后转到林英那儿。他给林英扎了一次针。他说我又要去流浪了再见面就不知道是啥时候了我给你再扎一次针吧。林英说我不想扎我没心思，我真的没心思。大水说我知道你在为安达的事焦心那就不扎了我走了。那时候下起了雨。大水刚走进雨里，又被林英叫住了。林英说大水你给我扎针吧我想让你扎了。扎针的时候，大水说我再也不回这个城市了。听得林英啪哒啪哒直掉泪。

林英把她的塑料雨衣给了大水。她没和大水说再见。她咬着嘴唇，看着大水走进了雨里。大水踩踏着雨水，一会儿就看不见了。

安然把他的女人领进了小平房

安然让葛治文赶紧烧安达抄回来的那些东西。李梅说烧吧烧吧还有你们偷的那些书。李梅把装书的布口袋从床底下拉出来，要点火。葛治文说我掐死你。李梅吓得不敢动了。葛治文给安然说他把该烧的都烧过了。安然说去他妈的我娶媳妇过日子去我屎也不弄屎也不想了。

安然很快就在厂外租了一间平房，支了一张木板床，又买了蜂窝煤炉和铝锅铝壶炒瓢切菜刀一类的东西，然后，把正跟他谈对象的女朋友叫到了平房里。

他说："你爱我不？"

女朋友好像被他的问话吓住了，胆怯地看着他，不知道该怎么回答。

他说："我可是认准你了。你要是没改变主意，咱就办手续结婚。这间房是我花钱租的，给咱做新房。手续一办，把咱俩的铺盖往木板床上一铺，咱就是一家人了。"

他说："行不行你给我一句话。"

女朋友给他点了点头。

他说："我哥被隔离审查了，我很难过。我想了好几天还是做个普通人算了，麻烦少。一结婚我就能收住心，不再胡折腾了。"

又说："你放心，我会对你好的。"

几天后，他们办了结婚手续。新婚的那天晚上，他媳妇靠在他的胸脯上给他说："我也会对你好的。"还说："以后有了烦心事就不是你一个人的了，我分一半和你一块受。"安然抚弄着媳妇的头发，心里一热一热的。

娶我做老婆吧李正像一只柔弱的兔子

李正一回家就趴在床上哭。她妈说小正你别老这么哭他们要审查就让他们审查去审查一下也好是黑是白就清楚了。李正说妈啊你咋这么糊涂这些年冤枉了多少人你又不是不知道。她妈说小正啊你可不能感情用事弄不好会把你牵连进去的。李正说本来就有牵连是我把他从北京抄回来的东西传给了厂里的人是我害了他。然后又哭。

后来，李正不太哭了，她总是半夜起来去她妈的屋里，坐在她妈的床跟前发呆。她妈心疼她，就披着衣服陪着她坐。她妈说快了吧该有个结果了吧？李正只摇头不吭声。她妈说小正你给妈说句实话你是不是看上安达了？李正看着屋顶，没摇头也没吭声。她妈说小正这事是大事你就不怕影响你的前程？李正说我已经入党了没什么可影响了。李正说我不知道你别问我这些话好不好？她妈就不问了。她妈说你一个人睡不着就和妈睡吧明天还要上班。

李正去过几趟安达的小仓库。那里长时间不住人，老鼠就在光床板上乱跑，看得李正鼻子直发酸。小仓库是她跑房管科给安达要来的。她能想起她领安达第一次来这儿的情景。

安达被审查了五个多月。最后的那几天，他们管得松了一点，她就偷着去看了安达一回。安达说师傅你快走吧你别来这儿。安达说我很好我没事干就做操你看我是不是很好？安达说树上的叶子快落空了吧？眼泪水在李正的眼眶里打着旋儿。李正说快落空了一片一片往下落着呢。李正说你看你的头发快长成猪鬃了。

李正终于下了决心。她卷着床上的被子褥子和床单，把枕头也夹了进去。她妈说小正你要去哪儿？她说她去收拾房子。她妈说哪儿的房子收拾哪儿的房？李正说是安达的那间屋，安达一回来她就和他结婚。她妈立刻急哭了。

她妈说小正这不行不行啊要结婚也得等审查完了再说啊。她妈夺着李正手里的东西不让李正走。李正流泪了。李正说妈啊你就让我去吧我想了快半年了你就让我去吧。李正说我现在啥也不想了就想着照顾好你，想着和安达一起过日子。她妈说你们是不是早商量好了？李正说他要不愿意我就一辈子不嫁人了。

就在那一天，世道突然变了模样。北京逮捕了四个大人物。街道上满是呼口号游行的人。李正没有参加游行，她推着自行车，驮着被子褥子和床单，穿过游行的队伍，去了小仓库。

林英也没参加那天的游行。她想安达的事要了结了她想见安达。她骑了五十多里的自行车，找到安达的那间小仓库。她看见李正坐在床上，正平心静气地剪着一个红双喜字。小仓库已经收拾过了，很干净。床上的被子叠得整整齐齐的。她不认识李正，以为走错了地方。李正说没走错就是安达的屋子他要结婚了。李正把剪好的喜字仔细地贴在了小仓库的门上。林英问安达在哪儿？李正说还在隔离室不过很快就会出来的你听街道上的口号声。李正让林英进去坐，林英说不了不坐了。

林英是推着自行车走回去的。

安达被宣布解除隔离审查的那天，李正没去接他。她在小仓库里。她听见了安达的脚步声。她突然有些慌乱了。她不知道安达进来后他们会出现什么样的情景。他会说什么呢？他第一句话会说什么呢？

安达什么也没说。他蓬头垢面，看着屋里的一切。他似乎有些不明白。他没想到他的小仓库会变成现在这个样子。他看完屋里的一切，然后就看李正了。

李正迎着安达的目光。李正的目光从来没有现在这么柔弱过，没有过这么多的温情。她害怕安达说出她不愿听的话。她没等安达开口，就抱住了他，把她的脸贴在了安达的胸脯上。

她说："安达你娶我做老婆吧。"

她说："我没和你商量你要是不愿意我就把我的东西搬走。"

她说："我不会后悔的我不后悔。"

安达的心突然颤抖起来，声音也颤抖着。他叫了一声师傅，就抱紧了李正。他像受委屈的孩子，呜咽着，然后哭出了声。

李正没劝他。人想哭的时候就让他哭一会儿，哭一会儿就会轻松一些的。

他们都去厂里的澡堂洗了一个澡。晚上，他们就坐在了那张木板床上。他们靠着墙壁。安达把他的胳膊伸过去，李正就靠在他的胸脯上了。安达有了一种冲动，要解李正的衣扣。李正突然有些害怕了。

她说："把灯关了吧？"

安达拉灭了灯。

她说："我把我托付给你了。"

她拉着安达的手，让他做他想做的事情。

在安达的印象里，那天晚上的李正像一只柔弱的兔子。她呻吟了一声。他问她怎么了？她说：疼。然后又说：没什么。她说话的声音很轻。她顺着安达。

第二天一醒来，安达就想起了林英。

他想他不能不把他和李正的事告诉林英。

他在灯泡厂门外的野地里抽了半盒烟，才把自行车推到了林英的宿舍门口。他想他得留点烟在林英那里抽。

他想说林英我结婚了我和李正结婚了我没法拒绝也不能拒绝。他想说我出来没想结婚可我还是结婚了我在野地里坐了大半天才进来的。他想说我一个人坐在野地里想了很多我想我可能是个不懂感情的人谁跟我也不会幸福的。

他没说这些。他很快就抽完了剩下的半盒烟。他说林英我没事我想来看看你。

他说："我就想来看看你。"

他说："我没烟了我把烟抽完了。"

他说："我还会来看你的。"

他想不起林英给他说什么了没有。她什么也没说吧？他也想不起林英的表情。他一直没往林英的脸上看。

一个月以后，他转正了。

那一年他二十九岁了。

他又被审查了一次，因为他当过红卫兵的头头，有可能是"三种人"。这一次审查的时间不长，他们也没让脱光衣服，没用东西在他的屁股里戳搅。

然后是高考。

轻和重

安然隔几天就会给安达提几条带鱼来。他说哥你考吧你一定要考上要不咱家就没知识分子了就太惨了，说得很悲壮。他还专门买了几斤核桃，让李正每天砸几个给安达吃了补脑。他说哥你都看见了我媳妇正坐着月子我也没这么关心。李正说光给你哥吃我就不能吃？安然说能吃能吃我哥吃两个你吃一个。

那时候，李正的肚子已经鼓了起来。她给安达说她想穿一件大一点的衣服，要不车间里的人老往她肚子上看。安达说怀孕又不是什么丢人的事爱看让他们看去我还觉得光荣。李正说你还挺会说话的我不会让你陪我上街买衣服的你好好复习吧，你看安然给你鼓多大的劲。

李正也给安达鼓着劲。她搬到她妈那儿住了。她说我不会拖累你希望你能考上，将来混出个人样来，别做对不起我和孩子的事就成。

其实，安达鼓的劲比谁都大。几个月的时间，他几乎没出过那间小仓库。

他只看过一回林英。

林英没有复习功课。安达去看她的时候，她正在屋子里画画。还是那间屋子，还是两个人住，没什么变化。墙上的画似乎换了新作。

林英对安达的到来好像有些诧异。安达说你咋是这种表情不欢迎是不是？林英说不是不是我没想到你会来我知道你在复习功课。安达说你为啥不复习这可是最后一次机会了。林英说我初中没毕业你忘了？安达说自学啊许多人都在自学我给你找复习资料。林英不吭声了。

安达说："我就是为这事来的。"

林英说："人不一定都要当大学生吧？"

安达被噎住了。

林英说："看看我的画吧，有没有进步？"

安达说："我不懂。你知道我不懂。我不能乱说。"

林英拿起画笔，往画上抹着油彩。

安达说："你能不能歇一会儿，和我说几句话？我是专门来看你的……"

林英不画了，扭过身看着安达。安达却找不到合适的话了。

林英说："咋样？"

安达说："不知你问的是什么？"

林英说："工作，生活。"

安达说："我现在只想着考试了。"

林英说："还好吧？"

安达好像有些迟钝，说："还好。"

林英说："好就好。"

林英的脸上有了一种凄然的神情。她尽量掩饰着。

安达说："你呢？"

林英说："老样子，画画，写小说。收了一堆退稿信，都是铅印的，编辑连一句话也舍不得往上边写。"

安达说："为什么不，不找个人……"

林英说："我也经常这么问我自己。"

话没法往下说了。屋里的气氛变得压抑起来。他们都感觉到了。

林英说："说点别的吧。"

他们到底没找出别的话题来。

林英把安达送出工厂大门，又往前送了一截。林英把手伸给安达，说："祝你成功。"安达握住了林英的手。他突然有点激动了。他很想给林英说一句什么。他看着她，看了很长时间，却没找出那句要说的话。林英把她的手从他的手里抽了出来，给他笑了一下，回去了。

他扶着自行车，一直看着林英走进了灯泡厂的大门。

回到小仓库，他立刻就把自己埋进了那一堆课本和复习资料里。在林英和高考之间，他还是能掂出来轻重的。

葛治文的气质

葛治文郑重其事地向李梅宣布了他要参加高考的决定。他说，虽然我已经发表了一些诗作和文章，虽然我已经调到了厂工会，可我还是要参加高考。李梅说你可以参加高考但咱俩必须有个协定，万一你考上看不上我咋办？葛治文很生气。葛治文说你也太俗气了你竟能说出这样的话来。李梅说好吧你考吧你考上大学我脸上也有光彩。葛治文让李梅收拾了一下爷爷的那间屋子，就请了假，开始脱产复习了。

他很快就发现他没法像安达那么专心。李梅一上班，他就有些心猿意马了。他看不进去那些复习资料。他一会儿擦擦桌子，一会儿喝杯开水，然后就想上厕所了。他也吃李梅给他买的零食。李梅每天都要给他买一包零食。李梅说真可怜念书的人真可怜，我要是能顶替你就不让你这么受罪了。葛治文说你这是废话你能顶替我上大学的话不就不是你了吗？

他更愿意看那本《飞鸟集》。他在心烦意乱的时候就会拿出那本《飞鸟集》。他感到看《飞鸟集》比看复习资料舒服多了。

那位文学女青年来看他的时候，他就在看那本《飞鸟集》。

他说太好了太好了我正想着有个人来看我多好你就来了，真的。

他说我们聊会儿聊一会儿。

他说我在屋里闷了好多天我们出去吃顿饭我顺便喝几盅。

他们就去了一家饺子馆。葛治文说出来真好从屋里走出来的感觉真好。他要了几碟小菜，边喝酒边和文学女青年说起了他想写的一首诗。他们是在报社的一次诗歌座谈会上认识的。他们经常在一起谈诗。

女青年说："葛老师你真行，一边复习功课一边还写诗。"

葛治文说："从气质上说，我是属于艺术型的，更适合当诗人，越压抑我的情绪越饱满。这些天我就很压抑，写诗的欲望很强烈。我的心儿在高原。我突然想出了这么一句。这就是火花。如果能静下心，顺着诗绪往下走，就会涌出更美的诗句。我相信我会写好这首诗的。因为我已经抓住了艺术女神的腰带。"

如果不是李梅，葛治文还会说下去的。他正说到了兴头上。

可是，李梅来了。等葛治文看清楚是李梅的时候，李梅已经到他跟前了。李梅说你在这儿啊。李梅说你复习功课复习到饺子馆来了还有人陪着啊。

李梅从服务员手里拿过几笼蒸饺，结结实实地从葛治文的头上扣了下去。然后，李梅就朝那位文学女青年扑过去，要抓她的脸。葛治文摘掉头上的饺子笼，抱住了李梅。女青年跑了。李梅在葛治文手上咬了一口。葛治文叫了一声，松开了李梅。

李梅把几个饭桌上的酱油瓶和醋瓶全砸在了葛治文的身上。

然后，李梅回家了。她把葛治文的复习资料撕成了碎片，连同她给葛治文买的零食一起，扔进了公共厕所的粪池子。

葛治文给安达说了他和李梅发生的事。

他说："我不参加高考了。"

他说："我把高考弄成戏剧了。"

他说："我没心思了。"

他的身上还能闻见酱油和醋的气味。

安达说："你是没精神了，不想往上走了。"

又说："我很为你惋惜。"

葛治文没再说什么。他离开了安达的小仓库。

安达想去葛治文家找李梅谈谈，给他们撮合撮合，又没去。在葛治文和高考之间，他也是能掂出轻重的。

他又一次感到他的存在和一个国家有关

李正生下了一个女婴，取名佳佳。

佳佳过百天的时候，安达接到了一所大学的入学通知书。是他父亲参与创办的那所大学，经济系。

他是他们班年龄最大的学生。他们都叫他老安。

两年后，他报考了经济学研究生，导师是他几年前偷书时碰到的那位姓何的老人。

他参加了全国社会科学论文征文评奖。去北京领奖的时候，他穿着一身笔挺的西装。那时候，他的父亲和二叔三叔都已平反，他有了好的出身。

他又一次感到他的存在和一个国家有关。他感到这个国家的问题很可能首先是一个经济的问题。他信奉了"白猫黑猫"论，也常常想起它的创立者，那个矮个子老头。

他感觉很好，很好。

他还会有更好的感觉。

第十三章

离婚手续

葛治文和李梅一前一后来到街道办事处门外，站住了。他们互相看了一眼。

李梅说："进啊。"

葛治文说："你进。每次都是你先进的。"

李梅扭头走了进去。

办事员说："又来了啊。"

李梅说："哎哎。"

李梅坐在了旁边的椅子上。葛治文没坐。他把手插在裤袋里，看着墙上的计划生育宣传画。

办事员说："老葛你是咋回事每次来都看不嫌烦啊？"

葛治文说不烦不烦。他转过身给办事员笑了一下。

小事员说："咋样？"

葛治文说："不咋样。"

办事员说："不离不行？"

葛治文想让李梅回答。李梅不吭声。

葛治文说："恐怕是不行了。"

办事员又问李梅："你呢？不离不行？"

李梅说："嗯。"

办事员说："我看你们确实是想离了。知道你们来过几次了？"

葛治文说："知道。六次了。"

办事员说："知道为什么让你们跑这么多回吗？"

葛治文说："知道。想让我们和好。"

办事员说："和不好了？"

葛治文摇摇头。

办事员说："把办法想尽了？"

葛治文说："不愿想的都想了不愿试的都试了你就给我们办了吧？"

李梅说："办了吧。"

办事员说："好吧办吧交两块钱。"

葛治文说："还要交钱啊？"

办事员说："国家印结婚证要花钱印离婚证也要花钱啊。"

葛治文说："国家应该对离婚的人有点同情心。就算没同情心也不值两块钱啊。"

办事员有些不高兴了，说："听你的意思好像我要贪污一样。收费标准是上边规定的我不会多收你一分钱。"

葛治文说："我能不能看看文件？"

办事员说："啥文件？"

葛治文说："关于收费的文件。"

李梅说我交。李梅要掏钱。葛治文说我交我交。他不再坚持看文件了。

办事员说："你这人哎，难怪要和你离婚。"他把填写好的离婚证递给李梅和葛治文，让他们写各自的姓名，然后让他们按手印。

葛治文说："不按手印行不行？"

办事员不愿理他了。他看李梅已经按了手印，就把自己的手印也按了上去。

两张证，他们一人揣了一张。

李梅直接进了那间大屋。葛治文没进去。和李梅闹别扭以后，他就再也没进过那间屋子。李梅不让他进。有时候晚上失眠，他也想进那间屋，可李梅不让。李梅把门反锁着，叫不应也推不开。如果李梅能让他进去一晚上，他们也许不会闹到今天这种地步的。他说李梅你就那么狠心一晚上也不让我进去啊？李梅说我不想这么狠心，可我一想起你在外边找女人我就恶心，你睡在我跟前我会吐的。

他坐在小客厅的椅子上，听着李梅在屋里收拾东西的声响。李梅可能要回娘家去住了。他想给李梅说几句话。毕竟夫妻一场，虽然分手了，说几句话还是应该的。他用手托着腮帮，想尽量把话说得富有感情一些。他叫了一声李梅，说："我很伤感，也很难过。我想不到我们会到今天这种境地。我希望你能好。你娘家要是不方便，你在这儿住几天也行。"

李梅把几样东西从屋里扔了出来，又扔出来几样。开始的时候葛治文没注意，后来才看清了，扔出来的全是他的衣服和鞋袜。最后扔出来的是一只枕头。他有些不明白了。他不知道李梅为什么要这么做。

李梅出来了。李梅倚着屋门看着他，说："你把你的东西放到你的屋里去，要不我心里不干净。从今后咱就是两家人了，我们一人一间屋，客厅和厨房公用。"

葛治文终于明白了，李梅压根就没打算离开这套房子。

他说："你没打算走啊？"

李梅说："你让我走哪儿去？"

他说："李梅你别弄错啊，这是我爷爷留下来的房子。"

李梅说谁留下来的我管不得了，我得有个地方藏身。她拉上门走了。

葛治文找来钥匙，怎么也插不进去，一看，李梅不知什么时候已经换了锁。

他狠狠地在门上踢了一脚。

偷吃论

葛治文一见安达就说："我离婚了。"

他说："别这么瞪着眼睛看我，有老婆和没老婆一屎样的那种日子我过够了，我另起炉灶另开张。"

安达正在整理资料卡片，为研究生毕业论文做准备。他知道葛治文和李梅在闹离婚，一直没顾上去看他们。听葛治文这么一说，他还是有些吃惊。

安达说："李梅呢？"

葛治文说："这几年她是有男人和没男人一样的日子啊也过够了，也要另起炉灶另开张。"

葛治文领来了一个女孩。他把她介绍给了安达："我的女友小王，喜欢写诗。"又给小王说："这位就是我给你常说的安达，中学时的同学，下乡时的插友，学问深了去了。"他说领小王来是想认识认识。小王家就在附近，有时间来向安达请教。他说小王你回吧我一会儿就和安老师找个小酒馆喝酒去，小王就告辞了。

安达说："你看你，一块儿嘛。"

葛治文说："她在跟前咱不好说话。"

安达说："她很听话啊。"

葛治文说："不听话我就不交她了。"

安达问他，这个小王是不是李梅发现了泼酱油泼出去的那个？葛治文说不是不是那一位早断了，太俗气，没法和小王相比。他说小王有个亲戚在出版社管诗歌，要帮他出诗集。

安达说："噢噢。"

葛治文说："我这一辈子恐怕要吊死在诗歌这棵树上了。你以后当学者当教授，我当诗人，我觉得这样也挺好的。"

安达问葛治文会不会和小王结婚。葛治文说现在他不考虑这些，婚姻太实际，他看重的是感情。他说："没办法，我是写诗的，感情比一般人要丰富一些你别笑啊。对你我不敢撒谎，我不能没有爱情。爱情是我生活和灵感的源泉。"

安达说："我在农村时就看出来了。那时候路远才多大，你就要和人家谈恋爱。"

葛治文说："别跟我提她。那时候太傻，不懂什么是爱情。"

安达说："现在懂了？"

葛治文说："现在也不全懂，所以我想多体验体验。"

他问安达有没有女朋友。他说不许撒谎我问的是有那种关系的。

安达说："哪种关系？"

葛治文说："别来这一套。"

安达说："没有。"

葛治文说："我看你和林英有点像。"

安达说："别把别人想得都像你一样啊。"

葛治文说："别骗我了。你敢说你不喜欢林英？我问你，林英为啥还不结婚？"

安达说："我不知道。"

葛治文说："别给我装糊涂打马虎眼你是有贼心没贼胆。我说得不对？敢说我说得不对？"

安达说："我和你不一样。"

葛治文说："是不一样。你是想而不做。我比你多走了一步。我比你诚实。想而不做是啥？是虚伪，折磨自己又欺骗社会。不是吗？"

安达说："咱换个话题吧。"

葛治文说："我是偷吃过的人。偷吃的人有两种，一种是肚子饿了，另一种是觉得偷着吃一口香。你想过没有？"

安达说："没想过。"

葛治文说："那你就想想吧，这里边的道理深着哩。"

葛治文的话还是刺了安达一下。

安达时不时会想起林英。他也去看过她。不管是看见林英还是想起林英，他就有一种说不出的滋味。林英和过去一样，画画，写一些发表不出去的小说，似乎很充实。可他分明能感到她深藏着的忧郁。他和林英在灯泡厂外边的田野上散过步。他忘不了林英和他散步时的那种小鸟依人的样子。林英不说话。林英在他的身边悄无声息地走着，听他讲他正学的课程，正读的一本书，或者看法和想法。林英偶尔会歪过头看他一眼。她看他的那一眼里有欣赏也有爱意。他越来越感到林英不嫁人与他有关。他真想告诉林英，让她找人嫁了，可他说不出口。他怕伤害她。他和林英算不算偷吃呢？

他也想起过胖嫂。他和胖嫂就是葛治文说的那种偷吃吧？他和李正从来没有过和胖嫂有过的那种感觉。李正在他怀里的时候，总是一只柔弱的兔子。

他感到他纠缠在一种很难理清的东西里了。他想最好的办法就是不去想不去理。他应该想更主要的东西。男女之间的情感和他正在做的事情还有将来要做的事情相比，他更看重后者。他想他说到底不是一个为情感活着的人。他想他应该尽量少去林英那里。他想他应该把他和林英之间的那种理不清的东西交给时间去理。

毕业分配的时候，安达考虑再三，最终选择了社会科学院。和许多用人单位相比，社科院最优越。它是研究机构，更是给社会的决策者和管理者提供思想和理论的机构，会给他提供更多的机会。这就叫得天独厚。

他去了社科院经济研究所。

弹弓

一家半官方的群众团体要组织一次全国性的政治经济改革理论研讨会，安达感到了它的分量。会议定在一个叫莫干山的地方召开。他立刻想起了那个著名的历史故事。会议召集者的用心很清楚要为这个国家的改革开放铸剑。安达是深知这个国家做事的模式的，行动总要以理论为先导。他不能放过这个机会。每一个机会里都可能存在着他希望的将来。

他把他想参加这次会议的想法告诉了他的导师何先生。毕业以后，他和何先生一直保持着经常的联系。他说他想先看点资料，理清思路，然后去农村考察一段时间。他说他下过乡，对农村经济中的许多问题有痛切的感受。中国有八亿农民，他感到农村经济问题可能是中国经济改革的最终问题。

他找来了一大堆资料。

他给办公室支了一张床。

李正有些不安了。她想和安达谈一次。她早就想和安达谈一次了。

谈话是从那张床开始的。

李正说："家里好好的，你要给办公室支床？"

安达有些不明白了，说："怎么啦？"

李正说："你把床撤了去。"

安达说："为什么？"

李正说："你在家住。"

安达说："你这是怎么回事到底怎么啦？"

李正说："你给办公室支了床，晚上就不回来了是不？"

安达说："没这个意思啊。"

李正说："你已经几个晚上没回来了。"

安达说："太晚了要搅扰你的。"

李正说："我不嫌搅扰。你回来多晚我也不嫌。你过去又不是没回来晚过。"

安达说："所里其他同志的办公室都有床啊。工作需要嘛你真是。"

李正摇摇头，说："你对我越来越淡了。我觉得你对我越来越淡了。你说实话你是不是不爱在家待？"

安达说："咳哎，你想歪了李正。我太忙最近就更忙了你别往歪处想啊。"

李正说："上学的时候你忙，上研究生你忙，工作了更忙。啥时候你就松缓了？你是不是觉得跟我没意思？你别烦我说这些话。有时候我睡不着我一个人躺在床上就会这么想。我怕你觉得我没意思，更怕你花了心。你要是花了心我就……我就一点办法也没有了。"

安达说李正你想得太复杂了其实我很简单，我只想做我的事情，我一直是这样的。

李正说："不是。"

安达怎么解释，李正只说"不是"。他感到解释起来太麻烦就说："我明白了我只想我的事有些自私对不对？我想做爱了就回来了不想就不回来忽视了你是不是？晚上我不去办公室了好不好？"

安达真没去办公室。

李正还是一只柔弱的兔子。

安达看李正很满足的样子，就开了一句玩笑，说："你看你，也太容易满足了。"

又说："我可不能天天这样啊。天天这样我没法工作了。"

他没像李正希望的那样撤掉办公室的床。

那天，李正给佳佳买了一双鞋，刚上脚就裂了口，她去商店退换，和售货员吵了一架，没退掉还生了一肚子气。她妈说算了别生气了我给佳佳缝一缝你去接佳佳。她从幼儿园接佳佳回来的时候，安达已开始吃饭了，腿上放着一本书，边吃边看着。佳佳叫了一声爸爸。安达给佳佳笑了一下，又埋头吃饭看书了。

李正说："佳佳你别多情，你爸爱的是书。"

安达好像没听见。李正妈看安达碗里的饭完了，就拿过去盛饭，李正把碗夺过来，重重地放在了饭桌上，然后，端着自己的饭碗进卧室吃去了。

安达有些莫明其妙，看着岳母。

他说："怎么啦？"

李正妈给安达说了换鞋的事。安达噢了一声，自己去厨房盛了一碗饭，边吃边走进卧室，想安慰李正几句，也想顺便说说他去农村考察的事。

李正又端着饭碗去饭桌上吃去了。

安达知道李正因为生气不想理他。他觉得李正的气生得很没意思，把换鞋的气转嫁到他的身上就更没意思了。

李正哄佳佳睡觉的时候，安达躺在床上看了一会儿书。他看佳佳睡着了，李正睁着眼看着屋顶，似乎还在生气，就放下书，说："你看你，不就为一双鞋嘛，生这么大气。"

李正说："很庸俗是不是？"

安达说："你看你看，又来了。我想给你说件事，你这么绷着脸。我能说了吗？"

李正没吭声。

安达说："我要去农村考察一段时间，明天就走。"

李正说："明天走现在说还不如不说。你上天入地和我没关系我也不听。"

安达说："别这种口气啊。我得为论文准备材料……"

李正说："论文论文，上班是论文是书，下班还是论文是书，你在和论文和书过日子呢，论文写成了，知识看多了，人心也就没了。"

安达说："没你说的那么严重吧？"

李正说："对我就不说了。佳佳叫你一声爸爸，你看你的样子。"

安达说："我给她笑了啊。"

李正说："多稀罕。以后佳佳叫你爸爸你别笑，留给你的论文和书笑去。"

蜂窝炉子上的水开了。李正妈喊着让李正去灌水封炉子。安达说我去我去。

他发现只剩下几块蜂窝煤了。

他说："没煤了。"

李正把被子一卷，转过身睡去了。

安达说："要不是明天走，我去买煤。我给安然打电话让他来。以后我买煤买面，不让你再买了。不信等着看。"

安然有时候过来串门，碰上了就帮李正买煤买面，李正很不好意思。安然说嫂子你别不好意思你就当我替我哥呢。安然说嫂子你想开点我哥是为国家心思都在国家的事情上了我们代替他也就算间接地为国家服务。他说这就是有野心的人和没野心的人的区别。

这一次，李正拒绝了安然的帮助。她在和安达赌气。她说安然你别来你帮我一次两次帮不了一辈子。安然说嫂子别生气你跟了这种人你就认了吧。李正说我认了认了。

她拉了一车蜂窝煤，把它们一块一块搬到了楼上。

安达没有兑现他买煤买面的诺言。莫干山会议像一只弹弓，把他弹到了北京。他要被借调到那儿的一家新组建的研究所去工作了。

莫干山会议引起了国事主持者们的重视。它更像一次骡马大会。许多好马被发现了，有的因为毛色，有的是因为膘色，有的是因为几声漂亮的呐喊。

对安达来说，它是弹弓。

金鱼湾水库和水库的一个夜晚

去北京之前，安达又见过一次林英。

是林英找他的。在他的印象里，林英从来没找过他。他正在办公室整理去北京要带的东西，林英来了。那些天他心情很好。见到林英，他就有了更好的心情。他给林英倒了一杯水。

他说："你咋找到这儿来了？"

林英说："问嘛。"

他拉过一把椅子，坐在林英的对面。他看着林英。他的脸上洋溢着一种舒展的笑。

林英说："祝贺你。"

他知道林英说的是他去北京的事。这些天很多人都对他说这句话。葛治文也说过。路远也专门来过一次，给他说过。林英说得最让他心动。他感到他的心热了一下，像浇上了一匙热水。

他说："我要去看你的。我想把东西整理好以后再去看你。还有几天时间。"

林英说："不打扰你吧？"

他说："你咋这么说？"

林英说："出去走走，行吗？"

他说："行啊。"

林英说："远一点行吗？"

他说："行啊。"

林英说："我想好好和你待一会儿。"

他们坐公共汽车，去了离城几十公里的一个叫金鱼湾的地方。那里有一个水库。

水很清。阳光在水面上照着。

他们在水库边上坐着。就他们两个人。

林英说："今天我不想听你谈学问。"

安达说："是不是我老爱给你谈学问，让你烦了？我没想。今天我没想。"

林英说："除了学问谈啥都行。"

林英的口气和神情让安达感到了那种久已隔远的亲切。这种感觉只有在他和林英在一起的时候他才能感到。

林英用手抱着腿，在他跟前坐着，微仰着头，看着远处。

林英说："我也不知道咋啦，老想和你找个没人的地方坐一会儿，随便说点什么。不说也行，就坐着，安安静静地坐着。"

安达知道林英为什么要和他来这儿了。是林英提议来这儿的。他们真到了一个没人的地方，像林英想的那样一起坐着了。可是，随便说点什么呢？

安达说："你说，我听你说。"

林英说："你看我游泳吧。"

林英说着就站了起来，脱掉外衣，露出了穿在里边的游泳衣。她是有备而来的。她伸开双臂，往前一跃，就跳进水中，不见了，很长时间之后，才从另一处冒了出来，边踩着水边抹着脸上的水花，给安达笑着。然后，她划着水游了起来。她游得很好。她不断地变换着姿势。她游到安达跟前了。安达的情绪也随着舒展起来。他没想到林英会游得那么好。

安达说："你早想好要来游泳啊。"

林英说："我想让我放松一下，不行吗？"

安达说："你的腰……"

林英说："好多了，就是阴雨天还会犯。这种病要根除很难，索性不管它了。"

林英边游边和安达说话，一会儿远一会儿近。她说她小时候常去游泳馆，沾她爸的光。安达很难看到林英有这么好的心情。她游了很长时间，还没有上岸的意思。

林英说："我心情很好吧。"

安达说："看出来了。"

林英说："知道为啥吗？"

安达只笑不说。林英说有一家小刊物发表了她的一篇小说。她说我知道你不会看重一篇小东西的。安达说你冤枉我了。林英游累了，跳上岸，让安达转过身去。安达很听话，就转过身去。林英换好衣服，又坐在安达跟前了，用手捋着头发。林英的头发上篷着阳光，很灿烂。人在心情好的时候，就会注意这些细微的东西，发现它的美丽。安达就注意到了林英的头发和她头发上跳动的阳光。是夕阳。

林英说："我也不会看重一篇小东西的，可它是我这几年努力的一部分，一个字一个字写出来的。这几年，我除了上班，就是写这些小东西，画画。不知写了多少，画了多少……"

林英的话中有一种悲凉。安达知道她不是为了说她的写和画，是在说她这几年的那种难耐又不得不耐的心态。

林英看安达不说话，歪头看了一眼安达，说："我没想过写那些东西画那些东西怎么样。但我想过你。我想你是会有将来的。"

安达说："你不是在农村下乡时的那个小女孩了。"

林英说："你一直把我当小女孩啊。"

安达说："过去是，后来就不了。"

林英说："后来把我当啥了？"

安达给林英笑了一下，不说了。他看着远处。他们都看着远处。他们都感到有一种什么东西联系着他们，看不见，也说不清。

等他们想起该回去的时候，天已经快黑了。他们跑到停车点，最后一班车刚刚开走。

林英看着安达。风吹着她的头发。

安达说："找个地方吧。"

他们找到水库管理站，说他们回不去了，想找个地方借宿。管理员打量了他们一阵，说，你们跟我来，他是个好心人。他给他们打开了一孔窑洞的门。他把他们当成了夫妻。

他们说了很多话，真像他们希望的那样，想起什么就说什么。事后，他们一句也想不起来。可他们都记得，他们都怀着美好的心情。这却是他们无法忘记的。林英不时地拨弄着她松散的头发，让它干些，再干些。安达想，女人有一头漂亮的头发，也是一笔财富。

夜已很深了。

林英似乎有些瞌睡了。

安达说："我到窑外边去，你睡一会儿。"

安达拉开门，一股风灌了进来。

林英说："别……"

安达站住了，回头看着林英。

林英说："你别。"

安达说："你迷糊一会儿我再回来。"

林英看着安达，摇着头。

安达关上门，走回来，坐在了林英跟前。

安达说："你睡吧。我就坐这儿。"

安达又说了一句："我看着你睡。"

林英点点头，躺下了。

安达说："关灯吗？"

林英没说话。安达拉灭了灯。月光从窗纸上透过来，倾泻在床上的林英身上。林英闭着眼睛似乎睡着了。

安达坐到了床边上，看着林英。他感到有一种东西在他的身体里波动着。他甚至能听见它波动的声音。

他拉住了林英的一只手。

林英没动。林英的手很热。

安达像呻吟一样，叫了一声："林英……"

林英没动。

安达突然想做什么了。他依然拉着她的手。

他说："林英，我，我想……"

他突然想哭。他突然有了一种想哭的感觉。

林英睁开了眼，看着黑暗中的安达。她看不清他。

她说："我，也想。可我，我怕……我真的有些怕。我知道你要走了……我还是怕……你，等我一段时间，好吗？"

安达的手停住了。

第十四章

火车上

现在，安达已坐在了去北京的火车上。他穿着西服，是几年前去北京领奖时穿的那一身。他不让李正给他买新的，李正就把那一身给他仔细地熨一次。

车轮和他轻快的心情一样。他们感到过去和刚刚过去的一切很像车窗外的庄稼地，大片大片地在离他远去。

他必须让它们离他远去。

他要去北京。

这是一个标志，一个象征。这是久已潜在他心底深处时时都在拱动着的一种欲望。现在要变成事实了。这还不够。这还不是欲望的全部。这只是它的一个部分，开始的那一部分。但毕竟开始了。

李正给他买了一瓶橘子罐头，那种玻璃瓶装的。他上车不久就吃了它，然后，那只玻璃瓶就成了他喝水的杯子。他坐在车窗跟前，用一只手捂着那只粗壮的玻璃瓶的瓶口，看着车窗外飞逝着的一切。他感到他的手掌大而有力。他感到捂在他手掌下的不是一只盛过橘子和糖汁的玻璃瓶，而是被捏小了的地球。

"小小寰球"，一位伟人曾有过这样的诗句，他是非常熟悉的。

他想起了另一位诗人的几行诗，是关于坐火车的。他甚至默念了两句：

一盏盏灯火扑来，像流萤飞走

一重重山岭闪过，似浪涛奔流

……

诗人写的是西去的列车，他是在北上的列车上，但心情是相似的。他真切地感到了诗的美丽。难怪世界上有许多人和葛治文一样痴迷于诗。葛治文有过这种诗的感受吗？

葛治文也必须离他远去。

当他想起他新近读过的一部小说的时候，他就禁不住有些激动了。小说讲述的是一位读书人的故事。那位读书人在经受了"在血水里浴三次，在碱水里煮三次"的精神历程之后，终于走进了北京，出席了一次共和国的重要会议。在军乐队演奏出的庄严的国歌声中，那位读书人同党和国家的领导人，同来自全国各地各界有影响的人士一起肃立。他负起了振兴中华的历史使命，在那座大会堂里同党和国家的领导人共商国是。他喜欢这位读书人的故事。他甚至能背诵出这部故事结尾部分的两个整段。文字的精细和准确让他惊叹。读书人进的不是一般的会堂。和他一起肃立的不是普通的凡人，而是党和国家的领导人，以及各界有影响的人士。他和他们共商的不是小事，而是国事。读书人踏上通往那座会堂的红地毯的感觉引起了他的共鸣。现在，他又想起了读书人的那种感觉，他把他曾经有过的共鸣又重温一次。

列车通过华北平原的时候，他很自然地想起了白洋淀。那是养育过他的父亲和二叔三叔的故土。二叔没挺过那个十年，从一座大楼的顶上跳了下去，死了。现在，死去的父辈们仿佛在一夜之间又活了过来，披着一身金光。当地政府正在搜集他们的过去，要为他们修志立碑。他想着他们。他已很长时间没想起他们了。现在他想起了他们，在车轮碾过故土的时候。他甚至把他们摆在这个国家的历史之中。历史在他的眼中不再像下乡时吃玉米发糕那么悲切和琐碎了，它变成了一个大轮廓。不是历史改变了模样，是他自己。人在不同的时刻对同一个东西的感受很可能是极不相同的。

他睡了一觉。醒来时，火车已稳稳地停在了北京火车站，呼哧呼哧地喘着粗气，把安达和各色人等像倒红薯一样，从车厢里倒了出来。

到了。到北京了。

安达在站台上站了一会儿。他感到他的眼睛里正在渗出着一种潮湿的东西。他不想让它们渗出得太多，就仰起头，朝天上看着。

天很蓝。尽管有几列火车朝它吐着白烟，但它依然很高，很蓝。

他没有急着去研究所报到。他知道报到之后他就会有一种亢奋的感觉。他想把这种感觉往后推迟几天。他就去了他姐家。他们又有几年没见过面了。

几何学

女数学讲师已经成了数学教授。心情是可以让人面目生辉的，曾经的孤寂和悲戚只能在她眼角的鱼尾纹中去仔细寻找。她更愿意把这种精神和生理的变化归于时代的变迁。这很符合她的身份和学识。她的丈夫也是一位数学教授了。他给了她持久的关怀和温暖。他们继续了父亲的事业，教着他们的学生，也做一些研究。他们热情地接待了远道而来的安达。

女数学教授尽可能地保存了父亲的遗物，其中就有安达听说过的那个数学公式，父亲在论证它的时候吞吃了大头针。这一次，女数学教授把它拿给了安达。

安达看不懂。女数学教授告诉他不是数学公式，是几何学中的一个有关共形变换的关系式。安达还是不懂。女数学教授就和他谈起了几何学。女教授告诉他，一个叫笛卡尔的人想确定苍蝇在空间中的位置……

"是那个写过《哲学原理》的笛卡尔吗？"

是的。他正在生病。他的房间里有一只苍蝇在飞。他盯着它，一直盯着。他要描述它的位置。他发明了坐标。就是那只苍蝇，让他把图形和数量，把几何和代数连在了一起。几何图形的描述就变成了方程式。

女数学教授还告诉他，就几何学来说，世界是由图形组成的，所有的图形之间都可能存在着一种变换关系。

"人也是图形了？"

"在几何学中，应该是。"

"也有一种变换关系？"

"只要是图形，就有可能。"

"人是可以消失的，比如死。那该是图形的消失了？"

"是的，图形消失了。"

父亲和二叔三叔也是图形，都消失了。

女数学教授还告诉他，存在变换关系，并不等于绝对相同或相等。只有在略去某些东西的条件下，相同和相等才能成立。数学和几何学的研究都是建立在"略去"、"忽略"的基础上的。

生命的消失也该是一种略去和忽略，被生命世界忽略不计了。

在安达看来，父亲的研究很像一个童话故事。女数学教授说：

每一种科学都有一种童话的性质。

当时，他们都有一种置身于童话中的感觉。

女数学教授陪她的弟弟去了两个地方。一个是故宫，一个是天坛。是安达要求去这两个地方的。他说他只想去这两个地方。

在一个叫"勤政殿"的大殿跟前，他伫立了很久很久，好像在琢磨那三个字的笔力。

女数学教授说："字很好吧？"

安达说："嗯。"

女数学教授说："在你来看它是字，在我看它们是图形。建立一个坐标，就可以写出它们的方程式。"

安达在祈年殿的跟前也站了很久。女数学教授远远地看着他。女数学教授走到他身边了，和他一起看着那座有些神秘的建筑。她似乎又想说话了。

安达说："你是不是又想把它放在坐标里，写出它的方程式？"

女数学教授说："不。我在想皇帝来这儿祭天的样子。一想起他们在这里装模作样徒劳无益地向天祈祷。我就觉得可笑。"

安达说："祭祀的意义不在于实用，不在于能不能求来一场好雨或别的什么，而在于仪式。一个国家是需要仪式的。"

女数学教授说："你说得太深奥，我听不懂。我以为你能把它说成童话呢。"

安达说："那就去回音壁。"

然后，他们就站在了回音壁的两头。他们成了两个玩耍的孩子。他们把他们的脸和耳朵贴在回音壁上，互相叫着：

"安——达——"

"姐——姐——"

确实有回音。他们一声一声叫着。后来，女数学教授叫不出声了。安达跑过去，看见她已经满脸泪水。她哭了。她抹着泪脸，把泪水往回音壁上抹着。脸成脏孩子的脸了。

安达有些惊慌，说："姐你怎么啦？"

女数学教授说："我也不知道怎么了。"

她说："我们小时候从来没这么玩过。"

她说："我们没有过童年。"

她还在流泪，还在把她脸上的泪水往回音壁上抹着。她说她不生孩子就是怕她的孩子和她一样没有童年。她说她现在想生已经年龄大了不能生了。她说没什么没什么一会儿就好了。她说我们的年龄加在一起已经超过八十岁了。

她把她的胳膊挎进弟弟的胳膊里。

他们离开了那里。

看雪他们不能没有声音

他们的研究所设在一所大学里。

安达喜欢这里的环境。校园里有一个小湖，让绿树环绕着。他常一个人或者和同事去湖边散步、闲读。学府里的学子和教授也有去那儿散步的。新调来的吧？哪个系的？有人这样问他的时候，他就会笑着，给他们摇摇头，说：是研究所的。身在学府，却不是学子也不是教授，而是另一类人。他喜欢他和他们之间的这种不同。

他也喜欢他的同事们。他们和他有着大致相同的经历，大都下过乡，然后上大学考研究生，著书立说成了变革时代的精英。他们都富有思想和智慧，都拥有各自的知识领域。他们要影响这个国家走向未来的思路。

在同事中，安达最喜欢的是老黄。老黄爱好摄影，有一台高级相机，给安达拍过一次照。安达从来没有过一个人一次拍一个胶卷的历史，老黄给他拍了一卷，所以，他很感激老黄。老黄说不用不用，在我的眼里，你是我的模特。他觉得老黄很幽默。安达最喜欢他夹着烟坐在湖边沉思的那一张，老黄就给他放大了。照片上的安达很像过去常见的一位伟人的造像。老黄说我知道你为什么喜欢这一张。老黄说我给我也这么拍过，和你的这一张很相似。老黄说和我们欣赏的那张相比，我们的还是缺少内在的美感。老黄说原因不在摄影的技术，而在于被拍摄的对象。伟人是一个真心吸烟的男人，他夹着烟是为了吸而不是为了给人看。他的沉思也是真正的沉思而不是做沉思状。然后，老黄把他自己和安达调侃了一下，说：我们先努力做一个真正吸烟的男人吧。

老黄也是学经济的，但老黄懂得经济学以外的东西。安达一直以为国家的各部、委、局是平级的，老黄纠正了他，给他讲了它们之间的细微的差别。安达为国家组织系统的复杂和精密感叹了很长时间，也为他的无知感到脸红。老黄说这还是最表面的东西，一说就能知道，还有许多东西是无法解说只能慢慢体会的。老黄人安达两岁，北京人。研究所的一些重要文章就是他通过一定的渠道转送到国家领导人的手里的。

安达参与了几个专题的研究。一份指导国家改革的中央文件引用了他们的研究报告中的一段文字，他们的研究所就进入了它的黄金岁月。他们曾召开过一次专门会议。他们认为研究所不能只局限于写"奏折"。还应该做普及性的工作。精英们思考的问题说到底都是和民众相关的问题，如果民众对精英们的思考一无所知，就是很悲哀的。他们准备出一套丛书，并进行了分工。

安达感到，他也正在开始他一生中的黄金岁月。

那场大雪是在夜半时开始飘然而降的，等他们看见的时候，已有近半尺厚了。

他们发现每一座宿舍楼前都拥满了看雪的人。他们还发现有人在雪地里扔着雪团，那一定是几个稚气未脱的学子。

纷飞的大雪使他们涌起了一种激情。他们产生了一种释放的欲望。

学府太小了。他们应该找一个更好的去处。

他们选择了圆明园。学府离那儿并不很远。

雪没有停止的意思，甚至也没有小下来的意思。纷纷扬扬的，伸手就可以接住。

他们给通往那片废墟的路上踏出了一行清晰的脚印。

没有人。只有他们。

被大雪覆盖着的废墟成了他们赏雪的看台。他们感到漫天弥漫的风雪是为他们编排出的一台舞蹈。他们站立在天与地之间。他们不约而同地把他们的手插在了腰部，胸脯高挺起来。

他们不能没有声音。在这种时候，他们不能没有声音。

于是他们出声了，低沉的吟哦的声音。

不知是谁起的头：

北国风光
千里冰封
万里雪飘

立刻有人接下来：

望长城内外

惟余茫茫
大河上下
顿失滔滔
……

他们像事先演练好的一样。他们一人几句，直到吟哦完那首著名的和雪有关的《沁园春》。结尾几句是他们齐声吟哦的：

数风流人物
还看今朝

然后是沉寂，是不尽的风雪的声音。

许多年前的一场大雪触发了那位伟人的豪情。许多年后，他们在另一场大雪中和他沟通了。

他们伟大了一会儿。

他们意犹未尽。

他们又吟哦了那位伟人的另一首《沁园春》

独立寒秋
湘江北去
橘子洲头
……

这首《沁园春》与雪无关。

他们想到了岳麓山。

他们又伟大了一会儿。

他们感到他们更喜欢前一首。伟人盛年时的豪情比他青年时的豪情要博大得多，沉稳得多，有力得多。

当他们回到他们装有暖气的宿舍的时候，他们感到他们的手和鼻子，还有他们的脚，有一种隐隐的痒痒感，像钻进了小虫子。他们知道是挨冻后又突然受热的缘故。他们因为两会儿的伟大忘记了寒冷。他们在雪地里站的时间太长了。

他们挠着痒痒的部位。

他们无法知道那位伟人是怎么观赏那场激发他的豪情的雪的，也无法知道他身体的一些部位有没有和他们一样的痒痒。

安达想起了他在牛尻子村插队时穿过的那一双大头翻毛皮鞋。他一边挠着脚一边想起了它。他想他要是穿着它，他就不会这么痒痒了。

那时候，他们只是挠着痒痒。他们没想到他们的这个由精英们组成的群体会在顷刻间瓦解。他们更没想到，瓦解的原因仅仅是因为国家的最高决策人的一次接见。

代表资格的十二次会议

接见是确实的。但接见的不是他们的全体，而是他们之中的两位代表。

谁都知道这次接见将意味着什么。可是——

谁能代表他们呢？

谁具有代表这个集体的资格呢?

要是牛尻子村就好了,郭茂林说让谁去谁就去。可这儿不是牛尻子村。

上边要是点名接见就好了,点谁谁去。可偏偏没有点名,只是说要接见他们的两位代表。

他们是讲求民主的,他们要在会议上协商推举。

他们共开了十二次会议。没人发言。

然后,他们很快就发现了彼此的弱点。弱点是从最有可能作为他们代表的人身上首先发现的。

然后,他们又发现了他们彼此的历史上的弱点。甚至是很不光彩的弱点。准确点说应该是污点。

有人写过赶风头的大批判文章。

有人揪斗过老教授,扇过老教授的耳光。

有人上大学后蹬了糟糠之妻。

有人蹬得更早,下乡回城后就蹬了。他原是要在农村扎根一辈子的,娶的是当地的女青年,事迹上过省报头版,返城的时候,他还是迫不及待地蹬了。

......

没有人公开讲过,但他们彼此都知道了。他们突然被剥光了衣服,露出了他们最羞涩的部位。但他们忍受着。他们中的每一位都有可能作为他们的代表,所以他们忍受着。他们都不想放弃这次机会。他们要参加每一次会议。

那些天,安达一直观察着同事们的脸色。他怀疑他们已经知道了他和胖嫂发生过的事情。他们很可能已说得沸沸扬扬了。

他从他们的脸上是看不出来的。

他们大都是抽烟的。他们在会议室一根接一根地抽着。少数几个不抽烟的咳嗽着。他们觉得有些乌烟瘴气。他们不说,只是咳嗽着。

然后，攻讦在私下里展开了。攻讦不是明火执仗的，而是温文尔雅的。他们都具有这种智慧。他们能把攻讦的实质隐藏在一个有趣的故事之中。

相互间的解释也展开了。过去的污点是别人溅上去的。历史的污点应该由历史负责。

可是，坐在会议室里的他们依然不发言。发言就意味着提名。提名就可能意味着通过，因为没有人会撕破脸皮公开反对。自己是不能提自己的名的。自己提名自己就有些无耻。他们没人愿意无耻。

也有人私下调侃，说："这种接见太过矫情。为什么就不能接见全体？我要是他我就接见全体，和每个人都握一下手。可惜我不是。"

他们对他们之间出现的这种尴尬都感到羞愧。他们都像吃了一只苍蝇一样。他们不知道是谁把苍蝇塞进了他们的嘴里。

然后，有人离开了这个集体，打道回府了。是被迫还是自愿，真正的原因无法弄清。

没有公开的反目。

有人在离开时写了检举信，塞进了邮筒。

但没有公开的反目。

安达是外地借调来的人中最后一个离开的。留下的人还在坚持着，等待着那次接见。

他想和老黄道声别，没找见老黄，就给老黄留了一张"后会有期请多保重"的字条。

彻底的分崩离析发生在稍后一些的时候。在悼念一个大人物的风波中，他们中的许多人栽了进去，演绎出一连串的故事。

这已和安达无关了。

安达坐上了回归的火车。他和来时一样，依然坐在列车的窗口，依然用手捂着一只喝水的杯子。那是一只真正的茶杯，是研究所发给他的。

他想起了一部小说中的一个叫范进的人物。然后又想起了孔乙己，那是另一个小说中的人物。他没有达到他理想中的位置，但他并不缺乏想象力。这是他读了很多书的缘故。

他一路上好像都在笑。

他把他带去的资料和书又搬回了他原来的办公室，开始写他的一部专著。他给这部专著起的书名是：《中国城市化的道路》。

第十五章

大水的信

大水给安达写来了一封信。

他说他的信是在滨海市他的小诊所写的。安达被隔离审查后，他又开始了流浪生活，流来流去，又流到了他曾经待过的那座矿山，在那儿落住了脚。那儿的人不嫌他没有行医执照。只要能躲过民兵小分队，他就可以行医看病。找他的都是矿工和他们的家属。

他说："我给他们看病，他们给我吃饭。"

他说："在遥远的异乡，我常常想起我们的过去，我们走过的路。我们都以革命者自居过。我给母亲说自古忠孝不能两全，你儿子要把一生交给革命，你只能过平常的日子，说得很悲壮。现在，母亲确实过着平常的日子，儿子却没能成为一个革命者。这几年逝去的党和国家的领导人不少，每一次听到悼词中的无产阶级革命家忠诚的共产主义战士一类词句，我就感到羞愧。"

他说："粉碎'四人帮'以后，我以为我的问题可以解决了，没想到我又被当做流窜的'四人帮'分子抓了起来。我绝了五天食。他们没查出什么，又放了我，但矿山却待不成了。"

他说去年学校给他落实了政策，可对他来说已没有任何意义。他说他不想回来。他说他走的时候给林英这么说过。他心一横，就去了滨海市。他在那儿租了一间房子，给人看性病谋生。

他说："请别笑话我。我现在只想挣钱。我想让母亲和我自己能过得稍微像样一点。我已经三十多岁了。母亲还没花过我一分钱。"

他说他现在刚刚开始。他还说了很多很多。他说他不能再说了，因为来了一个病人。他说现在找他看病的人得的都是不太光彩的病，但对他来说，他们都是他的衣食父母，他得好好地服侍他们。

葛治文对房产的捍卫

李梅想结婚却找不到房子。她找葛治文协商过几次。李梅说你看他非要催着我结婚。葛治文说他是谁？李梅说来过几回的那位你见过的。葛治文说噢噢到底憋不住了。李梅的脸扑拉一下红了。葛治文说别脸红咱是做过那事的是过来人憋不住也是正常的。李梅的脸更红了，但李梅还是给葛治文赔着笑脸。

李梅说："你听你说的你还是写诗的把话说得那么粗。"

葛治文说："说粗话和写诗并不矛盾。说粗话有利于把诗写细。这就叫相得益彰。"

李梅说："你说得太高深了我就不懂了我想让你同意我和他在这间屋里结婚。"

葛治文说："你和谁结婚我不管我不是你的家长但我是这套房子的家长我不能同意你们在那间屋里结婚。你等着吧等我什么时候同意了我就告诉你。"

李梅说："你就同意了吧你看我找过你几次了。"

葛治文说："你不嫌麻烦就继续说嘛。"

李梅好长时间没再找葛治文协商。葛治文以为李梅还会找他的。他看李梅不再提说这件事，便有些纳闷，然后，就提高了警惕。那天，李梅领着两个小工抬着一面大穿衣镜回来了。穿衣镜上写着"喜"字。李梅说别急我先开门。

李梅一打开门就愣住了。

葛治文在门里边站着，像一尊兵马俑。他看见了那面穿衣镜和抬着它的两个小工。他立刻伸出一条腿，蹬在门框上，拦住了进门的路。

李梅说："你让开点让我把东西抬进去。"

葛治文说："你进来可以但东西不能进，尤其是这一类让我反感的东西。"

葛治文说："你还能得不行，把婚结到我家里来了。你还有没有一点道德感？"

李梅知道她和那两个小工是无法把那面镜子抬进去的。李梅给两个小工付了工钱，让他们走了。

李梅说："我进去可以吧？"

葛治文说："你是可以的。"

他收起腿，放李梅进去了。一会儿，李梅从她住的那间屋里拿出一副新婚对联，往屋门边上贴着，贴好上联，然后贴下联。

"嘶"一声。葛治文很利索地撕下了李梅贴好的上联，扔在了地上。李梅看了一眼葛治文，继续贴着下联。贴好了，又捡起地上的上联，再贴。

"嘶"又一声。葛治文又把下联撕掉了。他得意地看着李梅。他甚至抖了几下腿。

李梅说："你这是干啥？"

葛治文说："你这是干啥？"

李梅说："我要结婚。"

葛治文说："滑稽。"

李梅说："你不能不让我结婚吧？'

葛治文说："可笑。"

李梅说："可笑的是你。你以为你撕了对联拦住家具我就结不了婚了是不是？"

葛治文说："我拦的不是你结婚。我拦的是你在我的屋里结婚。明白了吧？"

李梅说："我又不多占地方，和过去一样，客厅和卫生间公用。就是屋里多了一个人。"

葛治文说："问题就在多的这一个人身上。我和你念的是我们过去的旧情。我和他没任何关系。他和你过日子，在我的眼皮底下，在我的房间里过日子，我受刺激。"

李梅说："那你也结嘛。咱们两家住一套房子也挺好的，互相还有个照应。"

葛治文说："放屁。"

"咋啦咋啦？"李梅男友回来了。他看看李梅，又看着葛治文。他又领回了那两个小工。"

葛治文不屑于理他。

李梅男友说："不让进是不是？"

李梅点点头。李梅男友掏出一盒纸烟，抽出一根递给葛治文，说："老葛先抽根烟，有话好说。"

葛治文说："我不认识你。"

李梅男友愣了一下。然后，他躁气了。把那盒烟塞进衣兜里，给两个小工说："往里抬。"

葛治文一动不动。小工也没动。

李梅男友说："让进不让进？"

这回，葛治文懒得和他说话了。

李梅男友说："别弄得不好看了我说。"

葛治文很快从他的小屋里拿出一把小铁锤，又拦在了门口。

李梅男友说："想打人啊？往进抬，让他打一下试试。"

没等两个小工把那面穿衣镜抬到门跟前，葛治文的小铁锤已砸了上来。一阵清脆的响声后，那面穿衣镜的玻璃就成了碎片，纷纷跌落。穿衣镜成了一副空洞的框架。

李梅男友急眼了，吼叫了一声，朝着葛治文扑打过去。他们互相踢打着，厮扭着。葛治文不是李梅男友的对手，他手里的小铁锤很快就被打到了地上。但他很顽强。他在经受众多的击打的间隙，也能给对方一拳或者一脚。

李梅害怕了，哭叫着让两个小工拉架。

活不下去就另想个办法

安达知道葛治文和李梅男友打架的消息的时候，葛治文已经住进了医院。是李梅告诉他的。她让安达看着葛治文。她说发生这样的事她很难过。她说她没想到他们会打架。她说你不去看他就没人看他了他在医院挺可怜的。

葛治文的头上缠着纱布，脸上抹着紫药水。安达没觉得他有多可怜但他的面目实在不雅观。

安达说："打得这么厉害啊。"

葛治文说不全是被打伤的也有玻璃片划伤的。葛治文说我当然打不过他但打不过也要打。他说他们要死狗不讲道理。安达说你就让他们先住一段时间不行？

"不行。"葛治文说，"我咋能让他们在我的房子里结婚？我已经告到法院了。"

安达叹了一口气，不吭声了。

葛治文说："我想不通。生活咋变成这个样子了，嗯？我咋想也想不通。"

安达说："李梅都给我说了。他们也是实在找不到房子。租吧，没钱……"

葛治文说："我说的不是他们，是我。是我自个儿，是生活。"

安达说："这不像你写诗，也不像我写论文。我也是一脑子官司。工资吧，没几个钱，写书吧，谁知道能不能出版。要不是李正家有房，我连李梅可能还不如呢。"

葛治文说："你在北京好好的，为什么又跑回来？这我也想不通。"

安达说："这就更说不清了，我也不想说。"

葛治文说："我们厂快发不出工资了。你是研究经济的，大小也是个专家，你说这是个啥问题？"

安达说："这不是一句两句能说清的问题。你先好好养伤，出了院咱再说。和李梅的事最好商量着办，毕竟夫妻一场。"

葛治文说："弄了半天你是给李梅当说客来了。事情没出在你身上别说话不害腰疼啊。"

葛治文很快就出了院，一出院就去安达的办公室找了一趟安达。

葛治文说："我脸上的伤好了可我的心又被人撕扯烂了我他妈的怎么这么倒霉！"

安达问他怎么回事。他说他的女朋友和他吹灯了分手了拜拜了。他说就是那个小王。

他说："狗日的她认识了作家协会的一个诗歌编辑，还是我领去的，他们勾搭在一起了。我发现苗头不对，就去问她。你猜她咋说？她说我们还是做好朋友吧我和你结婚会成为你的负担你养活不了我。这不是放屁吗？这比放屁还可恶。她把她对我的背叛说成对我的关怀和爱护了。呸！"

他激愤地朝地上吐了一口。

安达说别生气她并没真心爱你别难过。

葛治文说："可我爱她啊。你说别难过我就不难过了？我是打算和她结婚的。"

安达说人家没这么想你不能硬拉着人家和你结婚啊。

葛治文说："给我出版诗集的事也吹了。狗日的让我白兴奋了两年。她的那位亲戚说诗集卖不出去出版社要赔钱。他狗日的过去咋不这么说？真他妈的不要脸。不要脸！呸！"

他又朝地上吐了一口。

安达说："也许人家说的是实话。你看我这些稿子，还有我们研究所的几个老研究员，辛苦几年写出的学术专著也找不到地方出版。"

葛治文说："人心变了，世界变了，变得我一点也不明白了。"

安达说现在是转型时期出现这种现象也正常。葛治文说没人读诗读学术著作也正常？正常个辣子！他好像要和安达吵架一样。

安达说："过一段时间就有人读了。"

葛治文说："一段时间是多长？在你说的这一段时间里我这种人还活不活？"

安达说："你别这么冲，我和你也差不多啊。活不下去了就想个办法……"

葛治文说那你先给我想个办法。

　　安达拿出了大水写来的那封信让葛治文看。安达说大水该比咱们难吧？可大水还不是活着。葛治文看了大水的信，说："你该不是动员我去滨海和大水一样给人看性病吧？我就是想看也没那个手艺啊。"过了一会儿，又说："他妈的去就去我现在和他一样了天不收地不管光棍一条我找他去。"

　　安达说："先给他写封信问问情况。其实去沿海闯一闯未必就不是一条出路。先停薪留职，不行了再回来。"

　　葛治文说："你动员我去你咋不去？"

　　安达说："我比你能忍耐。我还想坚持。"

　　安达觉得他说得太压抑了。他想轻松一些，又说："我也不像你和大水是光棍啊。"

　　几个月以后，葛治文终于下了决心。他买了一个大提包，把要带的东西全部塞了进去。然后，他从他的那间小屋里走出来，敲开了李梅的屋门。

　　李梅没有结婚。他们想来想去还是没有结婚。他们在努力找着房子。

　　李梅打开门，看见葛治文比往常整齐了许多，脸上的表情还带着腼腆，就有些疑惑。

　　葛治文说："想和你说几句话，行吗？"

　　李梅说："行，行啊。"

　　葛治文说："在哪儿说？"

　　李梅说："哪儿都行。"

　　葛治文朝李梅的屋里看了一眼。

　　李梅说："那就进来说吧。"

　　李梅把葛治文让进了屋里。葛治文看见屋里的摆设和过去完全不一样了。他有了一种难以言说的感慨。

葛治文说："变了。"

李梅说："我不是故意的。"

葛治文说："我没责怪你的意思。我也没这个资格。你应该有新的生活。"

李梅说："喝水不？"

葛治文说："不。"

李梅说："吃糖。"

葛治文剥了一颗水果糖，放进嘴时哑了几下，然后嚼碎咽了下去。

葛治文说："李梅。"

李梅说："嗯？"

李梅看着葛治文的脸。

葛治文说："你和他结婚吧。就在这儿结，我不拦你们了。"

李梅有些吃惊了。

葛治文说："我想开了，咱们好坏夫妻一场。过去那么做，不该，也没意思。对不起。"

李梅说："是我对不起你。我实在也是没办法，他催着要结。我原想给你说说，等有了房子就搬走，没想到……"

葛治文说："没关系，你们住吧。别记恨我。其实我也不是很坏。"

李梅说："这些天，我觉得你越来越好了。我不是给你说好听的，是真心话。我还给他说过。他也觉得你不坏。"

葛治文："祝你和他幸福。"

李梅说："谢谢你。"

葛治文掏出两把钥匙，说："这个给你。"

李梅又疑惑了，不敢接。

葛治文说："来个客人，就住我那间。"

李梅说："你呢？"

葛治文说："我走啊。"

李梅说："走哪儿去？"

葛治文说："很远。"

葛治文伸出手说："再见。"

他握住李梅的手。然后，他从那间小屋里提出那只大提包，要走了。

李梅突然叫了一声："等等。"

她一直看着葛治文。她看见葛治文真的要出远门了，就叫住了他。她回到屋里，拿出五百块钱，递给葛治文。

李梅说："你拿着。这是我自己的。"

葛治文说："谢谢。"

他没要李梅的钱。他给李梅笑了一下，转身出门了。李梅看着手里的钱，眼睛突然有些发酸。她追了出去。

葛治文已快走到巷口了。李梅能听见他越走越远的脚步声。她流泪了。

安达买了一张站台票，一直把葛治文送到了站台上。火车还没开，他们就在站台上说了一会儿话。

葛治文说："你坚持着吧。我坚持不住了。我佩服的就是你能坚持自己的那股劲。"

安达说："说不定哪天我也坚持不住了。"

葛治文说："我们总想改造世界，回头一看，世界已把我们改造得面目全非了。"

安达买了几本企业家的传记，让葛治文闲时翻一翻。他说："也许对你有些用处。"

葛治文有些哭笑不得，又为安达的心意感动。他把那几本书塞进了提包里。

铃声响了。他们握了一下手。葛治文跳上了车。火车很快就开动了。

安达说："给大水问好。"

葛治文说："保重。"

列车从安达的身边向前移去着，越来越快。

远了。像风吹走了一样。

安达不太回家的两个原因

安达没想到他会和女儿佳佳生气。

那天吃午饭的时候，佳佳不在饭桌跟前坐她要坐在一边，边吃饭边看电视。姥姥说先吃饭想看电视吃完饭再看。佳佳说看电视不影响吃饭。姥姥说这种习惯不好。佳佳不动，没听见姥姥的话一样。安达看李正不管，就过去关了电视机。佳佳直着眼，一直看着安达走回饭桌，委屈得眼泪水在眼眶里直打旋儿。她已是三年级的学生了。她感到她爸很粗暴地伤害了她的自尊心。她爸看也不看她一眼，根本就不知道他做了一件什么事情。她有些愤慨了。

她说："不看就不看，不就个破黑白电视机，我们同学家全换彩电了，神气啥。"

安达很吃惊佳佳会说出这种话来。他看着佳佳。佳佳并不惧怕，迎着他的目光，说："怎么啦？不相信到我同学家看去。"

安达又被噎了一下。

姥姥说佳佳不许这么和爸爸说话。佳佳不再说了，坐到了饭桌跟前，把饭碗使劲蹾了一下，低头吃饭了。

李正本该说佳佳几句的，可李正没有。

安达就憋上了气。他想说什么，又没说。他很快吃完碗里的饭，放下筷子要走。岳母说星期天还去单位啊？他"嗯"了一声。李正感觉到安达生她的气了，说："哪个星期天在家待过啊？"

安达已出去了，"嘭"一声拉上了门。

安达不太回家是因为要赶写那本书稿。一家出版社同意把他的书稿列入一套丛书出版，条件是不收书号费也不发稿酬。这已是很好的结果了。他相信他的书稿只要能出版就会引起应有的重视。他说我写书不是为了稿酬为稿酬我就不写这本书了。出版社的人说我们出这套丛书就是因为敬佩你们这种人的敬业精神。他们给他规定了交稿日期。他想写完书稿后再修改一遍，所以得抓紧时间。

安达不太愿意回家也因为李正给他提出的一个令他难堪的要求。李正不认为有多难堪，但安达觉得难堪。那天晚上他和李正做爱的时候，李正从枕头底下拿出了一盒避孕套。李正说咱得小心一点，我已经做过两次流产手术了难受死了。她取了一个要安达用。安达是第一次看见那种东西。他把它拿在手里看了很长时间。他不想用。他说这种东西我见也没见过能不能不用？李正说我是想了好久才去计划生育科要来的你不用出了事我又得去医院受罪。她说你就当对我的体贴行不行？安达难堪了。安达说这——这——这把做爱弄成啥了我实在难以接受。他说你让我套这个东西我肯定不习惯。李正像哄小孩一样，李正说慢慢会习惯的你要觉得不好意思我给你套，你要还觉得不好意思你就闭上眼睛。安达说不要不要我自己来吧。安达试着用过几次都没有成功，一用那东西他就没了做爱的能力。安达说我确实想体贴你可我没办法我有心理障碍。安达很沮丧。安达说咱能不能另想个办法。李正好像比安达还要沮丧。

李正说你是天生的自私不想自私都不行那就只能在安全期做了。安达说那就在安全期吧。就这么，他和李正本来就很有限的愉悦受到了安全期的限制，安达回家的次数就少了一些。

李正的本意是想多和安达在一起，要贴近安达一些，没想到适得其反。但她还和过去一样，依然关怀着安达，也为安达着急。他知道安达正在赶写他的书稿。她觉得安达很苦。安达有时候忘了吃饭时间，她就去办公室叫他。安达从书稿上移过来的目光总是疲倦的。

她说："你看你成啥了。"

安达说："噢噢是不是该吃饭了？"

她说："你看几点了？"

安达看着表：说，"噢噢。"

李正又生气又心疼。她也问过安达。

她说："你整天这么写到底为了个啥？"

安达说："为了把它印成书。"

她说："印成书又能咋？"

安达说："印成书就能给人看了。"

她说："那又能咋？"

安达说："你这不成了三岁时候的住住了？"

她说："能印出来吗？"

安达说："不知道。我是写书的，不管出书。写不写是我的问题，出不出是他们的问题，我不管，也管不了。"

她说："出了书也不给你钱。不挣钱还劳累人。你不能写点挣钱的？"

安达没说辞了。他感到要回答李正的这些问题很费劲。

书稿的结局

安达终于写完了他的那本书稿，那本名之为《中国城市化的道路》的学术专著。它标志着他的学养素养和他的智慧。他把书名写在了一页稿纸上，在书名的下边写上了他的姓名。他又写了一份著作者简介，写上了他的学衔和学术职称，放在了第二页。书稿太厚了，他只能把它分开，分装在两个硬纸袋里。然后，他在办公室的那张小床上躺了一会儿。他知道他很累了。虽然他不觉得累，但他知道他是很累了。

然后，他提着那两个硬纸袋，去了出版社。

他把书稿从硬纸袋里取出来，合在一起，放在了编辑的办公桌上。

他说："终于写完了，剩下的是你的事了。"

编辑很热情，给他倒了一杯水。编辑说是啊是啊我正想找你呢。他把水杯递给安达。

安达说："有新的选题了？"

编辑说："旧的也不成了，还敢有新的。你先喝口水，听我说。"

安达没了喝水的心思。他有了一种不祥的预感。他警觉地盯着那位编辑。

编辑说："我们这套丛书要下马了。"

安达说："为什么？"

编辑说："征订单回来了，订数只有八百多册，总编不让出了。"

安达说："我们是说好的啊。"

编辑说："是啊是啊，可订数太不争气了。出版社亏损严重，总编害怕了。这类书越来越没市场。总编让我和你商量一下，不知你对股票有没有研究？你写一本股票指南一类的书，肯定有销路。如果你愿意写，我们可以把这本书搭上一块出版……要不，就只能按退稿处理，退稿费是三百块钱……"

安达一脸鄙夷，很快又一脸气愤了。安达说你不感到你们总编有些流氓吗？

编辑很有涵养，他不生气。他说："没办法，逼良为娼。这就是市场经济。我们上个月就没奖金了，现在正组织人写一套《中国情人潮》……"

安达听不下去了。安达放下了茶杯。

安达说："流氓。"

他转身要走。编辑说安先生你把你的书稿拿走。他这才想起他的书稿还在编辑的办公桌上。他把它又装回那两个硬纸袋里。

编辑说："有女不愁嫁也许其他出版社……"

安达说："流氓。"

他提着那两个硬纸袋离开了出版社，回到了他的办公室。

他突然不知道做什么了。他不停地抽着烟，看着桌子上的那两个硬纸袋。

他一直坐到了天黑。

他把它们又提回家了，放在床头柜上。他坐在床边，点了一根烟吸着。他突然感到他很滑稽。他不知道他为什么要把它们提回家。他把它们提回家是想给李正说点什么呢？他感到这种想法很滑稽。

李正说老是回来这么晚让人给你留饭凉了要热吃了还要洗涮。李正要去给他热饭。他说你别热了我不吃。李正说嫌我啰嗦了是不是？他说不嫌你啰嗦你睡吧。李正说嫌我啰嗦就回来早一点。他说我回不来早。李正说那就别回来省得人为你操心。他站起来看了李正一眼。他突然觉得李正很烦人。他觉得呆在这间屋子里也很烦人。他把那两个硬纸袋夹在胳肢窝里，走了。李正说这么晚了你要去哪儿？

他说："办公室。"

他确实去了办公室。那两个硬纸袋又放在了他的办公桌上。它们本来要印成书的。

没有。它们是两个硬纸袋。

一股莫名的愤怒在他的身体里窜动着。

他突然产生了一种破坏的欲望。

他伸出胳膊，朝办公桌上扫过去。满桌的东西跳了起来，落了下去。

墨水瓶碰在了墙壁上，碎了，给那里染上了一块污迹。书和资料卡片纷纷飘落着。最后落下去的是几页零散的稿纸。

那个硬纸袋也到了地上。

他踩过它们，拉上了办公室的门，他到车棚里推出了他的自行车。

李正看见他骑着自行车走了。他一出家门，她就有些后悔。她知道他没有吃饭。她想去办公室把他叫回来。

她就看见了他。

她以为他是回家去的，就没叫他。她回家没见到他。她等了整整一夜。

他没有回来。

破坏与倾诉

安达去了林英那里。

他没处可去的时候，他就去林英那里。他没有别的想法，就想和林英坐坐，看林英画画，或者和她说几句什么。

但这一次，他想做什么了。他敲着林英的门。他说林英你开门我是安达。他一进屋就把林英抱了起来。林英被吓坏了。林英说安达你怎么啦你为什么要这样？他不说话。他把林英抱到了床上。林英挣扎着。林英紧紧地守护着自己。林英透不过气来了。林英说安达你出什么事了你起来你别这样。他不起来。他很粗暴。他要做他想做的事情。他说林英我要你我今晚一定要做我想。林英说安达我愿意让你做可我不能这么给你这是折磨我啊……

林英突然放松了自己。

林英的眼睛里涌满了泪水。

安达愣住了。他看着不再挣扎的林英。他感到他浑身没了一点力气。他颓丧地坐在了床边上，捂住了自己的脸。他感到一种揪心的痛苦。

他说："对不起……"

林英整理着被弄乱的衣服和头发。整好了，她坐在了安达的跟前。

林英说："到底出了什么事？"

安达说："没有。我没吃饭……"

林英说："我给你做点吃的。"

安达说："不。我不饿。我心里很苦。对不起……"

林英不再问了。她把头靠在了安达的肩膀上。她看着什么地方。

她说："我也苦……"

她好像在给自己说话一样。

她说："你知道我爱你。在下乡的时候就爱你。我没说过，可你是知道的。你结婚以后，我告诉我让我别再爱你了，我做不到。我一直记着我们在金鱼湾水库的那个晚上。你去北京以后，我以为我再也见不到你了。我很后悔我拒绝了你。你回来了，我为你难过，又暗自高兴。我知道你在这座城市，我心里就踏实。我知道只要你在这座城市里，你就会来看我。我愿意和你做任何事情，因为你想做的我也想。可我又害怕。我怕影响你的生活。肯定会影响的。你和我不一样。你不是一个人，有李正，还有佳佳。一想起她们，我就会心疼。已经这样了，总得有人苦的，那就害我一个人算了。我一直就是这么想的，所以……如果你想做，你要觉得好，安达，你就做……"

安达摇着头。他不敢看林英。

林英说："我答应你了，你做吧。"

安达坐不住了。他突然站起来，拉开门冲了出去。

林英没动，在床上坐着。

林英留下了一封信

安然找到安达的办公室的时候，安达正在整理着他扫在地上的那一堆东西。他已冷静下来了。他看见安然来了，有些诧异，因为安然很长时间没来了。安然动不动就腿疼。

安达说："你咋来了，腿不疼了？"

安然说：“你先把你的那些破东西放下，我有话要和你说。”

安达看见安然的脸色有些不对。

安然说：“你是不是督乱人家林英了？你别给我瞪眼你那点心思我清楚。你早干啥去了。”

安达说：“少管我的事啊。”

安然说：“嫂子找到我跟前了，说她昨晚看见你出去了，一晚没回来。我没和嫂子说，可我一猜就知道你去哪儿了。”

安达说：“你是胡猜。我啥事也没有。你也别把林英往坏处想。”

安然说：“那就把心收了去，好好跟嫂子过日子。你也太自私了。你说你弄这些东西有啥用？你把一个家扔给嫂子一个人你就忍心？我给嫂子说了，让她把你这些破稿子撕了去，要不一把火烧了去……”

安达说：“你咋能说这话？”

安然说：“我咋就不能说这话？”

安达说：“为了这部书稿我熬了两年四个月零六天，每一个字都是我的心血。我就是弄这个事情的，靠它活着的。没用？都说没用。我也这么说。那就撕吧。也确实没用了，原来说好要出版的，又变卦了，嫌它不赚钱。安然，你知道你哥的心成啥了？成他妈一堆烂肉了。撕吧，都在这两个硬纸袋里装着。撕吧，我自己撕。”

安达真从硬纸袋里掏出那部书稿，用力撕着。太厚，撕不动，他就取出一小叠，一下一下撕着，把它们撕成了许多小纸条。

安然瞪大了眼睛，看着安达。安达又取出一小叠要撕。安然拦住了他。

安然说：“哥，你别撕了……”

安达和安然兄弟俩互相看着。

安然说：“我只说一句，别害了嫂子，又害了林英……”

安然走了。

安达仰起头，长呼着气，似乎要把闷在胸腔里的一切全呼出去一样。

没多长时间，安达接到了林英的一封信。

林英说："我原以为只要我爱着你就行了。但我还是坚持不住了。我不能在这种生活里苦熬了。我想寻找另一种生活。"

她说她弟小东结婚了。小东本该早结婚的，因为她，就一直拖着，拖不下去了。她说她把她在家的那间大屋子腾给了小东。她给小东买了一对枕头。

她说她又去了一趟金鱼湾。水库的水依然那么清净，依然铺着一层太阳光。她说他们曾呆过一晚上的那孔窑洞住上了一户人家。她看见一位年轻的女人一手抱着孩子，一手给窑门外边的炉子上添加着蜂窝煤。她说她看了那个女人很长时间。

她说她还去安达的单位了。她在外边站了一会儿。她知道安达在办公室。她没有上去。

她说："安达，我走了……"

后来，安达知道林英也去了滨海。那时候许多人都想去那儿，想在那儿找到好的将来。

安达有些放心了。他想林英会去找大水和葛治文的。他们会照顾她。

第十六章

崭新的葛治文

安达把他撕成纸条的那部分书稿又一页一页粘在了一起。他觉得它们很难看，就把它重新抄了一遍。他没有放弃出版这部书稿。他写了一个内容提要，把它们复印了十几份，寄给了十几家出版社的理论编辑室，然后，等待他们的回音。

他和李正过了一段平实的日子。他们恢复了以前的做爱方式。李正不要求他回避危险期了，也不要求他使用那种让他难堪的套了。李正说怀上就怀上了我愿意去医院难受。

他每天都去办公室。他要看有没有出版社的来信。他还想写另一部书稿。

他又开始做读书笔记和资料卡片了。他给李正说我没办法我只能这么做我不会做别的事情也做不了。李正说做吧做吧谁做什么是命里注定的只要你愿意你就做。

一身新潮打扮的葛治文是突然出现在他的办公室的。他正在作笔记，听见有人敲门。他以为是传达室送信的。

是葛治文。

葛治文说怎么怎么不认识了？

他说你咋这身打扮了确实认不出了你先坐自己倒水我去尿一泡。

葛治文说我不来你还想不起尿吧？

　　葛治文在安达去厕所的时间里把安达的办公室打量了一番。在他的印象里，这间办公室兼宿舍的屋子没这么脏乱差。安达回来了，他又从头到脚打量着安达。一边进门一边系裤子的安达一头乱发，胡子好长时间没刮了，衣服皱巴巴的，很窝囊。

　　葛治文说："好悲惨啊你。"

　　安达说："坐啊坐啊咋不倒水喝？"

　　葛治文说他不想喝水。他把小床上乱作一团的被子往里挪了挪，坐在了床边上。

　　安达说："不怕把你的衣服弄脏啊？"

　　葛治文说不怕。他让安达也坐。他给安达递了一根烟。安达就势也坐在了床上，把他的简易烟灰缸放在了他和葛治文之间。他说怎么样怎么样说说你们那边的情况。

　　葛治文说大水给人看性病挣了一点小钱，然后炒股又挣了一笔大钱。又不知哪根神经开了窍，鼓捣出一药，中药，不知给里边加了什么东西，说是能治病还能强身健体。现在弄大了，拉了几个有钱人入伙，办了一家制药公司，销路挺大的。他说大水不是以前的大水了，和胡传魁的队伍一样，鸟枪换炮了。他说大水还另办了个公司，当老板炒股票和房地产。

　　他说："那地方他妈整个一个冒险家的乐园，一夜之间就可以成为百万富翁，再睡一觉也许又是穷光蛋了。"

　　安达说："你呢？"

　　他说："我不行。我在一家报社打工，挣不了钱，但花的钱够了。胆子太小，也没摸到门路。我要有你的脑子，咳！"

　　安达问他找没找女朋友。

　　他说："天天找，那地方就这一点好。"

　　安达说："正合你的爱好了。"

　　他说："没错。可真正的女朋友还没有。你很难摸清她们的底细。说实在话，交了几个女朋友，觉得没多大意思，有时还怀念跟李梅在一起打打闹闹的那些时候。人真他妈是个贱东西。我把那套房子租给李梅了，回来就是办这事的，顺便也看看你。"

安达说："噢噢。诗呢？还写不？"

葛治文说："不写了，没有时间，也没了那种心情。那地方，成功的标志是钱。狗日的那些漂亮女人都往有钱的男人怀里钻。没办法，钱能增加男人的魅力。"

葛治文走了，安达才想起他没问林英的情况。葛治文也没说。

他怀疑他们没见过面。要见过，葛治文不会不说的。

安然的话

安然的腿疼得厉害，就住进了医院，最后确诊是骨癌。安达和李正被安然媳妇叫到了医院里。安达不相信，向医生问了很多问题。医生瞟着安达，觉得安达很无知。安达只能相信了。他感到他心里有一样什么东西突然一下沉到一个很深的地方。

他说："是不是没救了？"

医生说截肢能延长生命但不能保证他能活多长时间。医生让他们家属商量一下做不做手术，要做医院就会尽快安排。

安然媳妇很害怕，捂着脸只是个哭。安达说别哭了哭也没用到底咋办你得拿主意。安然媳妇哭着说我没主意了你说咋办就咋办。安达说在安然跟前要控制一下别让他知道是癌症。安然媳妇哭得更厉害了。安达有些着急，又没办法不让她哭，只好耐心地等着。

安然媳妇说哥我不哭了咱去病房。

安达说你去洗洗脸先进去。

安达看着安然媳妇去了洗手间洗了脸，然后去了病房。安达的眼睛里也涌出了泪水。他努力忍着不让泪水掉下来。他摸出一根烟点着蹲在一边吸了一会儿，想了一会儿安然过去的样子。他感到过去的安然好像很遥远，是他做梦时梦出来的一样。

然后他扔了烟，踩灭了它。

他们围着病床上的安然。他们尽量做得和前几天围着他说话时一样的轻松。

李正给安然剥了一根香蕉。安然大口吃着。安达想不出他怎么给安然说才能让他同意截掉他的一条腿。

安然咽下了口里的香蕉，说："哥你就别为难了，拐弯抹角地，没话找话说。我知道我这条腿保不住了。你给医生说让他们锯吧。这世界上一条腿的人多的是。"

安然媳妇控制不住了，哭了。

安然说别哭别哭，病害在身上认倒霉就是了。我都没哭你哭啥？你再哭我就以为你嫌弃我是一条腿了。

安然媳妇叫了一声安然，抱着安然放声哭起来。李正也抹眼泪了。

安然拍着媳妇的胳膊说："别哭了别哭了我想和哥说说话。"

安然的眼里分明也噙着泪水。

安然媳妇不哭了。她用手巾给安然擦了擦脸，和李正坐在了安然的病床边上。李正手里拿着安然没吃完的香蕉。

安达拉过来一条小板凳，坐在安然跟前。他看着他弟。他不知道他要给他说什么事情。

安然说话的语气很平缓。

安然说："这几天我躺在病床上没事干，算了一笔账。我从回城进厂到现在，十几年了。我在生产岗位上生产了四千二百万个钟表零件。用它们装成的钟表和手表遍布全国各地，有的还到了国外。"

安然说："我没成才，没干出大事业。可作为一个劳动者，我尽了我的努力。我无怨无悔，有时还能感到一点自豪。"

他说他过去总认为下乡插队那几年吃了苦，耽误了时间，现在他不这么看了。为啥？

他说："我常想起苟良和周志丽。和他们比，我已经够幸运的了。我没有理由怨天尤人。"

他说这几年厂里效益不好，奖金少了，有时工资也发不出来，别人想不开他能想开。

他说："就因为我有那几年下乡的经历，有苟良和周志丽做比较。大江大河都趟过来了，小沟小坎就算不了啥了。"

他说："不就是锯我一条腿嘛。我能挺得住。只是……以后得苦我媳妇了，得照顾我吃喝拉撒。"

他停顿了一会儿，然后，他把目光移到了安达的脸上，说："哥，这些年我没有积蓄。手术费的事得靠你跑腿了。我媳妇不会说话，你去和我们厂领导交涉交涉，得打搅你几天时间……"

李正说："到这时候了你还说这话。"

安然给李正笑了一下，说："我哥时间宝贵。"他还说："嫂子，你要照顾老人和孩子，还要上班，就少来看我，来了也没用……"

说完，他就大口吃香蕉了，吃得很香。

现在的大个李

李正没少看安然。她为安然得这种病很伤心。她把安然的孩子接到了家里。她给安然媳妇说我们都分担一点你好好照顾安然。

她驮着安然的孩子和佳佳回家的时候，碰上一个人正在打听安达。她不认识他。他穿着一身土不土洋不洋的衣服。他说嫂子你不认识我咱们没见过面。他说他是安达插队的那个村上的，他和安达是好朋友安达叫他大个李。李正不知是真是假。李正说安达不在。大个李看李正没有让他去家里的意思。大个李说我好不容易找到你们家了我上去认个门行不行。李正不好拒绝，就让佳佳和安然的孩子在楼下玩，把大个李领到了家里。

李正给大个李让座。大个李说不坐不坐。他打量着屋里的摆设，连饭桌和椅子也没放过。他好像不相信这是安达的家。李正给他倒了一杯茶水。他才坐下了。

李正说："家里没烟。"

大个李说："我有我有。我跟安达在村上共过事。那时候我是民兵队长，安达是知青头儿，我们常在一块儿开会。后来嘛，后来就到了现在。我搞了个建筑队。"

李正很担心楼下的两个孩子，又不能对客人不礼貌，就让她妈去楼下了。她坐在一边听大个李给她说着。

大个李又环视了一下屋子，说："这就是你们的房子？"

李正说："不是。是我妈的。"

大个李说："我就说嘛。太小了。家具也太陈旧了。那你们的家……"

李正说："我们没家。"

大个李"啊"了一声，说："不可能。"

李正说："这有什么不可能的我们没分到房子。"

大个李说："安达不是大学问家吗？没房子？不可能不可能。"

李正没法和他说话了。

大个李说："安达去哪儿了？"

李正说他弟住院了在医院陪他弟去了。大个李说他弟不就是安然吗安然咋住院了啥病？

李正说："骨癌。"

大个李"哟"了一声。大个李说这可是个要命的病我得去医院看看他。

李正心里督乱。她问大个李找安达有啥事？大个李说没事。他说他的建筑队在城里揽了几个活他以后要长期在城里发展了。他说他想买点书看想请安达指点指点。他说我走了我再来嫂子不送不送。

他果真又来了一趟。

大个李敲门的时候，安达刚从安然的厂里回来。他和安然媳妇好不容易把厂长堵在办公室里。厂长给安达诉了一堆苦。厂长说廉价的电子表冲击了市场弄得他们厂日子越来越不好过。厂长说这个厂建厂早离退休工人多包袱很重。安然媳妇又哭又闹。厂长答应出一部分钱，让家属也筹措一部分。厂长说算厂里借你们的等效益好了再还你们。安达不能不同意。安然媳妇嚎啕着走了。厂长一脸爱莫能助的表情。他说他很感谢安达的通情达理。安达哭笑不得。安达说要是不讲理能弄来钱我宁愿不讲理。厂长说谢谢谢谢。安达说谁能解决安然的手术费我就谢谢他一家子。

他把这些都给李正说了。

李正说他们厂再困难也不能看着安然死在医院里吧？安达说他们知道安然做了手术也活不了多长时间活着也是个废人他们算经济

账了。李正很气愤。安达说再气愤也没用我给大水拍封电报看他能不能寄点钱来。

大个李敲门了。大个李背着一个麻袋。大个李说哎呀我可把你给找到了。大个李把麻袋一抖，抖出来一堆砖头一样厚重的书。

大个李说："你看——"

安达不明白大个李为什么要把这么一堆书抖在他家里来。十几年没见他已有些认不出大个李了。

大个李说："这是《四书五经》，这是'资治通——通——'后边这个字我就不念了念错了怕你笑话。"

安达说："你弄这么多书做啥？"

大个李说："读啊。看啊。你媳妇没给你说我来过？"

李正说："我忘了。"

大个李并没介意。他喝了一口李正递过来的茶水，给安达说："都是朋友我也不藏富。从农场回来后，正赶上了改革。我弄了个建筑队，发了，盖了一座两层楼，吃香的喝辣的，可还是没人瞧得起。开始我想不通，后来我想通了。咱有钱可咱没文化。咋办？那就弄文化。我专门弄了一个书房，定做了一排大书柜。就是不知道往上边放什么书。咋办？找安达嘛。这不找上门来了。"

安达说："噢噢这些书都是你买的啊。"

大个李说："没找到你我等不及了，就去了书店。我给小姐说我要买书买好书，我不怕贵就怕不好。小姐就给我推荐了这些。"

安达说你能看得了吗？他说我花钱请人讲啊。他说每天讲一个小时坚持它几年不就能看了？他说这是逼出来的没文化就没社会地位啊。他说这半天光顾说我了你呢你咋样？

安达说："不咋样。"

他问安达每个月拿多少钱工资。安达说一百来块。他说太少了太少了。他说听人说你写文章都是研究改革的，安达点点头。他说这好这好你给咱写文章吹喇叭我们给咱挣钱。

他非要拉安达和李正下馆子。他说你们一定要给我这个面子。他把安达和李正硬从门里往外推。他说这些书先放你这儿走走。

他把他们领到了一家新开的饭店。

大个李给安达和李正叫了满满一桌子菜。大个李说吃吧吃吧我整天请一些不愿请的人吃饭请你们我心甘情愿。他已经满嘴油光了。他说我见了朋友就话多嫂子你别放筷子安达我再问你一句话你除了写文章还做啥？

安达说："我就会写文章。"

大个李说："你能不能给我写一篇让我在报纸上露一下脸我给报酬。"

安达说："我写不了你说的那种文章。"

大个李说："骗人。大学问家，把北京的奖都拿了还有不会写的文章？"

李正说："他现在哪有心思写文章啊。安然在医院等着做手术，正愁没手术费呢，你不是有钱嘛，给安达帮帮忙吧。"

安达盯了李正一眼。李正装着没看见。

安达说："李正你这是干啥？"

李正说："朋友嘛。"

大个李说："嫂子说得对。安达你别看你有学问，可嫂子比你懂人情。没说的，包在我身上了。"他想起了过去的事情。他叫了一声安达，说："我对不起安然，也对不起你们。安然打过我，把我送进了监狱，现在看，倒是成全了我。所以，我一定要帮这个忙……"

那天晚上，安达好长时间睡不着觉。他直着眼在床上躺着。

李正说："不是给大水拍电报了嘛。那个暴发户也答应帮忙，就别想了。"

安达说："我在想他说的那些话。"

李正说："我看他挺能吹的。"

安达说："也不全是胡吹。我是搞经济改革研究的，经济改革改变了许多人的命运，可没改变我多少。我又有了刚从农村回城时的那种感觉。我感到我好像又被晾在岸上了……"

李正说："睡吧，明天还要去医院。"

李正睡了。

安达还直着眼。

他背走了装着文化的麻袋

医院给安然安排好了手术时间，安然却不做了。安达李正和他媳妇怎么说，他都是一句话：不做。再要说，他就把头扭到一边，谁也不看了。他一定知道了什么。

安达说为什么为什么你前几天说好的。

安然说前几天是前几天现在我改变主意了。

安达说手术费我已经凑齐了你不用担心。

安然说不是手术费的事你别再说了。

安然媳妇说我不嫌你一条腿我买个轮椅推你一辈子我求你能听咱哥的话。

安然看着满脸泪水的媳妇，声音变得柔软一些了。他说："管好你和孩子。万一我死了，你就找个人改嫁，别硬苦着自己。"

安然流眼泪了。

大个李就是这时候走进病房的。他领着一个跑腿的。跑腿的抱着一个纸箱。

大个李说："安然，听说你住院了，我来看你。我给你带了点东西。"

安然好像认不出大个李了。他迷茫地看着他。大个李让跑腿的打开纸箱，把里边的水果糕点罐头一大堆东西一样一样摆了出来。

大个李说："这是我的一点心意。"

安然的眉头皱了起来。

安然说："谁让你来的？"

大个李说："我自己要来的。你遇到大难，我不能不管。听说你做手术没钱，我就更应该来了。安达，你说是不是？"

大个李掏出来一叠钱放在安然的床头柜上，说："这是一万块钱，你先用，不够了让你哥找我。现在不是当年了，咱有钱了。咱要做金钱的主人，不做金钱的奴隶。安达，你说是不是？"

安然说："你把你的钱拿上走吧。"

大个李愣住了。安达和李正安然媳妇都愣了。他们看着安然。他们看见安然涨红了脸。

大个李说："为啥？安然……"

安然突然爆发了。他抓起那一叠钱朝大个李甩了过去。纸币"哗"一下飞开来，落得满地都是。

安然吼了一声："出去！"

他们都被安然的吼叫吓住了，一动不动。

安然又吼了一声："出去！"

安然对跑进来的护士说："让他出去。"

护士对大个李说："你走吧他出了事我们要负责任的。"

大个李很狼狈，不知该怎么往出走。护士往外推着他。大个李要哭了一样。

大个李说："安然我知道你记恨我，我不怪你。过些天我再来看你……"

安达感到安然太过分，又不能说安然，便跟着大个李一块儿出去了。

跑腿的满地拾着飘落在地上的钱。

安然问李正是谁让大个李来的？是不是我哥？李正说安然你别生气是我的错。安然不再说什么了，闭上了眼睛。

安达把大个李领到了家里。他想替安然说声对不起，又觉得不合适，所以没说。

大个李一本一本往麻袋里装着他买的那堆书。安达帮他一块儿装着。

大个李说："安达，我不怪安然。"

大个李说："我有错。我已经受过惩罚了。"

大李个说："可我不能一辈子把我那时候的错背在脊背上过日子。那时候年轻。你们知青一来村上，我才知道还有一种人和我们农村人不一样，比我们农村人好。我一定是鬼迷心窍了。我想沾沾周志丽，就犯了大错。我在劳动农场听说周志丽死了，心里很难过，就自己扇自己的耳光，把脸都扇肿了……后来，我就下决心改造。这些年我挣了些钱，可还是没人能瞧得起。做个人可真难……"

大个李说："我想帮你，帮安然，是真心实意的，不是耍派头摆阔。我给人耍过派头，可在你和安然面前没有。"

大个李说："我走了。我想给你留句话。我觉得你们活得比我难。你不行了也想办法弄点钱，把生活弄好了再踏踏实实地做学问。"

临走的时候，大个李伸给安达一只手，说："安达咱握个手，让我高兴一点从你家的门里走出去。"

安达看着大个李。大个李的目光诚恳得有些可怜。

大个李说："周志丽和苟良的墓已经重修过了。我找人修的。"

安达突然有些感动了。他握住了大个李的手。他听见大个李的声音有些发颤。

大个李说："谢谢你……"

大个李背着麻袋走了。

安达一直把他送到了巷口。

安然还是被推进了手术室。

是安达把他推到手术室门口的。

他被锯掉了一条腿。

城墙上

安达怀疑大水是专门为安然的事回来的。大水不承认。他说他回来是想和医药公司联系卖他的药。他说当然回来了我就得看看安然，也看看你。他们一起去了医院。手术后的安然给大水做出一个微笑，握了握大水的手，让大水很辛酸。

然后他们就去了大水住的那家宾馆。

大水说他没想到安然的病会这么重。

那天下着小雨，房里很闷。安达去洗漱间冲了冲脸。大水说你干脆冲个澡这里一天二十四小时有热水。安达说我不冲我已经十几天没洗澡了习惯了。

大水知道安达没有冲澡的心情。他觉得安达很落魄。他从来没见过安达有过这种落魄。安达在硬挺着。他想安达这么硬挺着没有必要，他这么想安达的时候也有些辛酸。

安达从洗漱间出来时，看见茶几上放着一叠钱。是大水刚取出来的。

大水说："这点钱你拿着，给安然办理出院的手续。"

安达苦笑了一声。安达说他出不了院他活不了几天了……

大水说："那就给办后事。"

他们喝了一会儿茶。安达不时地看着窗玻璃上涂抹的雨水。安达说屋里太闷了我冲了把脸还是觉得闷咱出去走走吧。大水说外边正下雨咱去楼下咖啡厅坐坐那儿宽敞。安达说我就想在雨里走走。安达说你要嫌下雨就在咖啡厅等我一会儿我走走再回来。大水说走吧咱一块去雨里。

他们就去了雨里。

他们上了城墙。就是他们许多年前在墙根下说过话的城墙。

城墙很宽，能并排开过几辆大卡车。

雨还在下着，更大了一些。雨水刷净了城墙上平整的砖头。他们踩着雨水和砖头走着。安达不时地扬起脸，让细小的雨点在他的脸上摸弄着。

他说："其实雨水滴在脸上挺舒服的。"

他说："过去也在雨水里走过，却没有这种感受。"

他看见大水身上考究的西服被雨水淋透了，头发也全贴在了头上。

他说："让你这么狼狈，你不会怪我吧？"

大水说："你啥时候学会贫嘴了？"

他说："从小就会，只是一直没贫过，所以你误以为我不会贫。想贫了谁都会的。"

大水说："这倒也是。"

他们又走了一会儿。然后——

安达说："你的钱算我借的，以后还你。"

大水站住了，歪头看着安达。

安达说："我知道你不在乎这点钱，但我在乎。我一定要还你。"

大水说："你拉我到雨里来就是为了说这句话是不是？"

安达说："拉你出来的时候没想，只觉得心里发闷。现在想说了。"

大水说："你的心情我能理解。我也是从没钱处过来的。你拿别人的钱感觉不好，可自己又没钱解决需要钱去解决的问题，处在一种两难境地，你就不可能找到一种好的感觉。"

安达不吭声。他不否认大水说得有道理。

大水说："你想过没想过改变一下你的处境。比如说……"

安达说："你别说了，我没法改变。"

大水说："山不转水转。别把话说死嘛。"

安达说："我知道你想拉我下海。"

大水说："为什么就不能下海？为什么非要把自己拴在一棵树上吊死？为什么就不能换一种活法？当教授搞研究写文章又能怎么样？高雅？贵族？高人一等？说心里话，我不怀疑我们过去的热情。可我们给自己设置的人生目标到底有多么高尚？说穿了，我们是一批满怀革命热情的野心家。我们总感到我们是人物是精英，我们肩负着人类的使命。其实我们没我们想的那么重要。人类的使命也不是某几个人或者某一群人能担负得了的。皇帝可以，毛泽东可以。可现在没有皇帝没有毛泽东了。"

大水说得有些滔滔不绝了。他还说："一个连自己的命运都不能主宰，甚至连日子也过不下去的人，是没有力量去影响社会的。你现在就是这种人。"他说："你别嫌我说话难听。你骨子里瞧不起下海经商的人。你放不下你那一点文化人的臭架子。其实你也瞧不起文化人。你敢说你能满足于一辈子搞研究写文章？你想做的是另一种人，那种站在万人之上对他们指手画脚让他们景仰让历史给你刻一座碑的那种人。你苦苦地搞研究写文章就是为了有那么一天。你，我，我们过去读的那些书都是这么教我们的，教我们只认一种人。不是吗？"

安达说："我现在谁都认，谁也不轻视，就轻视我自己。"

大水说："这是假话。"

安达说："真话。"

大水说好了今天不说了也许我说得不对。大水说我没有非拉你下海的意思有时间了去那边看看散散心。

安达说："你见过林英没有？"

大水说："去过我那儿一次，说是看看我，以后再没见过。对啊，去看看林英也好啊。"

许多天以后，安达一家和安然媳妇安然的孩子在殡仪馆和安然见了最后一面。大个李和他的两个工人抬来了一个大花圈。他在安然的遗体前深深地鞠了一躬。

安达给他姐写信说了安然的事情。他说安然的死对他触动很大。人的生命太脆弱了，说不准哪天就会死。他说他不能像安然那样平庸地度过自己的一生。他说他目前的状况不好，很苦恼……

滨海是个城市吗

大个李有钱了，开始需要文化了。有了文化以后呢？还会要什么？

和流浪的时候相比，大水几乎变成了另一个人，舒展了，也显得有思想了，就因为他有了钱。

"一个连自己的命运都不能主宰，甚至连日子也过不下去的人，是没有力量去影响社会的。"这是大水的话。他没有说错，可他说得还不透彻。社会的变革实质上是权利的再分配。这一次的变革也是。没有经济实力，连说话的权利都会丧失的，就更谈不到其他了。

我没想做一个有钱人，也不屑做一个有钱人，可现在，我必须首先做一个有钱人。和大个李和大水相比，我更需要钱，也更有资格有钱。

安达就这样逐渐理清了思路。和大水通了几封信以后，他给李正说：

"我想到大水和葛治文那儿去一趟。"

李正说："我不同意你下海。咱确实需要钱，可有了钱人没了咋办？"

安达说："我先去看看。"

李正说："大水是没办法才下海的。你做学问写文章好好的，为啥非要学人家的样子？咱有钱了多花，没钱就不花了。"

安达说："安然住院咱借的钱还不还？凭你和我的工资啥时候能还清？"

李正说："安然厂里不是说算咱先垫付的吗？那么大一个工厂，说话不算数了？"

安达说："没钱了，说话也就没法算数了。这和厂的大小没关系。"

李正说："瘦死的骆驼比马大。咱和他磨总能磨出钱来的。"

安达说："我没这个工夫。我不想耗费时间。我的时间比那点钱重要。"

李正说："我去磨。我天天去他们厂长办公室。"

安达说："你也别费那个工夫了。我去滨海，也不全是为了钱。"

李正说："不去。我不让你去。"

她知道她拦不住安达了。她希望安达真能像他说的那样去看看，然后再回来。

离开的那天是安达最难受的一天。他一个人骑着自行车去了城外，在城郊外的一个土坎上坐了很长时间，抽了很多烟。他感到他不能再这么坐下去了，再坐下去会误了火车的。他站了起来。

他突然对着虚空吼了一声：

"操你妈我弄钱去呀！"

他还想吼，就又吼了一声：

"操你妈我实在不想这样可我必须这样我弄钱去呀操你妈——"

李正给安达收拾着要带的衣物。

佳佳说："滨海是个城市吗？"

李正说："嗯。"

佳佳说："和我们这儿一样吗？"

李正说："不知道。"

佳佳说："爸爸去了还回来吗？"

李正说："佳佳你别问妈妈了好不好？你把我问烦了。"

姥姥说："佳佳来厨房看姥姥做饭。"

佳佳噘着嘴去了厨房。

李正装好东西了，安达正好进门。

李正说："你看看还需要啥。"

安达拉开提包，看里边差不多全是衣服和吃的东西。他取出几件厚衣服和一些吃物。

他说："那边热，用不着这些衣服。吃的东西路上能买，带着都是行李。"

他说："照顾好妈和佳佳，还有你……"

一回头，看见李正在流眼泪。

他说："咋啦？"

李正说："没咋。"

李正去厨房了。

安达有些纳闷。然后，他把刚取出来的东西又一件一件往提包里装了回去……

第十七章

旺仔牌锅巴好吃又好玩

安达说我想来想去还是办锅巴厂好。他坐在大水的办公室里，夹着一只破旧的皮包。大水说那就办锅巴厂吧。安达说我已经把厂址看好了谈下来了是海军部队使用过的一座营房。大水说行啊行啊营房就营房。

安达跑了两个多月，然后，又坐在了大水的办公室里，夹着那只旧皮包。大水说你能不能换个包？安达说为什么？大水说你要做事你穿的拿的都是形象，你这个样子像过去国营工厂的采购员。安达说把事做成了再换吧其实我现在就是个采购员。

他说："厂房已经改造完了正在粉刷。从咱们那儿的太阳牌锅巴厂挖了个技术员。设备这几天就运到了。设备一到就要招收工人。"

他说："让葛治文当厂长吧，他也想当。"

安达来滨海做事，最高兴的是葛治文。他辞掉了报社的工作，一直跟着安达。他说我跟你一块儿吧我对这儿的情况熟悉你是需要我的。

大水同意了。大水说你是总经理你得管着他。大水看安达跑得太辛苦，想让他在他这儿待两天轻松轻松。安达是带着沉重的心理负担来滨海的，一直没轻松过，大水一直有些过意不去。安达说不了不了我要参加建厂投产的每一个过程。他说你的四十万块钱投资赔了我没法给你交代。大水说看咱们那儿太阳牌锅巴的火劲我们就赔不了。

安达让大水给锅巴起名字，说要提前搞商标设计。大水说我顾不上这些事你和诗人起吧诗人想象力丰富。安达说我想把名字起得通俗一些家常一些叫"旺仔"行不行?

他说："兴旺的旺，仔是这儿的人叫孩子小伙子的那个仔。"

大水想了一会儿，说："旺仔牌锅巴，好吃又好玩。可以可以，广告也好做，就叫旺仔。"

临走的时候，安达犹豫了一下，说："我倒是想见见林英。"

大水说他一直忙没顾上找人打听。

安达说："那就下次吧。"

大水要用他的车送安达，安达不要。安达说坐中巴三十公里五块钱就到了很方便。他说我弄好了请你去参观。

大水一直把安达送下楼。他远远看着在路边等中巴的安达，突然有些心疼安达了。他感到他的样子有些可怜兮兮的。他本该要晋升研究员的。他现在夹着一只旧皮包在路边等中巴车，要去办锅巴厂。大水想，他把这么一个人叫到这里来做这样的事情是不是有些荒唐?

他有些不忍心了。

他一直看着他上了中巴车。

烂裆和蚊子有没有关系

锅巴厂在临海的一个小湾里。简陋的厂房被一棵椰子树遮拦着。葛治文说咱这地方远看着还很有情调。他说在这种地方就该盖别墅。安达说咱还是先把锅巴弄出来有钱了再按你说的办。

他们正在吃盒饭。

葛治文说："咱转来转去又转到了一块儿了，这就叫宿命。"

安达说："你啥时候成宿命论者了？"

葛治文说："诗人都是宿命论者。"

安达说："你不是不写诗了吗？"

葛治文说："我不写诗了但从本质上说我还是一个宿命论者。"

他不停地在身上腿上乱抓着。他看见安达也在乱抓。

他说："狗日的这地方蚊子要吃人。"

安达说："蚊子怎么是狗日的？你是厂长了说话要文雅一点。"

葛治文说对对对以后有工人了你别老治文治文地叫我，你要叫我葛厂长。

他说："咱请来的那个技术员烂裆了都是他妈的这蚊子……"

他又在腿上抓了。

安达说烂裆和蚊子没关系。葛治文坚持说有。他说快烂的时候蚊子咬一口你一抓烂得更快。他说就算你没烂蚊子咬一口你抓烂一点然后就会烂成一片。

安达说："你来几年了应该比我更适应啊。"

葛治文说："我来几年了可我没在这么多蚊子的地方呆过啊。"

他们被叮咬得撑不住了，就干脆脱了衣服。他们身上满是蚊子咬出的红疙瘩。他们很羡慕当地人不怕蚊子。他们怀疑当地人比他们皮厚。

葛治文说："也许这儿的蚊子欺生，专咬我们这些外地人。"

葛治文不主张安达和他亲自动手干粉刷墙壁安装设备一类的

活。他说养成习惯就分不清老板和工人了。他说老板应该做老板的事情。

他们分了工。葛治文和技术员负责招工培训。安达负责联系大米。

葛治文主张多招女工。他说女工听话捣蛋的少，技术员说女工虽然听话但麻烦事情多要结婚要生孩子。葛治文说我们又不是资本家还能不让女工生孩子？

他说："就是资本家也没法不让她生啊。"

技术员说体力活还得男工干。葛治文说是啊是啊我没说不招男工啊。

安达去粮店联系买大米，一位姓王的工作人员问他要多少，他说要五万斤，问他做什么，他说做锅巴，姓王的就把他领到一间办公室，掏给他一张名片，让他晚上去他家里谈。

安达说："他为啥让我去他家？"

葛治文说："这已很明白了我陪你去。"

安达说："他让我一个人去。"

葛治文说："这就更明白了他让你给他行贿呢。"

葛治文说你别怕这不是坏事。他说这儿的人不像咱那边的，收你的贿就会给你办事职业道德好，咱们那儿的收贿不办事。

葛治文陪安达在水产市场买了几斤鱿鱼干。

安达说："人家要不收呢？"

葛治文说："千万不能出现这种情况。你一定得让他收下。"

安达按名片上的地址找到了那位王姓人的家。王先生看也没看就把鱿鱼干扔到了一边。王先生递给安达一根烟。

安达说："不抽不抽。"

王先生自己点着烟，说："懂规矩吗？"

安达点点头。

王先生说："知道市场上大米的买价吗？"

安达说："一斤五毛六分。"

王先生说："我给你四毛八分钱要不要？"

安达说："当然当然，只要质量……"

王先生说质量不会有问题。王先生说我四毛八给你十万斤，你开支票按四毛二开，其余的六千元提成现金送我这儿来。

安达好像没听懂，看着那位王先生。

王先生说："你会不会算账？"

安达说："我上学算术学得最好。"

王先生说那你还愣什么？王先生说你比市场上少掏八千元还不愿意？

安达说："愿意，当然愿意。"

王先生说："你明天拿支票来粮店提货。"

安达从王先生家里退了出去。他看见王先生看着他提去的鱿鱼干，听见他骂了一句粗话。他知道是骂他傻。王先生要的不是鱿鱼干。

从楼里出来，他往王先生家的窗户上看了一眼。他有些高兴又有些迷茫。

"这就算是下海了。"

他给自己这么说。

你可真成了生意人了

大水找到林英的时候，林英正给一幅大广告牌上画广告，她穿着一件工作服，挽着袖子，衣服上有许多颜色点儿。大水喊了她一声。她回过头来，眯着眼睛看了一会儿才看出是大水。阳光很刺眼。那儿的阳光总是很刺眼。

大水说林英你收拾一下安达要来他要见你，林英说什么什么？大水说安达已来了几个月了一直找不到你。林英不信。大水说安达已经当了几个月总经理了。林英更不信了。林英说大水你再骗人我就给你西服上抹油漆啊。大水说不骗你他下午送锅巴来他办锅巴厂了将来会发展成食品公司。

林英到大水办公室的时候，大水正在尝安达送来的旺仔牌锅巴。大水说味道不错不比太阳锅巴差。安达说我和葛治文也觉得不错葛治文兴奋得要作诗了。大水说我把林英给你找到了她一会儿就——这不是来了嘛。大水说林英快来尝我们的锅巴。

林英就见到了安达。

大水说我这儿事多老来人你们另找个地方聊去我处理完事情去找你们一块聊。

他们就去了一家咖啡厅。

林英不时呷一口咖啡。她已经打量过安达了。她似乎有些忧郁。现在她一口一口呷着咖啡。林英看着咖啡厅临街的窗玻璃。

林英说："我想不到……"

安达说："我也想不到。"

林英说："你没有生意人的心肠。"

安达说："时间长了也许就有了……"

林英说："是大水煽动的吧？"

安达说："开始是他煽动的，后来是我自愿的。我认真考虑过一段时间。"

他给林英说了安然的事。

他说："我们这些人曾经热闹过一段时间，开会，研讨，写文章。后来，我感到我们被晾到了岸上，写文章好像成了一件可笑的事情，没人出版，也没人看，不比地摊上的小说和气功养生的书卖钱。我借了一屁股债。"

他说："我是被逼无奈，也是主动选择。应该说和大水无关。"

他不想说他自己了。他想知道林英的情况。

他说："你呢？"

林英说："还好。"

他说："我想听你多说点。"

林英说："没什么值得说的。"

他说："听大水说你做广告。"

林英说："贩过椰子，赔了。还租过电影片子放过电影。后来就给人画广告。"

他说："就这些？"

林英说："还有一些……"

他说："住哪儿？"

林英说："很偏僻，没人能找到。"

他说："我……能不能去看看？"

林英说："以后吧。"

林英看了安达一眼，笑了一下。

林英说："什么时候回你的厂？"

他说："赶最后一班中巴就行。"

林英说："噢……"

林英又看玻璃窗了。

窗外是街道和街道上的行人。

林英专门找了一次大水。她说她有话和大水说。她坐在大水办公室里的沙发上好长时间却没有说话。她低着头。大水有些奇怪。大水说你怎么不说话？林英依然低着头。她不看大水。

她说："你让安达回去吧。"

大水更奇怪了。大水说为什么？

林英说："你为什么拉他下海？"

大水说："问得怪。他为什么就不能下海？"

林英说："他做不了生意。"

大水说："他还没做你怎么就知道他做不了？你过去画过广告吗？事实上他的第一脚踢得还不错。他的旺仔牌锅巴你尝过了。来来来再尝尝。这几天谁来我这儿我就给谁尝。"

大水真拿来一包锅巴，非要林英再尝。林英很不情愿地尝了几块。

大水说："不错吧？你要是真的为他担心，想帮他，就去他厂里弄些锅巴，帮他推销推销，你也能挣点钱。"

林英说："你可真成生意人了啊。"

大水说："别讽刺我啊。"

他说他相信安达能做，而且能做好。他说不信你等着看。

林英没说辞了，态度也缓和了许多。她一块一块吃起了安达的旺仔牌锅巴。大水给她倒了一杯水。大水说边吃边喝更有味道。

钓鱼竿

一辆装载着旺仔牌锅巴的货车从锅巴厂开了出去。又开出去一辆。

"狗日的挺威风的。"葛治文说。

他把两只手在腰里叉着。他说他最爱看的就是这情景。他说他天天都要这么看一回。

他们撒出了一批推销员。他们不但要打开滨海地区的市场，还要开发内地市场。

他们一天生产一百多箱。葛治文说我想一天生产一千箱，然后是一万箱。

工人们都很卖力气。葛治文说这也是我爱看的情景。他每天都要到有限的几个车间去转几趟，给正在做活的男工人女工人们点点头。那时候他就背着手。碰见漂亮的女工他还会笑一下。

订货单收到了很多份了。安达说葛厂长这也是你最爱看的吧？葛治文说我不但爱看我还想拥抱那些代销我们旺仔的人。

葛治文给安达说工人们看势头不错喊着要增加工资。他说我也爱听他们要求增加工资的声音。安达说不敢不敢咱发出去的货大都是代销钱能不能收回来还是个问题。葛治文说我当然不会给他们增加工资但我爱听他们这么叫喊。

他很快就不爱听了。因为工人们说不增加工资就去罢工，而且真的罢工了。他们在车间里，但他们不做活。

安达问葛治文怎么办？葛治文说这口子不能开口子一开就堵不住了我开掉他几个带头的。

葛治文在墙上贴了一张公告。他开除了三名工人。他让全厂工人坐在厂房外边的椰子树下。他给他们说中国啥都紧缺就是不紧缺人。他说谁不愿意干现在就可以走。他问他们有没有要走的？

没人吭声。

他说不走就得好好干活听清了没有？

没人吭声。

葛治文说："散会。"

工人们又开工了。

"咋样？"葛治文得意地看着安达。

安达说："还好。"

葛治文说："这就是资本的力量。"

安达看了葛治文一眼。他觉得这种话他说才对。他觉得葛治文的这点小卖弄可笑也可爱。

他很快就不觉得葛治文可爱了。他甚至觉得他有些可憎。

他去找葛治文，葛治文不在。他看见葛治文的床上有一根圆筒。他抽开来，是一根钓竿，崭新的，很高级的那一种。他的眉头皱了起来。他拿着那个圆筒去找葛治文了。他知道葛治文在海湾那里。

那几天，葛治文总拉着技术员去海湾。他游泳，技术员躺在礁石上晒裆。那里没人。葛治文说治烂裆的最好办法就是脱光裤子撇开腿晒太阳。他说他刚来时也烂过裆就是用太阳治好的。他说你在全中国都晒不上比这儿更好的太阳光。他说他准备让安达也这么晒一晒。他说安达虽然没有烂裆但晒晒太阳可以预防。他怀疑安达一直没烂裆是不是他偷偷这么晒过。

葛治文游了一阵，从海水里爬上来，坐在了技术员跟前。技术员仰面躺着，闭着眼睛。

葛治文说："舒服吧？"

技术员说："舒服舒服死了。"

葛治文说："再这么晒下去你会上瘾的。"

技术员说："就是就是我已经上瘾了以后我天天要这么晒一次。"

葛治文说："你觉得这地方咋样？"

技术员说："好。"

葛治文说："来这儿没错？"

技术员说："没错。"

葛治文说："当初叫你来你还扭来扭去的。"

技术员说："那时候不懂啊。"

葛治文说："挣了钱咱就盖楼，盖了楼就把你老婆孩子弄过来。"

技术员说："那当然好。就怕挣不了钱。"

葛治文说："没这么一点自信还办什么企业？放心，面包会有的，牛奶会有的。"

技术员说："那就全仰仗你这位厂长了。"

葛治文说："没问题，你给咱好好弄。安达那里有我，我对他还是有影响力的。"

安达来了。葛治文没看见安达手里的钓竿。葛治文说水非常好你下去游一阵我已经游了好几阵了。安达板着脸。这时候葛治文才看见安达对他板着脸。技术员赶紧穿着衣服。

安达说："这钓竿是谁的？"

葛治文说："咋啦？"

安达说我问你钓竿是谁的？葛治义说是咱的我给咱买的闲了来这儿钓钓鱼找点情调咋啦？安达说事还没弄成你就想着要洋活了你还找点情调我让你找。安达举起钓竿用力摔下去，钓竿在礁石上弹了几下，滚到一边去了。安达过去要用脚踩。葛治文扑过去抢了过来。葛治文说安达你别算我自己买的你从我工资里扣钱。

他说："我没说现在就钓鱼啊。生产顺了销路有了钱大把地挣着就不能钓钓鱼了？"

安达说："我背着四十万块钱的债你知道不知道？"

葛治文说："知道啊咱不是正在挣嘛。"

安达说："像你这样子能挣个辣子你要这么弄趁早走人。"

葛治文睁大了眼，看着安达。他有些挂不住脸了。他没想到安达会对他说出这样的话。

安达说："看我不认识我？"

葛治文说："走就走。"

葛治文提着衣服走了。技术员喊着"厂长厂长"追了上去。

葛治文踢开宿舍门把衣服和钓竿扔在床上，说："有什么了不起的不就个烂锅巴厂还，还，还走人。"

技术员跟进来劝了一阵葛治文。他说安达是心里着急怕把厂办砸了。技术员说安达过去连支票都没见过现在要办工厂压力肯定很大。葛治文说就是吗一个连支票都没见过的人还动不动让我走人。他说你先走让我好好想想。

他躺在床上想了一会儿，又拿起那根钓竿看了一会儿。钓竿被安达摔裂了一道口子。他把它扔在了皮箱上。他看见它从皮箱和墙壁之间的缝隙里掉了下去。他没捡。

第二天，他到会计那里抽回了买钓竿的发票，又写了一张借款条交给会计。他说这笔钱从他这个月的酬金里扣。

他给安达说多亏技术员劝了他一阵要不他就真走了。安达说对不起我不该当着技术员的面说你。葛治文说你是经理嘛你没有不该做的事。他感到他找补回来了一些。

林英坐着一辆客货车找到锅巴厂来了。安达以为林英是办事路过顺便来看看的。

林英说："不是顺便，是专门。"

安达领着林英去车间转了一遍，然后和林英在海湾里说了一会儿话。葛治文说林英你太偏心眼了我来滨海这么长时间你一次也不找，安达刚来你就来看他。他说我心理不平衡我今天不和你说话你们说去吧。

安达说："我这儿的形势还不错吧？"

林英说："好像还不错。"

安达说："好像？"

林英笑了笑，没说话。

安达说："我就担心收不回钱来。"

林英说："你给我弄儿十箱锅巴。"

安达说："你要它干啥？"

林英说："卖啊。"

安达说："给我帮忙是不是？"

林英说我给我自己挣钱。林英说我先付钱。她说你不要钱我也就不要锅巴了。

林英拉走了二十箱锅巴。葛治文给安达说他希望全世界的人都变成林英。

收账的和治病的

安达一夜没睡，嘴里就起了许多泡。

技术员把葛治文从一家桑拿按摩中心拽了出来。他说葛厂长你赶紧安达找了你一晚上。葛治文说千万别给安达说我在这儿。技术员说是安达让我来这儿找你的。葛治文说谁他妈的告的密。到安达的办公室了，他还没想出谁是告密者。

安达说葛厂长你知不知道厂里的情况？葛治文说知道啊再收不回钱咱就没流动资金了。安达说那你还有心情逛窑子？葛治文说你别把话说这么难听好不好？安达说难道你能说你不是逛窑子？葛治文说是就是我一个大活人总不能憋死。他说你能憋我憋不住人和人不一样。他说我没花公款。安达说你咋这么厚的脸皮？

葛治文让安达找大水再投点钱。安达说我张不开口。葛治文说那我去。安达说你去和我去有什么不同？葛治文说我能张开口啊。安达不让他去。安达说我们去催款先催滨海地区的代销点。

他们分头去了十几个代销点。他们发现不是代销点不给他们钱。而是他们的旺仔牌锅巴压根就没人买。他们还发现锅巴在这种地方并不吃香。他们原以为锅巴可以当下酒菜可这儿没人用它下酒。狗日的北方人到这儿不用锅巴下酒了。狗日的北方女人来这儿也不拿锅巴当零食了。代销商说卖不了我们也没办法要不你们把货拉回去。

安达嘴里又起了许多泡。

那时候快过春节了。安达说多亏过春节了我们放一个月假我们去内地催款春节后再开工。葛治文说我去不了我病了。安达说我看你好好的你咋病了？葛治文说我的病你从脸上看不出来你就别问了。葛治文说幸亏是不麻烦的那一种我已经打了两天青霉素了。葛治文说你去吧顺便回家看看，我给咱守摊子看病。安达把葛治文看了一眼，又看了一眼。葛治文说你就是看我八眼我已经染上病了天天得打青霉素。安达想骂他几句，话到嘴边又咽了回去。他给葛治文递了一根烟。

他说："我一直不明白，你和大水一前一后下的海，人家成了老板，你还是两袖清风。现在我明白了。你就是一样事情上心，说好听点叫热爱女人，说不好听的该咋说？"

葛治文说："以后我再也不去那种地方了。"

安达说："狗改不了吃屎这话你听过的。"

葛治文说："你不爱女人？你来这儿才多长时间？你和林英见了几次？"

安达说："这是一回事吗？别胡说了你。"

　　葛治文说："好好算我胡说我错了。"

　　安达说："春节你一个人在这儿别胡来。"

　　葛治文说："想胡来也胡来不成，小姐们都要回家过年。"

　　安达说："你对行情挺熟悉啊。"

别说锅巴的事

　　安达是沿着黄河跑了几个城市以后才回家的。这也是他的旺仔牌锅巴从滨海发往这几个城市的路线。

　　他没收到一分钱。

　　他在一个代销点蹲了整整一天。他看见一箱一箱的太阳牌锅巴被买主拉走了，他的旺仔却无人问津。他想把那些买主拉回来，让他们尝尝旺仔。他想不通，同样都是锅巴，买主们为什么只要"太阳"不要"旺仔"。他觉得他们太势利了。他觉得所有吃锅巴的人都太势利。他们吃的不是锅巴。他们吃的是锅巴的名气。锅巴和人是一样的。有名的人就容易获利，比如那些歌星和影星。有名气的锅巴就有人愿意掏钱买，比如太阳牌。他和他的旺仔是没有名气的。

　　他恨死了那个叫太阳的锅巴。

　　他想哭。

　　他是坐着一只摆渡的木船过黄河的。他坐在船舱里，抱着他的那旧皮包。他不能再去更多的城市了，皮包里的钱不允许他这样做。皮包里还有两袋锅巴。一袋是他要恨死的"太阳"，他掏钱买的。一袋是他的"旺仔"，他从代销商那里要来的。他把他的"旺仔"拆开让船工尝了几块，问船工好吃不？船工说好吃。他又拆开那袋"太阳"让船工尝。船工也说好吃。他不给他们尝了。他想他们一定是肚子饿了，他们是为了吃锅巴才对他无原则地说好听的话的。他们以为好听的话会得到更好的报偿。船工看见他把锅巴装进了皮包里。

船工们："你是个爱吃锅巴的人。"

他说："就是，我每天都吃这么两包。"

他不想和他们说这些无聊的话了。他想着他的心事。他想着几十万块钱变成大米和各种调料然后又变成一袋一袋锅巴的过程。它们原可以再变成钱的，钱再变成锅巴，锅巴再变成更多的钱。现在没这种可能了。他这么想着，心里就有些发急了。

他站在船边向黄河里撒了一泡尿。船工说你小心点别掉下去。他看着他的尿水和河水卷在一起不见了。他想他的那几十万块钱和他的这泡尿水很像。他想他要是像船工说的那样掉下去就好了。他就不会再想这些恼人烦人的事情了。他听见他的脑子里"嗡"了一声。

他没有掉下去。他稳住了自己的身体。

他跳上岸，给船工付了船钱，然后去了附近的一座县城，坐上了回家的火车。

到家的那天是大年三十。

给他开门的是佳佳。佳佳叫了一声。佳佳说妈呀是我爸我爸回来了我爸像个叫花子。

然后，他就看见李正。

然后，他就看见了李正她妈的遗像，在一个镜框里。

他心里沉了一下。他知道发生什么事了。他没问李正。他觉得刚进门问这种话不合适。李正也没说。李正知道安达看见了她妈的遗像。她用笤帚给安达扫着身上的风尘。

　　然后，他就看见了堆在小客厅里的十几箱锅巴。那是他发回家让李正给他推销的。他给研究所的几个同事也发回了一些。他没问李正推销锅巴的事。他觉得已经没有了问的必要。

　　吃饭的时候，他有了一种温馨的感受。李正不时地给他的碗里夹菜。佳佳不时地歪过头来看他的脸，看一眼就做出一个笑。他说佳佳你为什么这么看爸爸，佳佳说我看爸爸是不是冒充的。他说是不是冒充的？佳佳说好像不是。

　　佳佳说："爸爸的锅巴好吃，可就是卖不出去。"

　　安达说："今天不说锅巴的事。"

　　李正说："我给车间的人分了一箱，没收他们的钱。"

　　安达说没关系咱不说这事。他问佳佳的考试成绩。佳佳说还凑合。他说听口气好像还不错。李正说语文八十五分，数学九十二分。

　　安达说："都应该考九十分以上，将来一定要考大学。"

　　佳佳说："你上大学了还不是造锅巴了？"

　　安达说："造锅巴也需要文化知识啊。"

　　佳佳说："造的锅巴卖都卖不出去还吹牛。"

　　晚上，安达洗了个澡，然后，在阳台上放了一挂鞭炮。李正和佳佳捂着耳朵看着他放。鞭炮声很响。

　　佳佳睡了，在姥姥的那间房里。

　　李正回到卧室的时候，看见安达坐在床上抽着烟，烟头上的烟灰已经很长了。她拿近烟灰缸，接了烟灰，放在了床头柜上。

　　她坐在安达跟前。

　　安达说："咋回事？"

　　李正知道安达问的是她妈的事。她说好好的从床上摔下来就过

去了，脑溢血。安达说你应该告诉我的。李正说连我都成了推销员
了知道你很难。

李正说："别说我妈的事了。"

安达说："也别说锅巴的事了。"

李正说："瘦了……"

安达说："我每天都想那四十万块钱的债，没法不瘦……"

李正说："真赔了咋办？"

安达说："不知道……"

李正说："别想了。"

李正给他解着衣扣。他看着李正。他突然感到他很脆弱。他突
然有了一种小时候偎在母亲怀里的感觉。他把手向李正伸了过去。

外边的爆竹声大了起来。已经是新旧交替的午夜时分了……

过年的那几天，他们没亲戚可串。他们一家三口在街上卖了几
天锅巴。

竟然卖出去两箱。

佳佳很高兴。佳佳说爸爸这下好了有人买你的锅巴。安达很感
动。他用手掬着佳佳被冻红的脸，说：锅巴厂是不能这么卖锅巴的
佳佳，锅巴厂要这么卖锅巴就坏事了。佳佳眨着眼看着她爸爸。她
听不懂她爸的话。

安达看过一次路远，给路远扛去了一箱锅巴。他说路远也送
你一箱好吃的东西，然后，给路远讲了他办锅巴厂的事。路远要付
锅巴钱。他说你别你别，我是卖不掉才送你的。他说你吃不了就送
朋友，也算是给我做个宣传。路远说你真行啊这么大压力还说玩笑
话。他想问问路远的情况，看路远好像有什么难言之隐，就没问。

第十八章

两个看海的人

锅巴厂里静悄悄的。安达能听见他走路的脚步声。他夹着那只旧皮包，一直走到葛治文跟前。葛治文在屋门框上拉着一副拉力器。看样子病已经彻底治好了。葛治文看着安达。

葛治文说我每天拉两次一次拉十二下你等我拉完咱再说话。安达就等了一会儿。

安达说："你一个人挺自在啊。"

葛治文说："我不想自在都不行，我一个人像狗一样在这儿守着我总得找个事情做。"

他说狗日的技术员写来一封信说请两个月假分明是不想来了。他说狗日的以后把厂办好了他要来我就把他打出去。

他们都知道没法办好了。许多推销商把货陆续退了回来。仓库里堆满了锅巴，再过一段时间它们就会变质。

他们到车间里转了一圈。几台锅巴机冷冷清清的。安达从锅巴机上摸出来几块锅巴，在手里揉捏着。葛治文说我们不能这么结束这么结束我受不了。安达没说话。他扔掉了手里的锅巴碎片。

他们不想在屋里呆。屋里太闷了。他们就来到海湾里，坐在礁石上看海。他们像两个看海的人。那些天，他们总坐在礁石上做看海的人。他们不说话。他们没话可说。葛治文说安达咱不能老这么坐着一声不吭像守丧一样。

安达说："说嘛。"

葛治文说："我不知道该说什么可总这么坐着看海水也不是个事。"

安达说："你说看什么就是个事？"

葛治文说："我看烦了。"

安达说："不看也是个烦啊。"

葛治文说："要看你一个人看我喝酒去。"

他真的喝酒去了。安达找到他的时候他已经喝软了身子。服务员说先生你喝醉了。他说我是喝醉了可我不会欠你的酒钱你给我再拿一瓶。服务员又给他打开了一瓶啤酒。他正要往嘴里灌，看见跟前站着一个人。他努力睁着眼看了一会儿，终于看清了是安达。他说安达我们完了。他说安达咱一块儿喝我又要了一瓶。他给安达晃着手里的啤酒瓶。他说安达你别这么看我想喝了你喝这一瓶我另要。安达把啤酒瓶夺过来放在酒桌上，提着葛治文的胳膊往外拉。葛治文成了一堆软肉，拉不起来。他就在葛治文的脸上扇了一个耳光。葛治文在脸上摸了一下，龇着牙给他笑着。

葛治文说："不疼。真的不疼。不信你再扇一下。"

安达没再扇。葛治文自己扇了一下，又扇了一下。葛治文说你看我没骗你确实不疼。葛治文突然流泪了。他趴在酒桌上呜呜哭着。

安达叹了一口气。他付了酒钱，让服务员帮忙把葛治文放在了他的脊背上，把他背了回去。葛治文在他的脊背上呜呜啦啦唱着什么。

安达说："该哭该疯的是我，我没哭没疯，你先哭了疯了。"

第二天，他们又坐在了礁石上，成了看海的人。

林英的小屋

安达不能不见大水了。

他在大水的办公楼下转了几个来回，还是没了勇气。他不知他见了大水该给他怎么说。

他离开了那里。

他在街道上漫无目的地走着。

街道上有很多人。他们和他没有关系。他在他们中间走着，他看着他们，看他们的模样，看他们走路的姿势。他是他们中间最闲散的一个。他突然产生了一种孤独的感受。在人群中他第一次感到了孤独。

除了大水，还有一个人是可以找的，那就是林英。他想起了她。他在街道上的行人中走着的时候想起了她。

他想见到她。

他就开始找她了。

他不知道她住在什么地方。他开始找她。他跑了许多家广告公司，终于打听到了她居住的大体位置。

他居然找见了。

他沿着一条偏僻的小街道走进去，拐了几个弯，来到尽头的一个院落，在一间屋门口站住了。他敲了几下门。

门开了。是林英。

林英很惊愕地看着他，嘴和眼睛一起张开了，林英皱着眉头。

他说："你想不到的。"

林英把他让了进去。

那是一间带过道的小屋，又简陋又阴暗。林英的画架和画广告用的颜料一类东西堆在一个角落里，窗台上摆着油盐酱醋瓶子。屋里有两张床，分开摆着。桌子上是台灯和一些乐谱，还有几本音乐和广告画油画一类的书。还有一台收录机。墙壁上挂着一幅林英的自画像，在吃甘蔗，神情中却透出一种难以言说的忧郁。过道是做饭的地方，堆着十几箱旺仔牌锅巴。蚂蚁们在锅巴箱上乱跑着。

林英在这里安置了自己。

安达看得很仔细。他没想到林英一直把自己安置在这样的一间小屋里。

小屋中无疑还有另一位主人。

林英说："还可以吧？这地方？"

安达没有回答。他看着挂在墙壁上吃甘蔗的那个林英。林英吃着甘蔗，眼睛却看着看她的人。是一幅裸体的林英。安达看过林英的许多幅画，没有哪一幅比眼前的这一幅深深地触动过他。他感到他身上什么地方在发抖。

林英说："没有人能找到这儿的。去年我父亲来看我就没有找到，在旅馆里住了一夜。"

林英去过道了。林英说我给你做点吃的。

他没有阻拦她。

林英说："没买菜，只能用锅巴给你做了。"

安达跟着林英来到了过道。他看着那些锅巴箱，再看着林英的背影，鼻子突然发酸了。他走到林英身后，叫了一声：

"林英……"

林英没有动。林英背对着他。

他说："我把你害苦了。"

林英摇着头。林英依然背对着他。

林英说："这是我自己的事，是我自己的选择，不管是过去还是现在。说不苦是假的，可我还是挺着。你不是也挺着吗？还记得你过去爱唱的那句郭建光吗？"

林英说着，轻声唱了起来："要——学——那——泰山顶上……"

林英哽咽了，唱不下去了。

安达叫了一声林英，把林英揽在了怀里，像揽着一样被损伤的让人心疼的东西。林英把脸贴在安达的胸脯上，泪水扑簌簌流了出来。

然后，林英又继续做菜了。

林英坐在安达跟前，看着安达吃她用锅巴做的菜，给安达讲了她来这儿以后的经历。

她说她先在一家报社打工，做美术编辑。她说她喜欢这个地方的自然风光，工作之余，经常骑一辆自行车到处乱跑，下雨时也跑，摔得像个泥猴。她说她有时也画点画，墙上的那一幅就是她在这间小屋里画的。她说她爱吃甘蔗，就画在了画上。后来，报社一位主编的亲戚挤掉了她的位置，她失业了。她贩过椰子，运到广州就坏了，赔光了仅有的一点钱。

她说："我一天只吃一顿饭，连看场电影的钱也不敢花。看报纸就去街道的报栏上看。那是我最困难的时候。我想家。也想过你……过春节我想回去看看，没路费，一位台湾老板让我陪他睡觉，他给找钱。我觉得他恶心，又觉得他可笑。他以为他的钱可以把任何一个女人吸引到他的床上……"

她说她就是在那个时候结识了她现在的男朋友。他也在这儿租房，在对面的那一间。他经常帮助她，对她很好。

她说："他也很艰难。"

她说："有一次他找我说，咱合住一间屋吧，可以省一间的房费……"

她说："我答应了。"

他是学音乐的，吹小号，想当演奏家。

林英说得不紧不慢，像低诉一样。

安达说："你为啥不去找大水？"

林英说："我不想求任何人。"

在安达的印象里，他从来没吃过这么艰难的一顿饭。他不知道该怎么向林英表达自己。

他说："我没帮助你，反而连累了你。"

林英说："连累我？连累我什么了？"

安达说："那些锅巴……"

林英说："我想用它挣钱，我说过的。"

安达说："厂子要倒闭了。"

林英说："我想到了。"

林英问大水知道不？安达说我想去找他说，可没有勇气见他。

锅巴、猪饲料和一次轻松的游泳

送走安达，林英就去了大水的办公室。大水说你没事不会找我的你说吧。林英说安达的情况你知道不？大水说知道知道锅巴厂要关闭。林英说他压力很大不愿见你可你应该去看看他。

大水说："这事情不能怪他，是当初决策的失误。他也是，不该他承担的责任非要往自己身上揽。"

林英说："你准备怎么安排他？"

大水说："海圣公司的老板高平有意让安达给他做顾问。我准备找安达商量商量。"

林英说："你让他回去吧。"

大水说："他不会回去的，尤其是现在这种时候。你应该了解他啊。"

林英问大水为什么不让安达和他一起做。她说你真想帮他就该让他到你这儿来。大水说我也想帮你，你接受吗？要不是因为安达，你来都不来我这儿的。他说你放心我会安排好的。

林英说："可别把他压垮了。"

大水说："林英啊林英，你可真是。"

林英不好意思了，但毕竟放心了一些。

第二天，大水就去了安达那里。

大水是和海圣公司的老板高平一起去的。大水说锅巴厂的事回头再说我们去吃顿饭。安达没多想，就和他们去了酒店。

他很快就知道了大水的用意。

他说："你是给我找去处安排我啊。"

大水说高平虽然年轻但生意做得很大，他需要一个研究经济的专家做顾问，他是真诚地请你。大水说你和高平会合作好的。

高平说："大水给锅巴厂的投资我会帮助解决的。"

安达突然涨红了脸。他说我不想让任何人帮我还钱。他说大水你想得太周到了你别担心你的钱我会还你的。

大水没想到安达的态度会这么激烈。大水说安达你误会了我没那个意思我们都没有……

安达已起身走了。

他没吃那顿饭。

葛治文说大水请你吃的啥饭这么快？他想起了他的那根钓竿。他在皮箱背后的缝隙里找见了它，用胶布缠着安达摔烂的那道裂口。

安达说他想安排我让我给一个叫高平的人当顾问我一听就来了

气没吃他们的饭。葛治文说噢噢我就说吗他叫你吃饭不叫我让我心理很不平衡。他说大水也太偏心眼了他安排你咋不安排我?

葛治文缠好了那根钓竿,抽开来闪了几下,能用。他说我现在用它钓鱼你不反对了吧?

安达闷头抽着烟。

葛治文说:"倒闭了也好你我都省心了,没啥吃就钓它几条鱼还是高蛋白。"

几天后,一辆卡车开进了锅巴厂。卡车上跳下来一位中年人要找葛厂长。他说他是富民养猪场的来拉猪饲料。葛治文说葛厂长前几天死了不过没关系饲料还是照旧卖给你。中年人说几天前打电话还好好的怎么就死了?葛治文说死人的事是经常发生的很正常。

过期的锅巴装上了那辆卡车。

中年人说:"这东西人不能吃了喂猪却是上好的饲料,以后有的话就给我们打电话。"

葛治文说:"你是不是想挨揍了?"

中年人说:"挨揍?没有啊。"

葛治文说:"噢,噢,那你就坐在你家里好好等着,会给你打电话的。"

又过了些天,有人拉走了那些设备。

安达说治文咱到海湾里游泳去。葛治文有些害怕,因为安达好长时间没这么温柔地叫过他了。他说你不会拉我去跳海吧?

安达说:"我几次想跳,海水一呛又改变了主意。我想还是活着吧,真死了大水的几十万块钱就没人还了。"

葛治文说就是就是这些天我一直提心吊胆的只怕你想不开有个闪失。

他们游了一阵,坐在了礁石上。安达说这是他来滨海后最轻松的一次游泳。

他说他要养鱼。

他说他在一个叫月亮湾的地方租了一个渔场他要养鱼。

他说："你要愿意就留下来和我一块养。"

安达的渔场

葛治文没有留下来。他收拾着自己的行李，要走了。他把那根钓竿抽出来要留给安达。安达说你带着吧我想吃鱼了不用钓竿。葛治文又把它塞进了行李包里。葛治文很难受。葛治文说我真的很难受我想起了牛尻子村的人说的一句话。安达说啥话？葛治文说过去我不理解现在我理解了因为我有感受。安达说啥话？葛治文说："我的心像屎戳了一样。"

安达低着头不说话了。他的心情和葛治文是一样的。

他们都不说话了。他们坐了一会儿。

安达说："你不会怨我拉你办锅巴厂吧？"

葛治文说："不怨。我不是你拉来的，是我自己叫着喊着要来的，只要你不怨我就行了。不是我不愿意留下来陪你，我实在对养鱼没有信心。《开发报》的朋友让我回去，我不想放弃这个机会。你就让我走吧。"

安达点着头，又点了几下。

葛治文说："我劝你一块儿走。大水的用心是为你好，你误会他了。"

安达说："我知道我误会他了，可我还是接受不了他的好心。"

葛治文说："那就没办法了。"

安达说："没办法，是的……"

安达把葛治文送到锅巴厂大门外。葛治文说："我会来看你的。"

他说："我希望你能成功。"

他们握了一下手。

许多天以后，安达就和雇来的两个工人摇着船在围起的海水里撒鱼食了。他没想到林英会来他的渔场。

他在渔场附近盖了两间小屋。他和工人吃住都在那两间小屋里，他看见小屋里在冒烟，以为着火了，就把船摇到岸边，跑了进去。

他就看见了林英。

林英正在屋里做饭。林英挽着袖子，一副家庭主妇的样子。他说林英你咋来了你咋来了？

林英说："不能来吗？"

林英满脸是笑。他说能啊能啊当然能你咋找到这儿的？他要给林英帮忙。林英说好了不用了叫你的人来吃饭。安达从屋里跳出去，扬着手臂朝工人喊着："吃饭了吃饭了——"

林英说："你啊你啊，你看你。"

他说："我高兴啊我太高兴了。"

吃完饭，他摇着船和林英在他的渔场上转了圈。然后，他把船拴在岸边，和林英说了好长时间话。林英坐在船舷上，把脚浸在水里，不时划拔出一阵水声。

林英说："葛治文一说你的情形，我就担心得不行。还真养鱼了啊？"

安达说："我把这地方租了五十年，每年初交租金，鱼苗钱不多，厂里有锅巴，暂时不愁鱼食。我就这么一点一点做，一步一步往前走。这样做事我心里踏实。大水的钱我是必须要还的。"

林英说："其实你没这个责任，至少不用全部还。大水给我说过。"

安达说："要还。他挣钱也不容易。"

林英说："我们都成钱的奴隶了。我从小到大对算账没概念。小时候家境好，不等要父母就给钱。下乡后虽然苦，吃的是大锅饭，不用为钱操心。到这儿以后才知道没钱是没法生活的。我得挣钱养活自己。反差太大了。我是来寻找生活和梦想的，可生活改变了我。我每天都要工作十几个小时，做自己并不愿意做的事。不想做钱的奴隶，其实连奴隶还不如……"

林英的话和她不时划出的水声混合在一起。安达不插话，听着她给他的又一次述说。

林英说她到这儿以后还有一个发现，她更感到她是个女人了。

她说："一个有姿色和年龄优势的女人很容易挣钱。同一笔业务，一个比我更有姿色更年轻的女人就容易拉到手。这就是商品。"

她说："过去把女人当商品，是别人干的，现在是女人自己。我不愿意这样，所以我比她们累。很累……"

她说："我劝你回去，也是因为这几年的经历把我整怕了。看来，我的话对你是没用的。我不再劝你了。你按你的想法做吧。"

林英又一次触动了安达。他爱听她这么坐着和他说话，爱听她用脚划拨出的水声。

林英要走了。他不想让她走。

他说："他知道你来这儿吗？"

林英说："知道。我给他说过你。"

他说："嗯……"

林英说："过些天我再来看你。"

他说："嗯……"

林英看着他。她知道他有话要说。

他说："我是说，我们之间……"

林英等着他把要说的说出来。

他说："我是说，我，我真不想让你走……"

林英低着头。林英一会儿又把头扬起来，看着他。

林英说："我不能……他会……"

安达说："我知道了……"

他把林英一直送到了中巴车站。

台风之后他听见了一阵汽车的声音

没等林英再来，他的渔场就毁在了那场台风里。它消失了，消失得太容易了，容易得让他说不出一句话来。

台风是在一个晚上突然来临的。台风抠去了小屋上的门窗，然后又揭去了屋顶。他躲在墙角处，捂在枕头里，听着台风在海上抓着海水制造着一阵又一阵恐怖的声响。天亮以后，他就看不见他的渔场了。他只看见了他的那两只小船。它们被摔在了岸上，成了几块木板。

没有渔场。只有海水。

那时候太阳正在上升。海上平展展的，一直铺到天的尽头。海水上闪动着无数个光点。

两个工人背着行李，远远地看着站在海水边上的安达。他们看见他像一根被折断的水泥桩一样，一动不动。他们很可怜他。他们没有向他告别。他们摇摇头走了。

他们又扭过头来，因为他们听见了一声撕裂的喊叫。他们看见安达举着两只拳头，使着浑身的力气在喊叫。他喊叫出的是一首歌里的两句歌词：

> 我曾经豪情万丈
> 归来时空空的行囊
> ……

拼力的喊叫使他的身体严重变形了。他们看不见他的模样。他对着海水和天空。他又喊叫出两句：

> 我已是满怀疲惫
> 眼里是酸楚的泪
> ……

两个工人害怕了。他们不敢看也不敢听了。他们感到他们的老板也许会发疯的。他们转过身加快了脚步，小跑一样离开了那里。

安达记不得他是怎么从海水边回到那两间没有门窗也没有了屋顶的小屋跟前的。他四仰八叉地在屋外边躺着。他光着身子，只穿着一条短裤。他让太阳烤着他。他感到他生活过的这个世界正在离他慢慢地远去。他想他过一会儿就会这么躺着死去。他希望他死的时候不要扭动。那时候他就是这么想的。他闭着眼睛。

他听见了一阵汽车的声音。然后他又听见了打开车门的声音。有人朝他走了过来。他感到他站到他的跟前了。

他睁开了眼睛。他真不愿睁开眼，可他还是睁开了。

是高平。

他眨了眨眼。确实是高平。他没有起来。

他说："不是来看笑话的吧？"

高平没说话。高平给他摇了一下头。

他把头转到一边去了。

不知过了多长时间，他听见高平给他说了一声：

"跟我走吧。"

他跟着高平坐进了一家咖啡厅。

他没整饰自己，不刮胡子不理发，穿着养鱼时的那身衣服，和咖啡厅优雅的环境很不协调。也许他是有意这样做的。他眼睛里的目光说不清是孤独还是凶狠，让人看着有些望而生畏。他抱着他办锅巴厂时就抱着的那只过时的旧皮包。他一直没动放在他跟前的那杯咖啡。他不吭声。他只听高平说话。

高平很耐心，也很诚恳。

高平问他想怎么处理他的渔场，他好像没听见一样，没有回答。

高平说你可能还要继续养鱼，因为养鱼的投资小风险小，你一步一脚往前走，一点一点积累把握大，心里踏实。可你没想到这么挣钱多长时间能挣到你所需要的钱？等你挣够了，账一还又身无分文了。再回去写文章吗？那时候已经过去多少年了？

高平说到那时候你也许会发现你失去的不仅是时间，还有机遇。

他说："你现在就有一次机遇。"

他说："你以为你没有资本不能搞更好的项目只能养鱼是不是？"

他说："我不这么看，我如果是你，我就把你租的渔场填成平地盖楼。租期不是五十年吗？半个世纪，够长了。你没钱围海造地没钱盖楼你可以找人联合啊。"

他说："我就愿意和你联合。"

安达终于看了一眼高平。高平不厌其烦地说了这么一堆话之后，他终于看了他一眼。

高平说："我看上了你那块地方。我认定在那儿盖楼可以挣大钱。你如果愿意，就以你的渔场作为投资，我们一起搞，或者我出钱买你的合同。我可以给你六十万。我请你做顾问的邀请依然有效。"

高平说："这不是附加条件，更不是什么施舍。我要做事，需要你的帮助。"

安达感到他有些口渴了。他端起了那只杯子。高平拦住了他。高平向服务小姐招招手。服务小姐走过来了，一脸微笑。

高平说："请换杯热的。"

安达被买走了

安达给葛治文说："就这么我被收买了。"

他提着一瓶酒，抱着几盒罐头食品，找到葛治文的住处。他说我想和你喝一次。然后就给葛治文说了他和高平的事。

他说："我把我卖给他了。"

他的眼睛有些发红。他说他感到很耻辱。

葛治文说我的看法和你完全相反。葛治文说天上掉下来一块馅饼掉到你嘴里了多好的事！

他说："你心理不平衡可你得面对现实。古话说凤凰落架不如鸡何况你没落到鸡群鸡窝里去。我打听过了，高平人不错。他那儿不像我这儿，我这儿才是真正的大鸡窝。"

他说高平为什么不叫我去我什么比你差了不就比你少念了几年书吗？他妈的。

他说："事情说定了没有？"

安达说："定了。"

他说："让高平先给你一笔钱。"

安达端着茶杯里的酒看了葛治文一眼。葛治文说别看啊钱他妈是顶顶重要的。

安达喝酒了。他不想说这件事了。

高平给安达买了两身衣服，然后又陪他洗了一次桑拿。安达已刮过脸理过发了，而且还吹了风。高平说你是海圣公司的顾问我得让公司的员工一见你就觉得你光彩照人。

他们洗完澡就坐在休息室边喝茶边聊，等待按摩。高平一定要安达按摩一次。高平说你试一次很舒服的。高平说他是第一批杀进滨海的淘金者之一，啥事都做过，感触也很多。他说这里是中国最自由的一块地方，也是冒险家的乐园，跌一跤就有可能捡到一个百万富翁，再跌一跤又可能一文不名，每天都有悲剧和喜剧上演。但也得承认，这里也在培养着中国的各类炒家、投机者和现代商人……

安达感到大水和葛治文没有说错，高平也许是个不错的人。他感到他心里的那种敌意和不舒服已在他们的几次谈话中慢慢消解了。高平比他小好几岁，这也许不会影响他们成为很好的合作者和朋友。

一位服务生来请高平和安达去按摩间。高平说你去吧我在这儿等你。安达就被领进了一间小屋里。

他被吓了一跳。他是第一次进这种地方。服务生把他让进去以后就拉上门走了。那里有一张床。他躺上去，看见茶几上有一张报纸，就拿过来躺在小床上看着。他听见门响了一声，关上了。有人走到了床跟前。然后，他就感到一只手伸到了他的身上。他感到有些不对劲。他拿开报纸一看，立刻就坐了起来。

他没想到要按摩他的是一位漂亮的小姐。

他突然的坐起和惊慌的表情吓着了那位小姐。小姐向后退了一步，看着他。

他说："你，你……"

小姐说："我哪儿弄错了吗？"

他说："你，你咋进来了？"

小姐迷惑了。小姐说你不是要按摩吗？

他说："这是男澡堂你怎么进来了？"

小姐笑了，也不再怕了。小姐知道了他是第一回到这种地方。小姐的笑很诡秘。小姐坐到了床边上。

小姐说："先生请躺下，你会很舒服的。"

安达没有躺下。安达说不不不不。他从床上跳下来，跑了出去。

休息室里已没了高平，问服务生，才知道他一去按摩间高平就走了。这一次的桑拿按摩是高平专意为他安排的。

他以为高平会问他按摩得怎么样的。高平没问。他也没给高平说。他想他要说了高平会笑的，他也会难堪。

他住进了海圣公司。那是一座公寓式的楼房，园子里有一棵红棉树，他们就叫它红棉公寓。他和公司员工第一次见面的时候，员工们都叫他教授。他问高平，他们为什么这么称呼他？高平说他们问你以前是干什么的，我说是搞经济研究的研究员相当于教授，他们就叫你教授了。

他说："噢噢。"

他就成了教授。

那天晚上，他在公寓楼下的院子里转了一会儿，然后又转到了街上。他夹着那只皮包。他把它塞进了一个垃圾箱里。

第十九章

渔场的含金量

渔场很快就变成了平地。

高平没有开发它。他要转租脱手。他说他可以净赚六百万。他说教授你现在知道你的渔场的含金量了吧？

安达瞪着眼睛半晌没说出话来。

高平笑了。高平说到这里的人都是为淘金而来的，可淘金者和淘金者是不一样的。有的人像鹰隼一样，他能看见什么地方有金可淘。有的人是无头苍蝇，到处乱碰，碰到底也许还是一只无头苍蝇。

他很快又让安达惊异了一次。

他和恒久公司签订了转租合同，安达是知道的，但他又单方面毁约，把那块地方转租给了万泉公司。

他说："因为万泉公司愿意多出五十万。"

他说："合同是人签的，能签也就能撕毁，因为人是活的。"

他说："信用要是带不来利润就没有意义。我们是做生意，不是交朋友。"

他说："恒久公司不会找麻烦的。恒久公司得到了我们二十万的违约金，他们凭一纸合同就赚了二十万，已很满足了。"

安达像听天书一样。

安达说："噢，噢，我明白了……"

高平给了安达一张支票。

高平说："这是你应得的一部分。"

高平说："你和大水的事可以了结了。"

那是一笔很大的钱。安达没想到他突然会拥有这么大的一笔钱。他看着那张支票。他感到他的身子好像往上飘了一下。

他给大水还钱，大水不要。大水说你这么做让我很难堪。他说我说过要还你的。他说总有一个人要难堪你就当帮忙别让我难堪行不行？他把钱给了大水。

葛治文说："他好意思大水他好意思啊。"

他正在点菜。

他说大水最多只能拿一半因为锅巴厂是你们俩合伙做的他连规矩也不懂了。安达说锅巴厂是我要办的也是我赔的我不能让大水承担责任。他说我还了钱我心里干净。他说我现在也不用钱，还不如给大水。葛治文说你怎么能说有钱没用你有钱就可以单干你怎么能说没用？葛治文说你迟早得另挑一摊你不能永远给高平做顾问啊。安达说那是以后的事情高平待我不薄我没有理由离开他。葛治文说好吧我不说了你现在大小也是个"款"了我多点了几道菜。安达说点吧你随便点。

葛治文说："我真为你高兴。"

葛治文说："人和人真他妈不能比，你一眨眼就柳暗花明了，我就是鸡屁股闪电一样地眨眼还是个山重水复。"

葛治文说："你应该给林英说说你现在的情况，让她也高兴高兴。你把她叫来咱一块儿喝多好。"

安达说："她有男朋友了……"

葛治文说："我们是老朋友啊。结识新朋友不忘老朋友难道你没听过这首歌？"

安达说："欠大水的还了。欠林英的一辈子也没法还……"

其实他找过林英。他在拉葛治文出来喝酒之前找过林英。他想像葛治文说的那样给林英说说他的情况。他也想把那二十箱的锅巴钱退给林英。他想林英不会要的。他想林英会说安达你真可笑你要笑死人了。也许林英不会这么说。林英也许会生气。林英会说你要这么做你以后就别来找我了。他一路上都这么想着。

林英不在。他见到了林英的男朋友。

他听见了一阵吹小号的声音，然后他就见到了他。

他说他姓刘。他说他知道安达。他说林英给他说过。那时候下了一阵小雨。滨海的天气经常这样，一块云就可能带来一阵雨。他让安达进屋里坐。他说也许林英一会就回来。安达说不坐了不坐了我改日再来。他退了出去，转身走进了雨里。他听见小号声又响了起来。

他很失落。他把葛治文拉了出来。

他没给葛治文说他找林英的事。他只说：她有男朋友了……他说：我欠她的一辈子也还不清了……

后来，他又见过一次小号手，是中秋节的晚上，在一家夜总会里。

中秋节和夜总会

安达给李正写了一封信，说了锅巴厂倒闭以后发生的事情。他说大水的钱已经还了。他给李正寄了一万块钱，他让李正分一半给安然媳妇。他说安然媳妇改嫁了但有安然的孩子。

然后就是中秋节。

做饭的小胖一见高平就嚷嚷。小胖说有女人的男人和有男人的女人都有团聚我们这些没女人要的男人怎么办？他和高平是老乡只有他敢这么放肆地在高平跟前嚷嚷。他是个二十多岁的小伙子，胖乎乎的，很讨人喜欢。安达也很喜欢他。他说高老板你不能让我们闷在屋里喝酒躺在床上看着月亮流眼泪吧？他说高老板你女朋友不在你暂时也成了光棍和我们一样了你就不想和我们一块儿过节？他说就算我们能闷在屋里喝酒对着月亮流泪可教授来咱公司过第一个中秋节你忍心？他不时提一下他的大裤衩给安达挤弄着眼。安达说小胖你别拿我说事啊。小胖说高老板你听见了没有人家教授是有学问的人不会明说的。高平说去歌厅咱们去歌厅过节小胖留下看家。小胖知道高平是故意这么说的。小胖"嗷"地叫了一声，搂着安达的脖子说："怎么样教授？你不嚷嚷高老板是不肯给咱们出水的。"

高平没让小胖做晚饭。高平说今天的晚饭我们去外边吃然后去歌厅唱歌跳舞。小胖说高老板你真让我感动我真想亲你一下喊一声高老板万岁。

有一个人没有参加起哄。他一个人在角落里玩着扑克牌。他来公寓里已好几个月了。安达看见他总是一个人坐在一个角落里玩扑克牌，有时候也看书。安达问过小胖。小胖说他也是闯海人，和高平和他是老乡，找不到合适的工作没地方住，就在这儿搭铺混吃混喝等待机会。他们都叫他王总。因为他们听说他的愿望就是当总经理。小胖说像王总这样的人在滨海很多，大把大把的，能装一列火车。小胖说这种人平时表现得都比较深沉，和凡人不太搭话。小胖说这种人高不成低又不就其实也挺可怜的，不像我就想做个做饭的嘻嘻哈哈热热闹闹的心里干干净净没任何负担。安达说小胖你叫他和咱们一块儿去过节他一个人挺孤独的。小胖说他不会去的。小胖看了那位王总一眼，他没叫他。

他们就去了那家夜总会。

他就看见了林英的男朋友。他在伴奏的乐队里吹着小号。

高平说小胖你不能光顾你自己要照顾好教授。小胖说当然当然伴舞的小姐我挑我选但小姐的小费你出。小胖接连给安达拉过来几位小姐，安达不跳。安达说我不会跳。小胖说教授你对小姐不满意我还可以另找你别拿不会跳来折磨我啊。安达说我真的不会跳你别再找了。小胖说你不会跳小姐教你跳这里的小姐是全滨海最高档的各种舞都会跳。你把头抬起来看看这位小姐多好。安达不抬头。小胖给小姐挤眉弄眼地示意着让她拉安达下舞池。小胖说我们教授害羞小姐你就主动点我们教授不满意你是没有小费的。小姐不敢拉安达，只看着安达笑。小胖说教授你往舞池里瞧你以为是跳国标啊。小胖说你在这儿跳国标人家会把你当神经病看的。小胖说你抱着小姐的腰小姐搂着你的脖子你们脸贴着脸踩着乐曲慢慢摇着摇着摇着你就摇出味道了不信你摇一摇试试。小胖又贴着安达的耳朵说，你摇的时候你想做什么了你就动点手脚，你还想进一步做什么了你就给小姐说让她和你去咱的公寓楼这小费可就大了你得自个儿出。安达说你快摇去我不去我在这儿喝咖啡看你摇。他推走了小胖。小胖拉着那位小姐到舞池里摇去了。

安达没看小胖和那位小姐跳那种摇着摇着的舞。他在看小号手。他想起了林英。他在如歌如诉的乐曲里想起了林英。

林英一直忙着给一家公司赶做灯箱。她真像她给安达说的那样，每天工作十几个小时。回到小屋的时候天已黑了。她扭亮台灯，给自己倒了一杯水。她感到有些累了。她回到小屋就会感到累的。她用手指理了理有些蓬乱的头发，一口一口喝着那杯开水。她看着她的小屋，看着桌子上凌乱的乐谱。然后，她就看挂在墙上的那幅自画像了。她很喜欢她的这幅自画像。她经常在她有些疲累的时候一个人静静地看它。她吃着甘蔗，目光对着看她的人。她感到画上的她更像她自己。她看她的时候，她感到她能给她说点什么，所以，她总喜欢看她。

然后，她打开收录机，就听到了小号手的留言："今天是中秋节，我会带月饼回来……"

噢噢，中秋节。我怎么会忘了今天是中秋节呢？

小号手回来得很晚。林英在等着他。林英说我在等你。她说我一直在等你。林英没有开灯，她点亮了桌上的几根蜡烛。她想给她和他制造一点过节的气氛。小号手真带回了月饼。

他说："我只买了两块。"

林英看着那块月饼，突然有些感动了。

林英说："我们过一会儿再吃，好吗？"

林英说："我想和你跳舞，行吗？"

小号手点点头，走到林英跟前。林英打开收录机，放出的是一首叫做《归家》的乐曲。乐曲在小屋里弥漫着。

林英说："我喜欢听它……"

他们相拥在一起了。烛光照着他们。

林英说："等我们有了钱，我一定要给你办一场演奏会……"

那时候，安达正一个人在公寓旁边的一家小酒馆里自斟自饮。他睡不着。他想他睡不着是因为喝了太多的咖啡。他很后悔他在夜总会里喝了很多咖啡。他想找人说话，就敲开了小胖的门。他说咖啡喝多了害得我睡不着觉咱聊会儿天。小胖不和他聊。小胖说我累了我明天还要早起给你们买菜做饭你找那个王总聊去。他说王总睡着了在凉席上打呼噜呢。小胖说不行不行我要睡。

他就从公寓里走了出来。他喝了一会儿酒。他觉得头有些晕乎了，就摇晃着往回走。他抬头看看天上，月亮早到西边去了。然后他就踩地上的月光。他一步一步地踩着地上的月光。他想把它踩在脚底下。他发现他踩不住。他一踩，它就跳到了他的脚上边。月光是踩不住的。活了大半辈子，他才发现月光是一种踩不住的东西。

他就这么一步一脚踩月光回到了公寓。

他从梦中醒了过来。他梦见他和一个他不认识的女人在一起。他有了一次急不可耐的发泄，然后就醒了。他抱着胳膊在床上坐了一会儿。他想起他来到滨海以后有过的几次发泄都是在梦里完成的，就对自己有一种怜悯和同情。

椰子岛的感受

安达让高平给他找事情做。他说高平赶紧赶紧我得做事。高平有些奇怪，他知道安达除了做股票，还接连做了几笔生意，都赚了钱的。他说教授你是怎么了钱得一笔一笔挣啊。安达说不是钱的事我想不停地做事没事做我心里发慌。高平说好吧好吧我们去椰子岛。

他们就去了椰子岛。

他们在滨海国际投资洽谈会上看到了椰子岛的文字和图像资料。他们对它产生了兴趣。本该早去考察的，高平忙别的事，一直拖着没去。

他们五个人。他们开了两辆车。安达在高平的车上，还有一位，是高平的女友。高平说她是吴虹，前一段时间回上海老家去了。吴虹甩了一下头发。吴虹说：口天吴，彩虹的虹，虫字旁一个工字。高平说行了啊人家是教授啊《资本论》都读过五遍了上车吧。吴虹不好意思了，在高平肩膀上推了一把。她很年轻，也很漂亮。她红着脸给安达笑了一下。

高平请了一个摄影师。摄影师也带着女友，在另外一辆车上。

安达成了孤男。临走之前，高平给安达说："帮你找个女友带上，我们在那里过夜。"安达说："别别别别……"所以他就成了孤男。

他们在高速公路上行驶了一个小时后，拐上了土路，又行驶了二十多公里土路，就停在了一条水边。那里有一个小村庄，十几户人家都是当地的少数民族。那条水是从海里伸过来的，形成一个宽阔的水域，手臂一样，搂抱着的就是椰子岛。

一只船划过来，把他们划到了岛上。船工就成了他们的向导。

几个小孩随船跟着他们到了岛上。他们好奇椰子岛，小孩们好奇他们。他们比划着问那几个小孩能不能爬上椰子树摘几个椰子下来。小孩们看懂了他们的比划，便猴子一样爬上椰子树，从上边给他们扔着椰子。船工从腰里取下砍刀，砍开坚硬的椰子壳让他们喝。他们每人抱着一个椰子，椰子汁顺他们的口角流淌着。小孩子从树上下来了。他们给小孩钱，小孩们不要。小孩们瞪着眼睛看着他们手里的钱，突然跑开了，在远处看着他们。他们觉得这是椰子岛上最有趣味的景致。他们有了一种在演一部电影的感觉。

然后，他们来到海边。他们没见过那么好的海水。他们说这里的海水真好。他们看见一群一群的鱼从海水里跳出来，跃过水面，在金黄色的阳光里一闪，又钻进水里去了。然后，是另一群。它们在阳光里闪过的时候，他们就看见阳光确实是金黄色的。他们想着那些鱼，它们是不是故意这么做的？海水里是不是有一个簸箕一样的东西在扇着它们？

沙滩上的贝壳很干净，没人捡拾过。

云很低，一块一块的。一块又一块的云互不牵连。它们有着不同的颜色。它们使深远的天空更显精神。阳光是从一块墨黑色的云上边滑下来的，滑成许多道光束。

还有椰子树。海边的椰子树和椰林里的不太一样，它们是零散的，随意地弯出些弧度来，像一些画片上常见的那样……

他们是在椰子岛的黄昏里野餐的。他们围坐在一片椰林的旁边，对着远处的海水和海水送过来的气息，吃着他们带来的食品。那时候，船工和那几个小孩已经离开他们。他们成了椰子岛上唯一的人类。

然后是晚上，是月光下的椰子岛。

两位女性绑着吊床，和他们的男人说着调情的话。安达成了多余的人。他就离开了他们，到海水里去了。他想像他看见的鱼群那样在海水里跳扑。

一会儿，高平也来了。高平看着海水里的安达，也来了兴致，就脱掉衣服，跳进了水里。

他们都光着身子，一丝不挂，让海水触摸着他们的身体上的每一个部位。不跳扑的时候，他们就躺在水上，让海水推拥着他们。他们就成了波浪的一部分，成了波浪。

然后，他们就坐在了沙滩上。

柔软又温热的沙滩使他们产生了想象。

还有涌动的海水。

还有远处的两位女性的嬉笑声。

高平说："教授。"

安达说："嗯？"

高平说："找个女朋友吧。"

安达看着海水。

高平说："我帮你找。"

安达摇摇头。

高平说："是生活严谨还是……不敢？"

安达说："不，不是。"

又说："太伤人……"

然后，他就听见了高平离去的脚步声。

……

安达很晚才回到他的吊床那里。他发现高平他们的吊床上没有人。当他听见从椰林深处传来的喘息声和呻吟声时，他就知道他们为什么要让他们的吊床空在那儿了。

椰子岛太安静了，它让安达听见了他两对朋友隐秘的声音。

这声音太有挑逗性了。它撩拨着安达。他突然觉得人太好了。人活在这个世界上太好了。他甚至想，他的那两对朋友要是在屋子里，在床上，而不是在椰子岛的椰林里，他们就不会发出这么大的声音的，他们会有声音，但不会这么大，这么撩拨人。他羡慕他们，连同他们发出的那种声音。

声音在继续着，在椰林的深处。

……

他在朦胧中听见他们回来了，先是一对，然后是另一对。他们悄无声息地上了他们的吊床。他们很快就睡着了。

椰子岛成了无声的世界，笼罩在一片月光里。

海水在响，在远处。很轻。

钓钩——椰子岛

高平用八百万买下了椰子岛。他要在那里盖一百幢别墅，修建配套的娱乐设施，搞会员制的休闲度假村。他要把椰子岛变成有钱人的乐园。

规划很快做成了。

摄影师拍出的图片印成了一本精美的宣传图册，配有中英文介绍。安达给葛治文拿了一本。他说你看你看看这就是我给你说过的椰子岛。葛治文一边翻一边说：狗日的这么好的地方。安达说它已经归高平所有了。葛治文说狗日的高平。安达说通电通水通路之后椰子岛就会成为一块宝地，它会使高平的资产总额超过一个亿的。葛治文说狗日的他成大商人了。然后葛治文就有些酸溜溜了。葛治文说你找我就是为了给我说这些？安达说不不不找你是想在你们报纸上做招商广告。

然后是一个接一个谈判。然后，高平就改变了主意。他想像转租脱手渔场一样把椰子岛转租出去。一位姓赵的港商经过几轮谈判之后，把价钱从起初的二千万翻了一番，要用四千万人民币从高平的手中买走椰子岛。高平就动心了。高平说一转手就可以赚到三千多万，不动心就不正常了。他说教授你说呢？

安达没有附和高平。他说卖椰子岛就把一笔巨大的无形资产一起卖掉了。他说商界突然对你的海圣公司侧目而视，就是因为你拥有了一笔可供开发的财富，没有人能准确地估量出椰子岛的潜在价值。他说三千万确实不少，但它是死的，是有限的，椰子岛却是活的，是无限的。它是一个大说法，是一个童话，是一个钓钩。他说当然东西是你的决定权在你手里，我只是尽我的职责。

安达说服了高平。椰子岛确实成了一个钓钩。它使高平打开了金融界的大门。海圣公司很快在滨海的房地产业中占到了相当的份额。高平很得意。他说教授多亏你提醒了我。他说我太刺激了。他说椰子岛真是一个钓钩。他说椰子岛还是过去的椰子岛可它成了一个钓钩。他说这世界真他妈的奇妙。他说我实在想感谢你可我太忙了你自个儿照顾自个儿你要有花费我给你签字报销。他知道安达很寂寞。安达一个人是很寂寞的。

安达确实很寂寞。一到晚上，他就拉葛治文过来和他下跳棋。葛治文下了几次，烦了，怎么叫也不来了，他就去找葛治文。他说一到晚上我就难受就怕回那间屋子。葛治文说找小姐去小姐会为你驱除寂寞的。他说我不回去了我就睡你这儿算了。葛治文说不行不行你睡我这儿有人会以为我们是同性恋你是想害我啊。

他也试图和那位永远找不到工作的王总聊聊天。他说王总咱聊聊天。王总说噢噢聊，聊吧。王总正在看一本书。那些天王总不玩扑克牌了，他在看一本外国商人的传记。他问王总找没找到合适的工作。王总说经常找到又经常辞职。王总没有和他聊天的心思。他说好吧你看书吧我出去转转。

他又踩踏过几回月光。

那时候他没想到他很可能也是一个钓钩，很快就会有鱼来咬钩的。

他更想不到会是路远。她从遥远的深水处正在向他游过来。

有人敲门。他睁开了眼。敲门声又响了几下。他穿上衣服，拉开门，他就看见了她。她给他微笑着。她提着一只旅行包。

椰子岛的又一次感受

她给他说她离婚了。她说她办完离婚手续就来这儿了。她说你给我送锅巴时，我就一肚子心事我没有告诉你。她说那时候我就想也许我会来的。她说我来了。

他请她吃海鲜。她的这些话是在海鲜馆给他说的。她说她来了就不想走了。她说她想学着做生意。她说我跟你学行吗？

他没回答她。他说我很高兴在这儿看见你。他说我确实很高兴。他还想说下去，又打住了。他想他再说下去就会说出不合适的话来。他怕他的话让她产生误解。他知道那些天他的心态不是很好。人在心态不好的时候是很容易说不合适的话的。

她说她离婚了才知道她的婚姻是一个误会。她说她离婚后才想了许多。她说那时候她太虚荣，太功利，自己给自己设置了一个陷阱钻了进去。她说那时候她不懂感情。她说那时候她要懂感情的话就不会选择马立军。她说到这儿的时候也打住了。她没说她要是不选择马立军她会选择谁。她说我一直在熬我终于离了。

她说我来不打扰你吧？她说我来不会给你造成不方便吧？她说话的语调和神态给他传达了一种温馨的气息。她就这么把一种温馨的气息传给了他。他说没有。他说我真的很高兴。

她说她想让他带她去海边看看。她说她长这么大还没见过海。他就带她去了海边。她看着海给他说这地方真好。她说她离婚的那些天老做海的梦。她说她梦见的海和她现在看见的海不太一样。她说能看见海真好。她这么说着，眼里好像要流出泪水一样。她说海边的空气很润人，能把人的眼睛润湿，心里都有一种湿润的感觉了。她说人还是要经历一些什么，人经历了一些东西以后看见什么都会有另一种感觉的。她看着他。她说一会儿就会看他一眼。她让他感到一个柔软的她。柔软的她是他过去从来没见的。

然后，他就领她去了椰子岛。她问他这儿还有什么好看的地方，他就给她说了椰子岛。她说：领我去吧。他就领她去了。

他没告诉任何人。他自己也想不通他领她去椰子岛的时候为什么没有告诉其他人。他租了一辆出租车。他带着吊床。他还买了许多吃的东西。他领着她到了那个小村上。一条船把他们送上了岛。

他看着她摘香蕉，摘菠萝和槟榔。他看见她采摘它们的时候像个孩子一样。他甚至爬到了一棵椰子树上，抛下来几颗椰子。他用带来的水果刀旋开了它们，让她喝。他给她说他们来这儿的时候是村上的几个孩子从树上摘的椰子。然后，他就领她去海边，看跳跃的鱼群，看海水和阳光。然后他看她游泳。他没忘记给她买游泳衣。他的细心让他自己也有些吃惊了。

他看她游泳的时候有些恍惚。他恍惚中感到水里的她很像当年在金鱼湾水库里游泳的林英。他为他的这种恍惚也有些吃惊。她在水里叫他。她说下来啊。她说下来啊。他就下到了水里。他一步一步踩踏着海水向深处走去。海水堆成了一道又一道浪涛向他涌着，直到把他涌倒。他"噢"了一声，划开手臂游了起来。

然后，然后就是椰子岛的月光。

椰子树冠把月光弄得有些支离破碎了。他和她在各自的吊床上躺着。

她叫了他一声。

她说："安达……"

他说："嗯？"

她说："你睡了？"

他说："没有。"

她说："说点什么？"

他说："不知道该说、说什么？"

她说："你来滨海多少时间了？"

他说："你知道的。"

她说："孤单吗？"

他不吭声了。他听见她从吊床上跳下来，走到他的吊床跟前了。她靠着椰子树，看着吊床里的他。她又叫了他一声。她解开了吊床上的绳子。他滚了下来。

　　她要他。她说她想要他。她的声音像断成许多节的游弦一样。她一边说着一边亲吻着他的身体。他就给了她。他给她的时候她像换了一个人一样。她叫喊着让他狠一点。她抓着他的肩膀，抓着她能抓到的地方。她的眼睛里喷涌着泪水。他不知道她在欢乐的时候会叫喊着流泪。她让他狠一点再狠一点。她叫着他的名字。她的舌头像僵硬了一样，急促地发出要他快的声音。她的声音和扭动刺激着他。他给她的时候他们都大叫了一声。然后，他就挽起了她缠紧的双臂。她说她要死了。她叫着他说她要死了。他喘着气，嘴里发出"啊，啊"的呻唤。他想他终于有了一次真正的发泄。他的脑子里一片空白。

　　月光在他们的身体上流淌着。

　　他们没有睡意。他们瞪着眼睛看着空濛的大空。

　　天快亮的时候，她说她又想要他。他说他也想。他给完她的时候，他们看见太阳从远处的海水里拱出了半个身子。她抱着他的头。他在她的胸脯上枕着。他很奇怪，三十岁的她的身子那么富有弹性。

　　他让小胖腾出一间屋子。她住在了公寓里。

第二十章

咖啡馆谈话

葛治文骑着自行车跑了几条街道才找到林英，他捏住了车闸把车铃按得丁零零响。林英正在画广告牌。林英看他满头大汗心急火燎的样子，不知发生了什么事。葛治文说你快挽救挽救安达吧。林英说怎么了怎么了？葛治文说他要失足落水了。林英有些紧张了。林英说在哪儿他人在哪儿？葛治文说在公寓里。林英舒了一口气，白了葛治文一眼。林英说你没事就骑着你的自行车转去。她不理葛治文了。

葛治文说："路远来了。"

林英好像没听清。林英说你说什么你再说一遍。她本来又要画她的广告牌，她转过身看着葛治文。

葛治文说："路远来了。"

林英说："是不是？"

葛治文说："我骑着自行车满滨海找你我给你撒谎啊？安达陪着路远玩了几天了他给谁也没说你不觉得他很危险啊？路远和安达住在一个公寓里你不觉得他们迟早会住一个屋啊？"

林英皱起了眉头。然后林英转过身去了。葛治文说哎哎你是怎么回事你还有心思画广告牌啊你能画得下去？他跳下自行车，夺过林英手里的画笔。他说你至少得关心关心安达吧？他说路远是什么人你是知道的她肯定会把安达拉下水的。他看林英不说话，他说你是不是觉得我是狗咬耗子多管闲事了是不是？他把画笔又塞给林英，他说好吧我确实是狗咬耗子我不咬了就让他当失足青年去吧我不管了。他骑着自行车走了。

林英却没了再画下去的心情。她好长时间没见安达了。她想她应该见一次他。吃过晚饭，她就给安达拨通了电话，把他约到了一家咖啡馆里。

安达有些不太自然。

安达说："中秋节前我去找你，你不在。"

林英说："他给我说了。有事吗？"

安达说："没，没有。想看看你。"

林英扭头看着窗外。

安达说："为什么不找我？"

林英说："忙，太忙了。"

安达说："我在渔场时，你还能抽时间来。"

林英说："现在和那时候不一样了。那时候你一个人在那儿，我担心你，怕你挨不过去，怕你发生什么事情。"

安达说："现在呢？不担心了？"

林英说："现在没事了。你在一群人中，而且……"

安达说："也挣了钱，是不是？"

林英又看窗外的街道了。

安达说："这让我更难受……"

林英回过头，看着安达。

林英说："看样子，你要继续做下去了，不会回头了，是不是？"

安达说："我很矛盾。我确实很矛盾。我没想做现在做的这些。我很瞧不起自己。可我没办法做我想做的。挣些钱再说吧。"

林英说："你回不去了。你们许多人都抱着这种天真的想法，挣了钱再回头。其实，一进套子就由不得你了。套子只会越来越紧。到最后，真要甩掉套子，能不能活下去都是问题。我想过这些。为你想过。"

安达说："你呢？"

林英说："好多了。接了几件活。我想办个广告装潢服务部。"

安达说："我想帮你，又怕你拒绝。"

林英说："我能行。"

安达说："那二十箱锅巴，我老记着……"

林英不愿谈这个话题，她打断了安达。

林英说："路远来了？"

安达说："她离婚了。她想来这儿找工作，暂住在海圣公司……"

林英说："问她好。"

他们就说了这些。他们喝了一会儿咖啡。

把废人做到底就是一种境界

美多广告装潢服务社挂牌开业的那天，林英放了一挂鞭炮，接受了几位同行和客户的祝贺。她在服务社里请他们喝了一杯清茶。她的脸上洋溢着微笑。她说谢谢你们对我的关照我从心里感激你们。她说我很高兴各位不嫌弃我的一杯清茶一杯清茶当酒了。那几位同行和客户觉得她亲切又温和。他们说她很可能不是一个精明的生意人但绝对是一个可亲的好心肠的人。他们说他们就是冲着这一点来给她捧场的。他们说你的清茶比酒好喝。他们说得很真诚。林英说谢谢，谢谢你们。

客人们走了以后，林英和她的几位员工收拾了服务社的卫生。她看着她的服务社，心里涌满了一种温柔的情感。这一方小世界是她用她的辛苦建立起来的。她爱它。她想她以后要好好地呵护它。

她仔细地给小号手做了一顿饭菜。她把它们端上了桌子。她解下围裙，走到小号手跟前，用手拉着他的胳膊，看着他的脸。她说我不想让你去歌厅伴奏了。她说我办服务社就是为了让你不再去歌厅。她说从今天开始。她让他在家里写谱子。她要他找个没人的地方安心地去练习他的小号。她说："好吗？"

小号手觉得她不像他的情人。她觉得她更像是他的姐姐。他总能从她那里感到一种母性的温暖。

他摇着头。

他说："不行。我不能让你养活我。"

林英说我能行。林英说还记得我说过的话吗我说过我有一个梦想。

她说："我要给你办一场音乐会。"

她说："我希望它很精彩。"

小号手又一次被林英打动了。林英总能打动他。林英温和的神情和语气里有一种打动他的东西。他给她点着头。他说我一定不让你失望。他说：一定。

她说："然后我们就去北京。这儿不是你应该待的地方。这儿和你的小号不协调。"

然后他们吃饭。林英说我以后会忙一些。她说她不能保证按时给他做饭了。她请他原谅。他说你别说了你再说我会流泪的。

然后，林英陪他去了海边。她坐在一块礁石上，用手扶着下巴颏，看着他吹那只小号。他吹着那支《归家》。她知道他是给她吹的。她说你别吹这一支你吹你的练习曲。他就吹练习曲了。小号声在空气里穿越着，悠扬幽远。那时候太阳正在跌落。那时候他们在夕阳的光晕里。

许多天以后，林英又陪他到这里来过一次。他变卦了。林英回到那间小屋的时候，看见他盘着腿在床上坐着，好像在和谁生气。林英说你怎么了你怎么没去海边？他不吭声。林英说对不起我这些天太忙我一直忙没照顾你。小号手说不是不是。小号手说我不弄这事了。林英皱起了眉头。林英说为什么为什么？他说你干活挣钱我摆弄这东西我成什么人了。他说他很难受。他说他看见她整天早出晚归身上溅着许多油漆点他很难受。他说他是个废人。他说搞艺术的做艺术梦的人都是废人是没用的人。他说他不要这个梦了。他说：我不要做废人。

林英说："把废人做到底也是一种境界。就怕做不到底。咱可是说好的。"

林英说走走帮我做饭去换换心情。她把他拉进厨房。吃完饭，她拉他去海边，他不去。林英提着小号盒子。林英说不许耍小孩脾气。林英说你说过不会让我失望。林英还拿上了她的游泳衣。林英说我想游泳了你陪我去。

林英游泳的时候，小号手在礁石上吹着小号。林英在水上躺着，听着小号的声音，想着他吹着小号的样子。

他真像个孩子，她想。

她用脚轻轻地拨打着海水。

三对面

安达每天晚上都去路远的房间。他有些管不住自己了。他给自己说别去了今晚别去了。可他管不住自己。他睡不着。他只有和路远做了他和她都想做的事情之后才能平稳地入睡。他躺在床上等着，等公寓里的人都睡下之后才去。路远知道他要来，给他留着门。他一扭门把儿就进去了。有时候路远坐在台灯跟前等他。路远给她的房间买了一个能调光的台灯。她说她喜欢柔和的光线。有时候路远在床上等他。她躺在床上等他的时候，台灯的光线就是调过的那种光线。她躺在毛巾被里。她像一只停在水里的鱼。然后，他们就成了两只鱼，毛巾被是他们搅起的波浪。他不让路远喊叫，他怕公寓里的人听见。路远就轻声地呻吟，就压抑着她叫喊的欲望。她压抑的那种样子比她叫出声时的样子更能刺激他。他不知道她的身体里到底聚集着多少激情。她站着或者坐着和他说话的时候是平静的，可她在床上立刻就会翻涌，就会激荡。安达也发现了自己。他为他的亢奋感到吃惊。他从来没有这么亢奋过。他从来没有这么开放过自己。他一会儿悬浮着，一会儿又沉没下去。他不再做那种梦了。他给路远说他过去常做梦现在不做了。路远问他什么梦，他没告诉她。

　　葛治文想一脚把安达踹倒，然后再指着鼻子质问他。葛治文知道他是踹不倒安达的，也不知道该怎么质问，就找到大水，把安达和路远的事告诉了大水。大水不信。葛治文说你打电话叫来问。大水就打电话约安达出来。葛治文冲着大水手里的电话筒说：别带其他人啊！

　　他们是在一家饭店见面的。安达一来，葛治文就把脸别到一边，一副不屑和安达说话的样子。葛治文说大水你问他吧我懒得开口。

　　安达说："怎么啦？"

　　大水说："听说你和路远好了，是不是？"

　　安达说："你听谁说的？"

葛治文突然转过脸来，说："都睡一个被窝了还问这话！你先说有没有这回事？"

安达说："你不能这么和我说话吧？不管有没有，都是我的私事，我不想说，你不能硬逼着我说吧？"

葛治文吼起来了："下乡插队的时候你就对她有意思了，你不敢承认！现在如愿以偿了，是不是？"

安达说："你小声点这儿是公共场所。"

葛治文说："小声点就小声点。那时候我和她谈恋爱，她给你告我的状，你就批判我，对不对？大家讨厌她，你就给她开绿灯，让她去公社广播站，对不对？她结婚的时候请你参加她的婚礼，你装模作样地拉我去垫背，对不对？安达你也太过分了。我他妈现在才弄清了……"

大水说："过去的事情别说了。"

葛治文说："为什么？过去是现在他妈，没过去就没有现在。我要说！安达你应该感到羞愧，脸红！"

大水说："我说点行不行？"

葛治文说："你说吧我懒得开口我说过我懒得开口我不说了。"

大水把头转向安达，说："按说这事我不该问，也不应该干涉，可我们是一起走过来的，看着你往沟里栽，要是不管也就太不是人了。路远是什么人你应该清楚。反正我讨厌她。我过去不隐瞒，现在也不隐瞒。葛治文来找我，我不信。看样子是真的了。我没有干涉你的私生活的意思，我是怕你和她黏糊在一起，时间长了会吃她的亏。"

葛治文说："她来滨海为什么不找我和大水？是她不愿意还是你不让？还是做了丢人的事不敢见我们？"

安达说："你的气在这儿啊？"

葛治文说："我稀罕。我呸！"

安达说："连我一块儿呸了，是不是？"

葛治文说："你还没到我要呸的那种地步。说不定哪一天我就连你一起呸了。"

安达说："问你一句话行不行？"

葛治文说："问吧。"

安达说："你来滨海以后交过多少女朋友？"

葛治文说："我和你不一样。你是有家室的人。我是光棍一条。"

安达说："你是不是把你的历史忘了？"

葛治文说："我没忘。我最终还是离婚了。你要和李正离婚吗？难道你要和李正离婚？你为了她要和李正离婚？"

安达说："你还给我讲过偷吃的理论呢！"

葛治文说："你学会了啊。你偷吃到她的碗里啊。"

安达不愿说了。安达问大水还有没有其他事，没有了他就走。大水不知道该说什么了。安达看着葛治文。他说治文你不要对过去的事情耿耿于怀我没你说的那么坏。他说那时候的一些做法确实可悲可笑是因为那个时代。他说在一个可悲可笑的时代里没儿个人不可悲可笑治文你也是。他说，我确实不像大水那样讨厌路远，也不像你葛治文那么鄙视她。他说过去那么多年了大家都有许多变化，路远现在过得不好有许多伤心事你不了解。

安达走了好一会儿，葛治文才醒过神来。他说："这也太荒唐了。我们没教训他，反让他教训了我们一顿。大水你说是不是？"

他们和安达再见面的时候，再也不提这件事了。

餐饮店

路远很快就和吴虹成了好朋友。吴虹陪路远逛了几回商场，要路远买几身好衣服。吴虹说人是衣服马是鞍在滨海就更是。她说滨海的人常常以服饰判断人的地位，你可以什么都不是，但你穿一身好衣服他们就不敢小视你。路远总是笑着，顺从着吴虹。

吴虹也请路远喝咖啡喝洋酒。吴虹很内行地让服务小姐给她和路远的酒杯里加冰块。她给路远说她喜欢她。她说我挺喜欢你的我叫你姐吧，她就叫路远姐了。她说路远姐其实你不用费心找工作让高平和教授出钱咱俩合伙办个餐饮店。她说她整天也无所事事闷得慌一直想找个事情做。她看路远有些为难的样子，就说，这没什么为难的你要是不好开口我去找教授说。她还用她的经验教导路远。

她说："你把教授盯紧，有他就有一切。"

她说："我这话听起来好像有些庸俗，可我觉得一点也不。女人不靠男人活起来太难，时间长了你就会知道的。"

路远说："安达有那么多钱吗？"

吴虹说："肯定有。教授在海圣公司的酬金不少，还做股票和其他事，挣了钱的，以后会更有钱。餐饮店投资不大，他会同意的。"

吴虹当着路远的面，冷不丁给安达说了办餐饮店的事。她说教授你就忍心让路远姐为了找工作到处乱碰啊？安达不好说行也不好说不行，就说，我和高平商量商量。

那天晚上，路远把新买的衣服穿给安达看。她说："吴虹非要我买这种款式，我怕你看不惯。"安达说挺好的，真的挺好的。然后，路远就坐在了床边上。

她说："吴虹今天说的事你别往心里去，也别找高平说。我不愿做让你为难的事。"

她说："我总会找到工作的。我已经来了就不回去了。我在滨海有些社会关系，去找找，也许能找到门路。"

正说着，吴虹拉着高平来了。吴虹说高平已经答应了就看教授肯不肯帮忙了高平你给教授说。高平说就让她们试试吧。安达说好吧那就试试。

餐饮店很快开张了，又很快关了门。吴虹和路远突然反目了。

那天，吴虹气冲冲找到安达，说：

"餐饮店办不成了我和你那人没法合作。"

安达说："生意不是挺好吗？"

吴虹说生意确实挺好可挣点钱都让她请客吃饭拉社会关系了。吴虹说我也请过客可我请的都是过去的朋友。吴虹说我看不惯她！

安达问路远，路远说吴虹每个月都要报销两千多块钱的出租车票，她觉得有点多，就说了吴虹一句，吴虹就翻了脸，说了很多难听的话。路远说："我感到很丢人。要不是想着你和高平，我真想扇她。你不知道她说的话有多难听。"

安达说："合作合作，就是一块儿合着作。你得学着和人合作。"

路远感到很委屈，不说话了。

安达找吴虹谈过几次，吴虹坚持要路远向她道歉。路远说应该道歉的是吴虹。吴虹说我不干了我撤出。两个人没法调和了，安达和高平就把餐饮店盘给了别人。高平给吴虹说："吵着闹着要做事，有事做了又生事。"吴虹气不过，总找茬儿说风凉话给路远听。路远受不了，又不好发作，要搬出去住，被高平拦住了。高平说："我和吴虹搬出去。吴虹整天嚷着要住新房，正好是个机会。吴虹太难缠，老在这儿也不好，动不动就扎老板娘的势，员工们早对她看不惯了。"

没几天，吴虹就从公寓里搬了出去。安达有些不好意思。吴虹说没什么没什么我住新房去。又说："你好好教育教育你那人。"

路远站在窗口，看着吴虹上了高平的车。她心里很难受。她想，安达有那么多钱，为什么就不能花钱买房子或者租房子，争一口气？又想，安达凭什么要给她买房子或者租房子争那口气？这么一想，她就更难受了。安达一进屋，她就抱着安达哭了。安达知道她心里难受。又不知该怎么安慰她，就让她抱着他流了一会儿眼泪。

路远又无事可做了。

宏达公司

大水和安达每隔一段时间就会约葛治文出去吃顿饭，聊聊天。那天，葛治文放下大水的电话，要走的时候，坐在他对面的编辑和他说了几句话，说坏了他的心情。

编辑说："又有人请吃饭啊？"

葛治文说："是啊。"

编辑说："还是那两位款爷吧？"

葛治文说："你怎么这种口气？"

编辑说："骡子跟马跑呢。"

葛治文说："什么意思？"

编辑说："你是谁人家是谁？你是给人家当陪衬呢。你省了饭钱，人家找到了感觉，是不是？千万别让你的女朋友一块去，你一个人当陪衬就够了。"

葛治文没等那位编辑把话说完，就拿起桌上的红墨水瓶朝他泼过去。编辑跳起来说：老葛你疯了说句玩笑话你怎么认真了。

葛治文一路上都想着那位编辑的话。他很憎恶他。他说的话有道理，可听着让人憎恶。

安达和大水看葛治文一脸不高兴的样子，问他有什么不顺心的事，葛治文不说。安达和大水要和葛治文碰杯，葛治文不端酒杯。

葛治文说："以后别叫我吃饭了。"

安达说："怎么了？"

葛治文说："我不想吃白食。我想请你们吃饭又没钱。"

大水说："没人让你掏钱啊。"

葛治文说："我也不愿让你们掏了。"

安达说："到底发生了什么事？"

葛治文说："屁事也没有，就是心里憋。"

大水说："别憋啊你有话就说出来。"

葛治文说："说就说。"

他说出了一大堆话。

他说："我们一起下乡，在一个锅里搅了几年勺把儿，对不对？到城里后，你们是啥样子？我是啥样子？我并不比你们差多少对不对？现在都下海了，安达，我下海比你还早对不对？我是冲着你安达和你大水才去锅巴厂。锅巴厂赔了，关了门，我分文没得，连工作也丢了，现在给人家编他妈的鸡巴广告词，一个月挣一千多块，不够打的士请女朋友吃饭，这你们是知道的。你们呢？都腰缠万贯了不是？你们想过我没有？安达，咱在锅巴厂受的什么罪你没忘吧？你给人描绘了多少美好的前景？我买了个钓鱼竿你骂我跟我翻脸，现在想我那时候还不如坐在海边天天钓鱼呢，省得现在有这么多的伤心。大水，锅巴厂是你投资的，你丢了啥？赔了啥？你的四十万投资安达还你了，对不对？惨的是谁？是我傻瓜二百五葛治文！我一直没说过这些话。我不说不等于我心里不想。我等你们说呢！等你们发现你们的良心呢！你们的良心让钱埋了，让狗吃了。别嫌我说话难听。"

安达和大水举着酒杯，却没法喝了。葛治文的话还没有说完。

葛治文说："安达，最没人心的是你。咱在锅巴厂同甘共苦，一块儿潦倒过。你把自己安置好了，左右逢源，到处都有你挣的钱。我呢？我掉在沟里了，想爬都爬不上来。说你没能力帮助我，可路远呢？她一来你就给她出钱开饭馆。路远是谁？是我过去的恋人！伤过我心的人！你不但给她花钱，还和她睡觉。这世界真他妈就认两样东西，钱和女人的奶头。再说一遍，别嫌我说话难听，我烦着呢，伤心着呢。我没好话说给你们听！你也别误会，好像我还在为你和路远的事耿耿于怀。没有。我耿耿于怀的是我的朋友的良心！"

葛治文的眼里闪着泪光了。

他说："吃饭吃饭，知道我每次和你们吃饭时心里是什么滋味吗？我的心快让你们的饭菜揉成烂泥了……"

葛治文说不下去了，趴在桌上呜咽起来了。安达和大水说治文你别这样人家都往咱这儿看呢。葛治文说让他们看吧嫌人看你们就走呜呜。

饭没法吃了。

安达心情很沉重。他给路远说了葛治文在饭桌上的哭诉。他说他想帮助葛治文，又不知道怎么帮助好。路远想了一会儿，说："其实，你要是办一个公司，也就能解决他的问题了。"她说得很小心。又说："你和大水也该想办法帮帮他。"

那个王总就是那些天的一个晚上把他挂在公寓院子里的木棉树

上的。他惊了公寓里所有的人。他们快要忘记他了。他们没想到他会上吊自杀。他没死，他们发现了他，把他从树上抬了下来。他说他实在不想活了。他说他在公寓里住了五百零六天，有时候身无分文，连五块钱也要向别人借。他们当场给王总搞了一次募捐活动，安顿他休息了。小胖分析说，王总未必真想死，如果真想死就会把上吊的时间选在后半夜。安达说赶快闭上你的臭嘴。

回到屋里，路远已铺好了床。安达不想睡，他一根接一根抽着烟。路远说睡吧他不会再去死的。安达说他不是因为王总，是因为葛治文。他说他想找大水去。他担心葛治文哪天想不开了也像王总一样把自己往树上挂。

他说："他会不会？"

路远说："他性格软弱，爱激动……"

又说："他不会吧？"

安达坐不住了，要立刻找大水。路远拦住了他。路远说已经后半夜了。

她拿掉了安达手上的烟。

安达决定办一家公司。他和大水谈得很顺利。他说大水你入股咱就合伙你不入股就算我借你的钱到时连本带息还你。大水说怎么都行。

高平也很痛快。高平说你在公寓里收拾两间屋子做办公室省得你花钱租房，也算我对你的支持。高平说你还是海圣公司的顾问你可不能撒手不管。

葛治文要当宏达公司的总经理了

他说："我得有一身像样的衣服吧？"

他买了一身高档西服。

他说："路远不能进公司。"

路远好像知道葛治文会反对她进宏达公司，没等安达开口，就先和安达说了她的态度。

她说："我不会让你为难。我知道葛治文和大水对我有成见，现在进公司也不好。我相信总有一天他们会真正了解我的。我现在就想一样事，把你照顾好。"

又说："我不怀疑葛治文的能力，可他毕竟没办过公司，最好能有个帮手。"

她给安达推荐了那个王总。她说她和他聊过，是个有想法的人，如果给他机会，他会尽心尽力的。

安达采纳了路远的建议。葛治文也没反对。

路远单独和王总吃了一顿饭。王总坚持要付饭钱。王总说大姐你一定得给我这个机会。路远不让他叫大姐。王总说就叫今天这一次。王总说大姐你暂时不在公司也好，旁观者清，你多提醒我。

几天后，宏达公司挂牌开张了。

第二十一章

只做一样事情的路远

那些天，路远很平静。她细心地照顾着安达。她真像她所说的那样，只做这一样事情。安达因为一块钱的出租车费，被出租车司机打伤了额头，也给路远提供了一次细心照顾的机会。她不让安达去她的屋里了。她把她的东西搬到了安达的屋里，以便更好地照顾安达。她用热毛巾给安达敷着伤处。她说你看你多给他一块钱不就没事了。她的声音很柔和。安达从她柔和的责备中听出了怜爱和关切。安达说他乱收费我不能给他惯毛病，路远说你太认真了总改不了你那知识分子的毛病，爱认死理。安达也喜欢听她说这样的话。他感到"知识分子"这个词听着很亲切。有毛病当然不好，可知识分子的毛病却常常是可爱的，认死理的毛病就尤其可爱了，所以他爱听。

路远就这么用她细致入微的照顾和善解人意的话语让安达更深地了解着她，感受着她。也使安达找出了他为什么不找年轻漂亮的小姐而愿意和她在一起的原因。小姐的漂亮和年轻无法替代成熟的关怀。而且，她要他的时候，他给她的时候，她是多么好啊。

路远从不在他跟前提说她进公司的事，甚至也不问公司的事务，只是在安达说起宏达公司想买东区的一块地皮的时候，她才无意地说了一次。她说她在土地局有点关系，开餐馆的时候她请他们吃过饭。她说如果需要，她可以帮公司去找找他们。

安达很快把这个信息告诉了葛治文。

太好了太好了，葛治文说，赶紧让路远给咱跑去，几家公司都盯上了那块地皮，谁能打通关系地皮就是谁的。

安达又给路远说了葛治文的意思。

路远说："葛治文为什么就不能直接和我说？他就不嫌我说他架子大？"

安达说："你误会他了，他是不好意思。"

路远说："他和我总不能一辈子这么别别扭扭的，总得找个机会坐坐，化解化解吧？"

安达觉得路远说得有道理，就把路远的话传给了葛治文。葛治文想了一会儿，说："好吧，我和她坐坐去。"

葛治文和路远就坐在咖啡厅的雅座里。

开始的时候葛治文有些不自然，路远给他的咖啡里加了两块糖，他就自然一些了。

路远说："我来滨海这么长时间，咱们是第一次坐在一起，是不？"

葛治文说："是的，是。"

路远说："也是咱下乡回城以后十几年来的第一次吧？"

葛治文说："噢……是的。"

路远说："过去了这么多年，我们能坐在一起，也太不容易了，想起来真让人感慨。"

葛治文说："是，是的。我也感慨。"

路远呷了一口咖啡，好像在回首往事。

她说："我们都经历过许多事情也长了不少见识，过去的许多看法和想法，还有做法，都成了教训，代价挺大的。我常常想起过去。如果能回到过去就好了，我们可以重新想，重新做，就没有这么多的追悔了。"

她说："说句心里话，也许你不相信，我一直很感激你当年对我怀有的那份情感。我结婚后，婚姻并不幸福，就越感到你那份情感的珍贵了。我伤害过你，我很内疚。我希望能得到你的原谅。我一直想找个机会和你谈谈这些，到滨海后就更想了。好像命里注定的一样，我们又到了一个城市，我们还要相处。我不想让过去的一些东西成为永远的障碍。我不相信你会永远记恨我的，因为你不是那种铁石心肠的人。"

葛治文被路远恳切的言辞和态度触动了，路远从葛治文的神情上能看得出来。

然后，她就很自然地说到了宏达公司。

她说："你不同意我进公司我能理解，你怕我影响安达。我也没向安达要求进公司。说我不想进公司是假的，我怎么能不想进公司呢？可我不能让安达和你为难。"

她说："安达是有家室的人，我不能拆散他的家庭。可我不能老这样啊。家可以不要，总得找个事情做吧？治文，你说呢？"

没等葛治文说什么，路远又适时地转了话题。她说不说这些了说点轻松的，他们的谈话就变得轻松一些了。

路远说："听说你找女朋友了，搬到公寓来吧，我已经给你腾好了房子。"

葛治文脸红了，说："我没有固定的女朋友，你别笑话。"

路远说："会有的。"

路远费了很多周折，为宏达公司打通了关系，接连做成了几笔地产生意。葛治文盛情难却，搬进了红棉公寓，住进了路远住过的那间屋子。又过了一段时间，路远就正式加盟宏达公司了。

为了拓展业务，宏达公司搬出了红棉公寓，另租了一处地方。安达、葛治文和路远在海岳楼摆了一桌，请大水和高平吃了一顿。

葛治文还专门写了祝酒词，在酒桌上念了一遍。

最像握手的一次握手

在海岳楼吃完饭之后，大水好长时间没和安达联系。安达给他打电话，他总是哼哈呀的，说他忙。葛治文说大水怕是想让咱还他的钱不好开口吧？安达说也该还大水的钱了。他让会计算清了利息，签了一张支票。葛治文说我去我去。他拦了一辆出租车。他上出租车的时候给安达说：咱也该买一辆车了吧？

大水皱着眉头。葛治文眼看着大水的眉头慢慢皱了起来。葛治文说大水你别皱眉头借账还钱天经地义你别客气啊。

大水摇摇头，把那张支票还给了葛治文。大水说你拿回吧。葛治文不明白。葛治文说为什么为什么？大水没说原因。大水问安达在哪儿，葛治文说在公司，葛治文说本来安达要过来，我骚情地说我去我去，是不是数字不对？大水说你先回去我要和安达面谈。葛治文又把支票拿了回去。他很晦气。他给安达说怎么回事大水阴阳怪气的不要钱是怎么回事？

安达也有些莫名其妙。他拨通了大水的电话，才知道问题有些严重。大水要的不是还钱而是分成。安达说大水咱说好的是借钱啊。他说宏达公司的业务你从来也没过问过啊。他说你要分成我无法接受。大水说你挣了钱啊。大水说你这么做我也无法接受。大水说我出的那一部分钱不是我私人的是公司的我没法给公司交待。大水说分成是合理的。

葛治文跳了起来。他听见了安达和大水的对话。他说合理个屄！

他说大水也太不要脸了难怪他不要支票他想吃大鱼。他说我们不能给他惯这种毛病。

安达很后悔当初没和大水签合同。他不知道该怎么办了。王总说我和葛总的态度一样反对给他们分成。王总说不能因为是朋友就破坏规矩。安达问路远。路远的态度比较温和。路远说她理解安达的难处但葛治文和王总的话也有道理。她说她刚进公司不好表态。她说你们怎么办我都没意见。葛治文急了。葛治文说路远你不能稀泥抹光墙这里边也有你一份儿，钱是怎么挣来的你最清楚！路远说不让步会失去朋友。葛治文说狗屁朋友，当初办锅巴厂的那笔钱他就不应该让安达还，他大水总想弄旱涝保收的事。安达说别激动我去找大水当面谈。

他没找到大水。大水似乎故意在躲他。

然后，就发生了给宏达公司大门上挂锁的事。有人在上班之前把一把大锁挂在了宏达公司的大门上。

葛治文来上班，看见公司的员工在门外边坐着。他说怎么啦你们不进公司坐在这儿晒太阳还是欢迎我？他们让他往门上看。

他就看见了那把大锁。

他们说："我们没法进去。"

路远说："肯定是大水公司的人干的。"

葛治文说："砸。"

他们找来两块石头，砸开了那把锁。葛治文抓起办公桌上的电话，很快接通了大水的办公室。他说我找大水让大水接电话。对方说大水不在有什么事可以和他说。葛治文说你是什么人？对方说有事就说没事我挂电话了。葛治文说为什么给我的公司门上挂锁？对方说公司有我们一份儿我们想挂。"啪"一声，电话被扣上了。葛治文浑身打着抖，恨不得一步跳到大水的办公室把那个人捏成肉泥。

路远说："大水太过分了。"

王总说："就是就是。"

葛治文在办公室走了几个来回，又一次拨通了电话。他说：请你给你们的大水传话，就说一个叫葛治文的人说了，他的钱我们不还了，他要想不通就去人民法院。他说：你们挂的那把锁已经被砸坏了还想挂就买一把结实的让我们再试着砸一次。这回是他扣的电话，他没等对方说话就扣了。

他说："气死我了气死我了。"

电话铃响了。王总一接电话，是大水公司的人打来的，说他们要过来面谈。葛治文长舒了一口气，说："这还差不多。"

又说："有理不打上门客去买点水果。"

王总和出纳很快买来几袋水果，摆在了会客厅的茶几上。

他们来了。他们开着一辆客货车，拉着一副防盗门，还带着安装防盗门的工具。他们说他们想了大半天也没想出哪一种锁比防盗门更结实。他们说我们装上后你们砸吧。

葛治文抓起茶几上的水果往他们脸上和身上砸过去。

他说："把他们轰出去！"

他说："搬石头都搬石头去谁敢装防盗门就往谁头上砸！"

防盗门没有装成。他们害怕宏达公司员工们手里的石头。

大水不能不见安达了。几天以后，他们坐在了一起。

大水说："我确实不知道。"

安达说："你躲开了，是故意的。"

大水没吭声。

安达说："我们之间也会发生这种事，我感到很丢人。"

大水说："是的，我也感觉到了。"

安达说："也很滑稽。"

大水说："是，很滑稽。"

　　他们终于达成了协议。宏达公司给大水的公司多付了一部分利息。他们握了一下手。他们都感到这是他们几十年里最像握手的一次握手。

　　葛治文拒绝见大水。他说我不见他。他说大水已经流氓成性了。他质问安达说："你怎么能和流氓握手？"

葛治文和路远发生了分歧

　　宏达公司的生意越做越好，总经理葛治文却没了好的心情。他感到他越来越像个摆设了。路远总能提出正确的意见和建议，公司的业务实际上是按路远的意图在做。开始的时候，他只是有些小不舒服，并没太多在意，后来，他就不能不在意了。他发现路远连说话的口气也有些轻视他了。他努力地回忆着在咖啡厅和他谈话给他的咖啡里加糖让他感动的那个路远。没有那个恳切的路远了。更没有那个悔过的路远了。现在的这个路远是舒展自如，甚至有些趾高气扬的路远。

　　还有那个王总，名义上是总经理的助理，实际上早已成了路远的跟班了，奉承和讨好已经到了厚颜无耻的地步。

　　就因为这些，葛治文有了一种不祥的预感。他感到他迟早会和路远发生点什么事情。

　　他没想到会发生得这么快。

　　那些天，安达一直和高平在一起忙着椰子岛的事情。开发椰子岛的前期投入已经开始，总投资预计两个亿，项目太大，高平很小心，大小事都要和安达商量。他给了安达一部分股份，安达就成了这一大型项目的股东，不仅是顾问了。他很少去宏达公司。有葛治文和路远的操持，他觉得不去或者少去是可以的。那时候，宏达公司不仅做地皮生意，也开始开发房地产了。

在解决盖楼的后续资金时，葛治文和路远发生了分歧。葛治文想卖掉一块地皮，路远反对。路远主张用地皮作抵押贷款。

葛治文说："我们已经贷了几笔款，再贷压力太大。我们自己能解决为什么非要跑银行？"

路远说："地价还在涨。这账你没算过吧？"

葛治文说："我是想把生意做得稳当一点，不想冒大的风险。"

路远说："没有风险，就没有巨额利润。坐在家里没有风险，时间长了就要喝西北风。"

王总说："我支持路远的意见，卖地皮不划算。不用算盘计算器，这笔账也能算出来。"

路远说："他是不会算账的。下海几年几乎没什么长进，为什么？没脑子，现在还像一只无头的苍蝇。"

葛治文的脖子突然挺了起来，说："你，你怎么这样说话？"

路远给了他一个冷笑。

葛治文说："路远你别忘了谁是宏达公司的总经理！"

路远说："我没忘。可惜你没有总经理的脑子，我没说错吧？"

葛治文被噎住了，看着路远，半晌吐不出一句话来。

路远说："伤了你的自尊心是不是？"

葛治文真想把茶杯里的水朝路远泼过去。

路远说："别这么看我啊。有话就说。"

葛治文说："你侮辱我！"

路远说："不是。是提醒你。"

王总说："别吵嘛商量嘛。"

葛治文没法和他们商量，他浑身的骨头已经发麻了。他要找安达去。

安达听了葛治文的诉说，想了一会儿，给葛治文笑了一下，说："其实，路远的思路是对的。"葛治文的眼珠子立刻瞪了起来。他感到他成了一个有冤无处诉说的人了。他说安达我没想到你会给我说这么一句话。他说也许路远是对的可你不能这么和我说话啊。他说我没法上班了。说完，扭头走了。

安达没叫住他。

安达给路远打了个电话，说：有事好好商量。路远让王总和安达说。王总说葛治文缺乏经济头脑还听不得别人的意见。王总还说，葛治文作为公司负责人耍小孩脾气拿不上班要挟是不负责的表现。安达说好吧好吧我回头找他谈。

没等安达和葛治文谈，王总已经动作了。

王总不停地给葛治文打传呼，催他回公司上班，葛治文正在酒吧喝闷酒。他不想理王总，又忍不住给王总回了个电话。

他说："什么事？"

王总说："你为什么不来公司上班？"

又说："无故不上班要按自动离职论处的，这可是你自己制定的。"

王总把电话扣了。葛治文给吧台上扔了几张拾元的票子，风一样刮出酒吧，挡了一辆出租车，很快就到了公司。

葛治文径直走到王总跟前，指着王总的鼻子说："谁放的屁要把我按离职论处？说！"

路远说："别冲着他撒野，想骂我就直接对着我来。"

葛治文转过身来，说："你没说错。他只是个小爬虫而已。你有什么心思也直接对我说。"

路远说："我什么心思也没有，你别往歪处想，大男人偏偏一副小肚鸡肠。"

葛治文笑了一声。人在气急败坏的时候就会像葛治文这么笑一声的。他说："想把我挤出宏达公司，我没猜错吧？你觉得时候到了，时机成熟了，是不是？"

路远说："你要这么想我也没办法。"

葛治文又是笑了一声，说："宏达公司是怎么办起来的你想过没有？没我就没这个公司！你是怎么进宏达公司的？也忘了？"

路远说："你好意思说这些话啊？宏达公司这本账我比你更清楚。公司是怎么挣钱的？你看你有没有挣钱的那点本事和灵气！"

王总说："人贵有自知之明，可有些人偏偏没有，没办法。你看我，没那个能力，就不敢往那个位子上坐。"

葛治文看看路远，又看看王总，他想哭。他不想和他们说了。他又去找安达，没找见，然后，就找到了林英。

林英穿着一身工作服，身上沾满了涂料。她使着一把射钉枪，和几个工人正给一家公司搞装修。一看葛治文的脸色，她就知道他有事情了。

葛治文说："路远想把我踢出宏达公司，狐狸的尾巴又一次露出来了。"

不会吧？林英不信。林英说她把你踢出去对她有什么好处呢？葛治文说当然有好处，就是没好处她想这么干她就会的，她已经开始这么干了。他说我和她没法合作了，安达肯定会顾情人不顾朋友的。

他说："我真想一脚踢死她，路远。"

他本来想让林英去找安达谈谈，又觉得这么做太丢面子，林英也未必肯去，就说："没事。我心里憋得慌想找个人说说。"他摇摇头，走了。

林英觉得葛治文的样子很可怜。

林英好长时间没见安达了，她想去看看他，也顺便问问葛治文的事。

林英去安达宿舍的时候，路远正在倒红酒。路远给她和安达各倒了一杯。她说："知道你累了，我也想轻松轻松。"还没喝，林英敲门了。路远一见林英，先愣了一下，然后就亲热地叫了一声林英。路远说没想到真没想到，要给林英倒酒。林英说别倒了我和安达说点事。她说安达能出去一会儿吗？安达说行啊行啊。林英给路远笑一下，表示了她的歉意，然后，和安达来到了街上。

安达说："找个地方坐坐。"

林英说："走走吧，在街道上走走挺好的。"

他们就在街道上散步一样走着。他们走了好长一截路，走过一盏路灯又一盏路灯。

林英说："你和路远，好吗？"

安达说："……还好。"

林英说："噢。只要好就好。"

安达说："怎么了？"

林英说："没什么，我就问问。"

然后又说："葛治文找我了，说他和路远有些不愉快。我也许不该说这话，可还是说了。"

安达说："两个人都使小性子，会处理好的。你呢？"

林英说："挣辛苦嘛，还好。"

安达说："你也不来找我。"

林英说："太忙。我没别的事了，你回吧，别让路远等急了。"

安达说："没关系。"

安达要送林英，林英不让送。林英叫了一辆出租车。

路远确实在等着安达。安达一进门，她就说："林英也真有意思，本来想和她聊聊的。有什么话不能在这儿说，非要拉你出去，好像专门做给我看一样。"

安达说："她是真有事说。葛治文找过她，把你们闹别扭的事给林英说了。"

路远不高兴了，说："她的手也太长了，伸到我们公司来了。"

安达说："林英关心这件事嘛，老同学，连这点话也不能说了？"

路远说："多体贴人的老同学啊。"

安达说："你怎么这种腔调？"

路远不说话了，但还在生气。安达端过没顾上喝的红酒呷了一口，看见路远要出门，就说："你去哪儿？"

路远说："找葛治文去。"安达没拦住路远，就说："有话好好说啊。"

乏味，为什么？

路远说葛治文你开门我有话和你说。葛治文说我不想说我要睡觉。路远说你开门。葛治文说明天去公司说。路远说我等不到明天我现在要说。葛治文打开门，说："说吧。"

路远说："你为什么去找林英？"

葛治文说："我为什么就不能找林英？"

路远说："你想拆散我和安达！"

葛治文说："没错。"

路远说："你也太恶毒了！"

葛治文说："比你差远了。我就想让安达觉悟觉悟。我怕他将来比我还惨。"

路远说："你随便毁坏我的声誉，你要向我道歉！"

葛治文说："别在这儿叫喊去法院告吧。"

路远的声音更高了："我要你向我道歉！"

公寓里的人被惊动了，围过来看热闹。小胖看不惯路远的作态，说："深更半夜的，也太张狂了。"小胖喊了起来。小胖说教授你快过来把你们家人拉回去吵得我们没法睡觉。

安达没有出来。

路远没吵出名堂，憋着一肚子气回到了屋里，看见安达还在呷酒，就更气了。

她说："你听见我和他在吵为什么不管？"

安达说："我拦都拦不住还怎么管？"

路远说："葛治文胡说八道都说到林英跟前去了他是什么用心？你不去责问他还反而说我啊。"

安达说："你把声音放小一点。我说你是爱护你。"

路远说："你爱护的是你的朋友！"

安达说："行了行了够了。"

路远喊了起来："不行！"

安达突然躁气了。他举起手里的酒杯，"啪"一声摔在了地上。路远被吓了一跳，看着满脸怒气的安达，不敢吱声了。她趴在床上哭了一会儿，然后给安达说："对不起，是我不好。"

然后，他们睡了。

几天以后，安达把葛治文拉到了一家酒店。他想让葛治文和路远和好。他没把他们的事看得有多么严重。

葛治文不知道这顿饭是安达有意安排的。他走进包厢，看见路远在饭桌旁坐着，就站住了。他没有入座。他很鄙视安达的这种做法。

他说："安达你这是什么意思？"

安达说："吃顿饭一块儿说说什么事情都没有了坐吧坐吧。"

葛治文说："安达我鄙视你，你看你成什么人了？为了她你竟下这么大的工夫用这么多的心思，你不嫌累啊？"

葛治文说："我明确告诉你，我和她没什么可谈的，在我和她之间你只能选择一个。你当然会选择她的，我不为难你。但我要提醒你，和她在一起你迟早会吃亏的。"

葛治文说："你们吃吧。"

他走出包厢，又转过身来对路远说："你的目的达到了。你把我的账算一下，我明天就离开宏达公司。"

葛治文也不愿在红棉公寓里住了。安达看着葛治文收拾好了行李，又难受又无奈。葛治文心里也不好受，眼里含着泪光。

安达说："非走不可吗？"

葛治文说："还是走了好。那天在饭店我说了些气话，你别往心里去。其实我很感激你，你使我也成了有钱的人。"

又说："我虽然讨厌路远，但说句公道话，她很能干。她有能力办好公司，只愿她能真心真意地对待你。"

小胖和公寓里的人来给葛治文送行。安达说你看这儿有这么多朋友你非要搬走。葛治文说住这儿低头不见抬头见，都别扭，眼不见心不烦，还是走吧。小胖，兄弟们，再见了。

路远一直没有露面。

那天，安达突然给路远说：

"你感到乏味不？"

路远有些莫名其妙，说："乏味，为什么？"

安达说："我觉得挺乏味的。"

葛治文离开宏达公司以后，安达心里一直很督乱。他感到这件事情很乏味。路远很乏味，葛治文也很乏味，他自己更乏味。他零零散散地想起了很多事情。他甚至想，他和葛治文，和路远，还有大水，一直像麻团一样纠结在一起，怎么就解不开呢？人有了一种掉进深坑里的感觉，怎么就跳不出去呢？这是他来滨海的时候没想到的。他感到他距离他最初的想法似乎走得远了一点。本来是要鸡蛋的，伸开手一看，在手里滚动的也许是一块鸡蛋一样的石头。

他突然有些茫然了。

然后，就越加重了那种乏味的感觉。

路远不知道这些，更不知道安达从一件事情上会想这么多。所以她说：

"乏味，为什么？"

她没有乏味的感觉。她心情很好。她时刻都能感受到海上吹来的清风。风在她的脸上。这就叫清风拂面吧？她时不时就会这么想一下。

第二十二章

筑巢

滨海的各个银行和储蓄所拥满了提取存款的小姐。她们有的漂亮，有的不甚漂亮，有的干脆就不漂亮，但她们却一样的有钱。那是她们用她们的各式各样的笑和她们的身体赚来的。她们也是闯海人。和她们在各种色情服务场所的服务一样，她们的取款也成了滨海的一大景观。她们不但提走了大量的钞票，也把春节将到的消息传递给了其他的闯海人。

安达不是小姐，但安达也得像小姐一样回家过年。李正给他打来电话，并让佳佳在电话上和他说了几句。佳佳说爸爸你好。安达说佳佳好佳佳好。佳佳说我想你妈妈也想你我们想让你回家过年。安达感到他的心在胸膛里突然热乎乎地动弹起来。他说佳佳放心爸爸会回来的爸爸一定回来。

小胖听见了安达的电话。小胖抱着一堆买来的回家过年的东西正从楼道经过。小胖说教授也回家过年啊。安达说老婆打电话以女儿的名义下命令了。安达说还有十几天你就急着买东西啊？小胖说我过两天就回我没老婆女儿可我有女朋友啊我急着见她。小胖说这儿的女朋友是可以变可以换的家乡的那一位是不能变不能换的以后要给我做老婆的。安达说你够清楚啊好你个小胖。

那些天路远很忙。她没告诉安达她在忙什么。她挎着她漂亮的小皮包，坐着出租车到处跑，脸上总是洋溢着一种幸福的气色。她还去过几趟福乐家私城。那是滨海最大也最有名气的一家。她似乎对家私产生了浓厚的兴趣。

然后，她把安达拉上了一辆出租车，来到一座新建的公寓楼前。她挎着安达的胳膊让安达和她上楼。安达问她这是什么地方。她说上去就知道了。

他们进了电梯。他们上升着，在十八层停了下来。路远说到了。她把安达领到了一套居室门前，从她的小皮包里取出一串钥匙，打开了门。

她说："请进吧。"

这是一套三室两厅两个卫生间的高档居室，已经装修过了。路远说看吧你先看看。她领着安达一间一间地参观了一遍，连阳台也没遗忘。

路远说："怎么样？"

安达说："不错。可是——"

路远说："它已经是我们的了。我把它买下了。我没告诉你是想给你一个惊喜。家私我已经看好了。过几天就拉回来。"

她说："你什么也不用管。我要让你坐享其成，而且满意。"

她说："我要让你在这儿享受生活。"

她说："就从这个春节开始。"

她说："这就是我这些天东颠西跑的原因。我跑了好多新建的住宅区。我觉得这儿最好。"

她说："不好吗？"

安达说："好，好啊。可是，红棉公寓，不住了？"

路远说："不住了。我早就不想在那儿住了。我们有钱了。挣钱是为了花的。钱只有在花的时候才是钱，不花就是废纸。有钱为什么还要像叫花子一样接受别人的施舍？这儿宽敞，舒适，我也能更好地照顾你。家私一搬进来，这儿就是一个温馨的家了。我会让你感到什么是温馨。这些天我满脑子都是温馨这两个字。"

安达终于明白了，路远在设计着他和她的将来，而且，路远把他们的将来的开始选在了这个春节。他的心咯噔了一下。他是没法在这儿过春节的。可怎么给路远说呢？他怕他一出口就会伤着他面前的这个女人。她正在爱着他。她正在做着的这一切是为她，也是为他的。他有些为难了，不知道怎么给她说。

路远说："你怎么啦？不高兴？"

安达说："不，不是。我很高兴。我当然高兴。可是，春节……你不回去？"

路远也明白了，安达春节要回家。路远的脸刚才还是一朵花，蓬蓬勃勃的，当然路远的脸现在依然是一朵花，却有些萎缩了。

安达说："你，也回吧……"

路远轻轻地摇摇头。

然后，他们离开了那里。

路远的脸很快又蓬勃起来。她买来了一堆东西。安达以为路远改变了主意，要回家过春节了。

安达说："就是嘛，父母总该看看的。你一个人在这儿过节，我也不放心。"

路远笑了笑，说："这些东西是我给住住买的。"她又拿出来一张机票，说："我知道你怕我伤心，把回家的日期往后拖延着。再拖延也得回去啊。明天已经是腊月二十六了，你回吧回去就好好过年别牵挂我。"

她说："我在这儿收拾咱们的新家。"

她说："我在新家里等你。"

她把安达送到了机场。分手的时候，她给了安达一张字条，她说这是新家的电话号码，春节前就会开通。她说回来时给我打电话我来机场接你。

进了安检处，安达回头看了路远一眼。他看见路远给他扬着手。

三天不出门

路远在大年三十晚上之前布置好了她的爱巢。爱巢这个叫法是高平说起来的。高平知道她买了房子，和她开玩笑说：要和教授筑爱巢啊？刚开始她听着有些不习惯，但很快就习惯了。爱巢？爱巢就爱巢，现在也只能叫做爱巢，那就一定得让它像个爱巢。那几天，她一直穿着一身工作服，指挥着搬运工人把所有的家私一件一件搬进来，让他们按她的意愿摆放好。她要让每一件家具都摆放在最合适的位置。她很挑剔，不允许有一点点不舒服的感觉。她买齐了所有的家电和厨房用具，都是最好的品牌，洗衣机电视机录放机冰箱微波炉一应俱全，还有一套音响。她还添置了一些小的装饰品。她甚至没有忘记洗几张她和安达的照片，把它们镶嵌在精心挑选的镜框里。她根据照片的不同要求了镜框的材料和大小。

她把卫生间的浴缸擦洗得一尘不染。她捶着酸疼的腰。她不让工人们做这种活，不是怕他们不精心，是因为让他们擦洗这一类太私人的用具她感到别扭。

她知道过节的那几天她一定很寂寞无聊，就去录像店租了一堆录像带，有供她心情好的时候仔细品味的经典艺术片，也有在心情不好的时候刺激情绪的枪战片灾难片和三级片。她不想让自己心情不好。她怕她会有心情不好的时候。人在孤寂的时候容易心情不好。

她还买了一对哑铃。她想用它让她的身体更富有弹性。

就这么，她把自己一直打发到了年三十晚上。她在滨海市的一片爆竹声里吃了一顿晚餐，然后，她打开电视，看中央台的春节文艺晚会节目。她尽量不去想安达，尽管安达总像一只兔子一样时不时会在她的思想里蹦跳一下。她把她埋在柔软的沙发里，怀里抱着一个比沙发更柔软的垫子。茶几上放着一瓶红葡萄酒和一只玻璃酒杯。她时不时呷一口。她喜欢喝它，也很会喝了。喝葡萄酒不仅仅是一种生理需要。喝葡萄酒有时候更是一个姿势，它和优雅的风度有关。

路远睁开眼，已是大年初一的早上了。电视屏幕上满是雪花点。她是看电视的时候睡着的。她揉着蒙眬的睡眼，关掉了电视。她用手指梳拢着头发，去阳台打开窗户。嘈杂的市声飘浮上来。她往下看看。街道上有走亲访友的男女，有的还领着孩子。她看了一会儿，突然有了一种压抑的感觉。她不想看了，就找到了那对哑铃，在阳台上一下一下举着，一直举到出汗的时候，然后，才开始洗漱。她随便给她弄了点吃的。她想出去到什么地方走走，又没了出去的心情，就找了一盘录像带，在沙发里看了起来。

她撕掉了一页台历。

她又撕掉了一页台历。

那几天，她感到她的生活就是撕台历，看录像，然后睡觉。

她被一部叫做《致命的诱惑》的美国电影吓了一跳。影片快结束的时候，似乎已经死去的女主人公突然从浴盆里坐了起来。一声枪响，男主人公的妻子射出了致命的子弹，女主人公重新倒在了浴盆里，鲜红的血慢慢浸染着浴盆里的水。那时候，路远正在撕另一页台历。她转头看着电视屏幕上的画面，愣了很长时间。

她听见了一阵电话铃声。

她突然听见了一阵电话铃声。

新装后从来没响过的电话突然响了。她被吓了一跳。她愣了一下，然后跳起来，奔过去，抓住了电话听筒。她听见了安达的声音。安达的飞机半小时以后起飞。她的眼里涌出了泪水。她的喉咙被什么东西堵住了，怎么也咽不下去。她听见安达在电话里向她"喂喂"地叫着。安达说你是路远吗你怎么不说话喂喂？……路远眼里的泪水扑簌簌流了下来。她突然想起了什么。她扔了话筒，朝卧室奔过去。吊在半空的电话听筒里还响着安达的声音："喂，我是安达啊……"

到了卧室，她又想不起为什么要来卧室了。她看见了化妆盒。噢噢化妆。她几天没有化妆了，也没照镜子了。她想她一定看不得了。她得收拾收拾自己。她打开化妆盒，又扣上了。她想化妆应该在梳洗以后。她就去了洗漱间。

然后是化妆。

然后，她打开了衣柜。她把里边的衣服和裙子全拿出来。一件一件在身上试着。她不知道该穿哪一件更合适一些。

她把自己整整折腾了一个多小时。她看了墙上的挂钟一眼，她想她不能再这么折腾了。她穿了一件裙子，然后去了机场。

她终于从出港的乘客中看见了安达。

坐出租车回来的路上，她一直抓着安达的手，好像那只手是一样不小心就会飞走的东西。

现在，他们到了他们爱巢里。他们四目相对，互相看着。然后，安达的手提箱从路远的手里跌落了。路远紧紧抱住了安达。

路远说："安达……"

安达看见了吊在半空的电话听筒。

安达说："你看，电话筒……"

他要过去扣上它。路远说不要不要。她不让他动。她把他抱得更紧了。她一直抱到她没了力气的时候才松开了他。

他领着安达把她精心布置起来的爱巢齐齐地欣赏了一遍。她连她精心选购的牙刷和擦脚布也没让安达的目光跳跃过去。

她说："满意吗？"

安达说："真没想到。"

她从专放安达衣服的柜子里取出一身衬衣。

她说："洗个澡吧。"

她帮安达调好水，把安达推进去。

她说："你洗澡，我去做菜。"

他们坐在了餐厅的餐桌上。

路远说："对我来说，今天才开始过年，我们三天不出家门，吃的用的我全准备好了。"

他们真的三天没有出门。

衬衣没成为话题

路远很好，心情好，精神好，气色更好。春节后上班的第一天，王总一见她就说，你气色真好。路远说是吗？王总经常给她说奉承话，但这一次不是奉承，路远是知道的，她相信她的气色。气色是精神和心情散发出来的光和彩。

她没有理由不好。安达每天晚上都会回到他们的爱巢。他们很和谐。噢，和谐。她认定像他们一样和谐的男女并不多，她想不出还能有比她的感觉更好的和谐了。精神和肉体的。卧室的灯光和装饰的色调是可以变换可以调节的，不管怎么变换和调节，都能给她和他的和谐制造出良好的氛围。床很大，她专门买了一张大床。她想过床的问题，人的一生有一半以上的时间是在床上度过的，而她和他的生命的现在这一段中，床的意义更为重要。所以，她买了一张大床，横竖都可以躺。床对面的墙壁上是一幅放大的好莱坞男女明星相拥着的黑白照片。黑白的比彩色的更富有表现力。他们相拥的姿态和眼神透出爱的迷醉和性的诱惑。这也是她和他的氛围。她说你看，他们看我们呢。有时，安达在神迷心荡之后会这么说一句：我们是不是太淫荡了？这时候，她就会温和地给他擦去满身的汗水，给他递上一杯清凉的矿泉水。她总是把矿泉水倒在玻璃杯里让他喝。她偎在他跟前抚摸他。她会说：不许你说粗话。她的脸上泛涌着红潮。

她并不羡慕那些年轻漂亮的女孩。她们有的只是漂亮和年轻。她们不会有在深渊中跌浮的性爱，也没有成熟的情感。她相信，安达不像别的男人那样去乱找小姐，就是因为他在她们那里找不到这两样重要的东西。

宏达公司的业务又有了新的发展。葛治文没有说错，她是能干的。她也充分地发挥了她的能干。她已把开发的领域从滨海延伸到了北海，那里的经济刚刚热起来，她看到了商机。她适时地打通了那里的关系，要在那里注册一家分公司。她希望安达能从高平的海圣公司脱身出来。她需要他满脑子的知识和智慧，这也是她欠缺的。

人在心情好的时候就会变得大度和宽阔。她把安达从家里穿回来的衬衣洗过以后熨了一遍，叠得整整齐齐的。她知道是李正给安达买的。她知道李正的关怀，也能想象出李正的无奈。李正要让她买的衣服跟随着安达，也让安达偶尔能想起关爱着他的妻子。她本来可以把叠好的衣服直接放进衣柜，她没有。她把它递给了安达。她说：我知道这是李正的心意，你放着。她说：最好别在滨海穿它。她说你别误会，我觉得在滨海穿着显得土了一点。她又说，我说这些话你不介意吧？

她能看出安达有了一点小小的难堪。

安达说不介意不介意就放着吧。他想起李正让他试衣服时的情景。他离家返回滨海的那天，李正拿出了那身衬衣，让他穿。李正说你试试看合适不。他说：挺合适的。李正的脸上浮出了笑来。佳佳说爸爸臭美。李正的脸上笑更多了。佳佳说再回来要带荔枝。他说一定一定，而且保证是新鲜的。他还给佳佳念了那首古诗：长安回望绣成堆，山顶千门次第开，一骑红尘妃子笑，无人知是荔枝来。他说知道这首关于荔枝的诗吗？她说老掉牙了还给人卖弄。他在佳佳的脸蛋上摸了一下。他觉得女儿又长大了许多。

不是鸡蛋

安达很快就从他和路远的床笫之欢里拔脱出来，做了一件令路远、大水和葛治文料想不到的事情。他把他多年前写就的那部专著的手稿从家里带到了滨海。他要出版它。他想以此为标志，使生活和生命的质量有所改观。

这和他的这一趟回家有关。他看望了研究所的几个同事。他已经多年没和他们来往过了。他们还蜗居在他们狭小的居室或者办公室里，继续制造着那些很难发表的论文和更难出版的专著。他们很羡慕他的有钱，可他分明又能从他们的羡慕的话语和表情里看出一些轻蔑。他们说你有钱吃喝为什么就不能出版你的专著？他们说我们从来就没想到你会变成一个纯粹的商人，也不相信你会。他们说我们没钱甚至有些贫困但这不是我们的悲哀，是国家的悲哀。他们的甘于清贫里似乎存有一种故意，硬是要显出这个国家的无知和愚蠢，而安达的有钱也就成了这种无知和愚蠢的装点。他们刺疼了安达。他们说安达你可别光盯着钱啊因为你的本色不是商人。

然后，他就找出了他的那部手稿，并把它带了回来。

其实，在葛治文和路远闹翻以后，他就顺着他的那种乏味的感觉在检点和反省自己了。他对自己的境况有了一种厌烦的情绪。他想矫正一下自己。他希望他在任何时候伸开手，在手心里看到的都是自己想要的东西，是一枚真正的鸡蛋，而不是像鸡蛋一样的石头。他甚至想让路远完全管理宏达公司，也想少参与一些高平公司的事务。他翻出了他的手稿以后，就坚定了他的这种想法。他们叫他教授，那就先让他们对他的这种称呼名副其实起来，然后再接着往下做。钱当然要挣。但挣钱不是最重要的。

路远的热情暂时中断了一下他的思路。在和路远做床笫之欢的时候，他说：我们是不是太淫荡了？只有他自己知道，他不是兴之所至的时候随口说出的，更不是极乐时的感叹。他说的是他真实的感觉。他还有一种堕落感。只是没有说出来。他怕让浑身散发着激情的路远难堪。路远给他擦着满身的汗水，让他抽烟让他喝矿泉水的时候，他脑子里想着的就是堕落这两个字。

他当然不能一味地堕落下去。他到出版社开始联系出版书稿的事了。安达毕竟是安达啊。

编辑很惊异安达的学识，更惊异安达的精神。不是每一个成功的商人都有学问都有思想，不是每一个有思想有学问的商人会在大把挣钱的时候去想一些和挣钱无关的所谓未来的国家的发展问题。然后，编辑说，你的思想很好但你的书稿是一个遥远的话题，只有国务院总理看你的这本书才有实用价值。他们建议他写一本更切合目前的书，能和滨海的经济发展有关更好。他们甚至说，你的书稿思路好是好但多少有些过时，已经有人写过这方面的文章了。安达说这些我都知道但我还是要出这本书。他说我是最先提出中国城市化的道路这一问题的我的书稿里有系统的论述也有翔实的资料和数据。他说我会写一篇后记的。

出版社答应了，因为出版费用是安达自己掏。

他写了一篇后记。

高平说："真要做教授啊。"

大水说："噢噢，应该。"

路远说："我理解你。"

葛治文似乎动了情感，说："他妈的我支持你，我看见了过去的那个安达。"又说："他妈的我要能出一本诗集就好了。"

两个月以后，安达的书稿变成了一本装帧精美的正式出版物，很厚，沉甸甸的。

葛治文说："他妈的应该开一个座谈会，扩大一下影响。"

这正是安达所想要做的。

于是，就有了一个范围不算小的座谈会，由出版社和宏达公司、海圣公司联合举办，请来了滨海宣传部、市社科所、滨海大学经济系等单位的头面人物和专家，还有电视台和报社的记者，座谈会是由宣传部的一位副部长主持的，气氛隆重热烈。安达接受了许多的赞美。他们甚至说这本书的出版是滨海文化建设的重要收获。电视台发了新闻，报纸发了座谈会侧记，还有两篇评介文章。

参加座谈会的每一个人都领到了一份礼品，还有一个信封，信封里有几张百元面值的人民币，也是礼品。

电视新闻和报纸上的侧记安达都看了，也读了报纸上的那两篇评介文章。他突然感到他像做了一笔生意，不能说没有收获，但收获的过程和最终的结果似乎有些可笑。他伸开手，手心里明明白白清清楚楚是一块石头，而不是鸡蛋。

报纸是路远拿给他的。他放下了它，摇了摇头，说："真他妈的，味道全变了。"

路远似乎听懂了他的话，说："总算了结了一桩心愿。"

他点点头，接过路远递过来的矿泉水喝了一口，然后说："倒杯红酒吧我想喝点红酒。"

路远就给他倒了一杯红酒。

他把他的书送给了林英一本。林英很高兴。林英说呀你出书了我怎么不知道？林英看看书的封面，然后看着安达，说：我可能看不懂，可我会看的。林英给他笑着。他有了一种温热的感受。他久久地看着林英。

李正的信和移动电话

李正的信是写到红棉公寓的，是一封挂号信，很厚。李正没给安达写过信，她有时会打电话，但没写过信，所以，安达一接到信就皱起眉头，有了一种不好的感觉。

安达是在他住过的那间屋里拆开李正的那封信的。他和路远住进爱巢后，高平没把那间屋改作他用，依然给他留着，让他在那儿午休。

李正的信写得很平实，好像和他面对面说话一样。他能从字里行间感受到李正和他说话的语气。

李正说：你回家过春节，我又高兴又难过。那几天，我都是在高兴和难过里度过的。送走你的那天晚上，我睡不着，想给你写信，又不知道该和你说些什么。我心里有话，可我说不清楚。我把佳佳叫过来和我一起睡。佳佳说妈你怎么啦你怎么啦？我说没怎么你爸走了我心里空虚你和妈睡一晚上吧。佳佳很听话，就和我睡了一个晚上。我不能每个晚上让佳佳和我睡，给我岔心慌啊。

李正说：我还是给你写信了。我想了几个月，还是坐下来给你写信了。佳佳在另一间屋里，已经睡了，我在给你写信。

李正说：你从回来到走，没好好和我说过一次话。我们做爱，但没好好说话。我觉得你没有和我做爱的兴趣。你像吃一道没滋没味的菜一样，我做好了，你不得不吃。我很难过。这么做爱我很难过。

李正说：我想你在那边有人了，我问你，你什么也不说。安达，你是不是有相好的了？风言风语已经吹到我跟前了。男人一有钱就容易变坏，大家都这么说。我信，也不信。我信有些男人有钱了就会变坏，我不信你会变坏的。你是个意志坚强的人，我就是因为这才嫁给你的。安达你相信吗？我想你会相信的，你想想那时候的你和我，你就会信的。

李正说：第一次听人说你有外遇的时候，我几天没吃没睡。我想不通。我愿意相信你对我的感情，相信你对家庭的责任。你就是不顾及我，你会顾及佳佳的。我这么一想，又把吊起来的心放下了。

李正说：你对我不耐烦了，嫌我啰嗦了。我想不出别的办法拴你的心，只有啰嗦和唠叨了。安达，我是不是不招你喜欢了？我怎么才能让你喜欢呢？你告诉我，我可以学着去做，再难，我也愿意学着去做，从头学起。因为我想招你喜欢，想保住我们这个家。

李正说：我想上电大。我感到我念的书太少了……

安达感到屋里有些闷人，就收起了李正的信，走出了红棉公寓。

他上了一辆出租车，司机问他去哪儿？他说你随便吧拉到哪儿算哪儿随便。司机笑了。司机说你把我难住了滨海没有个叫随便的地方啊。司机说老板是不是生意上出了麻烦？安达说比生意上的麻烦还麻烦。司机说噢噢我明白了老板进入三角地带了。安达说你还挺会说话啊。司机说我拉过各式各样的人听得多见得多就显得会说话了。司机说你们做老板的只有两样事情不开心一个是生意一个是女人。他把安达拉到了海边。他说你在这儿散散心吧。临走时又说了一句：老板想开点夹在两个女人中间肯定难受可女人毕竟是女人，女人是要用好话哄着的千万不敢当真，更不能想不开往海水里扎啊拜拜。

安达坐在海边的一块礁石上看完李正的那封信。他把那封信装进了衣服口袋，让正在下落的夕阳心烦意乱地涂抹了他一会儿。他有了一种想找人说话的欲望。

他想到了葛治文，就找到了他。

他们随便找了个地方，喝了几瓶啤酒。

安达说："我的事李正察觉了。"

葛治文说："和路远的事吧？这是迟早的事，纸里包不住火的。"

安达说："不知谁给李正吹了风。"

葛治文立刻敏感了。他说安达你可别怀疑我啊，虽然我反对你和路远好，我提都不愿提她的名字，一见她那种洋洋自得的神气就来气，可我决不会用告密报复她的。当然我更不愿害你，给你添烦心。

安达说："我没怀疑你。就算你给李正说的，也没什么，反正李正会知道的。"葛治文说："我离开宏达公司以后，仔细地想过你和她。她对我有意见，也许是有道理的。公司要做生意，在做生意上她比我精。我担心的是她和你把感情也当生意做。她对你好不好？"

安达说："还不错，昨天还专门去商场给我买了一双鞋，你看，就这一双。"

葛治文说："你给我钱，我天天给你买，买一百双。"

安达说："人家用的是自己的钱。"

葛治文说："她自己的？她的钱是从哪儿来的？她来滨海找你的时候有钱吗？算了，说这些话好像在挑拨一样，挺卑鄙的。也许是因为反感她，就觉得她做什么都不对味儿。人是有气味的，她的气味不正。她没法和林英相比。安达，林英对你的感情那才叫感情，一点也不做作，不存私欲。困境的时候，她给你安慰，为你牵肠挂肚。顺境了，她就消失了，决不打扰你。自尊，自爱，清清楚楚，明明白白。鲁迅说，人生得一知己足矣。林英对你就是这样的知己。有一百个会做生意精明练达的路远，不让人感到稀罕，可林英，你一辈子也遇不上一个了……"

安达说："又作诗了。"

葛治文说："前几天我看过一次林英，听她说赚了一点小钱，过一阵可能不做了，要给男朋友办一场音乐演奏会。你看，这他妈才叫纯洁高尚。我都有些想不通了，林英看着也普普通通的，甚至有些弱小，可就是能把小事做得让人感到轰轰烈烈的。这女人，真他妈难得。不说了不说了喝吧。"

安达和葛治文都不再说了，大口大口地喝着啤酒。

安达一进爱巢就倒在了沙发上。路远以为他病了，伸手去摸他的额头，闻到一股酒气。

路远说："你喝酒了？"

安达说："嗯，嗯，喝了一点。我累了。"

路远帮安达脱衣服，照顾安达去睡，然后，就发现了李正的那封信。挂衣服的时候，她看见安达的口袋里鼓鼓囊囊的，取出一看，是李正写来的信。安达已经睡着了，她关了卧室的灯，去了客厅，看了那封信。

她知道了安达喝酒的原因。

她也想喝酒了，就给自己倒了一杯红酒，坐在沙发里喝着。

她把那封信放回了安达的衣服口袋。

她想她无法阻止他的妻子给他写信，可她应该尽可能地让他在她的视线里。

几天以后，路远给安达买了一部手提电话。

安达说："我说过不用这东西的，我看见那些在街道上在公共场所用它通话的人，总感到有些装模作样，有那么多的事务吗？"

路远坚持要他用。路远说不只是因为公司的业务，有时候你想给我说什么恰巧手边没电话呢？

第二十三章

安达你别烦好吗

路远一直没问李正写信的事。安达也没和路远提起过。

那几天，安达天天都在写信封寄书。

他在写了二百多个信封，寄出了他的二百多本书之后，就不再寄了，因为他再也想不出还应该给谁寄，就是能想出来，他也没了寄的心情。

他想，一个人一生是结识不了多少人的。中国十二亿多人，能给寄书的竟只有二百多人，其中又有几个是真能读他书的朋友呢？

还有几十包书在角落里堆着，时不时就会钻进他的眼睛，给他一种可怜兮兮的感觉。当他寄出的一些书因为地址变更或其他原因退回来以后，他就感到连他自己也有些可怜兮兮的了。

然后就烦乱，就无聊。

他说路远我送你一本吧我给你签上名。路远知道他心里烦，就说："好吧。"他就取出一本，签上名送给了路远。

他说："这是不是有些滑稽了？"

路远说："为什么？为什么滑稽？"

他说："我觉得有些滑稽。"

路远抱着那本书，坐到他眼前了。路远说安达你别烦好吗？路远好像在请求一样。路远说看见你烦我很难受。她说我不想看见你烦。她说看见你这些天有些烦我想问又不敢问我怕惹得你更烦。她说不管是因为什么烦总是不好我不愿让你烦你别烦好吗？

她说："我们去北海吧。"

她说："我去处理公司的事情你去那儿散散心。"

安达突然有些感动了。在这种时候这种心境的时候，路远这么和他说话，他突然有些感动了。

他看着路远。

他说："好吧。"

他没有去成。李正拍来一封电报，说她和佳佳要来滨海，正好是路远和他要去北海的那一天。他被难住了。他把李正的电报递给高平，说：李正和孩子要来滨海也是明天的飞机，怎么办？高平说只有撒谎了。他们一块儿给路远拨了一个电话。安达说我去不成北海了我有点事需要留下来让高平和你说。高平说路远实在对不起椰子岛的事你是知道的一位台湾老板要来谈投资细节，教授不在我心里不踏实，就暂时拆散一下你们。高平说事情一谈完我立即把教授给你空运过去。路远相信了他们的话。安达说我明天去机场送你。

路远去北海的飞机起飞和李正来滨海的飞机降落之间有两个多小时的时间差。安达充分地利用了这两个多小时。送走路远之后，他立即就拦了一辆出租车，赶回红棉公寓，开始收拾他和路远住过的那间屋子，清理路远遗留下的一些小东西。他把小胖拉来给他帮忙。时间不够用了，他眼看着时间不够用了。他说小胖我没时间了我得去机场接你嫂子这里就交给你了。他把手里的笤帚塞给了小胖，从门里跳了出来。

他去了一趟爱巢，翻出李正给他买的那件衬衣，把它换在了身上。他又一次赶到机场的时候，李正乘坐的那趟班机已经落地了。

他看见了李正。

他关了手机。

李正一个人。没有佳佳。

安达接过李正手里的旅行包，用目光在李正的身后寻找着。没有佳佳。

　　安达说："佳佳呢？"

　　李正说："没来。"

　　安达说："为什么？"

　　李正说："回去说吧。"

　　小胖做得很好。安达领着李正刚到门口，小胖就和公寓里的一伙年轻人迎了出来，嫂子嫂子地叫着，把李正迎进了屋。屋子已变得很整洁了。桌上有一只啤酒瓶，里边竟插着几株鲜花。小胖说嫂子我们必须向你说明我们教授为了欢迎你从昨天就开始收拾屋子今天一大早就出门买这几株鲜花去了。小胖把啤酒瓶拿到李正跟前要李正闻。小胖说嫂子你说句实话香不香？李正说就是还真有点香。小胖说嫂子这屋里平时可不是今天这样子平时和猪窝差不多教授一肚子学问可就是不讲卫生。小胖边说边用脚把一只没来得及收拾起来的袜子往床底下拨着。李正笑了。李正说你别拨了我看见了。小胖拿起袜子说，教授你看你怎么收拾的这么臭的袜子还不赶紧扔了去。小胖说嫂子你歇着我们的欢迎仪式结束了我们走。

　　剩下他们两个了。

　　李正说："他们挺有意思的。"

　　安达说："就是。"

　　又说："出去吃点饭吧？"

　　李正说："不饿。飞机上发了吃的。"

　　安达说："你电报上说佳佳一起来的。"

　　李正说："原想领她来的，想了想又没让她来。我和你有事说，怕她受影响。"

　　安达说："啥事？"

　　李正说："还能有啥事？"

安达不吭声了。

李正发现了路远的眉笔

现在，安达睡着了，打着鼾。

李正没睡。她在椅子上坐着，坐了好大一会儿了。她看着床上的安达，听着他的鼾声。他累了。她这么看着他的时候，她心里的那种复杂的情感就渐渐地被一种怜惜替代了。她拿开了他放在胸口上的手。他的鼾声小了一些。她感到他熟睡的样子像个孩子。她看着那张熟睡着的脸。她很熟悉它。它曾经拨动过她的心。她在它的上边能找见她和他的过去。

"你就跟她当学徒吧。"吴师傅说。那时候，她看见他红了脸。那张脸是拘谨的。那时她第一次看见他。然后，她成了他的师傅。

"师傅。"他总这么叫她。

她领他去了她家。她看见他的脸上有意外也有惊喜。

"娶我做老婆吧……"她给他说。那时候，他蓬头垢面，刚被解除隔离审查。他的眼睛里聚集着泪水。

……

她被她的回想触动了。她不愿想了。她想平抑一下心情。她把眼睛从他的脸上移开了。她从椅子上站起来，走到了窗子跟前。

她拉开了窗帘。滨海市一片灯火。人和车已经很少了，可城市还是一片灯火。各种各样的霓虹灯在闪着，没凑出一种热闹，反倒显得很孤寂。没人的时候，它们的闪烁就会给人一种孤寂的感觉。

安达的鼾声又大了起来。李正扭过头，看了安达一眼。安达歪着头。呼吸又受到了阻滞。她拉上窗帘，朝安达走过去。

她看见一样东西。好像有一种神秘的东西在导引着一样，她看见了它。她想上床关灯。就在她想上床关灯的时候她看见了它。

是一支眉笔，在床的一条腿后露出来那么一点儿。她要不拿起它，她不会知道它是一支眉笔的。

她走过去捡起了它。她看着。她有了一忽儿的眩晕。她控制了一下自己，然后，朝桌子走过去。桌子上有她带来的一面可以折合的小镜子。她突然有了一个想法。她想用那支眉笔在她的眉毛上画一下。

她真的画了。她看着镜子里的自己。她把那支眉笔放上她的眉毛，然后，轻轻地画过去。

她看不清镜子里的她。泪水模糊了她的眼睛。

安达打着鼾。

两个女人都使用了"欺侮"这个词

安达醒来的时候天已亮了。他坐起来摇摇头，把残存的一点瞌睡摇散了。然后就想起了李正。他突然想起他的床上应该有李正的。他左右一看，没有李正。他想李正是上厕所或者洗漱去了。他想他一会儿就会听见李正的脚步声，李正会推开门走进来。站在桌子跟前对着那一面小镜子梳头的。他开始穿衣服，穿得散散漫漫的。

小镜子。她带来了她的小镜子。

他朝桌子上看了一眼。小镜子在桌子上。他扣着衬衣的纽扣。他似乎感到镜子旁边还有一样东西，就又看了一眼。当他看见那样东西似乎是路远曾经用过的眉笔的时候，他感到他的头发像进了油锅的麻花一样一根一根地直了，硬了，然后忽一下全都竖了起来。他不能穿衣服。他光着脚，把自己弹到了桌子跟前，一只手提着裤子，另一只手拿起那支眉笔。确实是路远用过的。它在清理的时候被疏忽了。它一定是李正发现后放在桌子上的。

他慌忙地叫了一声："李正！"

他从门里跳到了楼道里。一只手仍然提着裤子，另一只手拿着那支眉笔。

他叫着："李正！李正！"

没有李正了。洗漱间里也没有。

他开始叫小胖他们。他的声音一定很恐怖。小胖他们从各自的门里出来的时候都光着身子，只穿着一条短裤。他们惊愕地看着失了神一样提着裤子的安达。

安达说："你嫂子不见了快快你嫂子……"

他突然打住了，因为他听见一阵脚步声从楼下传了上来，然后他就看见了李正。李正手里提着买来的早点。李正看着楼道里的安达和小胖他们，愕了一下。

安达说小胖你们都回去吧没事了。小胖一脸不情愿的样子。小胖说你神神经经地你搅扰了我们黎明的瞌睡。安达说都几点了还黎明……他松开那只手，让那支眉笔遗落下去。

他跟着李正回到了屋里。

他说："我以为你干什么去了……"

他系着裤带。

李正没有追问那支眉笔。李正甚至没追问任何事情。李正跟着他游览了滨海的许多景点。李正听他讲着那些风景和植物。李正有时也会给他点一下头。

他知道李正的心思不在他讲的那些东西上。李正不是为它们来的。李正只是机械地听着。后来，他就讲不下去了。他感到他有些气短，讲得太艰难了，就不讲了。他陪着她。他感到很压抑。他知道李正在等他说话。

到一个叫做"天涯海角"的风景点的时候，他终于忍受不住那种压抑了。他和李正说了他一直憋着的话。

他们在一块石头上坐下来。他们看着分别刻进两块巨石上的"天涯"和"海角"。

李正说："真走到天涯海角了，到头了……"

她看着海。海和天一样的颜色，在遥远处连接在一起。海浪扑打着近处的礁石，像攻击也像戏弄。

几个游客拉着本地的两个小女孩和他们照相。小女孩站在他们中间可亲地对着照相机笑着。然后，她们伸手向他们要钱。这时，李正才知道和小女孩照相是一笔生意。她脸上的神情黯淡了。她又转过头去，看扑打和戏弄着礁石的海浪了。

他们都不说话。游客们的嬉笑在他们的身后，像苍蝇做出的嗡嗡声。

安达就是这时候和李正开始说他要说的那几句话的。他叫了李正一声。李正应了一声。他说：李正。李正说：嗯？李正没有回过头来。

他说："我想……给你说……说点事。"

李正依然没有回头，但李正在听。

他说："很难说，不说也难，还是说了吧。我在这儿很孤独，太寂寞，太压抑……我和一个人好了……我知道你是为这来的。但我没想和你怎样，至少现在还没有，我想我应该告诉你……"

这回，李正回过头来。她看着安达。她看见他的脸上堆满了痛苦。

安达说："对不起……"

李正说："她是谁？"

安达说："这不重要……"

李正说："她也和你好？真心和你好？"

安达没有回答，他看着远处。

李正说："你也是？"

安达说："我自己也说不清了……"

李正别过头去。李正突然烦躁起来。

李正说："回去吧。"

她站起来先走了。他也站起来跟了上去。

他们在外边吃了一顿饭，回到公寓的时候天已经黑了。然后，安达就接到了路远的电话。小胖说教授你的电话。他不能不去接。他知道是路远的电话。

路远说我给你打了几天电话你为什么关着手机？他说你在哪儿？路远说我在家里我待不住了我心里发慌我回来了。

他没想到路远会这么快回来。

他进屋的时候，李正在对着镜子梳头。

他说："你，洗个澡吧。"

李正说："嗯。"

他给李正倒了一杯饮料。

李正说："是不是要出去？"

他说："嗯。"

李正说："不去不行吗？"

他说："接了个电话。"

李正说："我听见了。"

他说对不起。他说你洗个澡吧。他说我一会儿就回来。他退到了门口。他看见李正还在梳头，李正背对着他。他拉开门退了出去，又拉上了门。

李正没有拦他。

他把李正来滨海的事给路远如实说了。

路远满脸涨红，一下一下举着她的那两只哑铃。她说：原来是这样啊！她说：你在骗我啊！她说：你和高平联合起来骗我啊！她说：安达你在欺侮我！

然后，她不说了。她一口一口呼着气，举着哑铃。

他们在客厅里。

他说："我得走了。"

路远像没听见一样，举着哑铃。

他说："我走了。"

他站起来，真要走了。路远不再举哑铃了，她转过身，看着安达。

安达朝门口走过去，要拉门了。

"啪！"一声。

安达转头看过去。路远手里的一只哑铃已经结实地砸在了电视机柜上。她想砸的是电视机，砸低了一点。

安达似乎并不感到意外，他只是被路远砸出的响声惊了一下。他没看路远。他朝滚在地上的那只哑铃看了一眼，然后扭开了门。

路远举起另一只哑铃。这一次她砸准了。"噗"一声，电视机立刻成了一堆废物。

电视机被砸时发出的声响并不像想象中的那么清脆。

"噗。"就那么一声，很木然。

李正已经上床了。她没有洗澡。

安达说："你没洗澡？"

李正说："嗯。"

安达点了一根烟，吸了一口。

李正说："是不是她？"

安达吸着烟。

李正说："我在这儿，你还和她幽会。"

李正说："你太欺侮人了……"

安达扔掉了手里的烟，坐在了李正跟前。他把一只手放在李正的肩膀上，说："睡吧。"

李正说："别动我。"

李正的眼泪一滴一滴往下掉着。

安达说："这几天我陪你……"

李正说："我不是游山玩水来的。你知道我不是游山玩水来的……我明天就走。"

李正真走了。她什么也没有说。

他把离婚做成了一种姿态

几天以后，安达买了一台尺寸更大的原装进口彩电，让两个搬运工抬着，跟着他上到了十八层。他掏出钥匙，打开了爱巢的门，让工人把彩电抬了进去。

他看见了坐在沙发里的路远。

路远头发蓬乱，脸上有流过泪的痕迹。她看着安达，好像刚从一场大梦里浮出来一样。

安达让工人放下彩电走了。

安达说："你还要砸，我就再买一台。"

路远摇摇头，从沙发里站起来。

她说："对不起……"

她抱住了安达。

第二天，他们一同去了公司。路远把她准备在北海购置的地产位置画了一张图给安达看。然后，他们去了一趟北海，决定了在北海的地产生意。

再回到滨海的时候，安达就接到了大水的电话。大水说他要结婚了，他想请安达参加他的婚礼。安达说见一面吧好长时间没见了。他们就约好了见面的时间和地点。

路远建议给大水送一样祝贺的礼品。他们去了滨海最大的一家礼品商店。路远看中了一对鸳鸯金表。安达说四万多块钱太贵了点。路远说要送就送一件拿得出手的。又说：你可得给大水说明是我们两个人送的。安达说一块去。路远说我不去了你们肯定有话说我在场会妨碍你们的。

大水是和他的未婚妻一起来的。她是一位现役军官。

安达把鸳鸯金表送给他们。

女军医说："太贵重了。"

安达说："是我和路远两人送的。"

大水说："有句话也许不该问，可还是想问。你是不是要和李正离婚？"

安达说："能离就离了吧。过几天我就回去和李正谈。"

大水说："再和路远结婚？"

安达说："先离了再说。"

大水说："真要离了，李正和孩子可就有点惨了。"

安达说："不离她也难受。也许李正已经厌恶我了，也想跟我离。"

他们又说了几句葛治文。葛治文挣钱心切，在做期货。他们都感到他太冒险。安达说等我从家里回来我们一起聚聚。

几天后，安达回家了。

安达没在家里住，他住在宾馆里。他想他这样做至少可以算作一种姿态。

他想李正有可能不同意离婚。他没想到李正不同意得那么坚决。

李正说："我不同意离婚。"

李正说："你搬回来住吧。"

他说李正我已经做下对不起你和孩子的事情你就别为难我也别为难你自己了。

他说李正你就当我是个屁把我放了吧我再找不出合适的话了。

李正说："是不是那个人等着和你结婚？"

他说："没有。"

李正说："是不是你想和她结婚了？"

他说："没有。"

李正说："那你为什么要和我离？"

他说："我想一个人过。"

李正说："你现在和一个人过着有什么区别？"

他说："有区别。现在这样子我心里不干净，你心里也不干净。"

李正说："和我离了婚你心里就干净了？"

他说："总比现在这样子好一些，我会把你和佳佳安顿好的。"

李正不想听他说这些。李正打断了他的话。

李正说："你怎么算把我和佳佳安顿好了？你是念过书的人，怎么就没心没肺了？是钱把你的心肺熏得看不见了还是真的没有了？过去的事不说，就说这儿年，你去滨海，我和孩子是怎么过来的你知道吗？你以为你给点钱就把我和孩子打发了？能打发得了吗？你说离就离啊？你考大学上研究生的时候为什么不说离？你回家卖锅巴的时候为什么不说离？现在要离了？我不离。我知道你执意要离我也拦不住你。你执意要离就别和我说，你上法院去。我不想让你离得太顺利。不仅仅是因为我想不通，也不是和你过不去，故意和你为难。我想让你知道，你要放弃自己的责任是一件重大的事情，不是说一句或者说一次两次话就能放弃得了的。我也要让你知道，当你和另一个人组成家庭的时候，你不能像对待我和佳佳一样这么不负责任。"

李正要上班去了。总是在这种时候李正就要去上班。李正不愿意请假。李正说这和你住宾馆不住家里一样也是一种姿态，我是工人我不能不上班。

整整一个星期，他们都是这么过的。他没法说服李正。

他也不想去法院。

星期天早上，他想李正不会来的，因为佳佳在家里。佳佳不知道他回来的事。他不让李正告诉佳佳。他有些百无聊赖，就看了一会儿电视，又关掉了。然后他点了一根烟，坐在沙发上抽着。

他听见有人敲门。

他说："谁？"

没有回答。

他说："请进。"

门开了。走进来的竟是佳佳。

他愣住了。怎么会是佳佳？

是佳佳。她正胆怯地看着他。

他从沙发上站起来，说："佳佳……"

佳佳叫了一声爸爸，走过来抱住了他。

他摸着佳佳的头发和脸。佳佳的脸上满是泪水。

佳佳说爸爸我不让你和妈妈离婚我不让。

佳佳说爸爸你说你不和妈妈离婚你说呀爸爸……

安达的鼻子突然发酸了。

佳佳说我不能没有爸爸就是不能没有爸爸。佳佳松开了他。佳佳收拾着他的行李和衣物，然后拉着他往外走。佳佳说爸爸我们回家我要你回家……

……

现在，安达已经坐在了回滨海的飞机上。他不再想离婚的事情了。他想离不离婚对他来说其实并不重要。他已经做了，但李正不离。不离就不离吧。他还想，他和谁在一起都是一样的。他不是那种非谁不娶非谁不嫁的人，要不他就不会走到今天这种地步。

他这么想着的时候，飞机已开始下降了。

第二十四章

做爱：无耻的美好和礼貌的美好

一切都没有改变。安达和路远还像过去一样，在他们的爱巢里聊天，谈公司的业务。也喝红酒。路远说我们喝一杯我想喝了。安达说好吧我们喝。他们坐在沙发里或者地毯上。

他们也像过去一样上床做爱。

可他们确实感到了一些改变。有一样东西正在悄无声息地间离着他们。他们在做爱的时候感觉得最明显。他们的做爱变得有礼貌了，也比过去努力了。他们曾经有过的那种无耻的美好被现在的一种礼貌的美好替代了。他们做爱，然后他们躺在床上。可过去这样的躺着是在享受大潮退去时的轻松，他们是迷醉的。现在躺着是因为疲累，他们在休息。休息和享受是不一样的。他们睁着眼睛，脸上有一种若有所思的神情。他们各自在想着什么。

他们感到他们会发生点什么事情。

他们没想到会在葛治文那里开始。

葛治文被抓的消息是大水告诉安达的。他说葛治文私刻公章自己担保自己，从银行贷了一笔款，银行发现时他已经把钱全赔了进去，银行要以诈骗罪起诉他。安达很吃惊，他说葛治文昏头了。

他和大水在看守所里见到了葛治文。他们在接见室等待着。他们先听到了一阵脚步声，然后就看见了他。他戴着手铐。他看了他们一眼。看守人员给他打开铐子，他活动了几下手腕，坐在了一把椅子上。他似乎对他们的探视很漠然，甚至还有些潜在的敌意。

安达给他一根烟，点着。他吸了一大口，然后说："你们怎么来了？"大水说我们来看看你。安达说我刚从家里回来要不是大水说还不知道你出了这么大的事。

葛治文说："噢噢。"

安达说："你别着急，我和大水会想办法的。"

葛治文说："噢噢。"

安达说你再这么阴阳怪气地噢噢我就踢你。他说："你需要什么东西，我们下次来带上。"

葛治文说："我需要钱，你们给吗？"

他已抽完了那根烟。他站起来让看守人员给他戴铐子。他说你们别来了。

他们就这么见了葛治文一面。

路远听了葛治文的事，觉得葛治文很可笑。她说他也太可笑了他这么骗钱。安达说他以为他能挣到钱才这么做的。路远说所以他可笑，他以为他能挣到钱就真的能挣到？世上以为自己能挣到钱的人太多了，可事实不是他们以为的那样。

她觉得安达更可笑。为了不让葛治文上法庭，安达和大水要出钱帮葛治文还银行的贷款。安达说银行的目的是要钱不是治罪，银行答应还了钱就可以不起诉。路远说这比葛治文更愚蠢更可笑。路远说花一百万救一个废物和给阴沟里扔钱是一样的。安达说也许他真是个废物可他是我们的朋友我们不能见死不救。路远说葛治文是不值一百万的。安达说这不是钱的问题。路远说也可以说是钱的问题，因为要用钱去解决。路远说我不能同意出这笔钱。路远说你别这么吃惊地看我也许我们可花一笔小钱让法院轻判他。安达说我用我自己的钱总该行吧？路远受不了这句话，直着眼要掉出泪来了。安达不想争执了，端着茶杯去了卧室。路远追过来，说："我们的话还没有说完。"安达说不说了再说我们会吵架的。路远说不说可以但你不能花这笔钱。安达没说什么，躺在床上翻着一本闲书。

等路远知道安达真把钱划给了银行的时候，葛治文已经从看守所出来了。她很愤怒。她当着安达、大水和葛治文的面把她的愤怒倾泻给了那位可怜的王总。

她不是故意的，因为安达和大水领着葛治文来到宏达公司的时候，路远对王总的痛斥已经开始了。安达给葛治文说你要是不在意咱就先去公司坐坐也和路远见个面。葛治文说我已经是丧家的乏狗了我顾不了许多。他们就去了宏达公司，就听见也看见了路远的愤怒。王总低着头在路远跟前站着。路远说谁让你给银行划钱的为什么不给我打招呼！王总说是安达让划的我以为你们是商量过的。路远说我看你是不想吃这碗饭了不想吃就卷铺盖走人。安达进来了。安达说这不怪他是我让他划的。安达说大水和葛治文来了。安达想让路远换一副面孔。路远没换。路远说我知道是你让他干的你们联合起来欺侮我。路远说你连招呼也不打就用我的钱做人情。安达说我说过不用你的钱的。葛治文和大水坐不住了。葛治文走过来说对不起都是因为我。愤怒的路远没理葛治文，甚至也没看葛治文。她说安达我对你很失望我真的很失望。然后，愤怒的路远拂袖而去了。

大水很奇怪路远的愤怒。大水说路远怎么啦路远不至于吧？安达说她不是冲着你们的一句两句说不清。葛治文说冲着我也没关系死老鼠是不怕踩也不怕踢的。安达说本来想让治文和路远见见聊聊让治文再回宏达公司我想得太简单了我们也走吧。

他们去了一家饭馆。他们不让葛治文喝白酒。大水说宏达公司不行就先去我的制药公司对付一段时间。葛治文说我哪儿也不去你们让我一个人好好想想我想好了再找你们。安达和大水给了葛治文一点钱，让他暂时先花着。葛治文说这是好东西。他把它们装进了口袋里。

葛治文的幸福时光

然后，葛治文在滨海度过了他一生中最幸福的一段时光。那天晚上，他在夜市喝醉了酒。他每天晚上都在夜市要一堆皮皮虾就着喝酒。他的邻桌是两位漂亮的小姐，是来吃夜宵的。一伙烂仔围过来调戏她们，要和她们交朋友。他们用刀片划破了小姐背上的小皮包要掏钱。两个小姐被烂仔们吓坏了。葛治文努力睁着他发红的眼睛，朝着烂仔们"咳"了一声。被打扰的烂仔们就围到了他的跟前。他说坐下坐下喝酒。烂仔们没有坐下。他们捅了他一刀子，捅到了他的肚子那里。他哼了一声，捂着被捅的地方。他似乎并没感到疼痛。他看着烂仔们脸上浮出一层笑。他说捅得好再捅一下。他们就又捅了一下。他又哼了一声。他说操你妈你们真能捅那就再捅。这时候他已经没法对他们笑了。血从他的指缝里涌流出来。小姐们喊着杀人了杀人了。烂仔们鬼一样突然消失了。葛治文对两位惊慌失措的漂亮小姐挤出一个笑，然后倒了下去。一个小姐跑去打电话叫救护车，另一个要扶葛治文起来。葛治文说没关系不会死的，我的酒在桌子上让我把它喝完。

他在医院里住了十几天。两位小姐天天去看他。给他买好吃的，陪他说话，给他讲幽默故事。然后，他给小姐们说他要回家去，她们就把他送到了飞机场。那时候他的身子还很虚弱。小姐们问他什么时候再来。他说不来了。小姐们说你在滨海有朋友他们怎么不来送你？他说，我没告诉他们，我把钱赌光了没脸见人，我不做生意了我要写书。小姐们高兴了。小姐们说写书好啊有时候我们也爱看点书什么的我们给你讲的幽默故事都是从书上看来的，我们那些天商量好了要每天给你讲一个幽默故事，你要写的书是小说吗？他说就算是小说吧，也许是幽默故事。小姐们说你可真有意思。他说有时候我也觉得我有意思可就是赚不到钱。小姐们说钱太难赚了我们希望你写你说的书。他说谢谢你们我该走了谢谢你们来送我。小姐们说有机会我们去找你看你写的书。小姐们给他买了一大堆吃物。小姐们说这都是营养品你别忘了吃。葛治文说谢谢谢谢你们真好你们让我度过了我一生中最幸福的一段时光。小姐们看看他进了安检处，还看见他给她们做了一个飞吻的动作。

其实他们没有互留地址。其实这并不重要。

妻子，这两个字太可怕了

安达连续几个晚上都在红棉公寓和小胖他们挤在一起看新闻联播。路远打电话叫他回去。他说，看完新闻联播吧。路远说你天天这样回来也能看啊。安达不吭声，路远就叹一口气，说，那好吧。看过新闻联播，路远再打电话，路远说新闻联播完了你怎么还不往回走？安达说还有焦点访谈看完焦点访谈吧。这时候，路远就不再叹气，就会把电话挂断。她感到她必须和安达谈一次了。

他们就谈了一次，在他们的爱巢。那天晚上安达回来很晚，他主动邀请小胖他们去歌厅唱歌。小胖叫去了公寓所有的员工。小胖说教授觉悟了要掏腰包请大家唱歌想去的走啊。路远等到很晚不见安达回来，打电话没人接听，就找到红棉公寓。小胖唱完歌刚回来，正要脱衣服睡觉，听见有人敲门，一看是路远，就说，有什么事？一副不耐烦的样子。

路远说："教授呢？"

小胖知道路远和安达走岔了，他没告诉她。他说，我怎么知道？他要进屋，路远把他拽了出来，拉上了门。小胖叫了起来。小胖说哎哎你把我的门锁上了我没拿钥匙。

路远说："你把教授拉哪儿去了？"

小胖说："是他拉的我们不信问他去。"

路远说："放屁。"

小胖说："你咋变粗野了急了是不是？"

路他说："他人呢？"

小胖说："不知道。"

路远说："我告诉你，以后你再拉他去那些不三不四的地方我和你没完。"

路远要走了。小胖说你别走你给我开门啥人嘛你凭什么教训我？

路远回到爱巢，看见安达正在煮咖啡，就坐在沙发上等着。安达煮好咖啡，给他和路远各倒一杯。他们喝了一会儿。

路远说："我们应该好好谈一次了。"

安达说："谈？谈什么？"

路远说："我们的事。"

安达说："噢，谈吧。"

路远说："你是不是不想离婚了？"

安达说："李正不离。"

路远说："你呢？"

安达沉默了。

路远说："你从家里回来后，我就有预感。你什么也没给我说，我也没问你。不是不想问，是怕你不好说，让你为难。我很苦恼。你为葛治文花钱，我并不是坚决不同意，我是借题发挥，找气和你生。我想你是知道的。"

安达说："葛治文的事不说了。"

路远说："你因为这件事对我有了看法。"

安达说："当时有一点，现在没有了。"

路远说："那就说我们吧。这些天我一个人仔细地检查了一下我自己，就在这儿，在你看新闻联播和焦点访谈的时候，检查我的感情，对你的感情。刚开始，我确实有功利的目的，我自己也知道，只是没勇气承认，但后来，我确实对你产生了感情。我陷进去了。我觉得我们是最合适的，生活，事业，也包括做爱。就因为这，我才营造了这么一个不是家的家。我一想起还有一个女人，她和我在分享你，我就痛。你是我的，是我的啊，我在心里这么哭着喊着，我恨不得把你变成一样东西，揣在我的身上。我想和你结婚，现在还想。我知道你离婚很难。你和李正一起生活了十几年，是同过甘共过苦的，维系你们的不仅仅是感情，还有比感情更有分量的东西，比如说责任，比如说孩子，比如说你们过去的经历。李正比我拥有的多，我要取代她在你生活中的位置，太难太难了。仅凭感情，我是没法和她抗衡的。这就是我这一类的人的可悲之处。安达，我说得对吗？"

安达呷了一口咖啡。

路远说："妻子，这两个字太可怕了。"

她像给自己说话一样。其实，这句话也确实是自己说给自己的。

路远说："我们是不是没法往前走了。"

安达像呻吟一样，说："我说不清楚了。"

然后是沉默。他们都被内心里的一种东西纠缠住了，想理理不清，想扔又掏不出来。

路远说："还能做爱吗？我们？"

路远的问话似乎有些突然，安达被刺激了一下，他抬头看着路远。他看见路远也在看着她。路远的眼睛里有一种绝望的激情。

他们做爱了。

那是他们最后的一次做爱。路远控制着她叫床的声音，她想让她优雅一些。安达生怕冒犯了她，做得小心而周全。

飘落的林英和《日记》

路远没有参加大水的婚礼，安达一个人去了，他在翩翩起舞的来宾中间看见了林英。林英也看见了他，向他微笑着走过来。他迎上去，拉着林英的手，走进了起舞的人群里。林英穿着一件素花连衣裙，和安达相拥着，踩着舒缓的乐曲，一副小鸟依人的样子。

林英说："路远呢？"

安达说："没来。"

林英说："为什么？"

安达说："不知道……说不清。"

林英说："噢，那就不说了。"

安达问林英的小号手，林英说要办个演奏会，正忙着做准备。安达问她是不是真要离开滨海，林英点了点头，说："我也想给你说一声，知道你今天会来的。"

林英说小号手在这儿没事可干，她也不是挣钱的材料，她积攒了一点辛苦钱，想去北京帮小号手发展，实在不行就跟他回四川老家去。

她说："折腾了几年，又喜欢过朴素安定一点的生活了。"

她笑了一下，又说："我的手很粗糙，是不是？"

安达没说话，他把林英的手握紧了一些。

林英说："我一直觉得你的价值不在挣钱上，你应该做另一种事情。挣钱把你的心搅乱了。也许我说得不对。"

她还说："我最怀念的是我们下乡的那一段日子。我常常想起。"

几天以后，林英从她画广告的架子上摔了下来。她在上边画广告。她感到她的腰有些不舒服。但她心情很好。这是她接受的最后一件生意，做完这件活她就给小号手办音乐演奏会，然后去北京。她把她的存折已经整在了一起。她甚至向小号手透露了她所拥有的财富的数目。她给小号手说这些钱足够我们抵挡一阵子了。所以，她心情很好。她一边画一边唱着一首歌：蓝蓝的天，蓝蓝的梦……

在底下给她递颜料的工人纠正她说，你唱错了，是蓝蓝的夜。她说是吧？那就蓝蓝的夜吧。她又唱了一遍，还是唱成了蓝蓝的天。然后，她的腰就闪了一下，脚踩到了空处。她和她手里的颜料筒一起从上边飘了下来，倾泻而出的颜料像画出的一道彩虹。

安达和大水赶到医院的时候，林英已在弥留之际。她努力睁开眼睛看着他们。她想给他们笑一下，没笑出来。

护士拔掉了给她输氧的管子。

安达和大水共同操办了小号手的演奏会。小号手特意吹奏了那首《归家》，说是给林英听的。

演奏会结束以后，小号手叫住了安达，把一个日记本给了他。是林英的那本《日记》。小号手说你留着吧你留着比我更合适。小号手说他要走了。他说他要去北京。他说他不会让林英失望。

小号手带走了林英的那幅自画像。林英吃着甘蔗，看着看她的人。

在红棉公寓的那间屋子里，安达一页一页翻着林英的日记，一直翻到了它的最后一面。

"第一个春节我是在乡下过的……"

"苟良死了，他没当上烈士……"

"周志丽死了，我很难过。我们都很难过……"

"我把我留的发糕给他吃了。看着他吃发糕的样子，我感到他很可怜。不知为什么，我总感到他有些可怜……"

"剩我们三个了。他肯定要最后一个走。我要陪着他。他要是知道我的心思就好了……"

"他到底看我来了。他穿着一身工作服。我高兴得跳了起来，闪疼了腰……"

"他结婚了……"

"我想和他单独待一会儿。我们去了金鱼湾。我让他看我游泳……"

"我愿意给他，只要他想。可是……"

"我没想到他会来滨海。他不该是商人。我想给大水说让他回去……"

"今天，他送给我一本书，是他写的。我真为他高兴。我也许看不懂，可我会一页一页看的……"

那天晚上，安达一夜没睡。

最后的爱巢

路远靠着墙壁，看着安达收拾着他的衣物，往一个提箱里装着。他要离开爱巢了。她很伤感。她靠着墙壁是因为她感到她的身体有些软弱，需要墙壁的扶持。她没有坐在沙发里是因为她感到那样就会显得颓丧。她的身体应该和她的心境谐调一致。她不是颓丧，而是伤感。所以她靠着墙壁，背着手靠着墙壁。

因为有爱，这里才被叫做爱巢的，没有爱以后，就该只剩下巢了。一个宽敞的、舒适的，甚至有些奢侈的巢。一个人住在这儿一个空阔的巢里，她不知道她能不能忍受。

她由巢想到了鸟，想到了她能想起的那些会筑巢的鸟。她不知道它们的巢会不会有空阔的时候。她见过的鸟巢都是热闹的。空阔的时候是它们外出觅食的时候，它们会回来的。安达却是不会再回这个巢了。人其实是不如鸟的。它们营造的才是真正的爱巢。安达走了以后，爱巢就该还给鸟类了。

所以，她很伤感。

她甚至想，她见过的鸟巢是两只鸟共同营造的，而他们的巢是她一个人做起来的。也许她在开始的时候就已经注定了现在的结局。它只存在了不到一年的时间。它比自然的节气走得匆忙，很快就走过了它的春夏秋冬，结束了。自然的节气还会重复，他们的爱巢是不会有这种重复的。

她又增添了一层伤感。

她想不通安达为什么要这么做。

她说安达我想不通你能告诉我吗？

她说你是不是因为李正？她说其实李正并不能成为原因，因为我们开始的时候就有李正。李正并没有妨碍我们。你说过你和李正在一起的时候，已很陌生。你为什么要和一个陌生的李正保持一种不伦不类的关系？你这一次回家她又变得熟悉了吗？就因为她是你的妻子？

她说佳佳也不是原因。没有什么东西能否定佳佳是你的女儿你是佳佳的父亲啊。

她说你是不是因为葛治文的事情对我怀有了恶感。你对我的疏远是从他的事情开始的。可我已经向你解释过了。你不相信我的解释？

她说难道你是因为林英？那天的演奏会我也去了。我不是想听音乐，我是想看你。我看见了你眼睛里的泪光。是因为她吗？如果她还在，她可以成为原因。可她走了，世界上再也没有这个人了。你不能也不应该在记忆里过日子啊……

她看着收拾衣物的安达。她在心里和安达说着这些话。她当然没有得到答案。她想她就是真给他说了，也未必就能得到明晰的答案。

安达提着提箱，走到门口了。她叫了他一声。她害怕他从门里走出去一样，她急切地叫了他一声。

安达转过身来，看着她。

她又没话可说了。她怕冷似的看着他。

安达说："我们暂时分开一段时间，想一想……"

她想说："我不想让你走。"她说出来的时候却变成了另外一句。

她说："吃顿饭再……"

她想她的眼睛一定是空空荡荡的。

她就这么为她的感情做了最后的一次努力。

安达说："以后吧。以后……"

他走了。"咔啦"一声，门拉上了。

她靠紧了墙壁，空空荡荡的眼睛里突然聚满了泪水，然后变成泪珠滚落下来。

当她一个人坐在沙发里，给自己倒满一杯红酒的时候，她突然怀疑她刚才的表现是不是有些下贱。她觉得她没有必要那么看着安达。她看他的样子其实是一种祈求的样子。她想她当时应该出去的，等他走了以后再回来，那样，难过和伤感就是她一个人的事情了。其实本来也是她一个人的事情。

她喝了那杯红酒，又喝了一杯。她又有了另一种感受和另一种心境。她不再为她在安达跟前表现出的软弱和她的祈求的样子感到后悔了。本来就是软弱的，本来就有一种祈求，她表达了它们。总该有一次真实的表达吧？

然后，她去了阳台，找到了那一对哑铃。她已好长时间想不起它们，也没举过它们了。现在，她想起了它们。她把它们握在手里，举了起来，一下一下举着。

……

关于是不是东西的讨论

在离开爱巢之前，安达曾看见过老黄。

就是北京那家研究所的那位爱好摄影给他拍过照的老黄。

他快要忘记老黄了。他给他寄他的那本书的时候又想起了他。他在过去的通讯录里找到了老黄留给他的地址。后来，那本书被退了回来，原因是"查无此人"。他想了一会儿老黄想老黄的模样，想老黄和他在一起时的样子，也想起了老黄给他放大过的那张照片，然后，老黄又离他遥远又遥远了。

他没想到他会看见他。

老黄是作为一个省的行政要员进入电视屏幕，然后被安达看见的。老黄正在参加全国人民代表大会，胸膛上佩戴着一枚红颜色的

代表证，他在向采访他的记者谈着他的行政区域的经济开发。老黄
通过电视告诉每一个看见他的人，他代表他领导的几千万人民欢迎
海内外的商人到他那儿去投资。狗日的老黄他梳着大背头，穿着一
件夹克衫，一脸和善的笑，志得意满的笑。安达能看见他，他狗日
的却看不见安达。他的眼睛明明是看着安达的，但安达知道，老黄
是看不见他的。狗日的老黄更不会想起安达，也不会想到安达正看
着他。

老黄从电视屏幕上消失以后，电视节目还在继续，但安达已经
看不清电视上的画面了。他盯着电视画面，脑子里却满是老黄。

他想，老黄肯定是中央委员了。

他想，老黄肯定还会往上走的。

他想，老黄再往上一步又会到北京的。

他想知道老黄更多的情况，就找出了过去的那本通讯录。他
给当时研究所的同事挨个儿拨电话，一个也没拨通。电话已经改过
几次号升过几次位了。其实，就是不改号不升位，他们也已经搬家
了。活活的一群人，硬是一个也找不见，国家也确实太大了。

可老黄呢？偏偏让他看见了他。国家又似乎很小。

他去洗漱间解了一次小便，然后就放弃了寻找老黄的想法。就
算是找见了老黄，和他说什么呢？就算是知道了老黄更多的情况，
和他又有多少关系呢？

就这么，老黄像扫帚一样，在他的心上扫了几下，又一次变得
遥远又遥远了。

狗日的老黄啊。

然后，他离开了爱巢。

路远不知道这些。他也没告诉路远。

他又回到了红棉公寓，回到了他曾经住过的那间屋子。他关着
门，让他抽出的烟熏呛着。他甚至不愿打开窗户。他买回来一大堆

书，翻这一本又翻那一本。不翻书的时候，他就在屋子里来回走，或者躺在床上，用一只脚腕压着另一只脚腕，把手枕在头脑底下，长时间瞪着眼睛。除了吃饭上厕所，他不走出房间一步。

小胖敲开过他的门。小胖很惊讶。小胖说教授你这么捂在屋子里是自己虐待自己你至少应该把窗户打开。

他说："既然是捂我就捂严实一点我为什么要打开窗户？"

高平也很惊讶。高平说烟啊烟啊这么多的烟你是怎么了要重新过书斋生活啊？他看见了安达翻看的那些书。安达说有可能很有可能。高平看安达的神情有些怪，就给大水打了电话。他说你应该来看看教授，他把他自己关在屋子里已经好几天不出门了。大水就抱着一捆啤酒来了。

大水来的时候路远刚走。她是给安达送钱来的。那时候，安达已正式给她通知了他要离开宏达公司。她敲开了安达的屋门。她被冲腾而出的烟雾吓了一跳，往后趔趄身子。安达说进来吧请进，路远就走了进去。她把一个小皮箱放在了桌子上。她说你屋里太呛了应该放放里边的烟换换空气。他说我现在就喜欢这种空气你千万别开窗户。路远本来要去开窗户的，又把伸出的手收了回来。她说我给你取了一点钱你先花着，其他的等你有新的账号后给你打过去。他说好啊好啊。路远说本该早来的，又想也许你会来公司，现在看是不可能了。他说是的是的。然后，他们沉默了一会儿。然后路远说我走了。他问她行吗？问得很笼统。路远说行吧。回答得也很笼统。

她走了。

他没有送她出门。他看着桌子上的那只小皮箱，很精致。他打开了它。是钱，全是，百元一张的，捆扎得很整齐。他把它们取出来，排放在桌子上。他看了它们一会儿。然后，他想仔细地看着，就从其中的一沓里抽出来一张从正面看了一会儿，又从背面看了一会儿，好像要看出里边的骨头来。正面有四个人头，背面有一幅山水画，都是他熟悉的。他对他们和它的熟悉是因为他的经历。他从来没有这么仔细地看过这种东西。缺少它们的时候没有，很多地拥有了它们的时候也没有，更没想过要撕扯它们。

现在，他有了一种撕扯它们的欲望。他在仔细地看它的时候有了这种欲望。他真的撕扯了。他听见了它被撕扯成两片的时候发出的吱啦声，然后又听见了它被撕成四片和更多的片儿的时候发出的声响。他知道它是用专门的纸张印制成的。他感到撕它要比撕他过去使用过的任何纸张都要费力。他松开手，让碎片们纷纷飘落下去。他又抽出一张撕了，又抽出了一张，一会儿，他的脚跟前就飘落了许多那种特殊的纸张的碎片。

大水使他终止了这种缓慢而富有节奏的撕扯。大水走到门口，看见他的屋里往外飘着烟雾，以为里边着火了。然后，大水就看见了撕扯东西的安达，也看清了他撕扯的东西。大水一手抱着啤酒，另一只手攥住了安达的手。

大水说："别和它过不去啊。撕它是犯法行为你知道不？"

大水把啤酒放在地上，拿过桌上的那些钞票，把它们塞进小皮箱，推到一边，然后把地上的啤酒提上了桌子。他解开捆绳，打开一瓶递给安达，被安达推开了。

安达说你怎么进来的我的门是关着的。然后又说，噢噢是路远走的时候忘了关。

大水喝了一口啤酒，说："你把自己关在屋子里足不出户要闭门思过？"

安达说："我在看书，想问题。"

大水说："能不能透露一点儿？"

安达说："我在想我是个什么东西。我不明白了，不知道我是个什么东西。"

他拿过大水手里的啤酒瓶，往自己的喉咙里灌了一下，被呛住了。

大水说："这啤酒不错，但要一口一口喝。"

安达打了几个嗝，终于把嗓子眼的啤酒送进了胃里。他说："大水你说说，我是个什么东西？"

大水说："你问的问题太抽象。"

安达说："你觉得我有没有感情？"

大水说："我觉得还是有的。"

安达说："那你说我爱过人没有？"

大水想了一会儿，说："林英你总是爱过的。"

安达说："那我为什么没和她结婚？"

大水又想了一会儿，说："是因为有了李正，对不对？"

"我爱过李正没有？还有，爱过路远没有？"

"这得问你自己了。"

安达说去他妈的我谁也没爱过。我喜欢和林英在一起是因为我和她在一起的时候我感到愉快。我和李正结婚是因为她先斩后奏感动了我那时候她在我的怀里像一只柔弱的兔子。路远，我和路远在一起是因为我喜欢听她叫床的声音她太会叫床了叫得我心醉神迷。其实我爱的是伟大，是不朽，是伟大和不朽的那种感觉。这种感觉我曾经有过。当红卫兵搞打砸抢大批判的时候有过。下乡的时候有过。受审查时给我屁眼里塞玻璃棒检查有没有粪便以外的东西的时候有过。在北京的时候，我觉得我快要成了，那是我距离我想要的那种感觉最近的一段时光。后来我就没有了。我被遗弃了。我在最基本的生活都难以维持的时候我到了这儿。我有钱了，可我不爱它，它没有让我找到我想要的那种感觉。

安达说："你知道我二叔三叔和我父亲为什么革命吗？地主的儿子为什么要革命？"

他说："我是他们的遗传。"

他说这就是我这些天想的问题。

他说，还记得你在城墙上给我说的那些话吗？你没有说错。你想改变我。是你把我拉到这个地方来，让我经历了这么多无聊的事情和无聊的时间，还有这些无聊的钱。

他说，我没有机会了，狗日的革命它结束了。就因为狗日的革命结束了，我就得无聊就得乏味。我每天都能感到无聊和乏味。

他说，路远以为我离开她是因为我离不了婚，是因为林英的死，是因为我对她有了恶感。她不了解我。她怎么可能了解我呢？那个庸俗的女人。那个充满精力的女人。那个叫床叫得我心摇神荡的女人。他说其实你们和她一样，也是这么以为的。

他说大水你现在说说我是个什么东西？我就不是个东西。我离我自己越来越远了。我已经看不见我了。我成了一个什么都不是像泰国的人妖一样男不男女不女的玩货了……

大水被安达吓住了。他定定地看着他。他感到安达好像正在发烧。他觉得他不能沿着安达的话往下说了。他说安达我觉得你应该回家一趟。他说我觉得你想得太多了，再这么想下去会出问题的。安达说早就出问题了，就因为出了问题我才想这些问题的。

大水说："我不了解你了。"

安达说："就是说，你也不知道我是不是个东西了，是不是？"

大水说："怎么说也还是个东西吧？"

安达说："狗屎！"

大水说："那也不能说它不是东西啊。"

安达说："驴粪！"

他们喝完那捆啤酒。大水说哎哎我问你离开宏达公司以后准备怎么办？安达说你问得真好，你问一个连自己是不是东西都不知道的人怎么办你可真会问。大水说总得做点什么吧？安达说当然做还是要做的。

他做了嫖客。

做嫖客的安达

做了嫖客的安达说通往嫖娼的路是世界上最短的路，抬脚就可以走到。嫖客安达用一种向世界发问的口气说，有没有什么事情比嫖娼更轻松更便捷的？嫖客安达说嫖娼可以随时解决你的性问题，是随时，而不是有时，也不是定时。他说妻子和情人都会有心情不好的时候，但娟妓没有。他还说，你想说话的时候，她们就是你最好的听众，只要你想说她们就会听你说什么她们听什么。他说我就喜欢和她们说话。

他和她们的谈话经常是这样的：

他说：知道德先生和赛先生吗？

她会做出一副努力回忆的样子，然后摇摇头说：他们是哪儿的来这儿吗？我知道刘德华知道赛金花可刘德华姓刘，赛金花是个女人呀。他会大度地给她笑笑，然后说：这是七八十年以前的事情了我们说近一点的。

"知道毛泽东毛主席吗？"

"知道呀歌里有唱的卡拉OK里也有图像。"

"知道红卫兵吗？"

"知道呀歌里有唱的卡拉OK里也有图像。"

"我就是毛主席的红卫兵。"

"呀呀是吗老板您可真有意思。"

"我不是老板我喜欢读书。"

"呀呀是呀我也读书三毛的琼瑶的最好看能把您读的书让我看看吗？"

"我读的书你看不懂。"

"那当然啦老板您真逗您看黄书和黄带吗？"

"那也当然啦我现在是嫖客。"

"呀呀您真粗老板您可真粗，我们都不这么说的。我们是小姐我们叫您老板或者先生。"

"这是现在的叫法我喜欢用过去的。"

　　他是在回了一趟家以后做了嫖客的。他给李正说我已经离开了那个女人。李正说噢噢我知道了。李正很漠然的样子。他说李正你怎么这样的口气？李正说人伤透心的时候就无所谓了，你现在要离我就不拦你了。李正还说，佳佳也大了要上大学了。他沉默了一会儿，然后说，我和你一样也伤透了心也无所谓了。两个无所谓的人也就无所谓离婚不离婚了。他说你的心是我伤的，我的心也是我伤的。他在家住了一段时间，然后回了滨海。他觉得这一趟家回得很乏味。他是因为乏味才回家的，又因为乏味而离开了。

　　然后就做了嫖客。

　　嫖客安达在"扫黄打非"中被抓了一次罚了几千块钱之后，很快就和"扫黄打非"的公安人员成了朋友。他们也叫他教授，因为他们爱听他讲书讲学问。他给他们讲聂赫留多夫和玛丝洛娃，讲茶花女，也讲马克思和燕妮。还给他们讲过《联共（布）党史》和中国革命史中涉及到的许多人物。有时候也讲股票和房地产，讲国营企业的改造和未来的司法制度。这时候，他就不是嫖客了，他是朴素的，随和的，有一肚子的知识和见解。他们说看不出真看不出。他们说太委屈了待在滨海太委屈你了，其实你不应该做生意你应该做更重要的事情。他们说得很由衷。然后他们又说，教授想开点被埋没不是你的损失是国家的损失。他们说得也很由衷。他们不再罚他的款了。他们说教授你随便吧，"扫黄"的时候我们会提前通知你一声的。

他自由自在地做着嫖客。

他有了一种大隐于市的感觉。

大水说你这是自己戏弄自己。

不是，他说。我在独善其身。穷则独善其身这话你该听过的，不是贫穷的穷，是黔驴技穷的穷。然后，他会给大水一个笑。

大水说你注意身体啊。

他说，革命的时候身体是革命的本钱，不革命的时候本钱也就不重要了。然后，他还会给大水一个笑。他说，行到水穷处，坐看云起时，这是一个久远的诗人的诗句。

那时候，他已经离开了高平。海圣公司对椰子岛的开发搁浅了。银行因为银根紧缩，停止了对它的贷款，几家联合投资的公司也抽走了资金。安达和高平去椰子岛看过一次，那座曾经美丽的小岛上停放着几辆推土机，被推土机推过的地方像一块又一块巨大的伤疤。

安达似乎没受到影响。他又办了一家公司。他的公司有人经营着，生意不错。他有时会看公司的账本，他知道公司的生意不错。他有时会觉得他是都市里的一个小地主。

他说，采菊东篱下，悠然见南山，这是另一位更久远的诗人的诗句。

他继续做着嫖客。做得自然又超然。

有时，他很可能一去就会对接待他的小姐说，今天不和你说话只和你办事，小姐就很听话地和他办事。他是宽容的。他只在一种情况下挑剔，在小姐做出那种职业性挑逗的声音的时候。他说你别乱哼哼我知道你是装出来的。小姐会红一下脸。小姐说不是我不是装的。他说我不喜欢听。小姐就不再哼哼，默不作声了。有时候，他很可能会给接待他的另一位小姐说，今天只说话不办事。小姐说好啊好啊但小费不能少。他说不是小费，是嫖费。他们就会争执一阵，在争执中制造出一种趣味。小姐坚持说是小费，他坚持说是嫖费，一直坚持到小姐说好吧嫖费就嫖费小费嫖费都是人民币的时候为止，然后他们开始说话。有时，接待他的是一位新来的小姐，他就会说，我不能和你办事也不和你说话，我要看。他还会向小姐说明他按嫖的价格付费。小姐就脱给他看。

然后是中风和失语。

遗嘱和骨灰的处置

安达在又一次中风后失语，已经是许多年以后的事情。他彻底躺在了医院的病床上。

李正一直陪着他。他险些拖垮了李正。由于他的失语，他们很少交流。李正在他的床头边放了一个纸本和一支铅笔，让他在上边写橘子、香蕉、大便、小便一类的词语，然后，按他写出来的思想去帮助他。

他写得最多的一次是佳佳来看他的时候。佳佳正在上研究生。他给她写了很多话。比如：我留给你的足够你花一辈子。比如：你可以做事也可以不做，但你不能忘记高尚和神圣。比如：你可以少看甚至不看中国的古书。比如：新的革命将是下一个世纪的事情，它将造就一代新人。佳佳看糊涂了，一脸茫然。他似乎有些失望，就不再写了。他写了一句：我要休息了。然后，他闭上了眼睛。

他写的最后一张字条是他的遗嘱。这时候又过去了几年。

　　我的遗嘱：

　　1. 不开追悼会；

　　2. 丧事从简；

　　3. 骨灰撒在祖国的江河湖海里。

底下写着他的姓名和年月日。

他不放心李正。他让李正叫来了大水，把字条让大水看了一遍。大水给他点着头，表示他看懂了。安达是按照一种流行的模式来处置他的后事和骨灰的。报纸和电视上偶尔会有类似的公告，是以国家的名义发布的。

安达还不放心，又给大水写了一张字条，要大水做他的遗嘱执行人。大水又给他点了点头，表示他会按他说的去做。

安达死的时候，正是他生活的那个世纪结束时的开始，一月一日，在滨海的一家医院。他活了五十一岁，似乎年轻了一点。

大水陪着李正在殡仪馆火化了他，把他装在了一个骨灰盒里。大水看了一眼李正抱着的骨灰盒。他想起了几年前他们曾经有过的那一场关于是不是东西的讨论。他往骨灰盒上又看了一眼。

他陪着李正完成了安达的遗嘱。他们去了好几个地方，撒掉了安达的骨灰。

他问李正："留一点吗？"

李正显得很疲惫。她想了一会儿，说：

"不留了。"

他们把安达的最后一撮骨灰撒进了滨海的海水里。

其实，安达应该有个墓碑的，大水事后曾这么想过。因为还有佳佳，应该给佳佳留下一点思念和表达思念的地方。但骨灰没有了，墓里没有东西可埋。没有墓，墓碑也就没有了依托。其实也可以造一个衣冠冢。这不会违背安达的意愿的。这也是有过的一种做法。墓碑上应该有刻字。安达的墓碑上该刻些什么字呢？他认真地生活过。有过梦想。他做过红卫兵，下乡知识青年，学者和商人。他是丈夫，父亲，情人，还有……嫖客？

大水不再往下想了。

写在后面：也说读书人

　　读书人的不甘于读和书，似乎是我们的读书人固有的脾性。在读书的起始，读书人就存了"治国平天下"的抱负的，直白了说就是做官。

　　在中国，最大的官是皇帝。皇帝不是读书人能够做的，所以，我们的圣人就不说"学而优则帝"，而说"学而优则仕"。这个仕，在中国象棋盘上，就是排列在将和帅近旁的那几个子儿，它们是可以被看作做成了官的读书人的，是读书人中的幸运者。

　　为官叫立身，写书叫立言，做不成官就立言。因为是要做官或想做官的，写出的书就自然以为做官是天下最大的事。我们的那几本古老的经书，大都是讲为君为臣之道的，也就是治人或者和治人的合起来治人的套路。

　　立身和立言，都和一个"官"字纠缠不清。

　　这不奇怪。"书中自有黄金屋，书中自有颜如玉。"看得是很明白的，说得也就明白。当然，黄金屋和颜如玉不是夹在书页里一翻开就能拿得到的。我们的立言毕竟也还有些曲折和含蓄。

　　其实，我们的读书人是不齿于谈金论色的，而要高尚得多。《三国演义》里的诸葛亮是由读书人转而为官的，就没有贪金近色的记录。《水浒传》里的宋江，大概也算一个读书人，倒是和女色有过遭遇，但他还是杀了她，原因是她险些要毁了他的前程。他不但是仗义疏财的，而且是青史留名的。《红楼梦》里的贾宝玉是生活在女儿国泡在色缸里的，但他是逆子，在他的手里，贾府就彻底地落败了。《西游记》里的唐玄奘干脆就是一个和尚。四部传世之作，都可以证明我们的读书人的立身和立言，是要"修身齐家治国平天下"的。

但官位毕竟有限，于是，我们的读书人就挤在了一条狭窄的甬道里，演着各自的悲喜剧。集合起来，就是一个时代的悲喜；贯穿起来，就是一个长长的历史的悲喜。

所以，自以为聪明的读书人，其实是做了圣人之教的奴隶的，也做了自己的所谓治国平天下的抱负的奴隶，拦都拦不住。富贵如浮云，铁打的营盘流水的官，这样的话还有很多，都是要拦他们的，拦住了几个？

"达则兼济天下，穷则独善其身"。我们的读书人给自己预留了多么宽阔的余地！前一句是已定了的，可是，为什么要"独善其身"呢？为什么不能和那种不让我们"达"的人事去拼个你死我活呢？这不是抬杠，更不是怂恿我们的想"达"而不能"达"的读书人去赴死。我想说的是，这一个"独善其身"里，很可能包裹着一种近似于流氓和无赖的逻辑。有几个不"达"的读书人真甘于独善其身呢？"采菊东篱下，悠然见南山"的时候，也是"刑天舞干戚，猛志固常在"的。

还是想做官。

诗人大概是常被划入最具自由精神独立人格的一类的，狂放不羁的大诗人李白就更该如是。他也是想做官的，在作诗和做官之间，他更爱做官。他有一首《南陵别儿童入京》的诗，自比游说万乘之国的苏秦和汉代的朱买臣还嫌不够，直到有了"仰天大笑出门去，我辈岂是蓬蒿人"，才以为道出了他那即将平步青云的兴奋。这是他接到皇帝唐玄宗的诏书召他去长安时写下的。他入京了，但没能做成官，然后就有了一首咏鹦鹉的诗，"能言终见弃，还向陇山飞。"实在是无可奈何得很。这样的例子，在过去的读书人中是可以大把抓的。

近一些的也可以抓出一些来。比如胡适。这位被誉为大自由主义知识分子的博士，是坚持不做"政府的尾巴"的，要"养成无类无偏之身"的。他也确实婉拒过政府的院长部长一类的官衔，认为以三十年修炼的自由之身换官去做是不值的。然而，在一九四八年，蒋委员长以总统的职位相邀的时候，时任北京大学校长的胡博士便动心了，要放弃独立自由之身，去治国平天下了。做将和帅旁边的那几个子是不值的，但排在正中做将和帅还是可以的。当然，胡博士没有做成总统。蒋委员长的相邀不过是一个花招，胡博士被花招障了眼。可见，哪怕是大自由主义知识分子，说到底也还是一个读书人，脱不尽书生气的，他也有做官的情结，在一定的时候是可以被收买的。

这是一个千年的情结，我们受着它的奴役，而且是自愿地甘愿地渴望着这奴役的。

如棋盘上那几个子儿一样的幸运者，做成了官的，确实治国平天下了，青史留名了，伟大和不朽了。也就是因了他们的留名和不朽，我们就知道了一些他们的踪迹。在这一类的幸运者里，下场好的其实也并不太多。但卜场的好与不好是不影响留名和不朽的。读书人要的就是这个。

做不了官的便退而求其次，做文章写诗立言，或为隐士。这是留名和不朽的另一种办法。其实，真隐士我们是不知道的。我们知道的都是做了文章写了诗立了言的假隐士。其实，做文章写诗立言也是很不容易的，远的时候有"焚书坑儒"，近的时候有流放劳改和割断喉管。焚书坑儒的时候，被"坑"的读书人并不算多，区区几百人，到了流放劳改割喉管的时候，就以数十万计了，大概是这时候的读书人比那时候的读书人多的缘故。

被坑被害被流放劳改甚至被割断喉管，似乎并没有改变我们的读书人的那种固有的脾性。这也可以找到证明。当革命来临的时候，我们的读书人是愿意并热衷于放下书本去革命的，即使被革命剥夺了自尊之后，也不愿放弃革命，因为在革命中被剥夺的，只有在革命中才能快速便捷地重新获得。而革命，不就是"治国平天下"的翻版吗？

其实，我们的读书人在骨子里也是不爱书的，也很难"书"出些真正关怀我们的过去、现在和将来的书的。

现在，有人要改变我们的读书人的脾性了，要我们的读书人不要做官要做"知识分子"了，以为"知识分子"是能扭转我们的乾坤的，大概也以为到了造就这"知识分子"群落或叫做阶层的时候了。其实，这样的用心在我们的这个世纪之初就已有了，不过是旧事重提。

如果是脾性，就很难改变。所以，我们的读书人能否被造就为所谓严格意义上的知识分子，能否担当起扭转乾坤的重任，我是很怀疑的。造就了近一个世纪之后又旧事重提，就可以为我的怀疑作一个证据。还有，当数十万读书人被坑害被流放劳改的时候，读书人自己都做了些什么？这事情的发生离我们并不很远。何止这一次，每一次针对读书人所制造的灾难和罪恶都是有读书人做帮手的。这也是灾难和罪恶的制造者能够屡屡得手的一个原因。

我以为，我们现在有的大概还只是读书人阶层，或者叫书生阶层。如果真能造就所谓的"知识分子"阶层，也是很遥远的。外部的因素暂且不论，我们自己的灵魂的洗刷就得有一个漫长又漫长的过程，是要脱皮掉肉的。

就算是造就成了那样的"知识分子"阶层，就一定能干净地做那"知识分子"吗？人不能提着自己的头发离开地球，我是信这句话的。

因为我的这本书里所写的人和事与读书人有关，前前后后，就有过一些和读书人相关的想法，上边所写的几段，是从那些零散的想法中拣摘出来的，附在这里，权以为这本书的后记。

我已经几年不写小说了。我的这本书里的人和事原可以扎眼一些的，但我没那么做。我希望得到这本书的朋友不至于有太多的失望。

我还希望对这本书的写作倾注了关怀和提供过帮助的朋友接受我真诚的感谢。

刘安先生对这本书的写作有着不可替代的作用。高立先生使我在写作这本书的过程中不但有良好的环境，也有良好的心情。王常青先生的手工菠菜面让我挑剔的胃几乎每天都有一种满足感。

安波舜先生在几年前就关注着我的这本书，曾在长途电话中长时间向我提供了他的忠告。

《收获》杂志社的朋友们看了这本书的初稿之后，促使我对初稿作了必要的修整。我对她们的认真和仔细产生了由衷的敬佩。

这些都是我要特别说明的。

一九九九年五月

作者致谢

感谢尹昌龙先生。因为他的美意，使我终于有了出版文集并以此检视我三十多年文字生命的勇气和动力。

感谢海天出版社。我很悦意把我的文集交给它，除了信任，还因为，它是深圳的出版社。"深圳的"，在我的情感世界里，就是"自家的"。自家人亲自家人，自家人进自家门，这也是一种"自然"。

感谢海天出版社第一编辑室。蒋鸿雁先生的专业素质，比之我的"自我检视"，要来得更为严肃——我拒绝了几家出版社的好意，没有匆忙地出版文集，就是想有一次严肃的检视，而不是印一套书，放在书架上，以它的"厚"和"多"显示"成果"，讨好自己。

感谢涂俏。她是出色的编辑，更是一位优秀的作家，由她做责编，我的欣喜和不安都是由衷的。

我当然希望，她为这套文集付出的劳动是"劳"有所值的。

感谢陕西师范大学的马聪敏老师。没有她的帮助，文集中的《回答卷》和《交谈卷》不但要延期交稿，还要杂乱无章的。事实上，文集中的诸多作品都有过她无私的帮助。

感谢霍鑫，是他把文集中没有电子文本的作品搜集整理成了电子文本。参与这一繁琐事务的，还有：李生普、肖磊、马宪刚、张琰、孙柯诸同学。对他们无私的付出，我满怀感激。

我信赖李松樟先生智慧的劳动。我甚至相信，他会使文集的每一页都有一个经久耐看的面相——它实在是"书"的重要的组成部分，尤其是在越来越讲究"眼缘"的当下。

我至今不会使用电脑。写作之于我，依然是在纸上"爬格子"。三十多年了，没有诸多朋友的支持和援助，没有读者朋友的偏爱，那么多小小的"格子"我是"爬"不过来的，所以，我的感谢不能少了他们。包括我现在工作的单位——深圳市文联和文联的同事们、朋友们。

　　王京生先生有一句话：深圳是一座爱书的城市。我深受触动，也感同身受。我爱这座爱书的城市，也是她的一个"分子"。文集中有一半的文字，是我成为深圳人之后写出来的。我愿把我的这套文集，首先献给她，也愿意接受她的检视。

　　但愿这套文集能有好的运气。

杨争光
2012年6月26日